독학사 2단계

국어국문학과

고전소설론

시대에듀

머리말 INTRO

학위를 얻는 데 시간과 장소는 더 이상 제약이 되지 않습니다. 대입 전형을 거치지 않아도 '학점은행제'를 통해 학사학위를 취득할 수 있기 때문입니다. 그중 독학학위제도는 고등학교 졸업자이거나 이와 동등 이상의 학력을 가지고 있는 사람들에게 효율적인 학점 인정 및 학사학위 취득의 기회를 줍니다.

학습을 통한 개인의 자아실현 도구이자 자신의 실력을 인정받을 수 있는 스펙인 독학사는 짧은 기간 안에 학사학위를 취득할 수 있는 가장 빠른 지름길로써 많은 수험생들의 선택을 받고 있습니다.

이 책은 독학사 시험을 준비하는 수험생분들이 단기간에 효과적인 학습을 할 수 있도록 다음과 같이 구성하였습니다.

---

01 핵심이론을 학습하기에 앞서 각 단원에서 파악해야 할 중점과 학습목표를 정리하여 수록하였습니다.

02 시험에 출제될 수 있는 내용을 '핵심이론'으로 수록하였으며, 이론 안의 '더 알아두기' 등을 통해 내용 이해에 부족함이 없도록 하였습니다. (2023년 시험부터 적용된 개정 평가영역 반영)

03 해당 출제영역에 맞는 핵심포인트를 분석하여 구성한 '실전예상문제'를 수록하였습니다.

04 최신 출제유형을 반영한 '최종모의고사(2회분)'를 통해 자신의 실력을 점검해 볼 수 있도록 하였습니다.

고전소설론은 전반적인 고전소설 흐름을 비롯하여 관련 제반 문제와 주요 작가 및 작품을 살펴보는 과목입니다. 소설문학이라는 장르에 집중하여 국문학의 면모를 파악해 봄으로써 우리 선조들이 지녔던 산문정신은 물론이고 그들이 추구했던 세계까지도 이해할 수 있을 것입니다. 물론 한 편의 소설을 제대로 이해하고 파악하는 것은 쉽지 않습니다. 소설에도 다양한 장르가 있고, 작가의 생애 · 사상 · 문학관 · 시대적 상황 등 알아야 할 것이 많기 때문입니다. 그러나 이야기가 주는 매력을 맛보며 한 작품씩 공부해 나간다면 선조들의 삶을 이해할 수 있고, 세상을 보는 시야도 넓어질 것입니다. 우선 전체적인 흐름을 파악하고, 개별 작품들을 살펴봄으로써 소설이라는 숲속을 잘 헤쳐 나가기를 바랍니다.

편저자 드림

독학학위제 소개 BDES

독학학위제란?

「독학에 의한 학위취득에 관한 법률」에 의거하여 국가에서 시행하는 시험에 합격한 사람에게 학사학위를 수여하는 제도

- 고등학교 졸업 이상의 학력을 가진 사람이면 누구나 응시 가능
- 대학교를 다니지 않아도 스스로 공부해서 학위취득 가능
- 일과 학습의 병행이 가능하여 시간과 비용 최소화
- 언제, 어디서나 학습이 가능한 평생학습시대의 자아실현을 위한 제도
- 학위취득시험은 4개의 과정(교양, 전공기초, 전공심화, 학위취득 종합시험)으로 이루어져 있으며 각 과정별 시험을 모두 거쳐 학위취득 종합시험에 합격하면 학사학위 취득

독학학위제 전공 분야 (11개 전공)

※ 유아교육학 및 정보통신학 전공 : 3, 4과정만 개설
(정보통신학의 경우 3과정은 2025년까지, 4과정은 2026년까지만 응시 가능하며, 이후 폐지)
※ 간호학 전공 : 4과정만 개설
※ 중어중문학, 수학, 농학 전공 : 폐지 전공으로, 기존에 해당 전공 학적 보유자에 한하여 2025년까지 응시 가능

※ 시대에듀는 현재 4개 학과(심리학과, 경영학과, 컴퓨터공학과, 간호학과) 개설 완료
※ 2개 학과(국어국문학과, 영어영문학과) 개설 중

독학학위제 시험안내 INFORMATION

과정별 응시자격

단계	과정	응시자격	과정(과목) 시험 면제 요건
1	교양	고등학교 졸업 이상 학력 소지자	• 대학(교)에서 각 학년 수료 및 일정 학점 취득 • 학점은행제 일정 학점 인정 • 국가기술자격법에 따른 자격 취득 • 교육부령에 따른 각종 시험 합격 • 면제지정기관 이수 등
2	전공기초		
3	전공심화		
4	학위취득	• 1～3과정 합격 및 면제 • 대학에서 동일 전공으로 3년 이상 수료 (3년제의 경우 졸업) 또는 105학점 이상 취득 • 학점은행제 동일 전공 105학점 이상 인정 (전공 28학점 포함) • 외국에서 15년 이상의 학교교육과정 수료	없음(반드시 응시)

응시방법 및 응시료

- 접수방법 : 온라인으로만 가능
- 제출서류 : 응시자격 증빙서류 등 자세한 내용은 홈페이지 참조
- 응시료 : 20,700원

독학학위제 시험 범위

- 시험 과목별 평가영역 범위에서 대학 전공자에게 요구되는 수준으로 출제
- 독학학위제 홈페이지(bdes.nile.or.kr) ➡ 학습정보 ➡ 과목별 평가영역에서 확인

문항 수 및 배점

과정	일반 과목			예외 과목		
	객관식	주관식	합계	객관식	주관식	합계
교양, 전공기초 (1～2과정)	40문항×2.5점 =100점	–	40문항 100점	25문항×4점 =100점	–	25문항 100점
전공심화, 학위취득 (3～4과정)	24문항×2.5점 =60점	4문항×10점 =40점	28문항 100점	15문항×4점 =60점	5문항×8점 =40점	20문항 100점

※ 2017년도부터 교양과정 인정시험 및 전공기초과정 인정시험은 객관식 문항으로만 출제

합격 기준

■ 1～3과정(교양, 전공기초, 전공심화) 시험

단계	과정	합격 기준	유의 사항
1	교양	매 과목 60점 이상 득점을 합격으로 하고, 과목 합격 인정(합격 여부만 결정)	5과목 합격
2	전공기초		6과목 이상 합격
3	전공심화		

■ 4과정(학위취득) 시험 : 총점 합격제 또는 과목별 합격제 선택

구분	합격 기준	유의 사항
총점 합격제	• 총점(600점)의 60% 이상 득점(360점) • 과목 낙제 없음	• 6과목 모두 신규 응시 • 기존 합격 과목 불인정
과목별 합격제	• 매 과목 100점 만점으로 하여 전 과목(교양 2, 전공 4) 60점 이상 득점	• 기존 합격 과목 재응시 불가 • 1과목이라도 60점 미만 득점하면 불합격

시험 일정

■ 국어국문학과 2단계 시험 과목 및 시간표

구분(교시별)	시간	시험 과목명
1교시	09:00～10:40(100분)	국어학개론, 국어문법론
2교시	11:10～12:50(100분)	국문학개론, 국어사
중식 12:50～13:40(50분)		
3교시	14:00～15:40(100분)	고전소설론, 한국현대시론
4교시	16:10～17:50(100분)	한국현대소설론, 한국현대희곡론

※ 시험 일정 및 세부사항은 반드시 독학학위제 홈페이지(bdes.nile.or.kr)를 통해 확인하시기 바랍니다.
※ 시대에듀에서 개설된 과목은 빨간색으로 표시하였습니다.

독학학위제 출제방향 GUIDE

국가평생교육진흥원에서 고시한 과목별 평가영역에 준거하여 출제하되, 특정한 영역이나 분야가 지나치게 중시되거나 경시되지 않도록 한다.

독학자들의 취업 비율이 높은 점을 감안하여, 과목의 특성을 반영하는 범주 내에서 학문적이고 이론적인 문항뿐만 아니라 실무적인 문항도 출제한다.

단편적 지식의 암기로 풀 수 있는 문항의 출제는 지양하고, 이해력 · 적용력 · 분석력 등 폭넓고 고차원적인 능력을 측정하는 문항을 위주로 한다.

이설(異說)이 많은 내용의 출제는 지양하고 보편적이고 정설화된 내용에 근거하여 출제하며, 그럴 수 없는 경우에는 해당 학자의 성명이나 학파를 명시한다.

교양과정 인정시험(1과정)은 대학 교양교재에서 공통적으로 다루고 있는 기본적이고 핵심적인 내용을 출제하되, 교양과정 범위를 넘는 전문적이거나 지엽적인 내용의 출제는 지양한다.

전공기초과정 인정시험(2과정)은 각 전공영역의 학문을 연구하기 위하여 각 학문 계열에서 공통적으로 필요한 지식과 기술을 평가한다.

전공심화과정 인정시험(3과정)은 각 전공영역에 관하여 보다 심화된 전문적인 지식과 기술을 평가한다.

학위취득 종합시험(4과정)은 시험의 최종 과정으로서 학위를 취득한 자가 일반적으로 갖추어야 할 소양 및 전문지식과 기술을 종합적으로 평가한다.

교양과정 인정시험 및 전공기초과정 인정시험의 시험방법은 객관식(4지택1형)으로 한다.

전공심화과정 인정시험 및 학위취득 종합시험의 시험방법은 객관식(4지택1형)과 주관식(80자 내외의 서술형)으로 하되, 과목의 특성에 따라 다소 융통성 있게 출제한다.

독학학위제 합격수기 COMMENT

"저는 학사편입 제도를 이용하기 위해 2~4단계 시험에 순차로 응시했고 한 번에 합격했습니다. 아슬아슬한 점수라서 부끄럽지만 독학사는 자료가 부족해서 부족하나마 후기를 쓰는 것이 도움이 될까 하여 제 합격전략을 정리하여 알려 드립니다.

#1. 교재와 전공서적을 가까이에!

학사학위 취득은 본래 4년을 기본으로 합니다. 독학사는 이를 1년으로 단축하는 것을 목표로 하는 시험이라 실제 시험도 변별력을 높이는 몇 문제를 제외한다면 기본이 되는 중요한 이론 위주로 출제됩니다. 시대에듀의 독학사 시리즈 역시 이에 맞추어 중요한 내용이 일목요연하게 압축 · 정리되어 있습니다. 빠르게 훑어보기 좋지만 내가 목표로 한 전공에 대해 자세히 알고 싶다면 전공서적과 함께 공부하는 것이 좋습니다. 교재와 전공서적을 함께 보면서 교재에 전공서적 내용을 정리하여 단권화하면 시험이 임박했을 때 교재 한 권으로도 자신 있게 시험을 치를 수 있습니다.

#2. 시간확인은 필수!

쉬운 문제는 금방 넘어가지만 지문이 길거나 어렵고 헷갈리는 문제도 있고, OMR 카드에 마킹까지 해야 하니 실제로 주어진 시간은 더 짧습니다. 앞부분에 어려운 문제가 있다고 해서 시간을 많이 허비하면 쉽게 풀 수 있는 뒷부분 문제들을 놓칠 수 있습니다. 문제 푸는 속도가 느려지면 집중력도 떨어집니다. 그래서 어차피 배점은 같으니 아는 문제를 최대한 많이 맞히는 것을 목표로 했습니다.
① 어려운 문제는 빠르게 넘기면서 문제를 끝까지 다 풀고 ② 확실한 답부터 우선 마킹한 후 ③ 다시 시험지로 돌아가 건너뛴 문제들을 다시 풀었습니다. 확실히 시간을 재고 문제를 많이 풀어봐야 실전에 도움이 되는 것 같습니다.

#3. 문제풀이의 반복!

여느 시험과 마찬가지로 문제는 많이 풀어볼수록 좋습니다. 이론을 공부한 후 예상문제를 풀다보니 부족한 부분이 어딘지 확인할 수 있었고, 공부한 이론이 시험에 어떤 식으로 출제될지 예상할 수 있었습니다. 그렇게 부족한 부분을 보충해가며 문제유형을 파악하면 이론을 복습할 때도 어떤 부분을 중점적으로 암기해야 할지 알 수 있습니다. 이론 공부가 어느 정도 마무리되었을 때 시계를 준비하고 모의고사를 풀었습니다. 실제 시험시간을 생각하면서 예행연습을 하니 시험 당일에는 덜 긴장할 수 있었습니다.

학위취득을 위해 오늘도 열심히 학습하시는 수험생 여러분에게도 합격의 영광이 있길 기원하면서 이만 줄입니다."

이 책의 구성과 특징 STRUCTURES

| 단원 개요 |

이 단원에서는 고전소설의 구체적인 작가 및 작품에 대해 살펴보
하였다. 고전소설의 개념과 범주로부터 시작하여 고전소설의 작
당시 사람들의 소설에 대한 관점을 알아본다. 이로써 고전소설
에 대한 이해의 폭을 넓히도록 한다.

| 출제 경향 및 수험 대책 |

이 단원에서는 개별 작가 및 작품의 가치를 이해하고 평가하는
이 출제될 수 있다. 또한 고전소설의 발생으로부터 시작하여 조
고전소설의 역사적 전개에 대해서도 정확하게 파악해 두는 것

01 단원 개요

핵심이론을 학습하기에 앞서 각 단원에서 파악해야 할 중점과 학습목표를 확인해 보세요.

제 1 장 고전소설의 개념과 범주

1 설화와 소설의 관계

인류의 역사상 가장 오래된 예술은 원시종합예술로 불린다. 시, 무용, 음악 등이 하나의 장르로 결합되어 종합적인 면모를 가진 것이다. 이때의 예술은 예술 활동을 통해 사회적 통일을 이루는 정치적 기능과 초자연적 힘을 가진 존재에게 바치는 종교적 기능을 지닌 것이었다. 뿐만 아니라 식생활의 안정을 위한 경제적 기능도 지녔다.
이후 원시시대를 지나 인간의 삶이 보다 복잡해지게 됨에 따라 예술에도 변화가 생겨났다. 예술이 원시종합예술 상태에서 벗어나 음악, 무용, 시가 등 개별적이고 독립적인 분야로 나뉘게 된 것이다. 이처럼 개별화・전문화된 장르 중 하나가 문학인데, 문학은 다시 시, 소설, 희곡 등 다양한 갈래로 나뉘었다. 이러한 갈래들 중 소설은 서사문학의 핵심에 해당한다.
소설이 형성되기 위해서는 다양한 문학적・시대적 여건들이 마련될 필요가 있는데, 언제, 어떻게 형성되었는지와 관련해 다양한 논의가 이루어질 수 있다. 그 중 가장 유력한 것으로는 구전되던 설화가 한자를 사용하게 되면서 문자로 정착되는 과정을 거쳐 소설이 형성되었다는 것이다.
설화는 구전되는 이야기를 가리킨다. 보통 신화, 전설, 민담으로 분류되는데 시간의 흐름에 따라 원래의 이야기로부터 파생된 여러 이야기를 형성한다. 또한 설화는 한 민족의 역사와 더불어 자연적으로 발생한 것이며 집단적이고 평민적이라는 점에서 한 민족의 생활과 감정과 다양한 풍습을 담게 된다. 이러한 설화가 시간이 지남에 따라 문자로 정착되고 문학적 형태를 갖추어 나가다가 서사적인 면이 강해지면서 소설의 탄생으로 이어지게 된다.
한국문학에서 소설의 초기 형태 중 하나인 전기소설과 설화의 차이점을 살펴보면 다음과 같다.

(1) 설화와 달리 전기소설은 내용이 구체적이다.

① 설화는 겉으로 드러나는 인물의 행위 위주로 서술되는 반면 전기소설은 겉으로 잘 드러나지 않는 인물의 내면에도 관심을 두고 이를 표현하기 위해 시(詩)를 활용하기도 하고 인물의 성격묘사에 공을 들이기도 한다. 따라서 설화에 비해 소설은 훨씬 구체적인 세계를 보여준다.
② 시・공간의 설정 역시 설화는 추상적으로만 언급되는 반면 전기소설은 훨씬 구체적으로 제시되며 환경에 대해서도 자세하게 묘사한다.
③ 전기소설에서 환경에 대해 구체적이고 자세하게 묘사한 것은 인물의 성격적 특징과 긴밀하게 관련되게 된다. 또한 인물에 대해 구체적으로 묘사하는 것은 환경에 대한 묘사를 심화시킨다. 즉 인물과 환경이 상호 영향을 주고받으며 긴밀하게 연관되어 있는 것이다. 이처럼 인물과 환경에 대해 구체적

02 핵심이론

평가영역을 바탕으로 꼼꼼하게 정리된 '핵심이론'을 통해 꼭 알아야 하는 내용을 명확히 파악해 보세요.

03 실전예상문제

'핵심이론'에서 공부한 내용을 바탕으로 '실전예상문제'를 풀어 보면서 문제를 해결하는 능력을 길러 보세요.

제 1 편 | 실전예상문제

제1장 고전소설의 개념과 범주

01 다음 중 설화와 전기소설에 대한 설명으로 옳지 않은 것은?

① 전기소설은 설화와 달리 대구나 고사를 많이 이용한다.
② 설화의 시공간은 추상적인 반면 전기소설은 구체적이다.
③ 설화와 달리 전기소설은 목적의식을 갖고 창작되었다.
④ 설화 속 인물은 환경과 긴밀한 관련을 갖고 성격 및 특징이 정해진다.

01 인물과 환경이 긴밀한 관련을 갖고 반응하는 것은 설화가 아니라 전기소설의 특징이다.

02 다음 중 우리나라 고전소설의 범위에 해당하지 않는 것은?

① 조선시대에 중국소설을 한글로 번안하며 창작을 가미한 작품들
② 조선인이 한문과 한자를 뒤섞어 쓴 작품들
③ 조선인이 순 한문으로 쓴 작품들
④ 일제강점기에 한국인이 쓴 작품들

02 작품을 창작할 때 한글과 한자 중 어떤 것을 사용했는가 하는 점은 우리나라 고전소설의 범위를 정하는데 기준이 되지 못한다. 한글이 창제되기 전까지는 한자를 사용해서 창작활동을 할 수밖에 없었을 뿐 아니라 한글이 창제된 이후에도 한자는 지속적으로 우리의 언어생활을 담당했기 때문이다. 다만 시기적으로 일제강점기는 현대소설의 창작 시기에 해당한다.

03 다음 중 한문소설에 대한 설명으로 옳지 않은 것은?

① 우리나라 최초의 한문소설로 여겨지는 것은 김시습의 전기소설들이다.
② 한문소설이 활발하게 지어진 것은 16세기에 들어서이다.
③ 「구운몽」, 「창선감의록」, 「주생전」은 오직 한문으로 쓴 것만 유통되었다는 점에서 향유층이 사대부 및 사대부가의 부

03 「구운몽」은 처음부터 한문이 아니라 한글로 쓴 국문소설이며, 「창선감의록」과 「주생전」은 한문으로 지어졌으나 국문본으로 유통되었다.

04 최종모의고사

'최종모의고사'를 실제 시험처럼 시간을 정해 놓고 풀어 보면서 최종점검을 해 보세요.

제1회 최종모의고사 | 고전소설론

제한시간: 50분 | 시작 ___시 ___분 - 종료 ___시 ___분

정답 및 해설 211p

01 다음 중 근원 설화와 고전소설이 잘못 연결된 것은?

① 도미 설화 - 「춘향전」
② 방이 설화 - 「흥부전」
③ 거타지 설화 - 「심청전」
④ 구토지설 - 「장끼전」

02 나말여초에 나타난 전기소설에 대한 설명으로 적절하지 않은 것은?

① 현전하는 작품으로는 「최치원」, 「조신의 꿈」, 「김현감호」 등이 있다.
② 기존의 설화와는 사뭇 다른 형태의 작품들이 등장하여 소설 발생의 시점과 관련된 논쟁을 불러일으킨다.
③ 이 시기에 지어져 전해오는 『수이전』에 실린 많은 작품들을 통해 이 시기의 전기소설의 모습을 살펴볼 수 있다.
④ 이 시기의 소설들은 비현실적인 일을 다룬다는 점에서 전기(傳奇)소설이라 한다.

목차 CONTENTS

PART 1 핵심이론 & 실전예상문제

교육은 우리 자신의 무지를 점차 발견해 가는 과정이다.

– 윌 듀란트 –

제 1 편

고전소설 개관

| 단원 개요 |

이 단원에서는 고전소설의 구체적인 작가 및 작품에 대해 살펴보기에 앞서 고전소설 일반의 특징에 대해 알아보도록 구성하였다. 고전소설의 개념과 범주로부터 시작하여 고전소설의 작가 및 독자의 특징과 유통방식을 살펴보는 것은 물론이고, 당시 사람들의 소설에 대한 관점을 알아본다. 이로써 고전소설 제반의 내용을 살펴보고 이후 이어지는 개별 작가 및 작품에 대한 이해의 폭을 넓히도록 한다.

| 출제 경향 및 수험 대책 |

이 단원에서는 개별 작가 및 작품의 가치를 이해하고 평가하는 데 도움이 되는 고전소설 일반의 특징에 대해 묻는 문제들이 출제될 수 있다. 또한 고전소설의 발생으로부터 시작하여 조선 전기, 한글 창제 이후 및 조선 후기 소설의 특징과 같은 고전소설의 역사적 전개에 대해서도 정확하게 파악해 두는 것이 필요하다.

제 1 장 고전소설의 개념과 범주

1 설화와 소설의 관계

인류의 역사상 가장 오래된 예술은 원시종합예술로 불린다. 시, 무용, 음악 등이 하나의 장르로 결합되어 종합적인 면모를 가진 것이다. 이때의 예술은 예술 활동을 통해 사회적 통일을 이루는 정치적 기능과 초자연적 힘을 가진 존재에게 바치는 종교적 기능을 지닌 것이었다. 뿐만 아니라 식생활의 안정을 위한 경제적 기능도 지녔다.

이후 원시시대를 지나 인간의 삶이 보다 복잡해지게 됨에 따라 예술에도 변화가 생겨났다. 예술이 원시종합예술 상태에서 벗어나 음악, 무용, 시가 등 개별적이고 독립적인 분야로 나뉘게 된 것이다. 이처럼 개별화・전문화된 장르 중 하나가 문학인데, 문학은 다시 시, 소설, 희곡 등 다양한 갈래로 나뉘었다. 이러한 갈래들 중 소설은 서사문학의 핵심에 해당한다.

소설이 형성되기 위해서는 다양한 문학적・시대적 여건들이 마련될 필요가 있는데, 언제, 어떻게 형성되었는지와 관련해 다양한 논의가 이루어질 수 있다. 그 중 가장 유력한 것으로는 구전되던 설화가 한자를 사용하게 되면서 문자로 정착되는 과정을 거쳐 소설이 형성되었다는 것이다.

설화는 구전되는 이야기를 가리킨다. 보통 신화, 전설, 민담으로 분류되는데 시간의 흐름에 따라 원래의 이야기로부터 파생된 여러 이야기를 형성한다. 또한 설화는 한 민족의 역사와 더불어 자연적으로 발생한 것이며 집단적이고 평민적이라는 점에서 한 민족의 생활과 감정과 다양한 풍습을 담게 된다. 이러한 설화가 시간이 지남에 따라 문자로 정착되고 문학적 형태를 갖추어 나가다가 서사적인 면이 강해지면서 소설의 탄생으로 이어지게 된다.

한국문학에서 소설의 초기 형태 중 하나인 전기소설과 설화의 차이점을 살펴보면 다음과 같다.

(1) 설화와 달리 전기소설은 내용이 구체적이다.

① 설화는 겉으로 드러나는 인물의 행위 위주로 서술되는 반면 전기소설은 겉으로 잘 드러나지 않는 인물의 내면에도 관심을 두고 이를 표현하기 위해 시(詩)를 활용하기도 하고 인물의 성격묘사에 공을 들이기도 한다. 따라서 설화에 비해 소설은 훨씬 구체적인 세계를 보여준다.

② 시・공간의 설정 역시 설화는 추상적으로만 언급되는 반면 전기소설은 훨씬 구체적으로 제시되며 환경에 대해서도 자세하게 묘사한다.

③ 전기소설에서 환경에 대해 구체적이고 자세하게 묘사한 것은 인물의 성격적 특징과 긴밀하게 관련되게 된다. 또한 인물에 대해 구체적으로 묘사하는 것은 환경에 대한 묘사를 심화시킨다. 즉 인물과 환경이 상호 영향을 주고받으며 긴밀하게 연관되어 있는 것이다. 이처럼 인물과 환경에 대해 구체적으로 나타냄에 따라 전기소설에서는 사회현실의 반영이 보다 풍부하게 이루어지고, 인간의 삶에 대해서도 한층 깊이 있는 이해에 이르게 된다.

(2) 설화의 시간은 '지속'의 의미를 지닐 뿐이지만 전기소설의 시간은 주인공의 성장과 변화를 가능하게 하는 요소이다.

(3) 설화의 주인공은 내면적인 면을 내보이는 일이 거의 없으며 고독과는 거리가 멀지만 전기소설의 주인공은 대개 고독하거나 소외감을 느끼며 그러한 내면을 편지, 시, 노래 등의 방법으로 표출한다.

(4) 설화는 자연발생적인 반면 전기소설은 뚜렷한 목적의식에 따라 창작된다. 전기소설을 지을 때 목적의식은 전기소설이라는 장르가 지니는 특징을 최대한 드러내고자 하는 것을 의미하기도 한다. 예를 들어 주제가 뚜렷하고, 플롯이 치밀하며, 인물의 개성이 두드러지고, 다양한 매개적 인물이 등장하며, 작품 분위기에 맞는 곡진하고 섬려한 문체로 쓴다는 것 등을 말한다.

(5) 설화 및 패설류 글과 달리 전기소설은 분위기를 중시하는 감각적이며 화려한 문어체이다. 또한 전기소설은 서정적이고 시적이어서 대구나 고사 등을 자주 이용한다.

(6) 전기소설은 설화에 비해 사회현실을 보다 풍부히 반영하고 있다.

(7) 전기소설에는 작가 개인의 창작성 및 문체의 특징이 드러난다.

2 한문소설과 국문소설

(1) 고전소설의 개념

고전소설은 옛날에 우리 문자로 지어진 소설을 의미한다.

(2) 고전소설의 범주

① **시기적인 면**

고전소설은 **15세기 무렵 김시습의 『금오신화』**에 실린 작품들로부터 시작하여 19세기 말 이인직의 신소설이 나오기 전까지의 작품들 또는 갑오경장 이전까지의 작품들을 의미한다. 다만 최근 들어 약 10세기에 지어진 것으로 추정되는 설화집 『수이전』에 실린 「최치원설화」에서 이미 소설적 특징이 나타났다고 보고 소설의 기점을 **나말여초**로 보아야 한다는 견해가 상당히 설득력을 얻고 있다.

② **표기적인 면**

우리 민족은 조선시대 세종대왕이 한글을 만들기 전과 후에 걸쳐 지속적으로 한자를 사용해 왔다. 따라서 고전소설은 한글로 쓴 것과 한자로 쓴 것을 모두 포함하는 것이어야 하며 한문소설을 한글로 번역한 것까지도 포함한다.

(3) 한문소설

① **뜻**

처음부터 한문으로 쓴 소설을 의미한다.

② **최초의 한문소설**

15세기 후반 김시습의 『금오신화』에 실린 5개의 단편으로, 이 5개의 단편은 전기적 내용을 지닌 것들이었다.

③ **15세기에 한문소설이 지어진 배경**

㉠ 고대로부터 설화, 패관문학, 가전체문학 등의 이야기 형식이 전해져 내려왔다.

㉡ 중국소설의 영향으로 작가의 창작 의식이 발전했다.

㉢ 인간 삶의 문제에 관심을 갖게 되면서 허구성과 형상성을 지닌 이야기를 만들어내게 되었다.

④ **「설공찬전」**

1511년 무렵에는 채수가 「설공찬전」을 펴냈다. 「설공찬전」은 처음에는 한문소설로 쓰였으나 현재는 국문으로 번역한 것만 남아있다. 이처럼 한문소설들을 국문소설로 번역하는 과정을 거치며 한글소설이 창작될 기반이 마련되어 갔다.

⑤ **『기재기이』**

1553년에는 신광한이 쓴 한문 단편 소설집인 『기재기이』가 발표되었는데, 이것은 우리나라에서 최초로 간행된 한문 소설집이다. 『금오신화』는 시기적으로 먼저 지어졌으나 간행은 창작 시기보다 훨씬 나중에(1653) 일본에서 이루어져서 간행된 순서는 『기재기이』가 앞선다. 『기재기이』에는 「안빙몽유록」을 비롯한 4편의 소설이 실려 있다.

⑥ **한글소설의 등장**

「설공찬전」에 이어 「왕랑반혼전」(1565), 「주생전」(1593) 같은 국문 번역본 소설이 나오게 되는 과정을 거쳐 결국 아예 처음부터 작가가 한글로 소설을 쓴 「홍길동전」, 「한강현전」, 「소생전」과 같은 작품들이 나오게 된다.

이후에도 「구운몽」, 「사씨남정기」, 「창선감의록」, 「옥루몽」 등과 같은 작품을 비롯해 상당수의 소설이 국문본과 한문본으로 동시에 유통되면서 국문소설과 한문소설은 공존하는 시기가 이어진다.

(4) 국문소설 중요도 상

① **뜻**

처음부터 국문, 즉 한글로 쓴 소설을 의미한다.

② **최초의 국문소설**

17세기 초 허균의 「홍길동전」은 사회비판적인 내용을 담은 작품으로, 이러한 면은 이후 고전소설은 물론이고 한국소설의 주요한 전통을 이룬다.

③ **17세기에 국문소설이 본격적으로 발전할 수 있었던 요인**

㉠ 한문소설의 창작 경험이 오랫동안 누적되어 왔다.

㉡ 국문이 널리 보급되었다.

㉢ 임진왜란 이후 서민의 자아가 각성되는 등 새로운 문학 환경이 조성되었다.

㉣ 국문소설의 주된 독자층이었던 여성 독자층이 형성되었다.

④ **국문소설의 기반 : 허균과 김만중**

㉠ **허균의 「홍길동전」 이후 17세기 후반에 이르러 김만중이 「구운몽」을 창작**함으로써 국문소설은 확고한 기반을 마련하며 발전하게 된다.

㉡ 허균과 김만중은 상층 사대부 가문에 속해 있으면서도 진보적 의식을 지녀, 국문소설이 천시되는 분위기로 인해 소설의 작가를 잘 밝히지 않는 사회적 상황 속에서도 이름을 내걸고 소설을 창작했다.

⑤ 국문소설이 지닌 양식적 특징

㉠ 한문산문의 다양한 양식과 단절되어 있다. 따라서 전기, 전, 야담, 몽유록과 같이 한문학 양식 전통이 강한 것들은 배제되고, 그 이외의 유형이라 할 수 있는 영웅소설, 가문소설, 애정소설, 세태소설들이 지어졌다.

㉡ 한문소설에 비해 소설이라는 장르에 부합하는가 하는 문제를 야기하지 않는다. 즉 한문소설보다 국문소설이 소설이라는 장르의 구심점에 놓인다고 할 수 있다.

㉢ 한문소설보다 양적 비중이 압도적으로 많다.

㉣ 한글을 읽고 쓰는 능력을 기르는 데 크게 영향을 끼쳤다. 사대부 남성들은 국문소설을 드러내놓고 읽지 않았으나, 사대부 여성 및 서민 남녀들은 한글을 배워 국문소설을 필사하거나 읽는 데 활용했다. 또한 국문소설이 본격적으로 등장한 것은 17세기이고, 18세기에 들어서면서 발전하다가 19세기에 이르면 폭발적으로 증가한다. 이는 한글 해독층의 증가와 긴밀한 관련을 가진다.

㉤ 국문소설의 경우 이본이 상당히 많은데 이는 소설 향유층이 단지 소설을 읽는 차원에 그친 게 아니라 소설 창작이라는 예술적 행위에 적극적으로 가담했다는 것을 의미한다. 특히 국문소설의 창작에는 여성들이 적극 참여했을 것으로 짐작된다.

㉥ 국문소설 중에서도 특히 판소리계 소설은 방언 및 비속어를 포함한 일상어를 대폭 반영하여 한문소설과는 다른 다양한 수사적 표현을 발달시켰고 인물 형상을 비롯하여 다양한 표현 양식으로 드러냈다. 이러한 바탕 위에 해학과 풍자라는 미학이 발전할 수 있었다.

제 2 장 | 소설의 작가, 독자, 유통

1 작가와 독자층의 변화 양상

(1) 작가층의 변화 양상

① **15세기~17세기 : 남성 사대부**

15세기 이전에는 여러 문인들에 의해 문헌 설화, 우화, 가전체, 패설 등 다양한 형태의 산문들이 지어졌다. 이러한 산문적 성과물 위에 15세기에 들어서는 우리나라 최초의 소설집이라 할 수 있는 『금오신화』가 지어지게 되었다.

유교가 사회의 기반을 이루고 있던 조선 초에는 소설이라는 장르에 대해 부정적인 인식이 우세하였다. 그럼에도 불구하고 15~16세기에 소설을 향유했던 작가층은 대부분 **남성 사대부**였다. 15세기 말, 『금오신화』를 쓴 김시습(1435~1493)도 사대부였고, 16세기에 살며 다양한 작품을 쓴 신광한(1484~1555), 허균(1569~1618) 등도 모두 문신으로 활약했던 인물들이며, 17세기에 활약한 김만중(1637~1692) 역시 문신으로 일했던 사람이었다.

그러나 한글이 퍼져나가며 한문소설의 한글 번역본이 만들어지거나, 허균의 「홍길동전」 이래로 아예 처음부터 한글로 소설을 쓰는 경우가 생겨나자 작가 및 독자층에 변화가 생겨나기에 이르렀다. 또한 16세기 말과 17세기에 치른 두 차례의 전투, 즉 **임진왜란과 병자호란은 이후 사회의 급속한 변화**를 이끌어내는 데 결정적인 역할을 하였다.

② **18세기 : 직업적 작가층의 등장**

18세기 이후에는 **직업적 작가층이 등장**하게 된다. 이들의 등장은 **세책과 방각본 소설**이 활발하게 유통되었다는 것을 통해 알 수 있는데 소설을 통해 이윤을 추구하는 전문 직업 작가가 등장하게 된 것이다. 이들의 작품은 비판적 지식인의 작품과는 달리 작가를 알 수 없는 경우가 많다. 조선시대에는 소설 창작 행위가 사회적으로 내세울 만한 일이 못 되었던 데다 저작권의 개념도 거의 없어서 스스로 작가임을 드러낼 이유가 없었던 것으로 보인다.

비판적 지식인의 작품은 현실 질서의 질곡을 극복하고자 하는 모습을 보이는 데 비해 직업적 작가층이 쓴 작품의 경우 **현실의 질서에 순응하면서 욕망을 성취하는 모습**이 그려진다. 직업적 작가층의 신분은 정치적, 경제적 기반을 상실한 몰락 양반층일 가능성이 높다.

㉠ 몰락 양반층이 직업적 작가층이 된 이유

ⓐ 몰락 양반층에게 소설 창작은 생계 수단이 될 수 있었다.

ⓑ 몰락 양반층은 소설을 창작할 정도의 문학적 소양과 지식을 갖추었다.

ⓒ 일부 영웅소설의 경우 세력을 잃은 주인공들이 실세를 회복하고자 하는 욕망을 성취하는 내용을 담고 있는데 이는 몰락 양반층의 의식과 일치한다.

㉡ 직업적 작가층이 쓴 소설의 내용적 특징

ⓐ 선과 악의 대결이라는 이분법 구도

ⓑ 온갖 시련을 극복하고 선인이 승리하는 결말

ⓒ 아슬아슬한 서사전개
ⓓ 영웅의 승패에 대한 지나친 정서 유발

③ **19세기 : 작가 계층의 다양화**

19세기 들어 판소리계 소설 및 대하소설이 활성화되었다. 판소리계 소설의 경우 다양한 이본이 존재하는 것으로 보아 많은 개작가가 있었을 것으로 보이는데 주요 작가는 **광대층**일 가능성이 크다. 또한 중인 계층이었던 신재효가 판소리를 개작하고 그것이 다시 소설로 정착되기도 했다.

가문소설 위주의 대하소설은 상층 귀족의 부유함을 보여주고 국가 및 사회 체제의 당위성을 강조하는 등 상층 사대부가 지향하는 의식 세계를 보여준다는 점에서 대하소설의 작가는 **상층 사대부**일 것으로 본다. 특히 **사대부층의 부녀자들**이 필사를 하다가 대하소설 창작에 직접 참여하기도 하고, 공동으로 창작하기도 한 것으로 짐작된다.

정리하자면, 고전소설의 작가는 나중으로 갈수록 **작가층의 계층이 낮아지면서 작가층이 확대**되었다.

(2) 독자층의 변화 양상 중요도 하

15~16세기에는 소설 독서가 일반화되었다고 보기는 어렵고, 일부 사대부에 의해 제한적으로 읽힌 것으로 보인다. 그러나 한글이 여성들 중심으로 점차 퍼져나가고 국문 번역본 및 국문소설이 등장하게 됨에 따라 17세기에 이르러 소설 독자층은 보다 확대되기에 이르렀다. 그러다 18세기에 이르러서는 세책가의 활동과 더불어 소설 열독 현상이 나타난 것으로 보인다. 이러한 상황에서 19세기에는 다수의 독자들의 욕구를 토대로 방각본 소설이 출판되었다. 이는 곧 소설의 대중화로 이어졌다.

① **남성 사대부**

소설 독자로는 가장 먼저 **남성 사대부**를 꼽을 수 있다. 한문에 능해 중국에서 전해 온 소설들뿐만 아니라 우리나라 작가들이 쓴 한문소설을 읽는 데 언어적 장벽이 없었기 때문이다. 그런데 소설 독서에 긍정적인 생각을 가진 경우라 해도 남성 사대부들은 **전(傳)보다 록(錄)을 선호**하는 경향이 있었다. 이는 전보다는 록이 더 사실에 근거한다고 보았기 때문이다.

② **중인**

중인들은 『전등신화』, 『오륜전비』 같은 작품을 많이 읽었으며, 역관들은 번역하여 중국어 학습을 하는 데 이용하기도 했다.

③ **궁중의 여성들**

고전소설이 독자와 만나기 위해서는 소설에 대한 독자의 관심, 문자 해독력 구비, 책을 구매할 정도의 경제적 여건, 독서를 할 수 있는 여가시간의 확보 등이 충족되어야 한다. 이러한 조건을 모두 충족할 수 있는 사람들로는 우선 왕궁에 살던 여성들을 꼽을 수 있다. 왕비의 도서관이 있었던 '낙선재'에 한글 서적이 4천여 권 있었는데, 그 중 대부분은 번역소설이라는 기록이 이를 뒷받침한다.

④ **사대부가의 여성들**

점차 여성을 중심으로 한글 보급이 이루어지고, 문예적 욕구가 있으며 여가시간의 확보가 용이한 상황을 바탕으로 많은 사대부가 여성들이 **국문 장편소설**을 탐독하였다. 김만중이 어머니의 근심을 위로하기 위해 「구운몽」을 지었다는 기록이나, 작가는 불분명하나 「창선감의록」, 「장승상전」을 지은 이유가 어머니가 소설 듣기를 좋아하기 때문이었다는 기록 등이 이를 뒷받침한다.

⑤ **일반 서민**

18세기 들어 **세책방의 증가와 전기수의 활발한 활동** 기록으로 보아 서민층에도 소설이 널리 퍼져 있었음을 알 수 있다.

2 소설의 유통방식 중요도 중

작가가 쓴 작품이 독자에게 전달되기까지의 다양한 방식을 고전소설의 유통이라고 한다. 고전소설의 유통은 독자층의 확대와 더불어 점점 다양하고 복잡해졌다.
소설이 유통된 방식은 처음에는 구연이나 개인적인 필사의 방식이었다. 손으로 직접 책을 옮겨 적는 방법으로 책을 제작하여 개인이 소장하거나 늙은 부모님, 시집가는 딸 등에게 주었다. 또한 한글 공부를 목적으로 하는 경우도 있었다. 돈을 주고 다른 사람에게 필사를 시키는 '임사'가 이루어지기도 했으나 필사에 의한 유통은 물리적, 시간적 한계가 있고 유통 범위도 매우 좁았다.
18세기 이후부터는 독자층의 증가와 더불어 상업적 목적을 지닌 유통방식이 다양하게 생겨났는데, 크게 보아 구연에 의한 유통과 문헌에 의한 유통으로 나눌 수 있다.

(1) 구연에 의한 유통

글을 모르는 사람, 글을 읽을 수 있으나 남이 읽어 주는 것을 선호하는 사람들을 대상으로 소설 낭독이 이루어졌다. 낭독의 주체는 주로 다음과 같은 전문 직업인들이었다.

① **강담사(講談師)**
㉠ '이야기장이', '이야기주머니'로 불리는 일반적인 의미의 이야기꾼이다.
㉡ 몰락한 양반이 주를 이루었다.
㉢ 별도의 대본 없이 이야기를 구연하는 과정에서 즉흥적으로 이야기를 만들었다.
㉣ 서민적 성격과 양반 사회를 포괄하는 성격을 지녔다.

② **강창사(講唱師)**
㉠ 이야기를 창에 얹어서 구연하는 사람이다.
㉡ 판소리광대가 대표적이다.

③ **강독사(講讀師)** 중요도 중
㉠ 서울 거리에서 돈을 받고 소설을 청중(주로 평민과 상인)에게 낭독해 주는 사람이다.
㉡ **전기수(傳奇叟)**라고도 한다.
㉢ 거리가 아니라 각 가정을 돌아다니며 책을 읽어주는 것을 업으로 삼는 사람도 있었다.
㉣ 사대부가의 부녀자를 상대로 하는 여자 강독사도 있었다.
㉤ 소설의 내용에 부합하는 적당한 몸짓과 표정을 얹어 낭독했다.
㉥ 이들은 소설의 보급, 독자층의 확대에 특별히 크게 기여하였다.

(2) 문헌에 의한 유통 중요도 중

① 개인적 필사 위주의 고전소설 유통은 상업 출판업자가 영리를 목적으로 만든 소설들이 등장하면서 점차 대여나 구매로 집중되었다.

② 문헌에 의한 유통에는 다음과 같은 방식이 있었다.

차람(借覽)	별도의 비용 없이 소설의 소유자에게 책을 빌려 보거나 빌려 온 책을 직접 필사하는 것이다.
구매	서적 중개인(서쾌)이나 책방에서 자신이 직접 돈을 지불하고 책을 구입하는 것이다.
대여	세책(貰冊)점에서 일정한 돈을 내고 책을 빌리는 것이다.

③ 대여를 위한 세책소설(돈을 받고 사람들에게 빌려주던 소설책)은 다음과 같은 나름의 특징을 지니기도 했다.

㉠ 제작 수량이나 유통지역에 한계가 있었다.
㉡ 서민층의 소설에 대한 요구에 부응해 번성하였다.
㉢ 책의 파손을 최소화하기 위해 책을 두껍게 만들었다.
㉣ 책의 상단에 장수를 적어 훼손 시 보수를 용이하게 했다.
㉤ 마지막 장에는 세책점이 있던 동네이름이나 상호명을 적어 영업자를 분명히 했다.
㉥ 대여를 통해 이윤을 얻는 것이 목적이므로 최대한 권수를 늘려 놓았다.
㉦ 대여자들이 남긴 다양한 내용의 낙서가 있다.

3 필사본, 방각본, 활자본 등

유통방식과 관련하여 고전소설에는 **필사본, 방각본, 구활자본**이 있다. 필사본은 직접 손으로 베낀 것이고, 방각본은 주로 목판에 판각한 형태로 18~19세기 등장한 방식이며, 구활자본은 신식활자의 도입과 근대 인쇄술의 발달로 1912년에 처음 등장하여 1930년대 말까지 활발하게 읽혔으며 해방 후까지 명맥이 유지되었다. 현재 전하는 850종 가량의 고전소설 중 대부분이 필사본이고 방각본은 60여 종이며 구활자본은 300여 종이다.

(1) 필사본

① **뜻**

직접 손으로 베낀 것을 말한다.

② **필사본 소설의 특징**

㉠ 19세기 중반에서 20세기 후반까지 약 510여 종의 필사본 소설이 존재하는데 서울과 경기지역보다는 삼남지방에서 더 오랫동안 필사되었고, 더 많은 양이 존재한다. 특히 섬과 어촌 등에서는 필사본이 발견되지 않고 농촌지역에서만 풍부하게 발견된다. 이로서 필사본 소설에는 **농촌문화권의 유교문화적 전통**이 내포되어 있음을 짐작할 수 있다.

㉡ 필사본의 향유층은 양반 및 선비 집안의 여성 혹은 남성이었다. 이들은 주로 영웅소설, 판소리계 소설, 장편소설, 가정소설 등을 선호했는데, 영남은 장편소설, 호남은 판소리계 소설, 충청 및 서울과 경기는 영웅소설 등을 가장 선호했다.

㉢ 가장 많은 필사본을 가진 것은 「유충렬전」이고, 「춘향전」, 「창선감의록」, 「조웅전」이 순서대로 그 뒤를 잇는다.

㉣ 방각본이나 활자본이 나온 후에도 상관없이 필사의 전통이 이어졌다.

㉤ 한문본이 20여 편 정도에 머문 반면 국문본은 490여 편으로 훨씬 많다.

㉥ **여성은 국문본을, 남성은 한문본을 선호**했는데, 필사본 향유층은 남성보다 여성이 압도적으로 많았다. 특히 영남과 충청은 여성 향유층이 풍부한 반면, 호남과 서울 및 경기는 남성 향유층이 점차 증가했다.

㉦ 농번기보다는 농한기에 주로 필사가 이루어졌는데, 삼남지방과 달리 상업이 발달한 서울과 경기는 농사주기와 별 상관없이 필사가 이루어졌다.

(2) 방각본 중요도 중

① **뜻**

늘어난 소설 수요자들의 욕구를 충족시키기 위해 민간인이 '서방'(書坊, 서점)에서 판매하기 위해 간행한 책으로, 주로 목판에 소설을 새겨 대량 인쇄하였다.

② **방각본 소설의 특징**

㉠ 주된 독자층이 서리, 농민, 부녀자 등 서민층이어서 대중적인 기호에 맞는 책들이었다.

㉡ 경제 활동이 활발했던 서울, 안성, 전주에서 간행되었고, 간행된 지역 근방에서 유통되었다. 생산지를 고려해 경판본, 안성판본, 완판본이라 부르는데 각 판본마다 특색이 있다.

경판본	본문의 글씨가 작고 한 장에 많은 내용을 새겨 권당 30~40장으로 출간했다. 따라서 소설 내용이 간략하다.
안성판본	경판본과 유사하다.
완판본	글씨를 큼직하게 새겨 가독성이 높고 내용이 자세한 편이다. 권당 80~100장 정도로 출간했다. 본문에 판소리 사설이 들어가 있다.

㉢ 제작비용을 줄이기 위해 원 책의 내용을 생략하거나 축약해서 간행했다.

㉣ 현존하는 것 중 가장 먼저 간행된 한문본은 1725년에 간행된 「구운몽」이고, 한글본은 1780년에 간행된 「임경업전」이다.

㉤ 방각소설의 등장으로 소설이 본격적으로 상업화되었다.

(3) 활자본

① **뜻**

1910년대 초반 신식 활자로 인쇄한 소설책으로 '딱지본(딱지처럼 울긋불긋한 표지 때문에)', '육전소설(6전이라는 저렴한 가격 때문에)', '활자본 고소설'이라고도 한다.

② **출판 시기**

활자본 인쇄는 신문, 잡지, 단행본 출판의 순서로 이어져 1907년에 소설 단행본이 처음 출판되었다. 활자본의 첫 작품은 이인직의 신소설 「혈의 누」와 「귀의 성」 상권이었다. 이후 1911년에 고전소설인 이해조의 「옥중화」, 「강상련」이 출판되었다. 활자본 소설은 점점 다양한 종류의 소설이 출판되었으나 1919년 이후로는 줄어들었다.

③ **활자본 소설의 특징**

㉠ 값이 싸고 부피가 적어 휴대하기에 편하게 제작되었다.

㉡ 표지가 다채로운 색깔과 모양으로 되어 있다.

㉢ 활자본으로 출판된 고전소설의 총수는 300여 종으로 방각본에 비해 4배가량 많다. 그러나 종류와 수량이 가장 많은 것은 역시 필사본이다.

㉣ 대부분 국문소설이지만 한문 현토체도 종종 있어서 **독자층이 다양**했음을 알 수 있다.

㉤ 활자본은 목판본보다 조판이 쉬워서 장편도 출판되었다.

㉥ 가장 인기가 있었던 작품은 「춘향전」(97회)이고, 「삼국지연의」(43회), 「유충렬전」(24회), 「조웅전」(22회), 「구운몽」(21회), 「장화홍련전」(20회), 「옥루몽」(19회), 「장풍운전」(17회) 등이 뒤를 이었다.

㉦ 「삼국지연의」, 「구운몽」, 「옥루몽」 등이 잘 팔렸던 것으로 보아 남성 독자가 큰 비중을 차지하게 된 것으로 보인다.

㉧ 고전소설의 활자본과 신소설은 출판 시기가 겹치는데 이후 신소설은 1930년대에 들어 통속소설로 대치되었고, 고전소설의 활자본은 1945년 이후까지도 지속적으로 출판되었다. 그러다가 구식 활자본에서 더 나아간 신식 활자본 소설이 보급되면서 고전소설의 활자본도 변두리로 밀려나게 되었다.

㉨ 활자본의 등장으로 비로소 소설이 **전국적으로 유통**되기에 이르렀다.

제 3 장 소설에 대한 시각

1 소설 배격론

(1) 소설 배격론의 바탕 중요도 중

① **유학의 관점에서 본 문학 : 재도론**

조선시대는 유학이 사회 전반에 영향을 끼치던 시기였다. 유학적 관점에서의 문학관 중에서도 조선시대를 압도한 관점은 재도론(載道論)이다. **재도론이란 문학을 도덕적, 교육적 목적의 성취를 위한 한 방법으로 보는 견해**이다. 특히 조선 후기에는 혼란한 사회 분위기를 극복하고자 사대부 문학가들이 이러한 재도론을 심화・발전시키고 재도론에 부합하는 시문을 지으려 노력했다. 재도론에서는 문학도 도학을 위한 것이어야 했다. 즉 도를 위해 문장을 써야 하는 것이며, 이러한 관점에 어긋나는 문장은 배격의 대상이 되었다.

② **당대 소설 유행의 양상**

㉠ 정조는 산문체의 유행으로 문풍이 어지럽혀지는 것을 우려해 **문체반정**을 일으켜 복고적인 문예 정책을 펼쳤다. 이로 보아 당시 소설이 상당히 유행했다는 것을 짐작해 볼 수 있다.

㉡ 조선 후기 사대부가 부녀자들은 누구보다도 소설을 탐독했다. 소설책에 빠져 가사를 방치하거나 돈을 주고 빌려보다가 가산을 탕진하는 경우까지 있었다고 하니 당시 여자들의 소설 사랑은 지극했던 것으로 보인다.

㉢ 여성뿐만 아니라 사대부 남성들도 소설에 빠져들었다. 『북학의』를 쓴 초정 박제가는 병석에 누워서도 소설책을 탐독하여 친구들의 걱정을 사기도 했다.

㉣ 소설에 대한 사랑은 사대부가뿐만 아니라 서민 대중에게서도 일반적인 일이었다. 이렇게 될 수 있었던 것은 소설을 직업적으로 낭송하던 강독사의 등장 덕분이었다. 직업적인 강독사의 등장은 18세기 후반 우리 사회의 특징적 현상이었다. 이들의 등장은 소설독자의 저변을 서민 대중으로까지 확대시켜 바야흐로 소설의 전성시대를 이끌었다.

㉤ 당대 유행하던 소설에는 국문으로 된 애정소설, 『수호지』, 『삼국지연의』, 『서유기』, 『금병매』 및 『서상기』 같은 중국소설들이었으며 종로와 동대문 사이의 길거리에서 전기수들은 「숙향전」, 「소대성전」, 「심청전」, 「설인귀전」, 「임장군전」 같은 다양한 우리말 창작소설들을 읽었다고 한다.

㉥ 대체적으로 사대부들은 한문으로 된 중국의 사대기서나 「서상기」 등을 읽었던 것으로 보이고, 양반 부녀자들은 주로 우리말 창작 혹은 번역의 애정소설류를 읽었던 것으로 보이며, 일반대중은 우리말로 된 『삼국지연의』류나 영웅 혹은 애정소설들을 낭송을 통해 접했던 것으로 추정된다. 이처럼 신분 계층이나 남녀별 성향에 따라 향유되는 소설의 종류가 서로 달랐던 것은 이 시대의 독특한 문화현상 중 하나라 할 수 있다.

(2) 소설 배격론의 이유 중요도 중

① 허구성에 대한 부정적 인식

㉠ 당시 유행하던 『삼국지연의』 같은 '연의류' 소설들은 역사의 사실적 기록이 아니라 역사는 단지 소재로 삼고 허구성을 가미한 것인데, 기대승은 그러한 작업이 역사를 왜곡한 것이라 보고 비판했다. 뿐만 아니라 왕에게 소설을 가까이 하지 말라는 진언을 하기도 했다.

㉡ 이식은 사대부들이 역사서인 『삼국지』는 잘 읽지 않고 소설인 『삼국지연의』만을 탐독하여 진・가를 구별하지 못하는 현실을 개탄하면서, 역사를 왜곡하고 있는 모든 연의는 불살라버릴 것을 주장했다. 이식도 기대승과 마찬가지로 연의류(演義類) 소설을 역사의 왜곡으로만 생각하고 비판했다.

㉢ 이익은 '역사를 읽는 자는 상세히 알아야 할 것'이라고 했는데 이 말에는 '연의소설'은 그 내용이 실제의 역사가 아니라 사실을 왜곡한 가짜 역사이기 때문에 읽지 말아야 한다는 뜻을 담고 있다. 실사구시만을 추구하는 실학자 이익으로서는 사실로서의 진실성만을 수용하고 허구를 통한 진실성의 추구는 인식하지 못했던 것으로 보인다.

㉣ 중종 때 채수가 쓴 「설공찬전」을 두고 조정에서 정치적인 논쟁이 벌어졌는데, 유학자들 중에는 「설공찬전」이 '윤회화복지설'로써 민중을 미혹시킨다고 보는 사람이 있었다. 윤회화복은 불교가 지향하는 종교적 교리 중의 하나이다. 그러나 조선시대는 유교만을 정교로 인정하던 때였다. 따라서 유학자들의 입장에서는 유교만이 정설인데다가, 윤회화복지설 자체가 비현실적인 이야기여서 더 배척할 근거가 충분했다.

② 효용성에 대한 부정적 인식

이의현은 남녀의 이야기는 외설스럽고 음란한 내용이 많아서 근엄한 선비가 가까이 두고 보아서는 안 된다고 했다. 남녀 간의 사사로운 정을 용납하지 않았던 유학자들에게 남녀의 애정문제를 다루는 소설의 내용은 외설・음란・비도덕적인 것으로밖에 인식되지 않았다. 따라서 이런 소설들은 인간의 심령을 방탕케 하여 결국 사회의 윤리질서에까지 악영향을 주므로 배격해야 한다고 보았다.

③ 반체제성에 대한 부정적 인식

㉠ 이식

「수호전」의 반체제적・반사회적 내용뿐만 아니라 그것을 모방한 허균의 행위 및 「홍길동전」의 내용을 비난했다.

㉡ 이익

「수호전」의 작가가 음적(陰賊)의 뜻을 품었다고 비난했다. 또한 난을 일으킨 자들이 「수호전」에 나오는 인물과 병술까지 흉내 내는 양상을 보며 소설이 주는 사회적 해악이 심각하다고 보았다.

④ 언어・문체에 대한 부정적 인식

이식, 이덕무, 이이순은 소설의 문체가 고상하고 규범적이며 절제된 순정한 고문에 준거한 언어와 문체가 아니라고 보았다. 소설이 허구적 개연성을 갖추기 위해 삶의 현장에서 쓰는 언어와 문체를 사용하기도 하는데 그러다 보니 고문체만을 문(文)의 전범으로 고집하는 유학자들에게는 천하고 속된 표현으로 인식되었다. 따라서 그들은 소설체 문장을 패사소품체(稗史小品体)란 말로 치부하고 배격하였다. 정조의 문체반정도 이러한 인식에 따른 일로 볼 수 있다.

⑤ **비생산성에 대한 부정적 인식**
유학자들의 기본 생각은 사대부 자제들은 학문과 도를 닦는데 정진해야 하고, 관리들은 자기 임무에 충실해야 하며 부녀자들은 가사에 충실해야 한다는 것이었다. 그러나 소설의 유통이 번성함과 더불어 소설에 심취한 나머지 사대부 자제들은 경사(經史) 공부를 등한시하고, 관료들은 공무를 소홀히 하며, 부녀자들은 가사를 돌보지 않는데다 심지어 세책하느라 가산까지 축내는 지경에 이르게 되었다. 이에 유학자들은 소설을 사회적 재앙의 하나로 인식하기에 이르렀다.

(3) 소설 배격론의 결과

① 예술적 창의성 계발을 억제하여 소설 발달이 저해되었다. 이러한 문제는 정조의 문체반정에 이르러 극에 달했다. 정조는 당시 유행하기 시작한 박지원의 「열하일기」와 같은 참신한 문장에 대해 문체가 순정성을 잃고 잡문체로 전락했다고 비판하면서 순수한 고문(古文)을 문장의 모범으로 삼아야 한다고 했다. 이를 위해 패관소설과 잡서 등의 수입을 금했고 과거시험 및 사대부 계층의 글쓰기 전반에 대한 검열을 했다. 패관잡기에 관련되는 답이 있으면 과거시험에서 낙방시키라는 명을 내리기도 했다.
② 소설의 작가로 하여금 떳떳하게 자기 이름을 밝히지 못하게 하였다. 이 때문에 작가 미상의 소설 작품이 많아지게 되었다.

그러나 조선 후기에 들어 소설에 대한 인식은 점점 긍정적인 쪽이 우위를 점하는 방향으로 나아갔다.

2 소설 옹호론

(1) 소설의 효용적 가치 인정

조선 후기로 오면서 소설 배격론은 점차 힘을 잃어가고 소설의 기능과 효용성을 인정하는 쪽으로 서서히 힘이 실리게 되었다. 이러한 입장에서 제시하는 소설의 효용적 가치는 다음과 같다.

① 인간은 소설처럼 사실무근한 허구의 이야기를 표현할 수밖에 없는 심리를 갖고 있다. → 기양론(技攘論)
② 인간사의 저속성을 의미 있게 받아들여야 한다. → 언사론(言事論)
③ 허구적이면서 저속한 이야기는 효용이 있다. → 이장론(弛張論)
④ 소설은 읽는 이에게 즐거움과 함께 감동 및 교훈을 준다.
⑤ 사필귀정, 권선징악의 내용을 담은 소설의 스토리는 복선화음(착한 사람에게는 복이 오고 악한 사람에게는 재앙이 내리는 것)의 이치를 담고 있어서 부녀자들과 어린이들을 교화하는 방법이 될 수 있다.
⑥ 소설은 우의적이거나 풍자적인 방법으로, 때로는 직접적인 방법으로 사회를 비판하고 개선하려는 뜻을 나타냄으로써 작가나 독자의 불만을 해소해 주고, 소망을 성취하게 해주기도 한다.
⑦ 「사씨남정기」, 「창선감의록」 등의 몇몇 가정소설들은 도덕적인 관점에서 특히 긍정적으로 평가되었다.

⑧ 이이순은 자기가 지은 한문소설 「일락정기」의 서문에서 자기 작품은 '가공구허지설(架空構虛之說)에서 나왔으나 복선화음의 이치가 있다'고 했다. 이는 소설이 허구성을 지닌 것임에도 불구하고 가치 있는 것으로 평가해야 한다는 것이다.

(2) 소설의 허구성에 대한 인식

① 조선 후기로 들어서며 소설의 본질을 **교훈성이 아니라 허구성에서 찾는 경향**이 강해진다.

② 소설의 허구성을 적극적으로 인정하는 것은 소설관에 있어 보다 진전된 견해이다.

③ 소설의 창작 동기가 지닌 가치가 아니라 소설 작품 자체에 대한 인식을 통해 소설 긍정론이 보다 힘을 얻게 되었다.

④ 이양오는 「구운몽」과 「사씨남정기」에 대한 평을 남겼는데, 두 작품의 문장이 훌륭하고, 묘사가 박진감 있으며, 인간의 진실을 보여주고 있다며 높이 평가했다. 이는 창작 동기를 논하지 않고 작품 자체의 가치에 초점을 맞춘 것이어서 소설에 대해 보다 진전된 인식을 지녔음을 보여준다.

⑤ 홍희복은 중국소설 「경화연」의 번역서 서문에 '소설은 거짓일이 실제로 일어난 듯 꾸며 재미있게 해서 인기를 모은다'고 했다.

⑥ 이우준은 「몽유야담」에서 '소설은 빈 데 시렁을 매고, 허공을 꿰뚫어 생각을 쌓고, 뜻을 포개어 기이한 말을 지어내는데, 본뜻을 캐면 깊고 또한 이치에 맞다'고 했다.

더 알아두기

전기수(傳奇叟)[1]

• 조선 후기에 일정한 보수를 받고 소설을 전문적으로 읽어 주던 낭독가를 의미한다.

• 낭독가 중에는 부유한 가정을 찾아다니며 소설을 읽어주고 보수를 받았던 「요로원야화기」의 김호주 같은 부류가 있었다. 그리고 다른 하나는 도시를 중심으로 사람의 왕래가 많은 곳을 택하여 자리를 잡고 앉아 소설을 읽어주고 일정한 보수를 받던 전기수와 같은 부류가 있었다.

• 전기수에 관한 기록 : 조수삼의 『추재집』 기이편

> 전기수는 동문 밖에 살았다. 언과패설(민담)인 「숙향전」·「소대성전」·「심청전」·「설인귀전」 등과 같은 전기를 구송하였다. 월초 1일은 첫째 다리 밑에 앉고, 2일은 둘째 다리 밑에 앉고, 3일은 배오개에 앉고, 4일은 교동 입구에 앉고, 5일은 대사동 입구에 앉고, 6일은 종루 앞에 앉는다. 이렇게 거슬러 올라갔다가 7일째부터는 그 길을 따라 내려온다. 내려왔다가는 다시 올라가고, 올라갔다가 다시 내려와 그 달을 마친다. 다음 달도 또 그렇게 하는데 재미있게 읽어주기 때문에 주위에 구경하는 사람들이 빙 둘러 싼다. 전기수는 책을 읽다가 아주 긴요하여 꼭 들어야 할 대목에 이르러서는 문득 읽기를 멈춘다. 그러면 사람들은 그 다음 대목을 듣고 싶어서 다투어 돈을 던진다. 이것을 요전법(돈벌이 하는 방법)이라고 한다.

• 전기수는 소설의 상업화 가능성과 향유층의 저변을 확대시킴으로써 소설 발달에 크게 기여하였다.

1) 한국학중앙연구원, '전기수', 한국민족문화대백과사전

제 1 편 실전예상문제

제1장 고전소설의 개념과 범주

01 다음 중 설화와 전기소설에 대한 설명으로 옳지 않은 것은?

① 전기소설은 설화와 달리 대구나 고사를 많이 이용한다.
② 설화의 시공간은 추상적인 반면 전기소설은 구체적이다.
③ 설화와 달리 전기소설은 목적의식을 갖고 창작되었다.
④ 설화 속 인물은 환경과 긴밀한 관련을 갖고 성격 및 특징이 정해진다.

01 인물과 환경이 긴밀한 관련을 갖고 반응하는 것은 설화가 아니라 전기소설의 특징이다.

02 다음 중 우리나라 고전소설의 범위에 해당하지 않는 것은?

① 조선시대에 중국소설을 한글로 번안하며 창작을 가미한 작품들
② 조선인이 한문과 한자를 뒤섞어 쓴 작품들
③ 조선인이 순 한문으로 쓴 작품들
④ 일제강점기에 한국인이 쓴 작품들

02 작품을 창작할 때 한글과 한자 중 어떤 것을 사용했는가 하는 점은 우리나라 고전소설의 범위를 정하는데 기준이 되지 못한다. 한글이 창제되기 전까지는 한자를 사용해서 창작활동을 할 수밖에 없었을 뿐 아니라 한글이 창제된 이후에도 한자는 지속적으로 우리의 언어생활을 담당했기 때문이다. 다만 시기적으로 일제강점기는 현대소설의 창작 시기에 해당한다.

03 다음 중 한문소설에 대한 설명으로 옳지 않은 것은?

① 우리나라 최초의 한문소설로 여겨지는 것은 김시습의 전기소설들이다.
② 한문소설이 활발하게 지어진 것은 16세기에 들어서이다.
③ 「구운몽」, 「창선감의록」, 「주생전」은 오직 한문으로 쓴 것만 유통되었다는 점에서 향유층이 사대부 및 사대부가의 부녀자들이었을 것으로 추정된다.
④ 김시습의 『금오신화』보다 신광한의 『기재기이』가 먼저 출간되었다.

03 「구운몽」은 처음부터 한문이 아니라 한글로 쓴 국문소설이며, 「창선감의록」과 「주생전」은 한문으로 지어졌으나 국문본으로 유통되었다.

정답 01 ④ 02 ④ 03 ③

04 다음 중 전기소설이 이전의 설화와 다른 점은?

① 전기소설에서는 비현실적인 일들이 일어난다.
② 전기소설의 작가는 설화와 달리 분명하게 밝혀져 있다.
③ 설화의 주인공이 여러 명인데 반해 전기소설은 주인공이 한 명이다.
④ 전기소설은 시간과 장소가 구체적이다.

04 비현실성은 설화와 전기소설뿐만 아니라 고전소설의 공통적 특징이라 할 수 있다. 또한 소설의 작가가 누구인지 분명하게 밝혀지고 알려지기 시작한 것은 개화기 이후라 할 수 있다. 전기 소설 중에서도 작가가 밝혀지지 않았거나 확실하지 않은 경우가 많다. 최초의 소설과 관련된 논란이 이는 「최치원」조차도 작가가 분명하게 밝혀지지 않고 추정될 뿐이다. 또한 설화나 전기소설이나 주인공의 수가 다른 것은 아니다. 대부분 한 명이고 소설의 분량이 길어지면서 주인공의 수가 늘어날 뿐이다.

05 다음 중 한문소설과 국문소설에 대한 설명으로 옳지 않은 것은?

① 최초의 한문소설은 채수의 「설공찬전」이다.
② 국문소설이 본격적으로 발전한 것은 17세기에 들어서면서부터였다.
③ 한문소설보다 국문소설의 양이 압도적으로 많다.
④ 국문소설은 한문소설과 달리 여성 및 서민들에게 인기를 끌었다.

05 최초의 한문소설로 인정되는 것은 김시습의 『금오신화』에 실린 단편들이다.

06 다음 중 국문소설에 대한 설명으로 옳지 않은 것은?

① 국문소설은 한문소설에 비해 다양한 이본이 존재한다.
② 국문소설의 활성화와 더불어 여성 독자층이 두텁게 형성되었다.
③ 최초의 국문소설은 허균의 「홍길동전」으로 본다.
④ 국문소설에 '~전'이라는 명칭이 많은 것으로 보아 한문의 '전'이라는 문체 양식을 따르는 경우가 많았다.

06 대부분의 고전소설 제목이 '~전'이라는 점은 사실이지만 그렇다고 해서 한문의 문체 양식 중 하나인 '전'의 형식을 따르는 것은 아니다. 국문소설은 한문의 산문양식과는 다른 유형의 작품들이 지어졌다.

정답 04 ④ 05 ① 06 ④

제2장 소설의 작가, 독자, 유통

01 다음 중 조선시대 작가층에 해당하지 않는 것은?

① 비판적인 지식인
② 직업적 작가
③ 사대부층의 부녀자들
④ 어린아이

01 조선시대 작가층은 다양한 편이다. 사대부, 직업적 작가, 몰락 양반, 광대층 등이 있으나, 어린아이가 작가로 나섰다는 기록은 없다.

02 조선 후기 고전소설의 유통에 대한 설명으로 적절하지 않은 것은?

① 세책소설이 등장하며 필사본이 차츰 사라지기 시작했다.
② 구연에 의한 유통과 문헌에 의한 유통으로 나눠 볼 수 있다.
③ 빌려온 세책소설을 다시 필사해서 돌려보는 경우도 있었다.
④ 세책소설은 돈을 받고 빌려주는 소설로, 세책소설의 증가와 더불어 책의 권수가 늘어났다.

02 필사본이 사라지는 데 영향을 준 것은 세책소설이라기보다는 방각본 소설이다.

03 다음 중 세책소설의 특징이 아닌 것은?

① 세책소설에는 대여자들이 남긴 낙서가 남아있는 경우가 많다.
② 권수가 많다.
③ 제작 수량이나 유통지역에 한계가 있었다.
④ 들고다니기 쉽게 표지를 최대한 얇게 했다.

03 세책소설은 여러 사람이 돌려 보는 것이므로 책의 파손을 최소화하기 위해 책을 두껍게 만드는 경향이 있었다.

정답 01 ④ 02 ① 03 ④

04 다음 중 방각본 소설의 특징이 <u>아닌</u> 것은?

① 방각본 소설은 점차적으로 필사본을 대체해 나갔다.
② 주된 독자층이 양반층이었다.
③ 서울, 안성, 전주에서 간행되었고, 지역에 따라 각각 경판본, 안성판본, 완판본이라 불린다.
④ 책의 내용이 축약된 경우가 많았다.

04 방각본 소설의 주된 독자층은 하급 관리, 농민, 부녀자 서민층이었다. 이에 따라 이들의 기호에 맞는 대중적인 책들이 주로 간행되었다.

05 다음 중 조선 후기 강독사에 대한 설명으로 옳지 <u>않은</u> 것은?

① 여자 강독사도 있었다.
② 전기수라고도 한다.
③ 이들에 의해 소설의 독자층이 제한되는 결과가 빚어졌다.
④ 거리에서뿐만 아니라 가정을 돌아다니며 책을 읽어주는 사람도 있었다.

05 강독사뿐만 아니라 강담사, 강창사와 같이 구연에 의해 소설을 유통시킨 사람들에 의해 소설의 독자층이 확대되고 소설의 보급이 더욱 활발해질 수 있었다.

06 다음 중 활자본 소설에 대한 설명으로 옳지 <u>않은</u> 것은?

① 딱지본이라고도 불린다.
② 신소설의 등장과 함께 사라졌다.
③ 대부분 국문소설이었다.
④ 전국적으로 유통되었다.

06 활자본 소설은 신소설이 출판된 이후 등장하여 오히려 신소설보다 오래 살아남았다.

정답 04 ② 05 ③ 06 ②

제3장 소설에 대한 시각

01 다음 중 조선시대 소설 배격론의 근거가 되는 이론은?

① 재도론
② 기양론
③ 언사론
④ 이장론

01 재도론은 문학을 도덕적, 교육적 목적 성취의 한 방편으로 보는 견해를 가리킨다. 즉, 문학이 도학이어야 한다는 것이다. 이러한 관점에서 도에 어긋나는 문장은 배격의 대상이 되었다.

02 다음 중 소설에 대해 부정적 인식을 가진 사람이 아닌 것은?

① 기대승
② 이익
③ 이의현
④ 이양오

02 기대승, 이익은 소설이 사실을 다룬 것이 아니므로 읽지 말아야 할 것으로 보았고, 이의현은 소설에서 다루는 남녀 간의 애정문제가 비도덕적이라고 여겨 사회의 윤리에 나쁜 영향을 끼친다고 보았다. 반면 이양오는 김만중의 작품 자체를 높이 평가하며 진일보한 소설관을 보여준 사람이다.

03 다음 중 조선시대에 소설 배격론이 형성된 배경으로 적절하지 않은 것은?

① 소설의 인기가 상당하여 소설을 읽다가 건강을 잃거나 가산을 탕진하는 사람들이 있었다.
② 복선화음의 소설을 통해 어린이들을 교화할 수 있다고 보았다.
③ 애정소설이 널리 읽혔다.
④ 문학은 도를 위한 것이어야 한다는 생각이 널리 퍼졌다.

03 복선화음이란 착한 사람에게는 복이 오고 악한 사람에게는 재앙이 내린다는 생각으로 소설의 내용을 통해 이러한 복선화음의 가르침을 전할 수 있다고 보는 관점에서는 소설의 효용적 가치를 인정하였다.

정답 01 ① 02 ④ 03 ②

04 다음 중 조선시대에 소설을 배격한 결과 일어난 일이라고 보기 어려운 것은?

① 작가 미상의 작품이 많아졌다.

② 문체반정이 일어났다.

③ 소설 발달이 저해되었다.

④ 한문소설 대신 한글소설이 발달했다.

04 한글소설의 발달은 한글 창제로 인해 평민층도 문자 생활을 하는 게 가능해지고 우리말에 맞는 표현을 찾는 과정에서 나타나게 된 것으로 소설 배격론의 결과와는 거리가 멀다. 오히려 한글소설이 발달하면서 소설 향유층이 넓어지게 되자 결과적으로 소설 배격론이 더 활발하게 전개되었다고 보는 게 적절하다.

05 다음 중 소설의 허구성과 관련된 설명으로 옳지 않은 것은?

① 소설 작품 자체에 주목하여 소설의 가치를 평가하고자 했다.

② 소설의 본질을 교훈성이 아닌 허구성으로 보는 경향은 조선 후기 들어 강해졌다.

③ 소설의 허구성은 소설 옹호론만의 근거가 된다.

④ 소설은 허구의 일을 실제인 듯 꾸며냄으로써 재미가 생긴다고 보았다.

05 소설 배격론자들은 소설의 허구성에서 배격의 근거를 찾기도 한다. 소설이 사실이 아닌 이야기를 함으로써 역사를 왜곡한다고 본 것이다. 즉 소설의 허구성은 소설 옹호론의 근거가 될 수도 있고, 배격론의 근거가 될 수도 있다. 소설이 지니는 허구성을 어떻게 볼 것인가에 따라 옹호론과 배격론이 갈라진다.

06 다음 중 인물과 그 인물이 지닌 소설에 대한 입장을 잘못 연결한 것은?

① 기대승 – 소설은 역사를 왜곡하므로 읽지 말아야 한다.

② 이식 – 『삼국지연의』가 아니라 『삼국지』를 읽어야 한다.

③ 이익 – 소설의 내용을 따라 하며 난을 일으키는 자들이 있으므로 소설의 사회적 해악이 심각하다.

④ 이준우 – 소설은 이치에 안 맞는 기이한 말을 지어내므로 읽지 말아야 한다.

06 이준우가 소설이 기이한 말을 지어낸다고 한 것 자체는 맞다. 그러나 그는 '본 뜻을 캐면 깊고 또한 이치에 맞다'고 하며 소설이 지니는 가치를 옹호했다.

정답 04 ④ 05 ③ 06 ④

제 2 편

고전소설의 역사적 전개

| 단원 개요 |

이 단원에서는 고전소설의 전사(前史)라 할 수 있는 신라와 고려의 서사문학부터 시작하여 본격적으로 소설이라는 장르가 형성되는 시기의 상황을 알아본다. 또한 조선 후기에 들어 소설이 전성기를 맞이하며 변모 및 확대되어 가는 모습에 대해서도 살펴봄으로써 고전소설 전반에 걸친 역사적 큰 흐름을 파악한다.

| 출제 경향 및 수험 대책 |

이 단원에서는 설화 단계를 벗어나 보다 소설에 근접한 양식인 가전체문학 각각의 의인화 대상은 물론이고 소설이 성립되던 시기의 작품들이 지닌 특징, 또한 조선 후기에 들어 소설에 생겨난 변화에 대해 자세히 알아두는 것이 필요하다. 다만 이 단원에서 보다 주목할 점은 작품 하나하나의 특징보다는 큰 줄기를 이해하는 것이다.

제 1 장 신라와 고려의 서사문학

1 『삼국사기』와 『삼국유사』 수록 서사문학

삼국시대에는 서사문학이 발전하면서 문학발전을 위한 토대가 마련되었다. 이는 봉건질서가 자리 잡고 봉건적 통치가 강화됨에 따라 역사 편찬 등의 서사 생활이 활발해졌고, 한자가 광범위한 영역에서 사용됨에 따라 이루어진 일이었다. 삼국시대의 서사 문학을 살펴 볼 수 있는 자료는 고구려의 『유기』와 『신집』, 백제의 『서기』, 신라의 『국사』와 같은 연대기적 형태를 띤 역사책들이다. 그러나 이 책들은 현전하지 않는다. 따라서 이러한 책들을 바탕으로 저술되었으리라 짐작되며, 현전하는 김부식의 『삼국사기』와 일연의 『삼국유사』를 통해 당시의 서사문학의 모습을 짐작해 볼 수밖에 없다.

물론 이러한 책들은 역사적 저술이므로 엄밀한 의미에서의 문학작품을 수록한 책들은 아니다. 그러나 역사적 저술 속에 함께 수록되어 있는 문학적 성격을 지닌 글들은 이후의 소설 형성 및 발전의 밑거름이 되었다.

(1) 김부식, 『삼국사기』

『삼국사기』는 김부식의 주도로 1145년 편찬되었다. 삼국시대부터 후삼국시대까지의 역사를 서술했으며, 총 50권 9책으로 이루어져 있다. 『삼국사기』의 내용 중에서 문학적 서술로 볼 수 있는 것은 「본기」에 실린 **건국신화들과 몇몇 설화들**, 그리고 41권에서 50권까지에 실린 **인물열전**이다.

김부식은 **유교적・현실주의적** 생각을 토대로 책을 저술했으나 그럼에도 불구하고 건국신화에는 비현실적이고 기이한 내용들이 담겨 있다. 또한 열전은 한 인물을 중심으로 야기된 중추적 사건이나 행동을 극적으로 단순화시키고 도덕적 교훈까지 표출함으로써 서술형태가 서사문학에 가깝다. 다시 말해 『삼국사기』에 실린 건국신화와 열전은 이야기식 역사의 형식을 취한 문학적 서술이라 볼 수 있다.

더 알아두기

『삼국사기』에 실린 건국신화

- 혁거세 거서간 신화
- 탈해 이사금 신화
- 고구려 동명성왕
- 백제 온조왕

『삼국사기』에는 김유신으로부터 시작하여 을지문덕, 장보고, 온달, 최치원, 설총 등 59명의 인물이 입전되어 있다. 이러한 '전(傳)' 작품들은 사마천의 『사기』에서 출발한 '포폄의 서사양식'이라는 전의 서사방식을 이어받았다. 그러나 『사기』와는 다른 나름의 특징을 지녔는데 『삼국사기』의 「열전」이 지닌 특징을 간단히 살펴보면 다음과 같다.

① **논찬부의 생략**

원래 사마천의 『사기』에 나온 전은 인물의 행적부와 논찬으로 이루어져 있다. 행적부에서는 입전자의 일생담 및 후계에 이르기까지 역사적 사실 위주로 기록된다. 다음으로 논찬부에서는 사관의 세계관을 통해 행적부에서 서술된 역사적 사실에 대한 정치적, 윤리적 평가가 이루어진다. 이러한 논찬부는 사관의 강력한 주관에 따라 후세에게 반성적 가치를 제시하게 된다.

그런데 『삼국사기』에 실린 열전들은 이러한 논찬부가 생략되는 경우가 대부분이다. 김부식이 논찬부를 생략한 이유는 그의 열전 저술 목표가 유교적 덕목에 부합하는 인물의 전기를 전달하는 것이었기 때문일 수도 있고, 이미 행적부에 나타난 인물의 행적만 보아도 전달하고자 하는 교훈이 충분히 드러나기에 사관의 논찬이 점차 사라지는 방향으로 전의 서술방식이 변화하는 것이 자연스럽기 때문이라 할 수도 있다.

즉 열전에서 논찬부가 생략되는 것은 전이라는 서사양식을 보다 문학적으로 변용시키는 과정이라 할 수 있다. 전은 인물의 일대기를 서술할 때 삶의 전 과정이 아니라 포폄의 가치가 드러나는 특정 시기, 특정 사건에 초점을 맞추게 된다. 이것은 '허구적 구성', '허구적 진실'의 중요성을 보다 강하게 인식하고 반영한 결과라 할 수 있다. 이로 인해 전은 소설이 발전하는 밑바탕이 된다.

② **비극적 서사**

『삼국사기』의 「열전」에 입전된 인물들은 대부분 개인적 자질이 뛰어남에도 불구하고 비극적 최후를 맞이하거나 시대적 환경에 의해 좌절되고 소외되는 인물들이다.

아리스토텔레스 이래로 문학은 패배와 고통을 감내하고 반응하며 끝내 좌절하는 비극적 서사를 통해 카타르시스를 제공해 왔다. 따라서 『삼국사기』에 실린 열전들의 비극적 서사는 희극적 서사에 비해 보다 문학적 서사의 본래 모습에 가까운 것이라고 할 수 있다. 다시 말해 『삼국사기』에 실린 열전들은 단지 행적의 전달에 그치는 것이 아니라 비극적 숭고미를 보여줌으로써 정서적 카타르시스를 충족시켜주는 문학의 역할을 한다.

(2) 일연, 『삼국유사』

『삼국유사』의 편찬 연대는 확실하지 않으나 일반적으로 1281~1283년 사이로 본다. 총 5권 2책으로 구성되어 있다. 일연의 **불교적・신화적** 인생관에 따라 고구려, 백제, 신라의 역사 및 수많은 설화를 기록했다. 『삼국사기』에는 실리지 못한 **우리 민족의 설화(신화, 전설, 민담)**를 충실히 반영하여 이후 발전되어 나타나는 서사문학의 본원을 아는 데 큰 기여를 했다. 특히 『삼국사기』에는 실리지 못한 「단군신화」가 실려 있다.

(3) 『삼국사기』와 『삼국유사』에 실린 대표적인 설화

고구려 설화	거북과 토끼 설화	용왕이 딸이 병들자 토끼간이 약이라는 말을 듣고 거북에게 토끼를 잡아오게 한 이야기로, 이는 조선 후기에 「별주부전」의 근원 설화가 됨
	온달 이야기	천민 온달이 눈먼 어머니를 모시고 가난하게 살면서 '바보'로 불리다가 평강공주와 가정을 이룬 후 무술을 익혀 등용되고 외적을 물리쳐 공을 세운다는 이야기
백제 설화	도미 설화	개루왕이 도미 아내의 정절을 빼앗으려 한 이야기
	무왕 이야기	무왕이 신라의 선화공주와 결혼하기 위해 신라로 가 성 안의 아이들에게 마를 주며 노래를 부르게 해 쫓겨난 공주와 백제로 돌아와 결혼했다는 이야기
신라 설화	에밀레종 이야기	봉덕사에서 성덕대왕 신종을 만드는데 소리가 잘 안 났으나 아기를 바치자 종을 칠 때마다 '에밀레'라는 소리가 났다는 이야기
	효녀 지은 설화	어려서 아버지를 여의고 눈 먼 어머니를 봉양하기 위해 부잣집의 종이 되어 고생하는 처녀 지은의 이야기로, 조선 후기에 「심청전」의 근원 설화가 됨

2 『수이전』 수록 서사문학

『수이전』은 11세기 말(통일신라 말에서 고려 초기)에 지어진 것으로 추측되는 한국 최초의 설화집이다. 원제목은 『신라수이전(新羅殊異傳)』으로 '뛰어나게 기이한 전기(傳記)'라는 의미를 지닌다. 작가로는 최치원, 김척명, 박인량 등이 거론되지만 불확실하다. 다만 현재로서는 박인량이 지은 것으로 보는 쪽이 우세하다. 이 책은 현재 원본이 전해지지는 않고 『수이전』에 수록된 설화 가운데 10여 편이 『삼국유사』를 비롯한 후대의 다른 여러 책들(『대동운부군옥』, 『필원잡기』, 『태평통재』, 『해동고승전』)에 각각 실려 전해진다.

(1) 내용[1)]

① 「호원 설화(김현감호 설화)」

신라에는 2월 8일부터 15일까지 남녀가 흥륜사 탑돌이로 복을 비는 풍습이 있다. 원성왕 때 김현이 밤늦게 탑을 도는데 한 여자를 만나 사랑에 빠졌다. 처녀를 뒤쫓아 간 산비탈 초가는 바로 호랑이 굴이었다. 그녀는 호랑이가 사람으로 변신한 것이었다. 이윽고 세 오빠 호랑이가 들어왔다. 그때 하늘에서 "생명을 해치는 일이 많았으니 셋 중에 하나를 죽이겠다"는 소리가 들려온다. 희생을 각오한 그녀는 세 오빠를 도망케 하고, 김현에게 "어차피 죽을 몸, 낭군의 칼에 죽어 보은하고자 한다"고 김현이 어떻게 하면 되는지 알려준다. 다음 날 저자에 호랑이가 나타나 소동을 피운다. 김현은 전날 그녀의 지시대로 칼을 들고 숲 속으로 들어간다. 그녀는 낭자로 변하여 부상자의 치료법을 일러주며 김현의 칼로 자결한다. 호랑이를 잡은 공으로 벼슬에 오른 김현은 호원사를 짓고 『범망경』을 읽으며 호랑이의 넋을 위로했다.

---

1) 배규범・주옥파, 『수이전』, 네이버 지식백과, 외국인을 위한 한국고전문학사

② 「**연오랑세오녀**」

신라 8대 아달라왕 때 동해 바닷가에 연오와 세오 부부가 살았다. 미역을 따던 연오는 어느 날 바위에 실려 일본으로 갔다. 아내 세오는 남편의 신발이 남은 바위에 올랐더니 바위가 또 그녀를 일본으로 데려갔다. 그들은 그곳에서 왕과 왕비가 되었다. 신라에선 갑자기 해와 달이 흐려지자, 일관(日官)은 "일월의 정기가 일본으로 가서 이렇게 되었다."라고 말했다. 왕은 그들을 소환했으나, 세오녀는 직접 짠 비단을 주며 그것으로 제사를 드리라 했다. 돌아와서 제사를 지냈더니 해와 달이 다시 떠올랐다. 신라에서는 그 비단을 국보로 삼고, 귀비고에 보관하였다. 제사를 지낸 곳을 영일현이라고 불렀다.

③ 「**수삽석남**」

신라 청년 최항(석남)은 애첩과의 동거를 부모가 반대하자 그만 갑자기 죽었다. 죽은 지 8일 째 밤에 항의 혼이 석남가지를 머리에 꽂고 애첩의 집에 나타나 부모가 동거를 허락하였다고 하며 함께 집으로 가자고 하였다. 그가 죽은 줄도 모르고 있던 그녀는 그를 따라 갔다. 항은 집의 담을 넘어 들어가더니 날이 밝아도 나오지 않았다. 아침이 되어 항의 집안사람들이 그녀의 말을 괴이하게 여겨 관을 열어 보았는데, 과연 그녀의 말대로 항의 머리에는 석남가지가 꽂혔고, 옷은 이슬에 젖었으며, 신을 신고 있었다. 그녀가 관 앞에 통곡하며 함께 죽으려고 하자, 항은 다시 살아나 33년을 해로하였다.

④ 「**심화요탑(지귀 설화)**」

선덕여왕을 짝사랑하던 지귀는 상사병으로 미친다. 어느 날 여왕이 분향(焚香)을 하기 위해 행차하자 뒤를 따라가 탑 밑에서 기다리다 깜빡 잠이 들었다. 여왕은 잠든 지귀의 가슴 위에 팔찌를 뽑아 놓고 환궁했다. 잠을 깬 지귀는 팔찌를 껴안고는 안타까움에 어쩔 줄 몰라 하다 뜨거운 화심(心火)이 생겨났다. 결국 불로 탑을 에워싸더니 불귀신이 되고 말았다.

⑤ 「**선녀홍대(최치원 설화)**」

최치원이 당의 지방관으로 있던 어느 날, 쌍녀분(雙女墳)을 지나다 그 석문에 시를 썼더니 한 미인이 붉은 주머니를 들고 나타났다. 자기는 무덤의 주인공인 팔랑과 구랑의 시녀 취금인데, 두 낭자가 치원을 뵙고 싶다는 것이었다. 이윽고 풍기는 향기와 더불어 연꽃 같은 두 여인이 나타났다. 그들은 장 씨 집 딸이었는데 재물에 눈이 먼 부모가 천한 장사치에게 시집을 보내자 죽어서 이곳에 묻혔노라고 했다. 최공이 그들의 외로운 혼백을 위로해 주자 답례 차 나왔다는 것이었다. 최공과 두 여인은 새 이불을 깔고 셋이 함께 '견권의 정'을 나누다 삼경이 되자 그들은 어디론가 사라졌다.

⑥ 「**죽통미녀**」

김유신이 서주에서 서울로 돌아올 때, 앞에 가는 이의 머리에 이상한 기운이 어려 있었다. 나무 아래 쉬면서 자는 체하고 본 즉, 그는 주위에 사람 없음을 살핀 후, 품 안에서 죽통을 꺼내어 흔들었다. 그러자 두 미녀가 튀어나와 함께 이야기하다 다시 죽통 속으로 들어갔다. 유신이 그를 데려다 남산 소나무 아래에서 잔치를 베푸는데, 두 미녀가 다시 나타나 참석했다. 그 사람은 "나는 서해에 사는데, 동해에서 아내를 얻어 부모님께 돌아가는 길이다."라고 말하더니 갑자기 풍운이 일어나 사방이 어두워지면서 그들은 간 곳 없이 사라졌다.

⑦ 「**노옹화구**」

신라 때 한 늙은이가 김유신 집 앞에 이르자 유신은 그를 안으로 안내하여 자리를 베풀었다. 변신하는 게 옛날과 같으냐고 물었더니 늙은이는 범이 되고, 다시 닭이 되고, 매, 강아지가 되더니 드디어 나가버렸다.

⑧ 「원광법사전」

신라 진평왕 때에 황룡사 승려이던 고승 원광이 11년 동안 중국에서 불도를 닦고 돌아온 이야기이다.

⑨ 「아도전」

신라에 불교가 처음으로 들어왔을 때의 아도 또는 아두라는 승려의 이야기이다. 여왕의 병을 고치고 불법을 일으켰다고 한다.

⑩ 「보개」

고려 때 우금방에 살던 여인 보개는 아들 장춘이 배를 타고 장사를 간 후 소식이 없자, 민장사 관음 앞에 7일 기도를 드렸다. 어느 날 아들이 갑자기 나타나 어미의 손을 잡자 어미는 기뻐서 마구 울었다. 그간의 일을 물었더니, 해상에서 폭풍을 만나 배는 부서지고, 탔던 사람들은 모두 죽었으며, 자기는 판자에 의지해 가까스로 오나라에 도착했다는 것이다. 거기서 농노로 일하고 있는데, 어떤 중이 나타나 따라오라기에 나섰더니 비몽사몽간에 신라 말이 들려 자세히 보니 어머니 곁이었다고 했다.

(2) 『수이전』의 문학사적 의의 중요도 상

① 한국 최초의 설화집이다.

② 원본은 사라졌으나 일부 설화가 다른 책에 실려 있어서 신라의 설화를 이해하는데 도움이 된다.

③ 이 책에 실려 있던 설화 중 하나인 설화 「최치원」은 고전소설의 기원을 김시습의 『금오신화』보다 이전 시기로 볼 수 있다는 주장의 근거가 된다.

3 가전, 가전체문학

(1) 일반적인 전(傳)

① **전(傳)의 의미**

한 사람이 태어나서 죽을 때까지의 일을 기록해 놓은 글을 의미한다.

② **전의 구조**

인물의 가계(家系)–인물의 행적–인물에 대한 사관의 논평

③ **전의 특징**

㉠ 사실적인 내용이지만 점차 다양한 형태의 전이 출현했다.

㉡ 서술이 구체적이다. 이것은 비문(비석에 새긴 글)과의 차이점이다.

㉢ 인물의 행적을 표창하기 위해 쓰인다. 찬미 일변도의 행장과 달리 공적인 기술 태도를 취하며 인물의 단적인 면을 부각시켜 서술한다.

㉣ 입전 인물만을 부각하여 서술한다. 주변 인물들은 보조적 역할만 맡을 뿐이다.

㉤ 작가가 직접 서술자로 나선다. 이 성격 때문에 소설과 전이 혼동될 수 있다. 그러나 소설의 서술자가 허구적 존재인 반면, 전의 서술자는 경험적, 역사적인 실체로서의 작가 본인이다.

㉥ 전의 인물은 작가가 중시하는 가치를 잘 드러내 주는 인물이기에 선택된 것이다.
㉦ 전은 소설과 마찬가지로 '서사'장르이지만 인과적 계기에 따른 서사를 보여주는 소설과 달리 시간적 순서만을 보여준다.
㉧ 흥미성보다 인물이 지닌 비범함과 도덕성을 통해 교훈을 얻는 효과가 있다.

(2) 가전(假傳)과 가전체문학 중요도 상

① 가전의 뜻

'가짜 전기'라는 뜻에서 '가전'이라 한다. 사물을 사람처럼 허구화하여 표현하되 의인화한 사물의 '자'를 알려주거나 집안에 대해 설명하는 방식으로 시작하여 일생을 다룬다는 점에서 일반적인 '전'의 형식을 따른다.

② 가전체문학의 뜻

어떤 사물을 그 사물 자체의 내용, 속성, 가치 등을 활용하여 사람처럼 표현하되, 의인화된 인물의 행적을 통해 교훈을 전달하려는 문학 양식을 말한다. '의인전기체(擬人傳記體)'라고도 불린다.

(3) 가전체문학의 형식

인물의 가계(家系)－인물의 행적－인물에 대한 사관의 논평

(4) 가전체문학의 역사적 전개

현재 남아있는 것 중 최초의 가전체문학으로 꼽히는 것은 고려 중・후기의 문인이었던 임춘(1147~1197)의 「국순전」과 「공방전」이다. 임춘은 고려의 귀족이었으나 정중부의 난으로 몰락한 후 매우 불우한 삶을 살았다고 전해진다. 그러한 삶으로 인해 관념적 세계보다는 구체적인 사물과의 일상적인 관계를 통해 자신의 생각을 나타내게 되었고 이것이 가전체문학이라는 장르를 만들어내게 된 것으로 보인다. 고려시대에는 임춘 이외에도 이규보, 이첨 등에 의해 여러 가전체문학 작품이 쓰였다.

이후 조선 전기에 들어서는 일반적인 가전체 이외에도 '천군소설'이라 불리는 형태의 가전이 지어졌다. **천군소설은 마음을 '천군'으로 의인화하여 주인공으로 삼고** 그 아래 사단칠정 등을 의인화한 신하들을 설정하여 마음속에 일어나는 갈등을 다루는 소설이다. 이는 당시 유학자들이 **소설 속에 심성론을 적용**시킴으로써 유학과 소설 사이의 거리를 좁히려 시도한 것이라 할 수 있다.

조선 전기뿐만 아니라 조선 후기에도 가전체 작품 및 천군소설이 꾸준히 창작되었다.

(5) 가전체문학의 대표적 작품 중요도 중

① 고려시대

임춘, 「공방전」	돈을 의인화
임춘, 「국순전」	술을 의인화
이규보, 「국선생전」	술을 의인화
이규보, 「청강사자현부전」	거북을 의인화
이첨, 「저생전」	종이를 의인화
이곡, 「죽부인전」	대나무를 의인화
식영암, 「정시자전」	• 지팡이를 의인화 • 인물의 일대기가 아닌 어느 날 하루에 일어난 상황을 그리고 있음 → 꿈을 이용한다는 점과 인물 간의 대화체로 기술했다는 점에서 독특한 가전체 작품

② 조선 전기

가전체소설의 주요 작품	송세림, 「주장군전」	남자의 성기를 의인화
	성여학, 「관부인전」	여자의 성기를 의인화
천군소설의 주요 작품	김우옹, 「천군전」	
	임제, 「수성지」	

③ 조선 후기

가전체소설의 주요 작품	임제, 「화사」	꽃을 의인화
	유본학, 「오원전」	고양이를 의인화
	이덕무, 「관자허전」	대나무를 의인화
천군소설의 주요 작품	정태제, 「천군연의」	
	이옥, 「남령전」	
	정기화, 「천군본기」	

(6) 가전체문학의 한계 및 문학사적 의의

가전체문학은 소설에 비해 서술적 형상화가 부족하다는 점에서는 한계가 있으나, 사물의 의인화라는 허구적 성격과 '전'의 형식은 소설 발생에 영향을 미치게 된다. 즉 설화로부터 시작된 서사문학은 다음과 같은 전개과정을 보이게 되는 것이다.

설화 → 가전체문학 → 고전소설

또한 이로 인해 고전소설은 대부분의 제목에 '~전'이라는 글자가 들어가고, 개인의 일생을 다루는 내용을 지니게 된다.

더 알아두기

임제, 「화사」

「화사」는 조선 명종에서 선조 때 문인이었던 임제의 한문 의인체소설로, 임제의 문집 『백호집』에 「원생몽유록」, 「수성지」 등과 함께 남아 있다. 내용은 다음과 같다.

> 도나라의 열왕과 충신들이 도탄에 빠진 백성들을 구하기 위해 나라를 세운다. 동도의 영왕이 소인(小人) 옥형을 승상으로 삼고 양귀인을 사랑하면서 사치와 향락에 빠져 왕조가 망한다. 하나라의 문왕은 문치에 힘써 문화가 부흥했으나 권귀의 딸 소녀를 왕비로 취했다가 소녀에게 독살당하고 만다. 당나라만이 천연의 지리로 태평했으나 명왕은 국방을 등한시하고 윤회의 설법에 빠져 5년 만에 망하게 된다. 이를 통해 인간 세상의 흥망성쇠의 무상함을 토로하고 꽃의 성실성과 정직성을 예찬한다.

이러한 내용의 「화사」를 고려시대의 가전체문학과 비교해 보면 다음과 같다.

구분	「화사」	가전체문학
공통점	• 사물을 의인화하여 역사를 기술함 • '출생 → 성장 → 죽음'의 순으로 사건을 순차적으로 기술함 • 작가가 사관의 입장에서 소견을 덧붙이는 형식을 취함	
차이점	화초는 인간 세계의 표상으로 인간 사회의 일반적 심상이 투영됨 → 왕조의 흥망이라는 사건 표현에 주안점을 둠	사물의 생애를 표현하기 위해 그 사물과 관련된 역사적 사실을 소재로 다룸 → 사물의 속성 표현에 주안점을 둠

제 2 장 조선 전기 소설

1 소설의 성립과 발전

조선 전기에는 산문문학보다 시문학이 보다 존중되었다. 고려시대부터 이어진 '술이부작(기술만 할 뿐 지어내지 않는다)'의 정신으로 인해 소설은 패설류나 잡기류들과 마찬가지로 잡스러운 글로 여겨져 '소설(小說)'이라 불리었다. 그러나 사회가 변화함에 따라 새로운 문학 형식이 요구되기에 이르렀고 그러한 시대적 요구에 부합하는 작품이 창작되기에 이른다.

일반적으로 **김시습(1435~1493)**의 **『금오신화』에 실린 5개의 단편**은 이러한 시대적 요청에 부합하며 소설이라는 새로운 장르를 성립시킨 최초의 작품으로 여겨진다.

다만 최근에는 소설의 효시를 『수이전』에 실려 있었던 것으로 전해지는 「최치원」으로 보아야 하고, 따라서 나말여초(신라 말 고려 초)가 우리나라 고전소설의 성립기라는 견해가 제시되었다. 「최치원」이 다른 설화들과는 달리 이미 소설적 요소를 갖추었다고 보는 것이다. 그러나 「최치원」에는 갈등의 심각성이 드러나지 않으며 「최치원」이 쓰여진 시기가 나말여초가 아니라 조선 초에 소설화된 것일 수 있다는 점 등으로 인해 논란이 지속되고 있다.

16세기에는 채수(1449~1515)의 「설공찬전」, 신광한(1484~1555)의 『기재기이』에 실린 **전기소설 작품들**, 임제(1549~1587)의 「원생몽유록」과 「수성지」 등이 이어지면서 소설이 발전하였다. 또한 중국으로부터 『수신기』, 『열녀전』, 『태평광기』 등의 패관문학과 원곡(元曲), 『삼국지연의』, 『수호전』, 『서유기』, 『금병매』 등의 **중국소설**이 **유입**되면서 한국 고전소설의 다양한 발전을 뒷받침했다.

특히 **15세기 중반 세종대왕의 한글 창제**는 중국에서 유입된 소설이나 우리나라 작가가 한문으로 쓴 소설을 한글로 번역하여 볼 수 있게 함으로써 소설 문학 발전에 큰 영향을 주었다.

2 한글 창제의 소설사적 의의 중요도 하

'한글'의 원래 이름은 '백성을 가르치는 바른 소리'라는 뜻의 '훈민정음'이다. 세종이 1443년(세종 25년)에 만들었고, 3년 동안 다듬고 설명서를 덧붙여 1446년(세종 28년)에 『훈민정음』이라는 책으로 만들어 반포하였다. 훈민정음은 정음, 언문, 반절, 암글 등으로 불리기도 했는데, 일제강점기에 이르러 주시경 선생에 의해 '한글'이라는 이름이 쓰이다가 1927년 한글사에서 『한글』이라는 이름의 잡지를 펴내면서부터 본격적으로 '한글'로 불렸다. 훈민정음, 즉 한글이 창제된 것은 한국소설사에서 다음과 같은 의의를 갖는 일이었다.

(1) 국문문학의 시대가 본격적으로 시작되었다.

한글 창제 이전에도 문자는 있었다. 한문과 한자의 차자 표기가 그것이다. 그러나 한국인의 정서를 우리말에 맞게 표현하는 데에는 한계가 있었다. 그러다가 한글이 창제됨으로써 한국인의 의식을 한국적으로 표현하는 것이 가능해졌다. 또한 우리나라의 설화적 소재들을 우리 고유의 한글을 통해 예술적으로 승화시키는 것이 가능해졌다. 한글 창제는 단순히 표기 수단의 변화가 아니라 본격적인 국문문학의 시대를 여는 계기가 된 것이다.

(2) 민족의 동질성 확립의 기본이 되었다.

언어, 즉 말과 글은 민족의 공동체 의식을 형성하는 기본이 된다. 한국인이 한글이라는 민족의 언어를 갖게 됨으로써 민족의 동질성과 한국인의 의식 체계를 확립하였을 뿐만 아니라 한국인의 의식을 가장 한국적으로 표출하게 됨으로써 한국인 자체의 문화 생활권이 이루어지게 되었다.

(3) 구비문학의 한글 정착이 이루어졌다.

한글이 만들어지기 전에도 구비문학의 문헌화가 이루어지기는 했으나 구비문학 중에서도 '민중의 노래'는 한문으로 기록하는 데에 한계가 있었다. 노래를 한문으로 옮기다보면 노래가 지니는 운율이 가락으로 나타날 수 없었던 것이다. 이것은 말과 문자가 달라서 생기는 현상이었다. 신라 때부터 이두나 향찰 같은 표기 수단을 고안하여 원래의 말을 기록하려고 노력하기는 했으나 충분하지는 않았다.

그러나 우리말과 일치하는 한글이 창제되면서 이러한 문제가 해결되기에 이른다. '민중의 노래'가 드디어 제대로 기록될 수 있게 된 것이다. 이뿐만 아니라 여러 구비문학이 한글로 정착되면서 구비문학을 기록문학으로 발전시키는 계기가 마련되었다.

(4) 자존적 민족문학이 수립되었다.

한글이 창제되기 이전에는 중국에서 전래한 규범에 따라 글을 지을 수밖에 없다는 현실적인 한계가 있었다. 그러나 한글이 창제되면서 한자 및 한문학에서 서서히 벗어나게 되었다. 어떤 언어를 사용하느냐에 따라 사유가 달라지므로 한글을 사용하게 되면서 중국 전래의 문학 양상에서 벗어나 우리만의 독자적인 문학을 수립하게 되었다. 즉 자존적이고 온전한 한국문학 및 민족문학이 형성될 수 있었던 것이다.

(5) 문학이 대중화되었다.

조선시대는 모든 면에서 성리학적 사상이 기본이 되는 시대였다. 이러한 시대에 문자 생활은 권위 중심의 문화 체제에 소극적으로 국한되었다. 게다가 한자는 글자를 익히는 데만도 너무나 많은 시간이 소요되므로 여가시간이 충분하지 않은 평민들이 익혀 사용하기 어려운 문자였다. 한글이 창제된 이후에도 한동안 양반층의 문자라 할 수 있는 한문만이 진서(眞書)로 인식되며 한글은 천시되는 경향이 있었다. 하지만 점차 평민들도 쉽게 문자를 익히게 되면서 한문이 아닌 한글을 통한 문자 생활이 가능하게 되었다. 여성이나 일부 문인들은 한글로 표현된 문학작품을 읽거나 쓰게 되었고, 이들의 요구에 따라 현실 인식과 흥미를 갖춘 문학이 생겨나기 시작했다. 사대부가의 여성들뿐만 아니라 평민들도 문학의 향유층이 되었고, 문학의 내용 역시 성리학적 가르침에 충실한 것에서 나아가 대중성을 지닌 작품들이 창작되어 널리 읽히게 되었다.

(6) 시조와 가사 및 소설 장르의 발전이 이루어졌다.

조선 전기의 시가문학은 악장, 경기체가 및 시조와 가사였다. 이러한 시가문학은 한글이 창제되면서 내용과 형식에 변화가 생겨나게 되었다. 가장 두드러진 변화는 서사화라 할 수 있다. 양반들이 엄격한 형식을 지켜 짓는 평시조 중심의 시조에서 나아가 한 장 혹은 두 장이 길게 늘어지는 사설시조가 생겨났으며 내용적인 면에서도 사실적인 묘사가 이루어졌다. 사설시조를 짓는 사람들 중에는 몰락한 양반이나 중인 계층도 있었을 거라 짐작되지만, 특히 평민들의 문학 창작 참여가 문학의 내용과 형식의 변화를 불러일으켰다. 또한 경기체가 대신 가사가 발달하면서 길이는 길어지고 음악적인 면은 줄어들었다. 이처럼 서사가 중심이 되고, 분량이 늘어나게 된 것은 자연스레 산문문학의 발전으로 이어졌다.

이러한 점들을 통틀어 보아 한글 창제가 소설에 끼친 영향은 지대하다. 한글 창제는 긴 글로 한국인의 사상과 정서를 담아내는 서사문학, 특히 소설을 이끌어내는 주요한 거점이자 근간이었다.
다만 한글 창제 이후에도 한문소설이 꾸준히 지어진 것으로 보아 표기수단의 변화에 따라 한문소설에서 한글소설로의 변화가 곧바로 이루어진 것은 아니다.

3 주요 작가와 작품 : 「설공찬전」, 「최척전」, 「수성지」 등 중요도 중

(1) 채수(1449~1515), 「설공찬전」(1511년 무렵)

① 「설공찬전」, 「설공찬환혼전」, 「설공찬이」 등으로 불린다. 특히 「설공찬이」는 고전소설 중에서 유일하게 주인공의 이름에 '이'라는 인칭 접미사를 붙여 작품의 제목으로 삼았다는 점에서 파격적인 제목이다.

② 한문 원본에 관한 내용은 『중종실록』에서 찾아볼 수 있는데, 실록에 따르면 「설공찬전」은 중종 6년(1511) 9월 5일 왕명에 의해 '내용이 허망하고 요망하니 금지함이 옳다'는 이유로 불태워진 금서였다. 만약 숨기고 이를 내놓지 않은 자는 처벌하라는 엄명이 내려졌다고 한다. 불교의 윤회화복의 내용을 담고 있어 백성을 미혹케 한다는 이유로 왕명에 의해 불태워졌고, 작가인 채수는 파직을 당했다.

③ 현재 남아있는 것은 1997년에 서경대학교 이복규 교수가 이문건의 『묵재일기』(1535~1567)의 탈초 작업을 하던 중 국문본의 일부(4천여 자 가량)를 발견하여 전해지게 되었다. 발견 당시 학계는 충격에 빠졌다. 발견된 것이 한글본이었는데, 이는 그간의 정통 학설로 굳어진 최초의 한글소설 「홍길동전」보다 100여 년이 앞선 것이었고, 신광한의 『기재기이』(1553)보다도 42년 이상 앞선 것으로 최초의 한문소설인 김시습의 『금오신화』가 지어진 후 얼마 지나지 않아 나온 최초의 국문소설일 가능성이 있었기 때문이다. 그러나 이후 원본은 한문본이었음이 밝혀져 최초의 한글소설에 대한 논란은 사라졌다.

④ 내용은 설공찬의 죽은 영혼이 잠시 사촌 설공침의 몸 속에 들어가 자신이 사는 저승 세계의 이야기를 들려주는 것이다.

⑤ 반역으로 정권을 잡은 자는 지옥에 떨어진다고 하는 내용이 있는데, 이 부분은 연산군을 축출하고 정권을 잡은 중종을 비판하기 위한 의도가 담긴 것이라 볼 수 있다. 또한 저승에서는 여성이라도 글만 할 줄 알면 얼마든지 관직을 받아 잘 지낸다는 부분에서는 여성을 차별하는 조선의 유교적 사회 체제에 대한 비판의식을 드러낸다.

⑥ 「설공찬전」의 문학사적 의의는 다음과 같다.

㉠ 「설공찬전」은 설화가 아닌 소설이다. 그렇게 볼 수 있는 근거는 독립적인 작품으로 존재하며, 작가의 창작의식이 드러나 있고, 당대에도 창작품으로 인식되었다는 것을 들 수 있다.

㉡ **한문소설과 한글소설 사이의 간극을 메워주는 작품**으로, 한국문학사의 발전과정을 이해하는 데 도움이 된다. 학자들은 조선시대 사람들이 한문소설만 쓰다가 갑자기 「홍길동전」과 같이 완성된 한글소설을 썼을 리가 없다고 보고 「홍길동전」이 나오기 이전에 한글로 소설을 쓰는 작업이 어느 정도 이루어졌으리라 추정했으나 그 증거가 될 만한 작품을 찾을 수 없었다. 그러나 「설공찬전」이 발견되면서 증거로서 역할을 담당하게 되었다.

㉢ 「설공찬전」의 원본은 한문본이었으나 현재까지 발견된 것 중에서는 국문으로 번역된 것이 최초이다. 「설공찬전」에 이어 「왕랑반혼전」(1565년), 「주생전」(1593) 같은 국문 번역본 소설이 나오게 되므로 「설공찬전」은 한문소설을 한글로 번역하는 데 선도적인 역할을 했다. 이러한 과정을 거쳐 아예 처음부터 작가가 한글로 소설을 쓴 작품들이 나오게 된다.

㉣ 「설공찬전」을 통해 당시 대중들에게 한글이 어느 정도의 인기가 있었는지를 짐작해 볼 수 있다. 「설공찬전」의 창작 시기는 1511년 이전인 것으로 추정되는데, 이것은 한글이 창제되고 얼마 지나지 않았을 때이다. 이러한 때 한글 번역본이 출현했다는 것은 한글이 당시 대중들에게 미치는 파급력이 상당했다는 것을 뜻한다.

(2) 조위한, 「최척전」

① 1621년(광해군 13) 창작되었다.

② 겉표지에는 「기우록」이라 쓰여 있고, 작품 첫머리에는 「최척전」이라는 표제가 붙어 있다.

③ **가탁법**을 통해 창작 동기를 밝혔다. 가탁법이란 누군가에게 듣고 받아 적은 것이라는 말이다. 작가는 자신이 남원에 있을 때 작품의 주인공 최척이 찾아와 자신이 살아온 내력을 말하며 그것을 기록해 달라는 부탁을 받고 기술한다고 했다. 그러나 이것은 사회적 비난을 피하기 위한 기법의 하나로 보는 것이 타당하다.

④ 이 작품은 **임진왜란과 정유재란을 배경**으로 하는 작품이다. 두 전쟁을 겪는 과정에서 백성들이 당한 고통을 사실적으로 반영하여 백성들이 겪은 아픔을 함께 나누려는 의도가 반영된 작품으로 보인다.

⑤ **내용**[2)]

남원에 사는 최척이 옥영을 사랑하여 약혼을 한다. 그러나 갑자기 최척이 징발되어 전장에 나가게 되자, 옥영의 부모는 이웃의 양생을 사위로 맞으려 한다. 이 사실을 안 최척은 진중에서 달려왔고, 두 사람은 드디어 혼인을 하고 맏아들 몽석을 낳으며 애정이 더욱 깊어진다. 이때 정유재란으로 남원이 함락되자 옥영은 왜병의 포로가 되어 끌려가고, 최척은 명장 여유문을 따라 중국으로 건너간다. 여러 해가 지난 뒤 최척은 항주의 친구 송우와 함께 상선을 타고 안남(베트남)을 내왕하게 되었다. 그러던 어느 날 밤 우연히 왜국의 상선을 따라 안남에 온 아내 옥영을 만나 중국으로 가서 살며 둘째 아들 몽선을 낳는다. 몽선이 장성하여 임진왜란 때 조선에 출전한 진위경의 딸 홍도를 아내로 맞는다. 이듬해 최척은 명군으로 출전하였다가 청군의 포로가 된다. 포로수용소에서 명군의 청병으로 강홍립을 따라 조선에서 출전했다가, 청군의 포로가 된 맏아들 몽석을 극적으로 만나게 된다. 부자는

2) 한국학중앙연구원, 「최척전」, 한국민족문화대백과사전

함께 수용소를 탈출하여 고향으로 향하던 중 몽선의 장인 진위경을 만난다. 옥영 역시 몽선, 홍도와 더불어 천신만고 끝에 고국으로 돌아와 일가가 다시 만나서 단란한 삶을 누리게 된다.

⑥ 유몽인의 『어우야담』에 수록된 「홍도」가 조위한에 의하여 소설화된 것으로 보인다.

⑦ **역사성과 사실적인 지리적 감각**이 기존의 다른 작품에 비해 돋보인다.

⑧ 「최척전」의 문학사적 의의는 다음과 같다.

공간적 배경의 확대	조선뿐만 아니라 중국, 일본, 안남(베트남) 등 동아시아 지역으로 공간적 배경을 확장함
사실성의 확보	임진왜란, 정유재란 등 실제 일어난 전쟁을 배경으로 당시 백성들이 겪은 고통을 구체적이고 사실적으로 표현함
구성의 복잡화	임진왜란, 정유재란, 후금의 요동 출병 등 세 차례의 전쟁으로 인해 최척과 옥영이 만남과 이별의 과정을 세 차례 반복함
분량의 장편화	최척과 옥영, 최숙과 심씨, 몽석과 몽선 등의 행적을 각각 상세하게 그려냄으로써 분량이 길어짐

(3) 임제, 「수성지(愁城誌)」(1578년 무렵, 선조시대)

① 조선 중기 문인이었던 임제가 지은 한문소설로, 임제가 북평사(北評事)(정6품 외관직)에서 서평사(西評事)로 옮겨갈 때에 어사의 앞길을 범했다는 이유로 탄핵을 받고 나서 지었다고 전해진다.

② **내용**[3)]

천군(天君)이 다스리는 나라는 그의 신하인 인・의・예・지・희・노・애・낙・시・청・언・동 등이 제각기 맡은 바 임무를 잘 수행하여 태평성대를 누리고 있었다. 그러나 전고(前古)의 충신・의사로서 무고하게 죽음을 당한 이들이 수성(愁城)을 쌓고, 성 중에 조고대(弔古臺)와 충의문・장렬문・무고문・별리문 등의 네 문을 설치하게 된다. 이들이 항상 불안과 수심에 싸여 살면서 그 세력의 영향이 천군에까지 미치게 된다. 이때 주인옹은 천군에게 수성을 뿌리째 없애 버릴 수 있는 방책을 제안하면서 국양(麴襄)을 추천한다. 공방(孔方 : 돈)이 국장군(麴將軍)을 영접하여 수성을 치도록 했다. 국장군은 모영(毛穎)을 불러 천군의 명을 받고 신풍의 군사를 거느리고 수성을 쳐서 마침내 항복을 받았다. 그래서 온 성안은 화기가 돌고, 수기(愁氣)는 일소되었다. 그래서 천군의 나라는 다시 평온을 되찾았다.

③ 고려시대의 가전체소설은 조선 전기에 들어 '천군소설'의 형태로 변모되었다. 천군소설은 마음을 '천군'으로 의인화하여 주인공으로 삼고 그 아래 사단칠정 등을 의인화한 신하들을 설정하여 마음속에 일어나는 갈등을 다루는 소설이다. 천군소설은 당시 유학자들이 소설 속에 심성론을 적용시킴으로써 유학과 소설 사이의 거리를 좁히려 시도한 것이라 할 수 있다. 임제의 「수성지」 역시 이러한 맥락에서 지어진 천군소설이라 할 수 있다.

④ 「수성지」에는 의인화된 인물들이 등장한다. 예를 들어 천군은 마음, 국양(국장군)은 술, 신하들은 유교에서 중시하는 도의 의인화된 모습들이다.

⑤ 천군을 수심에 빠뜨린 상황은 당시의 문란한 사회상의 반영이며, 천군이 원혼들의 호소를 풀어주지 못하고 무능하게 세월만 보내는 장면은 당대의 정치상황을 비유적으로 표현한 것이다.

3) 권영민, 「수성지」, 네이버 지식백과, 고전문학사전

⑥ 「수성지」의 문학사적 의의는 다음과 같다.

㉠ 『금오신화』와 「홍길동전」 사이에 나온 작품으로 조선 초기의 소설사적 맥락을 이어주는 작품이다.

㉡ 허구적 수법으로 복잡한 내용을 표현하는 데 있어 큰 진전을 보여주었다.

㉢ 뿐만 아니라 심성의 의인화, 전기적 구성, 사전체 형식, 몽유록과 유사한 수법, 가전체의 형식 등 당시까지의 다양한 소설 기법을 구사하여 형상화했다.

㉣ 가전체소설의 소재를 인간의 심성으로까지 확장하였다.

제 3 장 | 조선 후기 소설

1 국문소설의 확대 중요도 상

임진왜란과 병자호란 이후의 17세기부터를 조선 후기로 보는데, 이 시기에 소설 분야에서는 이전과는 다른 큰 변화가 생겨났다. 17세기 소설에 나타난 변화는 대략 다음과 같다.

(1) 17세기 들어 유명 및 무명 작가들에 의해 소설 창작이 활발하게 이루어졌으며 다양한 형식, 다양한 소재의 국문 중·장편 소설이 창작되어 문학 분야에서 소설의 지위가 확고하게 되었다.

(2) **최초의 국문소설로 인정받는 허균(1569~1618)의 「홍길동전」이 창작되고**, 이밖에도 다양한 형식의 국문소설들이 창작되었다. 「홍길동전」은 영웅의 일대기를 보여주는 소설로 이후 영웅소설의 전형이 된다.

(3) **「운영전」, 「홍길동전」, 「사씨남정기」, 「구운몽」, 「전우치전」 등의 소설이 창작**되었는데 이러한 작품들은 이전의 소설에 비해 인간 성격 창조·언어 묘사·구성 등에서 보다 발전된 면모를 보였다.

(4) 사회적·현실적 주제가 많아지고 부정적 현상에 대한 비판적 관점이 강화되었다. 이처럼 **사회비판적인 면이 강하다**는 것은 우리나라 중세소설의 중요한 특징 중 하나라 할 수 있다.

(5) 사실주의·낭만주의적 경향이 강화되었다.

(6) 임진왜란을 소재로 한 「임진록」, 병자호란을 소재로 한 「박씨부인전」, 「임경업전」 등 침략자들에 대한 증오, 조국과 민족에 대한 긍지를 주제로 한 작품들이 창작되었다. 이 작품들 중 「임진록」은 한문본과 한글본이 같이 있었으나 「박씨부인전」, 「임경업전」은 국문소설이었던 것으로 보인다.

2 독자층과 작가층의 변화 중요도 중

(1) 독자층의 변화

15~16세기에는 소설 독서가 일반화되었다고 보기는 어렵다. 그러나 17세기 이후로 독자층이 보다 확대되었으며 18세기에 이르러 세책가의 활동과 더불어 소설 열독 현상이 나타난 것으로 보인다.
17세기의 사회적 혼란 속에서 지배층은 신분적 특권을 유지하고 벌열 가문을 형성하고자 성리학적 지배 이념을 강화하려 했다. 그로 인해 가부장적 이데올로기가 강화되고 가문을 중시하는 관념이 강해졌다. 이러한 배경 속에서 **'가문소설'이 등장**하게 되었다. 「소현성록」, 「사씨남정기」, 「창선감의록」과 같은 초기의 가문소설들이 이에 해당한다. 이와 같은 가문소설의 독자는 사대부와 사대부 부녀였다. 특히 사대부 부녀는 국문으로 된 소설을 즐겨 읽었는데 이들은 '~전'이라고 이름 붙은 책보다 '~록'이라는 이름을 가진 책을 좀 더 높이 평가했다.

가문소설의 인기는 18세기에도 이어졌는데 가문소설이 당시 독자들의 가문창달이라는 세속적 욕망을 구현함으로써 독자들의 욕망을 간접적으로 만족시키고 가부장적 질서가 회복된다는 안정감을 주었기 때문인 것으로 보인다.

18세기에 들어서는 시장경제의 발달과 더불어 시간적・경제적 여유를 가진 사람들을 상대로 한 세책가가 성행했다. **세책가에서는 주된 고객층이었던 부녀자들을 상대로 국문본 위주의 책을 장편으로 만들었다.** 가문소설은 여러 가문의 내력을 대체로 삼대에 걸쳐 다루면서 수많은 인물의 복잡한 관계를 유기적으로 구성함으로써 사대부가의 상층 여성 독자들을 세책가로 끌어들이는 데 적합했다.

가문소설과 더불어 **통속적 영웅소설도 성행**했다. 통속적 영웅소설은 선과 악의 이분법, 온갖 시련을 극복하고 선인이 승리하는 것으로 끝나는 결말, 아슬아슬한 서사 전개, 영웅의 승패에 대한 지나친 정서 유발 등 통속적인 서사를 지닌 것이었는데, 이러한 내용은 자신들이 겪는 고난의 낭만적 해소를 바라는 서민층의 욕구와 맞아떨어져 소설 향유층을 경제력 있는 중하층의 남녀로 옮겨가게 했다.

조선시대에 가장 많이 읽힌 것으로 알려진 「조웅전」, 「유충렬전」의 인기는 이러한 통속적 영웅소설의 유행에 따른 것이었다. 또한 이 시기에 유행한 「정수정전」, 「홍계월전」, 「방한림전」 등은 여성 영웅이 등장하는 것으로 하층 여성들이 소설의 독자 혹은 작가로서 자신들의 요구를 소설에 반영하기 시작했음을 볼 수 있다.

영웅소설뿐만 아니라 **애정소설은 하층 민중들 중에서도 특히 여성 독자들에게 인기가 높았고, 세태소설은 남성 독자를 중심**으로 향유되었다. 또한 역관들은 중국어에 능해 중국소설 읽기 및 번역에 적극적으로 참여한 것으로 보인다.

(2) 작가층의 변화

현전하는 600여 종의 고전소설 중 작가가 분명한 한문소설 몇 편을 제외하고, 고전소설의 대부분을 차지하는 국문소설의 작가는 미상인 경우가 대부분이다. 사대부들이 소설을, 그것도 국문을 사용해서 짓는 것을 부끄럽게 여기는 사회적 분위기가 영향을 미쳤을 것으로 짐작된다. 그러나 18세기 들어 소설의 유통이 활발해지면서 **사대부뿐만 아니라 서민층에서도 작가가 나왔으리라 짐작**하는 것은 어렵지 않다.

또한 고전소설은 상당기간 동안 필사본의 형태로 유통되어 현전하는 고전소설의 대부분은 필사본으로 남아있다. 필사의 특성상 **필사 과정에서 개작**이 이루어지는 것은 자연스러운 현상이다. 당시 인기를 끌었던 작품일수록 이본(異本)이 많다는 것은 필사 과정에서 상당히 많은 개작이 이루어졌기 때문이라 할 수 있다. 필사를 담당했던 계층은 대부분 중인 내지는 평민이었고, 한글이 여성들에게 널리 퍼짐에 따라 남자뿐만 아니라 평민 여성들도 필사를 통한 개작에 참여했으리라 짐작된다.

이후 소설의 위상이 높아지면서 **사대부가 장편소설**을 쓰기도 했다. 물론 한글이 아닌 한문소설이었다. 사대부 명문가에서 태어났으나 정치 현실에서 소외된 이들이 자신의 식견과 해박한 지식을 한문 장편소설로 써 낸 것인데 김소행의 「삼한습유」, 서유영의 「육미당기」 등이 그러한 사례에 해당한다. 특히 남영로의 「옥련몽」과 「옥루몽」은 한문으로 쓰였으나 국문으로 번역되어 유통되기도 하고 축약본이 나올 정도로 남녀 독자들에게 큰 인기를 얻었다.

3 대중화와 상업화 중요도 중

19세기에는 민간 출판업자에 의해 방각본 소설이 출판됨으로써 다수의 독자들에게 소설이 퍼져나갔다. 이는 곧 소설의 대중화와 상업화를 의미한다. 방각본 소설이 출판됨으로써 '작가(제작자)-유통 매체-독자'라는 소설의 생산과 소비의 유통구조가 분명해지게 되었다. 이는 소설을 상품화한 것으로, **우리나라 상업 출판의 효시가 방각본 소설**이라 할 수 있다.

한편 한 명의 방각업자만 있는 게 아니라 한 지역에서도 여러 명의 업자들이 등장하게 되면서 제작비용을 줄이기 위한 경쟁이 생겨나기도 했다. 이에 따라 독자들은 더 저렴한 가격으로 소설을 구매할 수 있게 되었고 그 결과 소설 독자층의 확산이 이루어질 수 있었다.

또한 20세기에 이르러 **활자본 소설이 등장하게 되면서 소설의 유통은 전국적**으로 이루어지게 되었다. 방각본 소설은 목판인쇄 방식이다 보니 유통범위가 전국적인 범위로까지 확대되기에는 무리가 있었다. 그러나 활자본 소설은 서양의 신식 활판 인쇄기를 들여와 출판함으로써 소설의 대량 유통이 가능한 환경이 조성되었다. 가격도 '6전 소설'이라 불릴 정도로 싼 편이어서 소설의 전국적인 유통이 이루어질 수 있었다.

이처럼 상업소설이 등장하면서 한동안 대세를 이루던 소설 낭독의 시대는 저물고 개인적인 묵독의 시대로 접어들었다.

더 알아두기

고전소설의 기점을 둘러 싼 논쟁

소설의 기점 시기	나말여초	조선 초기
기점이 되는 작품	「최치원」	『금오신화』
학자	지준모, 임형택, 김종철, 박희병 등	조동일, 장효현, 박일용 등
견해	• 김종철 : 17세기 이전까지는 전기소설의 시대이며 「최치원」, 「조신」의 갈등구조가 『금오신화』로 이어진다. • 박희병 : 「최치원」은 중세에 형성된 최초의 소설 양식이다. 인물과 환경의 구체적인 형상화, 성장, 변화, 형성의 시간 개념, 고독한 내면성을 지닌 주인공의 미적 특질, 뚜렷한 창작 의식 등을 지녔다는 점에서 설화와 소설은 구별된다.	• 조동일 : 나말여초의 전기는 기존의 이야기에 세련된 문식을 가한 정도에 불과하며 갈등의 심각성이 드러나지 않는다. • 장효현 : 설화와 소설의 차이가 전기의 소설성을 증명하는 것은 아니며 17세기까지 서사문학사의 다단한 발전 흐름을 전기소설 일변도로 파악하는 것은 부적절하다. • 박일용 : 「최치원」이 조선 초기의 한 문인에 의해 소설화되었을 가능성이 있으며 「최치원」과 함께 나말여초의 전기로 논의되는 「조신」, 「김현감호」 등의 장르적 특성이 다름을 섬세하게 고려해야 한다.

「최치원」

• 수록 문헌

원래는 『수이전』에 수록되어 있었다고 하나 『수이전』은 소실되어 현전하지 않고, 『수이전』에 있던 작품들은 몇몇 다른 책에 실려 현전하게 되었다. 그중 「최치원」은 조선 성종 때 성임이 쓴 『태평통재』에 「최치원」이라는 제목으로 실려 있다. 그 뒤 선조 때 권문해가 쓴 백과사전적 책인 『대동운부군옥』에 「선녀홍대」란 제목으로 축약된 내용이 실려 있다. 한편 중국 남송 때의 장돈이가 편찬했다는 『육조사적유편』에는 「쌍녀분」이란 제목으로 실려 있다.

• 내용[4)]

최치원이 12세에 당나라에 들어가 과거에 급제한 뒤 율수현의 현위가 되었는데, 항상 고을 남쪽의 초현관에 가서 놀았다. 초현관 앞에는 쌍녀분이라는 오래된 무덤이 있었는데, 예로부터 많은 명현들이 노는 곳이었다. 어느 날 최치원이 쌍녀분에 관한 시를 지어 읊었더니, 홀연히 취금이라는 시녀가 나타나 쌍녀분의 주인공인 팔낭자와 구낭자가 최치원의 시에 대해 화답한 시를 가져다주었다. 시를 읽고 감동한 최치원이 다시 두 여인을 만나고자 하는 시를 지어 보내고 초조히 기다리노라니, 얼마 뒤 이상한 향기가 진동하면서 아름다운 두 여인이 나타났다. 서로 인사를 나눈 뒤에 최치원이 두 여인의 사연을 듣고자 하였다. 원래 그들은 율수현의 부자 장씨의 딸들로, 언니가 18세, 동생이 16세 되던 해에 그녀들의 아버지가 시집보내고자 언니는 소금장수에게, 동생은 차(茶)장수에게 정혼하였다. 그러나 그녀들의 뜻은 달랐기에 아버지의 뜻을 따를 수 없었고, 그 때문에 고민하다가 마침내 죽게 되었다. 그리하여 두 여인을 함께 묻고 쌍녀분이라 이름하게 되었다고 한다. 이렇게 한을 품고 죽은 그녀들은 마음을 알아줄 사람을 찾았으나 만나지 못하다가, 마침 최치원 같은 수재를 만나 회포를 풀게 되어 기쁘다고 말하였다. 세 사람은 곧 술자리를 베풀고 시로써 화답하여 즐기다가 흥취가 절정에 이르자, 최치원이 서로 인연을 맺자고 청하니 두 여인 또한 좋다고 하였다. 이에 세 사람이 베개를 나란히 하여 정을 나누니 그 기쁨이 한량없었다. 이렇게 즐기다가 달이 지고 닭이 울자, 두 여인은 이제 작별할 시간이 되었다면서 시를 지어 바치고는 사라져 버렸다. 최치원은 그 다음날 지난밤 일을 회상하며 쌍녀분에 이르러 그 주위를 배회하면서 장가(長歌)를 지어 부른다. 그 뒤 최치원은 신라에 돌아와 여러 명승지를 유람하고 최후로 가야산 해인사에 숨어 버린다.

• 성립 시기

작가를 알 수 없으나 주인공인 최치원의 연대로 보아 고려 초기나 적어도 중기 이전으로 추측된다.

• 특징 및 의의

설화의 내용 중 주인공들의 의사표시가 대부분 한시로 나타나 있어 전체적으로 20여 수의 시가 등장하는데, 이러한 삽입시는 후대 한문소설류에 영향을 끼쳤다.

• 주의할 점

조선 후기에 지어진 「최치원전」(「최고운전」, 「최문헌전」)과는 최치원이 주인공이라는 점 이외의 공통점이 없다. 두 작품은 서로 다른 근원 설화를 토대로 지어진 것으로 보인다.

4) 한국학중앙연구원, 「최치원설화」, 한국민족문화대백과사전

제 2 편 실전예상문제

제1장 신라와 고려의 서사문학

01 다음 중 고전소설의 기원을 보여주는 장르는?

① 희곡
② 설화
③ 시조
④ 교술

01 일반적으로 구전되던 설화가 패관문학을 거쳐 정착되면서 고전소설이 발전하기 시작한 것으로 여겨진다.

02 다음 중 꽃을 의인화한 작품이 아닌 것은?

① 「안빙몽유록」
② 「화사」
③ 「화왕계」
④ 「국순전」

02 고려 후기 임춘의 「국순전」은 술을 의인화하여 지은 작품이다. 「안빙몽유록」은 조선 초 신광한의 『기재기이』에 실린 작품이고, 「화사」는 조선 중기 임제가 지은 한문소설이며, 「화왕계」는 통일신라 때 설총이 지은 설화이다.

03 다음 중 가전체소설에 대한 설명으로 옳지 않은 것은?

① 주된 창작층은 부녀자들이었다.
② 가전체소설은 다른 말로 의인전기체라고도 불린다.
③ 풍자적 성격이 짙다.
④ 가전체소설의 효시로는 임춘의 「공방전」을 들 수 있다.

03 가전체소설의 주된 창작층은 사대부들이었다.

정답 01 ② 02 ④ 03 ①

04 다음 중 가전체소설의 작가와 작품명을 잘못 연결한 것은?

① 임춘 – 「국순전」
② 이규보 – 「국선생전」
③ 이첨 – 「주장군전」
④ 성여학 – 「관부인전」

04 이첨이 지은 가전체소설은 「저생전」이며, 「주장군전」은 송세림의 작품이다.

05 다음 중 창작 시기가 다른 가전체소설은?

① 「천군연의」
② 「관자허전」
③ 「오원전」
④ 「국순전」

05 「국순전」은 고려 중・후기의 문인이었던 임춘의 작품인 반면, 다른 작품들은 조선 후기에 창작된 가전체소설들이다.

06 다음 중 가전체소설과 의인화의 대상을 잘못 연결한 것은?

① 「공방전」 – 돈
② 「국선생전」 – 술
③ 「저생전」 – 젓가락
④ 「수성지」 – 마음

06 '저'는 종이의 재료인 닥나무를 뜻하는 글자로, 「저생전」의 '저생'은 종이를 의인화한 것이다.

정답 04 ③ 05 ④ 06 ③

07 다음 중 천군소설에 대한 설명으로 옳지 않은 것은?

① 고려 말의 가전체소설이 마음을 의인화한 것으로 변모한 형태이다.
② '천군'은 세상사를 모두 관장하는 옥황상제를 나타낸 것이다.
③ 김우옹의 「천군전」, 임제의 「수성지」와 같은 작품들이 있다.
④ 유학의 심성론을 소설에 적용한 것이라 할 수 있다.

07 천군소설의 '천군'은 마음을 의인화 한 것이다.

08 다음 중 가전체문학의 특징이라 할 수 없는 것은?

① 한 인물의 일대기를 다루는 전기소설 형식이다.
② 의인체이다.
③ 구비 전승된다.
④ 한 개인의 창작물이다.

08 구비 전승은 설화의 특징이다. 가전체는 한 개인이 뚜렷한 목적을 갖고 창작한 작품으로 설화에 비해 훨씬 소설에 가까운 작품 형식이라 할 수 있다.

정답 07 ② 08 ③

제2장 조선 전기 소설

01 다음 중 조선시대에 한글이 창제된 것이 소설사적으로 갖는 의의라 볼 수 없는 것은?

① 우리말을 표기할 수단을 갖게 되어 본격적인 국문문학의 시대가 열렸다.
② 표기수단이 한글로 변화됨에 따라 한문소설에서 한글소설로의 변화가 이루어졌다.
③ 평민들이 글자를 알게 됨에 따라 작가와 독자층이 두터워졌다.
④ 구비문학의 한글 정착이 이루어졌다.

01 한글이 창제된 이후에도 한문소설은 꾸준히 창작되었다. 이로 보아 한문소설과 한글소설의 순차적 변화가 이루어졌다고는 할 수 없다.

02 조선 전기 소설에 대한 설명으로 옳지 않은 것은?

① 『금오신화』와 「최치원」 중 어느 것을 소설의 효시로 볼 것인가에 대한 논란이 있다.
② 중국소설의 유입은 한국의 소설 발전에도 영향을 주었다.
③ 소설(小說)이라는 명칭에는 소설을 잡스러운 글의 하나쯤으로 보는 시각이 담겨 있다.
④ 조선 전기에는 소설이라는 새로운 양식이 확립되며 산문문학이 시문학을 압도하여 발전하였다.

02 조선 전기에는 산문문학보다 시문학이 발전하였다. 산문문학은 서민의식의 성장과 사회의 변화 등 여러 조건이 갖추어진 조선 후기에 보다 발전하였다.

03 다음 중 채수의 「설공찬전」에 대한 설명으로 옳지 않은 것은?

① 「홍길동전」보다 100여 년 앞선 최초의 국문소설이다.
② 주로 성종 시기에 문신으로 활약했던 채수가 쓴 소설이다.
③ 불교의 윤회화복의 내용을 담고 있다는 이유로 금서가 되어 탄압받았다.
④ 당대의 정치, 사회 및 유교이념을 비판하는 내용이 담겨 있다.

03 「설공찬전」은 국문본만 전해지고 있기는 하지만 처음부터 국문으로 쓰인 것이 아니라 한문으로 쓰였던 원본이 사라지고 국문 번역본만 남게 된 것이므로 최초의 국문소설이라 할 수 없다.

정답 01 ② 02 ④ 03 ①

04 다음 중 한글 창제가 한국소설사에 끼친 영향이라고 보기 어려운 것은?

① 본격적인 국문문학의 시대를 열었다.
② 중국의 규범에서 벗어나 자존적인 방식을 열어나가기 시작했다.
③ 양반층의 문자 생활이 확대되어 권위 중심의 문화 체제에 국한되었다.
④ 민족의 동질성 확립이 이루어지게 되었다.

04 한글 창제 이후 평민들도 쉽게 문자를 익히게 되면서 한문이 아닌 한글을 통한 문자 생활이 가능해져 평민들도 문학의 향유층이 되었다. 문학의 내용 역시 대중성을 지닌 작품들이 창작되어 널리 익히게 되었다.

05 다음 중 『금오신화』에 대한 설명으로 옳지 않은 것은?

① 일반적으로 설화에서 벗어난 최초의 소설로 평가된다.
② 우리나라에서 최초로 출판된 소설집이다.
③ 유・불・도교를 아우르는 세계관이 담겨 있다.
④ 중국 『전등신화』의 영향을 받은 것으로 보인다.

05 『금오신화』는 15세기 말에 쓰였으나 일본에서 1658년에 최초로 출간된다. 그 사이 우리나라에서는 1553년에 신광한이 『기재기이』라는 제목으로 자신의 한문 단편 소설집을 출간했다. 따라서 출판 순서로만 본다면 『기재기이』가 『금오신화』에 앞선다. 다만 작품을 쓴 시기가 신광한이 김시습보다 나중이다. 또한 문학적으로도 『금오신화』에 실린 작품들이 더 수준이 높다고 평가된다.

06 다음 중 「최치원」에 대한 설명으로 옳지 않은 것은?

① 조선 후기 「최고운전」으로 이어진다.
② 『수이전』에 실려 있었다고 전해진다.
③ 「선녀홍대」, 「쌍녀분」과 같은 작품이다.
④ 『대동운부군옥』과 『육조사적유편』에 다른 제목으로 실려 있다.

06 「최치원」과 「최고운전」은 둘 다 최치원의 일생을 소재로 한 작품이지만 내용이 전혀 다르다. 두 작품은 별개의 이야기라고 봐야 한다.

정답 04 ③ 05 ② 06 ①

제3장 조선 후기 소설

01 다음 중 우리나라 최초의 한글소설로 여겨지는 작품은?

① 「이생규장전」
② 「원생몽유록」
③ 「설공찬전」
④ 「홍길동전」

01 「이생규장전」은 김시습의 한문 단편집 『금오신화』에 실린 다섯 단편 중 하나이고, 「원생몽유록」은 임제가 지은 한문 단편소설이다. 「설공찬전」 역시 한글본만 전하기는 하지만 원래는 한문으로 지어진 것이었다.

02 다음 설명에 해당하는 작품의 제목은?

- 중국 명나라를 배경으로 한다.
- 호국의 침략에 항복하려는 무력한 천자를 구하고 나라를 지킨다.
- 병자호란 이후 호국에 대한 민족적 적개심을 표현했다.

① 「조웅전」
② 「유충렬전」
③ 「장풍운전」
④ 「소대성전」

02 「유충렬전」은 유충렬이 정한담의 모함에 맞서 싸워 집안을 일으키고 나라를 구한다는 내용의 작품이다.

03 다음 중 17세기에 나타난 소설의 변화라고 볼 수 없는 것은?

① 국문소설이 활발하게 창작되었다.
② 전쟁을 소재로 한 작품들이 지어졌다.
③ 비현실적인 내용을 지닌 전기소설의 황금기였다.
④ 이전에 비해 보다 발전된 형태의 소설들이 지어졌다.

03 17세기에 지어진 소설들에서도 비현실적인 면이 사라진 것은 아니지만 사회비판적이고, 현실주의적인 성향의 작품들이 점차 확대되어 갔다.

정답 01 ④ 02 ② 03 ③

04 다음 중 소설과 그 소설이 배경으로 삼은 사회적 상황이 잘못 연결된 것은?

① 「박씨부인전」 – 병자호란
② 「전우치전」 – 병자호란
③ 「임진록」 – 임진왜란
④ 「임경업전」 – 병자호란

04 「전우치전」은 작가 및 연대 미상의 소설이지만, 조선 중종 때 살았던 실존 인물 전우치를 모델로 한 소설이다. 따라서 병자호란을 배경으로 삼은 것은 아니다.

05 다음 중 조선 후기의 소설적 상황에 대한 설명으로 옳지 않은 것은?

① 소설 배격론의 영향으로 사대부가 아닌 평민들만 소설을 즐겼다.
② 전 계층에서 소설 향유가 이루어졌다.
③ 가문소설, 영웅소설, 애정소설 등 다양한 형태의 소설이 창작되고 널리 읽혔다.
④ 국문소설이 매우 활발하게 지어졌다.

05 소설 배격론과 한글을 경시하는 태도로 인해 사대부들이 소설, 특히 한글로 쓴 '~전'류의 소설을 즐기기 꺼리는 경향이 여전히 있기는 했으나, 사대부가의 여성들은 활발하게 소설을 향유했고 사대부들 또한 직접 한문 장편 소설을 짓는 경우도 생겨났다.

06 다음 중 조선 후기에 소설이 널리 퍼져나갈 수 있었던 이유가 아닌 것은?

① 세책점이 활성화되었다.
② 소설 장르를 경시하는 사대부들의 태도에 대한 반발 심리가 살아났다.
③ 한글이 확산되었다.
④ 다양한 계층의 욕구를 반영하는 소설이 창작되었다.

06 조선 후기에 들어 사대부들의 소설관도 옹호론 쪽으로 기울기 시작하여 적극적으로 소설의 독자 혹은 작가가 되는 경우들이 많아졌다. 또한 평민층의 소설 향유가 어떤 것에 대한 반발 심리로 인한 것이라 보기는 어렵다.

정답 04 ② 05 ① 06 ②

SEAT
SD

제 3 편

고전소설 작가론

| 단원 개요 |

김시습, 허균, 김만중, 박지원은 개별적인 사상과 활약으로 조선시대 한국문학을 다채롭게 한 인물들이다. 그들의 기본 사상과 문학관은 우리 문학사의 기본을 형성했으며 한국의 소설문학을 꽃피웠다. 한편 그들의 사상을 만들어낸 것은 그들의 생애라 할 수 있으므로, 이 단원에서는 그들의 생애, 사상, 문학관 등 그들의 작품이 나오게 된 배경을 살펴보게 된다.

| 출제 경향 및 수험 대책 |

작품에는 작가의 생애, 사상, 문학관 등이 고루 담기기 마련이다. 따라서 각 작가들의 주요 작품과 관련된 측면을 중심으로 공부해 두는 것이 필요하다. 생애를 알아야 작품을 보다 잘 이해할 수 있는 김시습, 허균, 박지원 등은 생애에 대해 특히 잘 알아두는 것이 필요한데, 그중에서도 특히 허균이나 박지원의 경우 사상도 분명하게 이해해 두는 것이 필요하다.

제 1 장 | 김시습

1 생애, 사상, 문학론

(1) 김시습의 생애

① **출생과 어린 시절 : 신동** 중요도 하

㉠ 김시습은 1435년(세종 17)에 서울 성균관 부근에서 태어났다.

㉡ 3살 무렵 외조부로부터 글자를 배우기 시작했다.

㉢ 5세 때 이미 시를 지을 줄 알아 그가 **신동이라는 소문이 당시의 국왕인 세종에게까지 알려졌다.** 세종이 승지를 시켜 시험을 해보고는 장차 크게 쓸 재목이니 열심히 공부하라 당부하고 선물을 내렸다고 하여 '오세(五歲, 5세)'라는 별호를 얻게 되었다.

㉣ 이웃에 사는 어른들로부터 사서삼경 등을 배웠고, 여러 역사책과 제자백가서는 스스로 읽어서 공부했다.

② **10대 : 불교 수행과 학업**

㉠ 15세에 어머니가 돌아가시자 외가의 농장 근처에 있는 어머니의 무덤 옆에서 여막을 짓고 삼년상을 치렀다. 어머니의 죽음을 겪으며 인생의 무상함을 깨닫게 되었다고 한다.

㉡ 18세부터는 송광사 및 삼각산 중흥사에서 불교 수행 및 공부를 했다.

③ **청년 시절 : 권력 비판 및 방랑과 글쓰기**

㉠ 21세에 계유정난(세조의 왕위 찬탈) 소식을 듣고 통곡하며 「자규사」를 지어 단종의 죽음을 애도하였다. 사육신이 처형당했을 때 사육신의 시신을 수습하여 노량진 가에 임시 매장한 사람이 김시습이었다고 전해진다.

㉡ 이후 스스로 머리를 깎고 승려가 되어 전국 각지를 여행하며 글을 지었는데, 이때의 기록은 「탕유관서록」, 「탕유관동록」, 「탕유호남록」에 남아있다.

㉢ 29세에는 서울에 책을 구하러 갔다가 효령대군의 권유로 세조의 불경언해사업에 참가하여, 교정하는 일을 맡아 열흘간 내불당에 거처하였다. 1465년 원각사 낙성식에 불렸으나 뒷간에 빠져 벗어났다고 한다.

㉣ 31세에는 평소 경멸하던 정창손, 김수온 등이 높은 관직에 있는 현실에 불만을 품고 경주로 내려가 경주의 남산인 금오산에 '금오산실'을 짓고 칩거하였다. 이때 '**매월당**'이란 호를 사용하였고, 이곳에서 37세까지 『금오신화』를 비롯한 여러 시편들을 지었다.

㉤ 37세(성종 2)에 다시 서울로 올라와 성동 폭천정사, 수락산 수락정사 등지에서 10여 년을 생활하였으나 자세한 것은 알려지지 않고 있다.

㉥ 47세가 되자 결혼을 하고 머리를 기르며 환속하였다. 그러다가 '폐비 윤씨 사건'이 일어나자 방랑의 길에 올라 관동지방을 여행하며 지방 청년들을 가르치기도 하는 등 유유자적한 생활을 했다.

㉦ 49세에 아내가 죽자 다시 방랑의 길을 나섰다.

④ **말년**

59세에 충청남도 부여 무량사에서 '설잠'이란 법명으로 기거하다가 병사하였다.

그는 키가 작고 뚱뚱하며 얼굴도 잘 생기지 못했고, 성격은 괴팍하며 차가웠다고 한다. 살아있는 동안에는 광인(狂人)으로 여겨졌으나 죽은 후에는 **생육신**으로 불리며 절개가 높이 평가되었다. 율곡 이이는 그를 '백세의 스승'이라 평하기도 했다.

(2) 김시습의 사상

① **김시습의 기본 사상 : 유교**

㉠ 경서 공부

김시습은 조선 초기의 성리학자로, 어린 시절부터 유학자들에게 경서를 배웠다. 또한 20대 이후 승려의 신분으로 살아가면서도 항상 경서류를 가까이 했다고 한다. 이로써 합리적이고 현실적인 유교 사상이 그의 사상의 근본을 이루게 된다.

㉡ 민본주의

그는 유가적 민본주의를 실현하여 주자학적인 명분을 회복함과 동시에 백성들의 삶을 안정시키고자 했다.

㉢ 왕도정치

그의 정치사상은 왕도를 고취하고 패도를 규탄하고자 한 것이다. 이에 따라 인재를 등용할 때 신중하고 공평할 것을 주장했으며 가렴주구를 배격하였다. 또한 절용주의, 명분의 중시 등을 주장했다.

㉣ 기일원론

당시 사대부들은 모든 사회 질서가 불변의 이치인 '이'에 따라 조화를 이루고 있다고 설명하는 주리론을 따랐다. 그러나 김시습은 「귀신설」이라는 글에서 하늘과 땅 사이에 다만 하나의 '기'가 풀무질하고 있다고 하여 '기'만을 인정하고 '이'를 별도로 인정하지 않았다. 주리론을 비판하고 '이'를 별도로 인정하지 않는 '기일원론(일원적 주기론)'을 펼친 것이다. 주리론에 따르면 '이'는 '기'보다 먼저 있으면서 '기'를 있게 한다. 그러나 김시습은 '이'와 '기'를 선후관계로 파악하지 않고 대등관계로 보았다. '이'는 '기'에 대립적인 운동 원리라는 것이다. 음양의 대립적인 운동 또한 '기' 자체의 속성으로 보았다. 한편 「생사설」에서는 '기'가 모이면 사람이 태어나고 '기'가 흩어지면 사람이 죽어 귀신이 된다고 했다. 삶과 죽음조차 '기'로 설명한 것이다.

② **그 외** 중요도 중

김시습은 유교 이외에도 불교·도교에 두루 통달하였다.

㉠ 불교

ⓐ 김시습은 근본 사상을 유교에 두었으나 불교적인 사색을 병행하였다. 불교가 이단시되는 시대에 김시습의 이러한 면은 이례적인 것이었다.

ⓑ 불교적 미신은 배척했으나 부처의 자비정신이 한 나라의 군주가 그 백성을 사랑하여 부도덕한 정치를 제거하도록 하는데 활용될 수 있다고 보았다.

㉡ 도교

ⓐ 도교에서는 김시습을 우리나라 도파의 중조로 여긴다(우리나라 도파의 시조는 환인).

ⓑ 김시습은 선가의 교리를 유가의 사상으로 해석하려 했다.

ⓒ 도교의 신선술은 부정하였으나 기(氣)를 다스리는 일은 천명을 따르게 하는 데 가치가 있다고 보았고, 내단수련에 능통하였다.

③ **경제 사상**

㉠ 유교의 정치경제론에 입각해서 국민의 기본적인 수요를 충족시키는 것을 기초로 보았다.

㉡ 인간의 본성은 누구나 재화와 이익을 좋아하는 것이므로 이러한 본성에 입각해 백성이 부유하면 국가가 부유하다고 보고 이렇게 되기 위해서는 왕이 인(仁)으로 정치를 해 나가야 한다고 했다.

(3) 김시습의 문학론

① **문이재도(文以載道)**

'문이재도'는 글을 쓸 때 도(道)에 바탕을 두고 글을 써야 한다는 성리학적인 문학론으로, 김시습은 기일원론적 관점에서 이러한 문학론을 그대로 수용하여 유교경전의 뜻을 근본으로 하지 않은 글은 쓰면 안 된다고 보았다. 문장의 가치를 높게 보기는 하지만 문장이 도보다 높은 것은 아니라고 본 것이다.

② **세교(世敎)**

김시습의 문학 창작동기는 자신의 신념과 현실상황의 불화로 인한 갈등과 번민이었다. 이에 따라 김시습은 현실 정치에서 물러나 있으면서도 문학을 통해 정치를 비판하여 부끄러움을 자각하게 하고 인륜을 두텁게 함으로써 세상을 교화시키고자 했다. '말이 세교에 관계되면 괴이해도 무방하다'고 할 정도로 세교를 중시했다.

③ **실어(實語) 중시**

글을 쓸 때 꾸미는 말이나 잡다한 말을 하는 것을 경계하고 실어를 써야 사람의 마음을 감동시킬 수 있다고 보았다. 글의 형식보다는 진실한 말로 글을 쓰는 것이 중요하다고 본 것이다.

④ **감동 중시 및 허구성에 대한 긍정적 평가**

김시습은 '일이 사람을 감동시키면 허탄해도 기쁘다'고 했다. 독자들의 감동을 무엇보다 중시한 것이다. 또한 '허탄하다'는 것은 거짓되고 미덥지 않다는 뜻으로, 허구적인 글, 기이한 이야기도 독자에게 감동을 줄 수만 있다면 가치가 있다고 보았다.

2 주요 작품에 대한 이해(『매월당집』, 『금오신화』)

(1) 『매월당집』

① 시집 15권, 문집 6권, 부록 2권의 총 23권 6책으로 된 시문집으로, 시집에는 2,000여 편의 시가 담겨 있어 김시습의 문학적 진면목을 살펴볼 수 있다.

② 김시습이 죽은 후 선조가 이율곡에게 명하여 이자, 박상, 윤춘년 등이 오랜 기간 원고를 수집하여 결국 1583년에 발간했다.

(2) 『금오신화』

『금오신화』는 저자가 경주에 있는 금오산에 머물던 시기(1465~1470)에 지은 한문 단편들이 실린 책이다. 여기에 실린 단편들은 설화에서 소설로 이어지는 과정을 보여준다는 점에서 의의가 있다. 원래는 더 많은 작품이 실렸을 것으로 추정되나 현전하는 것은 다섯 편인데, 제목은 「만복사저포기」, 「이생규장전」, 「취유부벽정기」, 「남염부주지」, 「용궁부연록」이다.

각 작품의 간략한 내용 및 특징은 다음과 같다.

① **「만복사저포기」**

㉠ 내용

홀로 외롭게 살아가던 양생이 만복사의 부처와 내기 놀이를 하여 이긴 후 아름다운 여인을 만나 사랑을 나눈다. 사실 그녀는 이미 3년 전 왜구로부터 정조를 지키기 위해 죽은 여자이다. 양생은 그 사실을 알게 된 후에도 여인에 대한 사랑의 마음이 변치 않았고, 자신의 재산을 모두 팔아 여인의 명복을 빌고 지리산에 들어가 혼자 살았다.

㉡ 특징

ⓐ 죽은 사람과의 사랑 이야기를 담은 명혼소설이다.

ⓑ 여인이 정조를 지키기 위해 목숨까지 버린 것은 단종에 대한 충성심 때문에 세조를 섬기지 않으려 하는 작가 김시습의 의지와 상당 부분 닮아있다. 따라서 양생과 여인의 죽음을 초월한 사랑은 **세상의 부당한 횡포에 맞서려는** 것으로 해석되기도 한다.

② **「이생규장전」**

㉠ 내용

이생이 최랑과 사랑에 빠져 결국 혼인까지 하게 되나 이생이 벼슬길에 나아간 사이 최랑은 홍건적의 난으로 인해 도적에게 쫓기던 와중에 절개를 지키려다 목숨을 잃는다. 다시 만난 이생과 귀신이 된 최랑은 몇 해 동안 행복한 시간을 보내지만 결국 최랑은 저승의 길로 완전히 가게 된다. 이후 이생은 최랑을 그리워하다가 곧 세상을 떠난다.

㉡ 특징

ⓐ 「만복사저포기」와 마찬가지로 명혼소설이다.

ⓑ **세계의 횡포에 맞서 사랑을 이루려고 하는 인간의 의지**를 보여주는 작품인데, 이때 '세계의 횡포'란, 이생과 최랑이 각각 가난한 선비와 귀족의 딸이라는 신분 차이로 인해 헤어져야 했던 것과, 최랑의 죽음으로 인해 두 인물이 이승과 저승이라는 서로 다른 세계로 멀어져야 했던 것을 의미한다.

③ **「취유부벽정기」**

㉠ 내용

개성의 상인이었던 홍생이 술에 취해 '부벽정' 아래에서 배를 타고 놀다가 자신을 기자왕의 딸(기씨녀)이라고 소개하는 한 여인을 만나 이야기를 나눈다. 이후 집에 돌아와 꿈을 꾸었는데 기씨녀의 시녀가 꿈에 나타나 홍생이 기씨녀의 추천으로 견우성 막하의 종사관이 되었으니 어서 올라오라는 말을 전한다. 꿈에서 깬 홍생은 목욕재계하고 죽음을 맞이한다.

㉡ 특징

ⓐ 홍생과 기씨녀가 만나 이야기하는 장면은 명혼소설적인 면이 있고, 기씨녀의 시녀가 홍생의 꿈에 등장하여 말을 전하는 부분은 몽유소설의 경향을 지닌다.

ⓑ 기씨녀는 위만에게 왕위를 빼앗긴 기자의 딸인데, 이는 생육신 중 한 사람이었던 김시습의 이력을 고려할 때 세조에게 왕위를 빼앗긴 단종을 떠올리게 한다.

④ 「**남염부주지**」

㉠ 내용

박생이 『일리론』이라는 책을 쓰고 학문에 힘쓰던 어느 날 밤 깜박 잠이 들어 남쪽에 있는 염부주라는 곳에 가게 된다. 그곳에서 염마왕을 만난 박생은 염마왕과 유교・불교・미신・우주・정치 등에 대해 담론을 펼친다. 박생의 학문적 깊이에 감동한 염마왕은 박생에게 염부주의 왕위를 물려준다는 선위문을 지어 준다. 잠에서 깬 박생은 얼마 후 병들어 죽는다. 이후 박생의 이웃 사람의 꿈에 신인이 나타나 박생이 장차 염라왕이 될 것이라고 전한다.

㉡ 특징

ⓐ **김시습의 사상과 철학을 가장 잘 반영한 작품**이며, 사건보다는 등장인물의 사상을 밀도 있게 다룬 소설로서는 최초라는 의의를 지닌 작품이다.

ⓑ 몽유소설이다.

ⓒ 불교보다 유교의 우위를 주장하면서도 유교와 불교의 조화를 추구하고, 현실적・합리적인 세계관을 내세운다.

ⓓ 폭력과 억압으로 나라를 다스리는 자를 비판하며 민심을 중시해야 한다고 강조하는데, 이는 세조에 의한 폭력적인 정치 현실을 우의적으로 비판한 것이라 보기도 한다.

⑤ 「**용궁부연록**」

㉠ 내용

글 잘 쓰기로 소문난 한생이 용왕의 초청을 받고 용궁에 가서 용왕의 부탁대로 상량문을 써 주고 용궁을 구경하고 돌아온 후 속세를 떠나 산으로 들어갔다.

㉡ 특징

ⓐ 몽유소설이다.

ⓑ 당시 개성의 벌족(나라에 공이 많고 벼슬 경력이 많거나 또는 그런 집안을 의미)이 한씨 집안이었다는 점을 고려했을 때, 현실에서 소재를 취하면서도 허구성을 살린다는 소설의 성격을 잘 보여주는 작품이다.

ⓒ 어릴 적 글재주를 인정받아 왕에게 불려 간 적이 있었던 **김시습의 경험이 반영**된 것으로 볼 수 있다.

제 2 장 허균

1 생애, 사상, 문학론

(1) 허균의 생애

① 출생과 어린 시절 : 명문가의 총명한 아이

㉠ 허균은 1569년 12월 10일(선조 2)에 강릉에서 대대로 고관직을 지낸 집안의 셋째 아들로 태어났다. 이복형 허성은 임진왜란 직전 일본 통신사의 서장관으로 일본에 다녀왔고, 동복형인 허봉은 문장으로 이름 높았으며, 누나는 시인으로 유명한 **허난설헌**이다.

㉡ 5세 때부터 글을 배우기 시작해 9세 때에는 시를 지을 줄 알았다고 한다.

② 10대 : 학업

㉠ 12세 때에 아버지가 객사한다.

㉡ 허봉이 자신의 친구였던 이달에게 추천하여 허난설헌과 함께 글공부를 했다. **이달은 서자 출신의 학자였는데** 허균의 인생관과 문학관에 많은 영향을 주었다.

㉢ 17세에 초시에 급제한다. 이후 허균은 여러 차례 과거를 보아 29세(1597년)에는 문과 중시에서 장원급제를 하기에 이른다.

㉣ 안동 김씨 김대섭의 차녀와 결혼한다.

㉤ 18세에 허봉의 친구 사명당에게 불교와 문학을 배우고, 류성룡 문하에서 문장을 배웠다.

③ 청년 시절 : 가족의 죽음, 파직, 자유분방한 사상과 글쓰기

㉠ 20세에 허균에게 많은 영향을 끼치던 형 허봉이 병사하고, 다음 해에는 누나 허난설헌도 병사한다. 누이가 죽을 때 문집을 다 불태우라는 유언을 남겼지만 이에 따르지 않고 시집을 간행하였는데, 나중에는 명나라 사신을 통해 중국에서 출판하여 중국인들에게 좋은 평가를 받는다. 이 공로로 삼척 부사가 되기도 한다.

㉡ 24세에 임진왜란이 터져 피난을 가던 중 아내와 아들이 병사한다.

㉢ 임진왜란 중 강릉에서 이복형과 함께 의병을 일으키기도 하고, 분조를 이끄는 광해군을 돕기도 하였다.

㉣ 동인이었던 김효원의 딸과 재혼했다.

㉤ 명나라 사신을 수행하면서 외교관으로서 공을 세웠다.

㉥ 황해도 도사, 춘추관 기주관, 형조정랑, 사예, 사복시정, 원접사 이정구의 종사관, 수안군수 등 여러 관직에 있었으나, 탄핵을 받아 파직되는 경우가 여러 번 있었다. 탄핵의 이유로는 기생을 끌어들여 가까이 했다는 것, 관청 안에서 불경을 외우거나 염불을 암송했다는 것, 과거 시험을 주관하면서 부정하게 조카와 사위를 합격시켰다는 것 등이었다.

㉦ 유·불·도교의 스승들과 교류하며 다양한 사상을 받아들인다.

㉧ 1607년 공주 목사로 있으며 서얼들과 친해지면서 기존 사회의 적서 차별과 신분제에 강한 회의와 불만을 갖게 된다.

㉨ 1609년, 1610년 연달아 명나라를 다녀왔다.

㉩ 1612년 무렵 「**홍길동전**」을 짓는다.

④ **말년 : 역모와 사형**

㉠ 1613년 허균과 친한 서얼들이 계축옥사에서 죽지만 허균은 이름이 언급되지 않아 살아남았다.

㉡ 이이첨과 합류하여 인목대비를 폐모하자는 일의 선봉장이 되나 얼마 후 이이첨과 관계가 틀어진다.

㉢ 1618년, 48세에 역모를 꾀했다는 이유로 체포되어, 제대로 심문도 받지 못한 채 능지처참에 처해졌다.

(2) 허균의 사상

① **양명좌파의 사상**

명나라에서 만들어진 양명학은 17세기 무렵 조선에 전래되었다. 유학 사상에 어긋나는 것이라 하여 배척당하기도 했으나 18세기 초부터 점차 퍼져나갔다. 허균은 양명학의 한 갈래인 양명좌파의 사상을 받아들였다. 양명좌파는 마음을 무선무악(無善無惡)으로 보고, 속박을 벗어난 절대 자유의 인간 생활 방법을 추구했다.

허균은 양명좌파의 이념에 입각하여 공적 질서의 억압에 맞서 인간 본연의 감정을 옹호하고 개인의 내면적 자유의 해방을 추구했다.

② **평등 사상** 중요도 중

㉠ 신분에 따른 인재등용 비판

허균은 「유재론」을 통해 인재란 신분에 따라 정해지는 것이 아닌데, 사회제도가 신분을 따져 능력을 발휘하지 못하게 하는 것은 잘못이라고 보았다. 이러한 생각은 「홍길동전」에서 홍길동에게 병조판서의 직위가 내려지는 것이나, 허균이 현실에서 서얼들과 친하게 지내며 돕기도 했다는 것을 통해 실천적 행동으로 나타났다.

㉡ 신분에 따라 귀천을 따지는 것에 반대

허균의 작품에 나오는 인물들은 사대부뿐만 아니라 기생, 아전, 걸인, 상인 등 조선사회에서 소외된 인물들이었으나 허균은 이런 인물들을 역사의 전면에 등장시켜 형상화시켰다.

다만 허균의 평등 사상은 양반의 후예임을 강조하거나 일부다처제를 인정하는 등 모순과 한계를 지닌 것이었다.

③ **혁명 사상**

㉠ 왕의 책임 강조

허균은 정치의 모든 궁극적 책임이 최고 통치자인 임금에게 있다고 보았다.

㉡ 호민 사상

허균은 「호민론」에서 백성을 항민・원민・호민으로 나누었다. 항민은 '정세에 대해 깊이 살피지도 않고 순순히 법을 만들고 윗사람에게 잘 따르는 자'로 두려운 존재가 아니고, 원민은 '윗사람을 원망하는 자'로 이 역시 별로 두려워할 존재는 아니라고 보았다. 그러나 **호민**은 '세상이 되어가는 꼴을 보고서 불만을 품고 인적이 없는 곳으로 종적을 감추고서는, 세상을 뒤엎을 마음을 기르고 있다가 기회가 닥치면 그들의 소원을 풀어보려고 하는 자'인데, 이들은 '호랑이보다도 더

무서운 존재'라고 보았다. 그러니 '호민'이 생기지 않도록 위정자들이 올바른 정치를 하여 백성이 살기 좋은 나라를 만들어야 한다는 것이다.

④ **기타**

허균은 유교 사상에 얽매이지 않고 다양한 사상을 믿는 사람들과 교류했다. 승려가 되려고 하기도 했으며, 도교에 빠져들기도 했고, 명나라에서 천주교 책을 들여와 국내에 천주교가 전파되는 밑거름을 놓기도 했다. 다만 허균이 천주교 신자였는지는 확실하지 않다.

(3) 허균의 문학론 중요도 중

허균의 문학론을 엿볼 수 있는 작품에는 다음과 같은 것들이 있다.

『학산초담』	1593년(25세 때) 허균이 당대의 시를 공시적인 관점에서 평가한 평론집이다.
『성소부부고』	1611년 즈음 쓴 허균의 시문집으로 시부(詩部)・부부(賦部)・문부(文部)・설부(說部)로 구성되어 있다.

위의 두 책을 통해 살펴볼 수 있는 그의 문학론은 다음과 같다.

① **'정(情)'을 중시함**

㉠ '정'은 하늘이 모든 사람에게 두루 부여한 보편적 자질로 상층과 하층, 남성과 여성, 어른과 아이 모두가 가지고 있는 것이다. 즉 허균은 문학이 특정 집단이나 계층의 전유물이 아니라 모든 사람이 향유할 수 있는 보편적 대상으로 보았다. 따라서 모범이 되는 글 역시 글의 권위를 높이기 위해 선대의 글을 모방한 게 아니라 '상하의 정'이 두루 통하는 글이라고 보았다.

㉡ 이러한 문학관에 따라 그는 『시경』에 나오는 '국풍'과 '아송'이 각각 성정과 이로에 대응한다고 보고 그중 국풍이야말로 시의 바람직한 '도'라고 보았다. 국풍은 민요라서 남녀 간의 애정이나 노역의 괴로움, 떠돌아다니는 괴로움, 질병의 괴로움 등의 솔직한 감정이 그대로 발현된 것이지만 아송은 군왕의 정사나 군신관계, 선조들의 덕업을 칭송하는 내용이기에 격식에 치우쳐 정감적인 면이 결여되어 있다고 본 것이다.

② **개성을 중시함**

㉠ 기존의 질서를 옹호하거나 확정되어 있는 행동규범을 공고히 하는 문학이 아니라 자기 나름대로 세계와 부딪힌 경험을 표현하는 것이 문학의 중요한 요소가 된다고 보았다. 이러한 생각에 따라 그의 여러 한문 '전'들이나 「홍길동전」의 주인공은 세상에 알려지지 않았으면서 의미 있게 살아간 사람들이다.

㉡ 개성적인 글을 쓰기 위해서는 일상적인 삶 속에서 사용하는 언어를 가다듬고 활용해 글을 써야 한다고 보았다.

㉢ 그는 자신의 시가 당 시와 같다거나 송 시와 같다는 등의 평을 받게 되는 것을 두려워했으며, 오직 '허균의 시다'라는 평을 듣기를 원했다고 한다.

2 주요 작품에 대한 이해

(1) 허균이 지은 '전'의 세계 중요도 중

허균의 시문집 『성소부부고(惺所覆瓿藁)』에는 다섯 편의 전이 실려 있는데, 그 제목은 「남궁선생전」, 「장산인전」, 「장생전」, 「손곡산인전」, 「엄처사전」이다. 허균의 전은 일반적인 '전'의 서사 양식에 맞춰 서술하였지만, 사실의 기록이라는 차원을 뛰어넘어 인물의 삶을 허구화시키고, 성격을 재창조해냈다. 따라서 전이라는 양식에 창작 의식이 가미됨으로써 소설적 형상성을 드러낸다.

① 「남궁선생전」

㉠ 내용[1]

전라도 임피(臨陂)에 살고 있던 부호 남궁두는 나이 서른에 진사가 되어 서울에 살면서, 다만 애첩 하나를 시골집에 두어서 농장을 경영하였다. 그러다가 애첩이 그의 친척과 간통을 하다 걸리자, 남궁두는 활로 두 남녀를 쏘아 죽여 논에 묻고 서울로 돌아왔다. 그러나 일이 발각되어 남궁두는 악형에 처해졌으나, 그의 아내가 구해준다. 이후 남궁두는 산으로 들어가 중이 되었다가 한 장로를 만나 수련의 비결을 받고는 도를 통하였다. 남궁두는 스승의 명령에 의하여 다시 속세로 돌아와 장가들고 살림살이를 하였다. 때마침 작가인 허균이 공주에서 파직되어 부안에 살고 있었다. 남궁두는 그를 찾아가 선가(仙家)의 비결을 들려주었다 한다.

㉡ 특징

ⓐ 남궁두라는 인물과 그가 들려주는 남궁두의 스승, 두 사람이 입전되어 있다.

ⓑ 남궁두의 이야기를 통해 섭생의 수련에 성공하여 장수하게 된 홍미로운 '이인(異人)'의 이야기가 제시되는데, 이는 혼란한 사회상을 풍자하고 신비로운 이야기를 통해 작가의 이상을 표현하려 한 것으로 볼 수 있다.

ⓒ 논찬 부분이 있다는 점에서는 전형적인 전의 형식을 지닌 작품이다. 그러나 두 명의 인물을 입전하였다는 점에서 다르다.

ⓓ 남궁두가 그의 스승에 대해 말하는 부분에서 화자의 전환이 이루어지는 점과 믿기 어려운 초월적 세계에 대한 형상화는 이 작품을 허구적 서사물인 소설로 인식하게 하는 주된 요인이 된다.

ⓔ 이 작품은 한글로 지은 「홍길동전」과 더불어 허균의 대표적인 한문소설로 꼽힌다.

② 「장산인전」

㉠ 내용

장산인(장한웅)은 아버지로부터 물려받은 책을 통해 귀신을 부리는 법과 병을 고치는 법을 알게 되었고, 지리산에서 공부하여 마법을 익혔다. 호랑이도 장산인을 함부로 다루지 않았다. 그는 죽은 동물을 살려 내고, 점을 볼 줄 아는 등 다양한 잡기를 가졌다. 임진왜란 중 왜적의 칼에 맞아 죽을 때 흰 피를 뿜어냈고, 죽은 후에도 다시 강화도에 나타나는 등 기이한 행적을 보였다.

㉡ 특징

ⓐ 일반적인 전과 달리 논찬 부분이 없다. 그러나 소설로 보기에는 무리가 있다.

ⓑ 유가적 성격인 열전 방식의 글에 도가적인 행적을 지닌 인물의 이야기를 썼다.

---

1) 한국학중앙연구원, 「남궁선생전」, 한국민족문화대백과사전

ⓒ 이인 설화를 바탕으로 '장한웅'이라는 인물을 만들어낸 것으로 보인다.

ⓓ 허균의 관심사이기도 했던 도가의 수련 방법이 간단하게나마 제시되었다.

③ 「**장생전**」

㉠ 내용

서울에서 비렁뱅이 행세를 하는 장생이라는 사람이 있었는데 용모가 뛰어나고 이야기와 노래를 잘하며, 이것저것 흉내를 잘 내는 재주가 있었다. 그는 악공 이한의 집에 머물렀는데, 그 집 여종이 머리꽂이를 잃어버리자 경복궁 담을 뛰어넘고 경회루 위에 올라가서 머리꽂이를 찾아 준다. 장생은 그 뒤에 술에 취하여 수표교에서 넘어져 죽었다. 그런데 시신이 썩어서 벌레로 변하더니 날아가 버렸다. 그의 친구 홍세희가 조령을 넘다가 그를 만났는데, 그는 홍세희에게 자기가 실은 죽은 것이 아니라고 하면서 저 동해 속의 한 이상적인 섬나라를 찾으러 간다고 하였다. 그는 홍세희에게 몇 가지 예언을 남겼고, 이후 그의 예언은 모두 현실로 나타난다.

㉡ 특징

ⓐ 전형적인 전의 형식을 지닌 작품이다.

ⓑ 홍만종의 『해동이적』이나 김려의 『담정총서』를 보면 「장생전」과 구체적인 내용이나 분량이 약간씩 다를 뿐 비슷한 이야기들이 여럿 있다. 이것으로 보아 「장생전」과 비슷한 내용의 이야기가 당시에 유행했던 것으로 짐작된다.

ⓒ 사회에서 불우하게 살아가는 인물들을 장생이라는 불우한 걸인으로 형상화함으로써 당대 사회의 현실을 비판하고 있다.

④ 「**손곡산인전**」

㉠ 내용

손곡산인 이달은 어머니가 천인이었다. 시적 재능이 뛰어났으나 서출이라는 이유로 관직에 머물기 어려웠다. 그는 손곡에서 여러 해 시를 썼으며 전국에 이름이 알려졌으나 시속의 예법에 익숙하지 못하고, 유리걸식하는 처지라 사람들에게 미움을 샀다. 허균은 그의 시를 높이 평가하며 그의 글을 모아 문집을 만들었다.

㉡ 특징

ⓐ 전형적인 전의 형식을 지닌 작품이다.

ⓑ 허균에게 시를 가르친 스승, 이달의 행적을 기록한 것이다. '손곡'은 이달이 원주의 손곡에 살면서 자신의 호로 삼은 것이다.

ⓒ 허균은 당대 당시풍에 가장 완벽하게 도달한 사람이 이달이라고 보았다. 그럼에도 불구하고 그가 천비 소생이라는 이유로 제대로 쓰이지 못하는 현실을 가슴 아프게 여겼다. 그래서 이러한 연민의 감정을 토대로 「손곡산인전」을 기술했다.

ⓓ 허균은 이달을 입전함으로써 인재등용의 문이 좁아 재주 있으나 가문이 한미한 선비나 서얼들이 쓰이지 못함을 비판하고 있다.

⑤ 「**엄처사전**」

㉠ 내용

강릉에 살고 있던 엄처사(엄충정)는 아버지를 일찍 여의면서 가세가 기울자 직접 나무하고 물을 길어 어머니에게 효도하였다. 어머니가 돌아가시자 벼슬에 나아가지 않았으며 은거하여 후학을 가르치다가 세상을 마쳤다. 허균은 엄처사의 훌륭한 재능이 조금도 쓰이지 못한 것을 애석해한다.

㉡ 특징

ⓐ 전형적인 전의 형식을 지닌 작품이다.

ⓑ 엄처사는 허균의 작품에 등장하는 다른 인물들과 달리 신분이 낮아서가 아니라 자신의 의지로 벼슬에 나아가지 않고 효도와 학문에 전념한 인물이다.

ⓒ 엄처사는 번화한 명리를 좇는 유자들의 행위를 거부하고, 혼란한 소인들이 판치며 군자와 소인의 분별이 없는 부조리한 사회에 대해 비판을 가하는 인물이다. 이러한 인물의 모습은 허균이 추구한 이상적인 유자의 형상이었다.

ⓓ 허균은 엄처사를 입전함으로써 엄처사의 행적이 인멸됨을 안타깝게 여기는 마음을 나타내었을 뿐만 아니라 당대 사회에 경종을 울렸다고 할 수 있다.

더 알아두기

허균의 전이 가지는 문학사적 의의

- 일반적인 전의 양식을 따르면서도 허구의식을 가미해 소설로 보아도 무리가 없다.
- 전통적인 한문 문장 양식을 변용시켜 새로운 산문장르를 개척했다.
- 허균의 하층지향적인 문학의식을 보여준다.
- 사회와의 대립을 극복해 보려고 나름대로 노력하는 인물들을 그려냄으로써 백성들의 삶의 현실을 여실히 드러내고 임금을 비롯한 정치인들의 각성을 촉구했다.

(2) 「홍길동전」

17세기 초 허균은 우리나라 최초의 국문소설로 인정받는 「홍길동전」을 지음으로써 『금오신화』에서 시작된 소설 창작의 열의를 이어간다.

① **내용**

신분차별이 엄격하던 시대에 홍판서와 노비인 어머니 사이에서 태어난 홍길동은 서자라는 신분으로 인해 원하는 과거에 응시할 기회를 가질 수도 없을 뿐만 아니라 아버지나 이복형을 제대로 부를 수도 없는 현실에 모순을 느끼고 가출을 한다. 이후 도적들을 이끌고 '활빈당'이라는 무리를 지어 전국을 누비며 탐관오리들의 재물을 빼앗아 가난한 백성들을 구제하는 일을 벌인다. 나라에서는 홍길동을 잡아들이려 애쓰지만 신출귀몰한 홍길동을 사로잡는 데 번번이 실패하고 만다. 아버지와 형까지 나서 길동을 설득하자 홍길동은 자신에게 병조판서를 제수한다면 조선 땅을 떠나겠다고 한다. 왕이 홍길동의 부탁을 들어주자 홍길동은 활빈당 무리를 이끌고 섬나라로 가 율도국을 건설하여 그곳의 왕이 된다.

② **특징**

㉠ 「홍길동전」은 최초의 국문소설이다.

㉡ 이 당시 대부분의 소설이 중국을 배경으로 한 데 반해 우리나라를 배경으로 했다. 또한 구체적인 사회현실을 바탕으로 함으로써 소설의 수준을 한 단계 높였다는 평가를 받는다.

㉢ 홍길동이 건설한 율도국은 유토피아의 성격을 지닌 나라로, 허균이 지닌 혁명 사상을 엿볼 수 있다.

더 알아두기

「홍길동전」에 나타난 이상향 VS 박지원의 「허생전」에 나타난 이상향

구분	「홍길동전」	「허생전」
나라 이름	율도국	없음(무인공도)
성격	추상적 공간	가족 중심의 농경 사회
공간의 개념	현실의 세계와 단절된 곳	해외 교역이 이루어지는 곳
지향점	최종 목적지	중간 기착지

제 3 장 김만중

1 생애, 사상, 문학론

(1) 김만중의 생애

① **출생과 어린 시절 : 유복자와 어머니**

㉠ 1637년(인조 15)에 대전에서 태어났다. 아버지 김익겸은 명문가 출신으로 병자호란이 일어나자 가족과 함께 강화도로 피난했으나 순절하였다. 이후 어머니는 만삭의 몸으로 강화도에서 나오는 피난선을 탔다가 배 안에서 김만중을 출산하였다.

㉡ 그의 어머니 역시 명문가의 딸로 남편이 죽자 자식들이 아비 없이 자라는 것에 대해 항상 걱정하면서 남부럽지 않게 키우기 위해 모든 정성을 다 쏟았다고 전해진다.

㉢ 김만중은 3살 때부터 어머니에게 글을 배웠다.

㉣ 외가에서 자라다가 외조부가 죽자 생계가 어려워졌는데, 그의 어머니는 베를 짜고, 수를 놓아 가까스로 생계를 꾸리면서도 자식들의 교육에는 투자를 아끼지 않았다고 한다.

② **10대 및 청년 시절 : 관직생활과 유배**

㉠ 14세에 진사 초시에 합격, 16세에 진사에 일등으로 합격했다.

㉡ 29세(1665년)에 정시 문과에 장원급제하여 벼슬살이를 시작했다. 순절자의 아들이자 예학으로 으뜸가는 집안의 후예로서 주요 관직을 두루 거치며 국왕의 최측근으로 활동했다.

㉢ 이단상의 딸과 결혼하여 1남 1녀를 두기도 했다.

㉣ 39세에(숙종 1) 인선대비의 상복 문제로 서인이 패배하자 관작을 삭탈당했다. 이후 관직에 복귀하나, 그 후에도 여러 차례 복귀와 유배 생활을 반복하게 된다.

㉤ 1687년부터 선천에 유배된 동안 어머니의 외로움을 달래기 위해 「**구운몽**」을 **집필**한다.

③ **말년 : 어머니와 그의 죽음**

㉠ 그의 어머니는 아들의 안위를 걱정하던 끝에 병으로 죽었다. 그 또한 56세가 되던 1692년에 남해 유배지 노도(櫓島)에서 병사하였다.

㉡ 1698년(숙종 24) 그의 관작이 복구되었으며, 1706년(숙종 32)에는 효행에 대하여 정표(旌表)가 내려졌다.

(2) 김만중의 사상

① 역사와 유가경전에 바탕을 둔 **전통 유자의 입장**을 고수하였다. 그러나 유교 외에도 도교, 불교에도 조예가 깊었다. 그는 불교와 유교의 가르침이 서로 부합한다고 보았으며 유교·불교·도교 세 관점의 화합을 중시했다.

② 사림정치의 이념에 입각하여 관인 사회의 기강 문제 및 권력 상층부의 비리와 부정에 대해 비판적이었다.

③ 척화론과 주화론이 대립하는 시기에 명분보다는 실리를 추구하였다.

④ 예(禮)의 형식이나 제도의 구속 안에 갇힌 인간으로서가 아니라 진실한 인간의 모습을 중시하였다.

(3) 김만중의 문학론 중요도 하

① 서포 김만중은 **개성론적 문학관**을 주장했다. 개성론이란 유가 경전 중 하나인『서경』에서부터 출발한 것으로, 우리나라에서는 주기설(主氣說)을 거쳐 천기설(天氣說)로 이어졌다. 이것은 작가의 개성과 독창성을 중시하는 입장이다. 이러한 입장에 따라 '나라에는 그 나라 나름대로 개성이 있고 사람에게는 사람마다의 개성이 있는데 그러한 것이 살아날 때 문학의 새 생명이 움터갈 수 있다.'고 하였다.

② '문학은 도를 전하는 것이 아니고 **감동**을 주는 것'이라 보았다. 도의를 개입시키지 않아야 문학작품이 주는 감동의 의의를 온전히 이해할 수 있다는 것이다. 이는 당시의 획일적이고 규범적인 학문 속에서 개인의 문학적 성향이나 독창성, 자유로운 정서 등을 중시하는 진보적인 면모이다.

③ 감동을 주는 문학은 중국에만 나타난 특수원리가 아니라 세계의 보편적 원리라는 것을 통해 우리 문학의 가치를 입증하였다. 즉 **국문문학을 옹호**하였다. 김만중은 중국 사람들에게는 그들의 문자인 한자로 쓴 한문문학이 구미에 맞듯, 우리나라 사람들에게는 우리글로 쓴 국문문학이 어울린다고 보았다. 그는 한국인이 아무리 한자를 잘 배워 쓰더라도 우리말을 버리고 한자를 쓰는 것은 앵무새가 사람을 흉내내는 것과 같다고 하면서 항간에 나무하는 아이와 물 긷는 아낙들이 서로 대화하는 것이 비록 비루하고 속되더라도 사대부들이 쓴 글보다 진실에 가깝다고 보았다.

④ 시인의 재질을 창작의 원천으로 삼았다. 이는 오직 시인의 독창성을 중시하는 것이다.

⑤ 시인이 비록 서로 우열이 있긴 하지만, 각각 고유한 개성이 있기 때문에 일률로 논할 수 없다고 보았다.

⑥ 당시(唐詩)의 시법이 창작의 표준으로 여겨지던 시대에 작가마다 각자의 개성이 중요하다고 하였다.

⑦ 시에 있어서 형식과 규제는 시의 독창성을 해친다고 생각하였다.

⑧ 소설을 잡서라 하여 이단시하던 당대 분위기와 달리 김만중은 양반의 신분으로 **소설의 대중화를 주장하고 통속소설의 가치를 간파**하였으며 그러한 생각을 작품에 반영하여 서민층에게서도 인기를 얻는 작품을 지어내기에 이르렀다. 그는 허무맹랑해 보이는 소설도 그것을 즐기는 사람에게는 필요한 것, 가치를 지니는 것이라고 본 것이다.

2 주요 작품에 대한 이해(「구운몽」, 「사씨남정기」)

(1) 「구운몽」

① **내용**[2)]

중국 당나라 때 남악 형산 연화봉에 서역으로부터 불교를 전하러 온 육관대사가 법당을 짓고 불법을 베풀었는데, 동정호의 용왕도 이에 참석한다. 육관대사는 제자인 성진을 용왕에게 사례하러 보낸다. 이때 형산의 선녀인 위부인이 팔선녀를 육관대사에게 보내 인사드렸다. 용왕의 후대로 술에 취하여 돌아오던 성진은 연화봉을 구경하며 돌아가던 팔선녀와 석교에서 만나 서로 말을 주고받으며 희롱한다. 선방에 돌아온 성진은 팔선녀의 미모에 도취되어 불문의 적막함에 회의를 느끼고 속세의 부귀

2) 한국학중앙연구원, 「구운몽」, 한국민족문화대백과사전

와 공명을 원하다가 육관대사에 의하여 팔선녀와 함께 지옥으로 추방된다.

성진은 회남 수주현에 사는 양처사의 아들로 태어났는데, 양처사는 신선이 되려고 곧 집을 떠났다. 아버지 없이 자란 양소유는 15세에 과거를 보러 경사로 가던 중 화음현에 이르러 진어사의 딸 채봉을 만나 서로 마음이 맞아 자기들끼리 혼약한다. 그때 구사량(九士良)이 난을 일으켜 양소유는 남전산으로 피신하였는데, 그곳에서 도사를 만나 음률을 배운다. 진채봉은 아버지가 죽은 뒤 관원에게 잡혀 경사로 끌려간다.

이듬해 다시 과거를 보러 서울로 올라가던 양소유는 낙양 천진교의 시회(詩會)에 참석하였다가 기생 계섬월과 인연을 맺는다.

경사에 당도한 양소유는 어머니의 친척인 두련사의 주선으로 거문고를 탄다는 구실을 삼아 여관(女冠)으로 가장하여 아름답기로 소문난 정사도의 딸 경패를 만나는 데 성공한다. 과거에 급제한 양소유는 정사도의 사위로 정해졌는데, 정경패는 양소유가 자신에게 준 모욕을 갚는다는 명목으로 시비 가춘운으로 하여금 선녀처럼 꾸며 양소유를 유혹하여 두 사람이 인연을 맺도록 한다.

이때 하북의 세 왕이 역모하려 하니 양소유가 절도사로 나가 이들을 다스린다. 돌아오는 길에 계섬월을 만나 운우의 정을 나누었는데, 이튿날 보니 하북의 명기 적경홍이었다. 양소유는 두 여자와 후일을 기약하고 상경하여 예부상서가 되었다.

한편 진채봉은 서울로 잡혀온 뒤 궁녀가 되었는데, 어느날 황제가 베푼 주석에서 양소유를 보고 그 환선시(紈扇詩 : 흰 깁 부채에 쓴 시)에 차운(次韻 : 남이 지은 시의 운자를 써서 시를 지음)하여 애타게 된다. 까닭을 물어 진채봉과 양소유의 관계를 알게 된 황제는 이를 용서하고, 누이인 난양공주는 후에 진채봉과 자매의 의를 맺는다.

양소유는 어느날 밤에 난양공주의 통소소리에 화답한 것이 인연이 되어 부마로 간택되지만, 양소유는 정경패와의 혼약을 이유로 이를 물리치다가 옥에 갇힌다.

그 때 토번왕이 쳐들어와서 양소유가 대원수가 되어 출전한다. 진중에서 토번왕이 보낸 여자 자객 심요연과 인연을 맺게 되고, 심요연은 자신의 사부에게 돌아가면서 후일을 기약한다.

양소유는 백룡담에서 용왕의 딸인 백능파를 도와주고 그녀와 또 인연을 맺는다.

그동안 난양공주는 양소유와의 혼약이 이루어지지 못해 실의에 빠진 정경패를 만나보고, 그 인물에 감탄하여 형제가 되어 정경패를 제1공주인 영양공주로 삼는다.

토번왕을 물리치고 돌아온 양소유는 위국공에 봉하여지고, 영양공주・난양공주와 혼인한 후, 진궁녀와 또 만나 동침하는 가운데 진채봉임을 확인하게 된다.

양소유는 고향으로 노모를 찾아가 경사로 모시고 오다가 낙양에 들러 계섬월과 적경홍을 데리고 오니, 심요연과 백능파도 찾아와 기다리고 있었다. 그 뒤 양소유는 2처 6첩을 거느리고 일가가 화락한 가운데 부귀공명을 누리며 살아간다.

생일을 맞아 종남산에 올라가 가무를 즐기던 양소유는 역대 영웅들의 황폐한 무덤을 보고 문득 인생의 무상함을 느끼고 비회에 잠긴다. 이에 양소유와 2처 6첩의 9인이 인간 세계의 무상과 허무를 논하며, 장차 불도를 닦아 영생을 구하자고 할 때, 호승이 찾아와 문답하는 가운데 양소유는 꿈에서 깨어나 육관대사의 앞에 있음을 알게 된다.

본래의 성진으로 돌아와 전죄를 뉘우치고 육관대사의 가르침을 받고 있는데, 팔선녀가 찾아와 대사에게 가르침을 구한다. 이에 대사가 설법을 베푸니, 성진과 팔선녀는 본성을 깨우치고 적멸(寂滅 : 번거로움을 떠난 열반의 경지를 이르는 말)의 대도를 얻어 극락세계에 돌아갔다.

② **주요 특징** 중요도 상

㉠ 50여 종이 넘는 다양한 이본이 존재하는데 한문본과 한글본 중 어느 것이 앞선 것인지에 대해 논란이 있다. 그러나 저자인 김만중이 지닌 평소 문학관에 의해 한글로 먼저 지어졌을 가능성이 크다.

㉡ 작품 제작 동기

ⓐ 17세기 말, 서포 김만중이 50대에 선천으로 유배 갔을 당시[조선 숙종 15년(1689) 즈음] 어머니 윤씨 부인의 상심을 덜어주기 위해 지었다고 한다. 김만중의 어머니는 가난한 살림살이를 이끌면서도 김만중과 그의 형을 정성껏 길렀는데 김만중이 유배를 가게 되자 허무한 삶을 한탄하며 살게 되었다. 이러한 상황에서 김만중은 어머니가 지금 겪는 현실의 고통은 한 순간이라는 점을 알려주고자 한 것으로 볼 수 있다.

ⓑ 김만중은 한국인은 한국어로 작품을 써야 한다는 '민족자주문학론'을 내세웠는데 자신의 지식을 바탕으로 소설 창작에 이르게 된 것으로 보인다.

㉢ 유교, 불교, 도교를 배경 사상으로 창작되었다.

유교	• 양소유가 노모에게 효를 다하려 하는 것 • 양소유가 적군의 침입으로 위기에 처한 국가를 구하는 것 • 양소유가 입신양명하여 부귀와 공명을 다 누리는 것	유교, 불교, 도교의 사상을 배경으로 하며 그중에서도 불교의 '공(空) 사상'이 중심이 된다.
불교	• 성진과 팔선녀가 꿈을 통해 깨달음을 얻고 불도에 귀의하는 것 • 주인공의 이름을 불교적 의미가 있는 '성진'으로 지은 것	
도교	• 용왕이 나오는 것 • 도교에서 선계에 산다고 하는 선녀가 나오는 것 • 도교에서 선계를 지배하는 인물인 옥황상제가 나오고, 그 옥황상제의 명으로 양소유의 부친이 신선이 되는 것	

㉣ 설화 중 「조신의 꿈」과 구조가 비슷하다.

㉤ 55명가량 되는 많은 등장인물이 등장하며 인물의 특성이 잘 묘사되어 있다.

㉥ 주인공의 일생은 영웅의 일생에 따라 전개된다는 점에서 영웅소설이라 할 수도 있다. 그러나 투쟁 대신 남녀의 만남이 큰 비중을 차지하는 점에서 염정소설적 면모가 두드러진다. 또한 **몽자류 소설**이며, 양반소설의 대표작이라 할 수 있다.

㉦ 주제는 인생무상에 대한 깨달음이다.

㉧ '현실-꿈-현실'의 이원적 환몽구조로 되어 있는데, 현실의 공간은 불교적 색채를 지니고, 꿈속 공간은 지상 세계로 유교적 색채를 지닌다. 그 내용을 표로 정리하면 다음과 같다. 또한 「구운몽」에서는 **현실에 해당하는 세계가 천상계이고 꿈에 해당하는 세계가 실제 현실과 같은 지상계**라는 점에서 환몽구조를 지닌 다른 작품들과 구별된다.

구분	현실(외화)	꿈(내화)	현실(외화)
배경	신선계, 천상	인간계, 지상	신선계, 천상
성격	• 비현실적 • 초월적 • 형이상학적	• 현실적 • 형이하학적	• 비현실적 • 초월적 • 형이상학적
주된 사상	불교	유교	불교
인물	성진과 팔선녀	양소유와 2처 6첩	성진과 팔선녀
내용	세속적 욕망으로 인한 번뇌 → 불교에 대해 회의하는 성진	세속적 욕망의 성취 → 허망함을 느끼는 양소유	득도, 깨달음 → 불교에 귀의하는 성진

ⓩ 「구운몽」이라는 제목은 인물, 주제, 구성을 내포하는 상징적 의미를 지닌다.

구(九)	운(雲)	몽(夢)
인물	주제	구성 : 환몽구조
• 현실 : 성진과 팔선녀 • 꿈 : 양소유와 2처 6첩	인생무상의 깨달음	양소유가 세속적 욕망이 헛된 것임을 깨닫는 꿈속 공간
성진과 팔선녀, 아홉 사람이 속세의 삶을 갈망하다가 꿈에서 부귀영화를 누린 후에 허망함을 느끼고, 인생의 덧없음을 깨닫는 이야기		

ⓩ 성진이 속한 천상계와 양소유가 속한 지상계는 단절되어 있거나 대비되는 세계가 아니다. 두 세계는 상호교섭하고 공존한다.

천상계	천상계적인 면모	신승(神僧) 육관대사가 도량을 열어 대설법을 하고, 성진이 용왕을 만난다.
	지상계적인 면모	세속적 욕망에 번뇌하는 평범한 필부의 모습을 지닌 성진이 살아간다.
지상계	천상계적인 면모	남전산, 반사곡, 백룡담과 같은 성소(聖所)가 존재한다. 또한 양소유는 용궁에 초대를 받아 다녀오기도 한다. 오는 길에는 남악 형산에도 가고 육관대사를 만나기도 한다. 단지 양소유만이 아니라 다른 장졸들도 신이한 체험을 함께 한다.
	지상계적인 면모	양소유가 성진의 세계를 완전히 잊고 태어나 여덟 미인을 만나고 대승상이 되어 부귀영화를 누리며 살아간다.

③ **「구운몽」의 문학사적 의의** 중요도 상

㉠ 몽자류 소설의 효시이다.

㉡ 소설적 흥미를 유지하고, 품격을 높이며, 사상적 깊이를 가져 양반층까지도 독자가 되었다.

㉢ 한글로 창작된 대중적인 평민문학으로서 중국문학의 틀에서 완전히 탈피하여 자립적이고 독립적인 문학정신을 보여준다.

㉣ 이후 「옥련몽」(「옥루몽」), 「임호은전」, 「장국진전」, 「김희경전」, 「옥선몽」 등에 많은 영향을 주었다.

더 알아두기

「조신의 꿈」

- 『삼국유사』에 수록되어 있는 사찰 연기 설화(사찰의 기원을 밝히는 설화)로 몽자류 소설의 연원이 된다.
- 「조신의 꿈」, 「조신지몽」, 「조신몽」 등으로 불린다.
- 내용[3]

  조신이라는 승려가 태수 김흔공의 딸 김낭자를 몰래 사모하여 낙산사 관음보살에게 연분을 이루게 해 달라 기원하였다. 어느 날 김낭자가 혼인하게 되었다는 소문을 들은 조신은 관음보살을 원망하며 잠이 들었는데, 밤에 김낭자가 찾아와 연분 맺기를 청하자 기뻐하며 함께 고향으로 가 40여 년을 지낸다. 그동안 5명의 자식을 두었으나 가난하여 여기저기 유랑하며 빌어먹는 생활을 했다.

  명주 해현령을 지나다 15살 난 자식이 굶어죽었으나 장례도 치르지 못했다. 우곡현에서 머물던 중 10살 된 어린 자식이 밥을 빌러 나갔다가 개에게 물려 아픔을 호소하였으나 아무 것도 해줄 수 없었다. 김낭자가 이대로 비참한 생활을 계속하느니 서로 헤어지자 말하자 조신은 기뻐하며 동의하고 각각 아이를 나누어 맡은 후 길을 떠나려다 잠에서 깨어난다.

  조신은 하룻밤 꿈을 통해 평생을 경험한 후 사람이 지닌 세속적 욕망이 덧없음을 깨닫는다. 이후 모든 재물을 털어 정토사를 세운 후 선업을 닦다가 종적을 감추었다.
- 「조신의 꿈」과 「구운몽」의 공통점과 차이점

구분	「조신의 꿈」	「구운몽」
공통점	주인공이 꿈속의 삶을 겪은 후 깨달음을 얻는다.	
차이점	꿈속에서 가난으로 인한 고통스러운 삶을 산다.	꿈속에서 인생의 모든 부귀영화를 누린다.

- 근대에 이광수는 「조신의 꿈」을 소설화해서 「꿈」이라는 작품을 지었다. 이로써 '「조신의 꿈」 → 「구운몽」 → 「꿈」'으로 이어지는 몽자류 소설의 계보가 만들어졌다.

(2) 「사씨남정기」

이 작품은 김만중이 인현왕후 폐위를 반대하다가 유배를 당했을 때 유배지에서 쓴 소설이다. 김만중은 소설의 배경을 중국으로 설정함으로써 중국의 이야기라고 하여 비난을 피하고자 했음을 알 수 있다. 작품의 제목인 「사씨남정기」는 '사씨가 남쪽으로 쫓겨난 일에 대한 기록'이라는 뜻이다. 굳이 '남쪽'임을 강조한 이유는 사씨가 간 남쪽이 중국 장사 지역으로, 예로부터 충신들이 유배를 많이 갔던 지역이기 때문인 것으로 보인다. 즉 이를 통해 남쪽으로 쫓겨간 사씨를 옹호하고 사씨가 쫓겨나게 된 당시 사회를 비판하기 위한 것임을 알 수 있다.

또한 이 작품의 표면적인 내용은 처와 첩 사이의 갈등인데, 이러한 쟁총형 구조는 후대 가정소설의 기본적인 구조의 모범이 되는 것이었다. 다만 이 작품은 작가가 처한 상황이나 당시 시대상황을 고려할 때 인현왕후 폐위의 부당성을 풍자한 것으로 볼 수 있다.

① 내용

명나라의 유연수는 어린 나이(15세)에 장원급제하여 한림학사가 된다. 유연수(유한림)는 현숙한 덕을 갖춘 사씨와 결혼하지만 후사가 없었다. 이에 사씨가 먼저 나서 교씨를 첩으로 맞아들이게 한다.

3) 이영기 외 48인, 「조신의 꿈」, 네이버 지식백과, 낯선 문학 가깝게 보기

그런데 교씨는 지독한 악인이라 아들을 낳은 후, 정실이 되기 위해 사씨를 모함해 축출한다. 사씨는 남쪽의 낯선 지방으로 가 온갖 고초를 겪게 되고, 교씨는 자신의 계획대로 유연수의 정실이 된다. 교씨는 여기에 만족하지 못하고 문객 동청과 간통을 하였을 뿐만 아니라 유연수를 모해하여 유배를 가게 한다. 마침내 교씨의 진상을 알게 된 유연수는 다행히 혐의가 풀려 지위가 회복되고, 충신을 참소했던 동청은 처형당하게 된다. 수소문 끝에 사씨와 다시 만난 유연수는 교씨를 처단하고 사씨를 다시 정실로 맞이한다.

② 주요 등장 인물

유연수	한림학사로 학식이 있으나, 간사한 교씨에게 속아 넘어가 현숙한 사씨를 내쫓고 자신도 유배당하는 어리석은 인물로 당시 시대상황을 고려할 때 숙종에 해당하는 인물이다.
사정옥(사씨)	고매한 인격의 소유자로 유교적 관념에 충실한 어진 아내의 전형이다. 악을 상징하는 교씨와의 관계에서 승리하는 선을 상징한다. 당시 시대상황을 고려할 때 인현왕후에 해당하는 인물이다.
교채란(교씨)	유연수의 첩으로 악녀의 전형이다. 당시 시대상황을 고려할 때 장희빈에 해당하는 인물이다.
동청	교씨와 한패가 되어 자신의 욕망을 추구하지만 결국 처형당함으로써 악인의 비참한 최후를 보여주는 인물이다.

③ 특징 중요도 下

㉠ 한글로 글을 쓰는 일이 중요함을 강조했던 김만중은 「사씨남정기」 역시 한글로 지었던 것으로 보인다. 덕분에 이 작품은 상하 계층에서 두루 읽히게 되었으며 한글소설의 황금기를 여는 역할을 담당했다.

㉡ 이 작품은 악인으로 등장하는 교씨 일행이 벌을 받는 것을 통해 권선징악의 교훈을 전한다. 또한 유교적 현모양처의 전형이라 할 수 있는 사씨를 통해 당대 여성들에게 부녀자가 갖추어야 할 바람직한 덕을 가르친다. 이런 주제로 인해 소설을 멀리할 것을 주장하던 사대부들조차 부녀자를 교화하는 데 유용하게 쓰일 수 있다는 점에서 「사씨남정기」만큼은 긍정적으로 평가했다.

㉢ 그러나 「사씨남정기」는 단지 교훈을 주는 것만이 아니라 인현왕후를 내쫓은 숙종의 태도를 비판하고, 축첩 제도의 불합리함과 양반 사대부의 부도덕성에 대한 비판까지도 담긴 작품이다.

제 4 장 박지원

1 생애, 사상, 문학론

(1) 박지원의 생애

① 출생과 어린 시절 : 가난한 명문가의 아들

㉠ 1737년 한양에서 가난한 명문가의 아들로 태어났다.

㉡ 아버지는 벼슬이 없는 선비로 지내다 보니 재산이 없어서 할아버지 박필균이 양육하였다.

㉢ 신체가 건강하고 매우 영민했다고 한다.

② 10대 및 청년 시절 : 학업과 청나라 여행 중요도 하

㉠ 16세에 전주 이씨 이보천의 딸과 혼인했다.

㉡ 성호 이익의 사상적 영향을 받은 홍문관 교리 이양천에게서 글을 배웠다. 이양천은 박지원의 처삼촌이었다. 3년 동안 문을 걸어 잠그고 경학・병학・농학 등의 경세실용 학문을 연구하는 데 전념했다.

㉢ 10대 후반부터 30대 초반에 이르는 시기 동안 『방경각외전』에 실린 아홉 편의 한문 단편소설을 지었다.

㉣ 20대 초반에서 30대 초반 사이에 어머니, 할아버지, 아버지가 모두 돌아가신다.

㉤ 과거나 벼슬에는 뜻을 두지 않고 오직 학문과 저술에만 전념하였다.

㉥ 32세에 백탑(지금의 탑골공원) 근처로 이사하면서 박제가, 이서구, 서상수, 유득공, 유금 등과 이웃하게 되어 교류를 하게 된다. 많은 문하생을 두었는데 대부분이 서얼 출신이었다.

㉦ 벽파였던 박지원은 반대세력이 권력을 잡자 황해도 금천 연암협으로 이사해 은거한다. 이때부터 박지원은 **연암**으로 불리었다.

㉧ 44세(1780년)에 청나라 건륭제의 70살 생일을 맞아 친족형 박명원이 진하사가 되어 청나라에 가게 되었다. 박지원은 이때 동행하여 약 4개월 간 **북경과 열하를 여행**하고 돌아왔다. 이를 계기로 그는 인륜 위주의 사고에서 이용후생 위주의 사고로 전환하게 되었는데, 이때의 견문을 정리해 쓴 책이 『**열하일기**』이다.

③ 말년 : 벼슬과 죽음

㉠ 50세 무렵 처음 벼슬에 올라 이후 여러 관직에 머문다.

㉡ 1805년 69세의 나이로 병사한다.

(2) 박지원의 사상 중요도 중

① 이용후생의 경제 사상

18세기 조선에는 실학 사상이 발흥했다. 실학은 경세치용학파와 이용후생학파로 나뉘는데 전자가 주로 체제의 개혁에 역점을 둔 반면, 후자는 생산기술의 개발과 상공업의 발전에 초점을 맞추었다. 이 이용후생학파들은 연암 박지원을 중심으로 어울렸기 때문에 '**연암학파**'라는 이름이 붙기에 이른다.

② **경세치용적 측면**

연암도 체제 문제에 전혀 관심이 없었던 것은 아니다. 그는 토지 소유의 불균형을 해결하기 위해 '한전론'을 주장했다. 농지 소유의 상한선을 설정해서 점진적으로나마 토지의 균등 분배라는 이상을 구현하고자 한 것이다.

③ **시장의 자율적 조절 기능에 대한 믿음**

정조 15년에 쌀값이 치솟자 정부에서 억지로 쌀값을 떨어뜨리고 양곡 매입을 못하게 한 적이 있다. 이에 박지원은 반대하며 시장은 자체의 자율적 조절 기능에 따라 움직이도록 방임하는 것이 낫다고 한다.

④ **상업 중시**

연암은 상업의 사회적 역할을 매우 긍정적으로 보았다. 만약 상인에 의한 물화의 유통이 제대로 되지 않으면 농업과 공업도 모두 어려워진다고 보았다. 이러한 생각은 장사를 천업이라 여겨 무시했던 당시로서는 획기적인 사고라 할 수 있다.

⑤ **우정론**

연암은 당시 유행했던 주자학적 명분론에 의한 형식적 인간관계에 대한 반발로서 인간의 진정성을 바탕으로 자유로운 사귐의 도를 실천하고자 하는 우도(友道)의 문제를 중요하게 여겼다. 「예덕선생전」에서 친구란 '한 집에 살지 않는 아내', '동기 아닌 형제'라고 했으며, 우정론을 펼친 글, 「회성원집발」에서는 친구를 '제이오(第二吳 : 또 하나의 나)', 혹은 '주선인(周旋人 : 가까이서 협조하는 존재)'이라고 했다. 특히 그는 옛 성인과의 정신적 대화를 즐기는 것이 아니라 인간적・현재적 의미의 우정을 중시하였다.

(3) 박지원의 문학론

① **진실성**

박지원은 눈앞에 펼쳐진 대상을 진솔하고 꾸밈없이 써야 참된 글이 될 수 있으며, 오랜 세월이 흐른 뒤 후대 사람들이 고문으로 여기는 글로 남을 수 있다고 보았다.

② **실용성**

훌륭한 글은 확실한 증거가 있는 글이라고 보았다. 자신의 논리를 입증하기 위해서는 증거가 매우 중요하다. 그래서 과거 성현의 글을 이끌어 자기주장을 설득력 있게 만드는 것이다. 그러나 무분별한 표절로는 목적하는 바를 달성할 수 없다. 박지원은 글이라면 반드시 소송에서 이길 수 있는 글, 즉 목적하는 바를 달성할 수 있는 글이어야 한다고 했다. 이와 같이 실용적, 실리적 측면을 강조한 박지원의 문학 사상은 기본적으로 실용 정신에 바탕을 두고 있다고 할 수 있다.

③ **풍자성**

박지원은 문학을 통해 현실을 비판하고 이를 통해 사회를 개선해 갈 수 있다는 생각을 갖고 있었다. 이에 따라 박지원은 그가 살았던 시대의 역사적 현실을 올바르게 파악하고 현실의 부조리를 해부하고 비판하였다. 또한 그는 양반 사회에 대한 신랄한 풍자를 통해 선비 계층의 각성을 촉구하였다.

④ **독창성(법고창신)**

박지원은 옛글을 모방하는 것으로는 참된 문학을 이룰 수 없다고 보았다. 옛사람의 글을 모방하여 그것과 같아지려고 아무리 노력해도 그것은 비슷함에 머물 뿐인데, 비슷함을 추구하는 것은 '참'이 아니라고 보았다. 따라서 모방에 의한 상투적인 표현을 배격해야 한다고 보았다. 또한 중국의 고전을 모델로 하는 문단의 지배적인 추세와 그 권위에 의존하려는 태도를 강력히 거부하고, 자신이 살아가고 있는 현 시대의 문학 세계에 충실하고자 했다.
당시에는 고문을 맹목적으로 모방하는 경향인 '법고'와 주관적인 개성을 극단적으로 추구하는 경향을 가리키는 '창신'이 대립하고 있었다. 이에 대해 박지원은 옛것을 본받더라도 오늘에 맞게 변화시킬 줄 알고, 새것을 만들더라도 법도에 어긋나지 않아야 한다고 주장했다.

2 주요 작품에 대한 이해(「호질」, 「허생전」 등)

(1) 현전하는 작품들의 간략한 내용 및 특징

그가 쓴 소설 작품은 총 9편이 전하는데 『방경각외전』에 7편, 『열하일기』에 2편 실려 있다. 원래 『방경각외전』에는 9편이 실려 있었는데 「역학대도전」과 「봉산학자전」은 유실되어 전하지 않는다. 또한 『연암집』에는 「열녀함양박씨전」이 있는데, 이것은 서가 붙은 '전'이지만 소설적인 면을 갖고 있어서 소설로 보기도 한다. 각 작품의 간략한 내용 및 특징은 다음과 같다.

작품명	내용 및 특징
「우상전」	일본에서 문명을 떨쳤지만 신분이 사대부가 아니어서 인정받지 못하고 요절한 역관 이언진의 짧은 생애를 추모하고 애도한 작품으로, 소설이라기보다 '전'에 가깝다.
「김신선전」	신선이 되었다는 김홍기라는 인물에게 관심을 갖게 된 연암이 그의 행적을 좇는 이야기로 연암의 경험담을 바탕으로 한다. 신선을 찾아다닌 끝에 연암은 신선이란 아마도 뜻을 얻지 못해 울적하게 살다 간 사람일 것이라고 함으로써 현실적이고 사실적인 면모를 내보인다.
「마장전」	세 거지가 참된 우정에 대해 논하고 명예와 이익만 좇는 양반들의 거짓 사귐을 비판한다.
「예덕선생전」	유학자인 선귤자가 똥 푸는 일을 하는 엄행수를 예덕선생이라 부르며 엄행수의 인품을 존경한다. 이를 이상히 여기는 선귤자의 제자가 스승에게 까닭을 묻자 선귤자가 답하는 형식으로 이야기가 이루어진다. '예덕'이란 덕을 더러움 속에 감추고 있다는 뜻이다.
「광문자전」	거지 광문의 일화를 통해 모습은 추하지만 신의 있고 정직한 삶의 태도를 칭송하고 바람직한 인간형을 제시하였으며, 당시의 양반 사회를 비판했다.
「민옹전」	연령과 신분의 차이를 뛰어넘어 깊은 우정을 나누었던 민노인에 관한 이야기로, 뛰어난 능력과 재주를 지닌 사람을 알아주지 못하는 당대 현실을 비판했다. 작품의 마지막 부분에는 논평 대신 민노인에 대해 운문으로 쓴 추도사를 덧붙였다는 점에서 이례적인데 이는 박지원이 민노인의 모델로 삼은 민유신이라는 사람에 대한 추모의 마음 때문이었다고 여겨진다.
「양반전」	조선 후기 신분 변동 현상을 배경으로 양반 사회의 허위와 부패상을 폭로하였다. 이 작품은 양반 사회에 대한 연암의 비판이 직설적으로 담겨 있으며 뛰어난 풍자를 보여준다.
「허생전」	박지원의 대표작으로 허위의식에 사로잡혀 쓸데없는 말만을 일삼는 위정자들과 양반의 허위의식을 폭로하고 적극적인 상행위를 통해 부국강병의 길을 모색했다. 특히 이 작품은 사회의 부조리를 과감하게 지적하고 사회 개혁안을 제시했다는 점에서 한국 소설사의 새로운 지평을 연 것으로 평가받는다.
「호질」	유학자인 북곽선생과 이름난 정절부인인 동리자의 위선적인 행동을 통해 당시 지배 계층인 양반들의 부도덕성과 위선을 비판한다. 특히 이 작품은 의인화된 호랑이를 내세워 작가의 비판적인 의식을 드러낸다.

「열녀함양박씨전」	박지원이 1793년 안의 현감으로 재직했을 때 이웃 마을인 함양에서 일어난 박씨의 순절 소식을 듣고 쓴 글로, 열녀 행위가 만연한 사회 풍조와 지나친 열녀 행위를 완곡하게 비판했다. 열녀전의 전통형식을 따라 썼으나 본문의 전반부는 허구성이 짙고, 작품이 대화체로 이루어져 있다는 점에서 소설로 보는 입장이 많다.

(2) 박지원 소설에 나타난 비판과 풍자의 내용

박지원 소설의 가장 큰 특징은 비판과 풍자이다. 현전하는 작품들에 나타나는 비판 및 풍자의 내용을 간략히 정리해 보면 다음과 같다.

작품	출전	비판 및 풍자의 내용
「우상전」	『방경각외전』	학식이 높은 우상을 통해 허례허식을 풍자함
「김신선전」		신선 사상의 허무맹랑성을 풍자함
「마장전」		세상의 거짓을 고발하고 벗을 사귀는 일의 어려움을 이야기함
「예덕선생전」		검소한 생활과 노동의 중요성을 깨우침
「광문자전」		걸인 광문을 통해 사회의 부패상을 고발함
「민옹전」		민옹의 일화를 통해 사회의 타락상을 고발함
「양반전」		양반들의 무능과 허례허식을 비판함
「허생전」	『열하일기』	당시의 경제 및 사회 제도와 양반들의 무능 비판
「호질」		유학자들의 위선적인 행동을 풍자함
「열녀함양박씨전」	『연암집』 권1 「연상각선본」	조선시대의 개가 금지 풍속 비판 및 과부의 위선적 절개를 풍자함

(3) 주요 작품의 심층적 이해 1 : 「호질」

① **내용**[4)]

대호(大虎)가 사람을 잡아먹으려 하는데 마땅한 것이 없었다. 의사를 잡아먹자니 의심이 나고 무당의 고기는 불결하게 느껴졌다. 그래서 청렴한 선비의 고기를 먹기로 하였다.

이 때 고을에 도학(道學)으로 이름이 있는 북곽선생(北郭先生)이라는 선비가 동리자(東里子)라는 젊은 과부와 정을 통하였다. 그녀의 아들들이 북곽선생을 여우로 의심을 하여 몽둥이를 들고 어머니의 방을 습격하였다.

그러자 북곽선생은 허겁지겁 도망쳐 달아나다가 그만 어두운 밤이라 분뇨구덩이에 빠졌다. 겨우 머리만 내놓고 발버둥치다가 기어나오니 이번에는 큰 호랑이가 앞에 기다리고 있었다. 호랑이는 더러운 선비라 탄식하며 유학자의 위선과 아첨, 이중인격 등에 대하여 신랄하게 비판하였다.

북곽선생은 정신없이 머리를 조아리고 목숨만 살려주기를 빌다가 머리를 들어보니 호랑이는 보이지 않고 아침에 농사일을 하러 가던 농부들만 주위에 서서 그의 행동에 대하여 물었다. 그러자 그는 농부에게, 자신의 행동이 하늘을 공경하고 땅을 조심하는 것이라고 변명하였다.

4) 한국학중앙연구원, 「호질」, 한국민족문화대백과사전

② **주요 특징**

㉠ 『열하일기』 중 「관내정사」에 실린 작품으로, 「허생전」과 함께 박지원의 양반비판의식이 가장 잘 나타난 작품으로 여겨진다.

㉡ 「호질」은 원래 중국의 어느 무명작가가 만주족의 압제에 곡학아세하는 중국 인사들의 비열상을 풍자한 글이었는데 거기에 연암이 약간 가필한 것이라 한다.

㉢ 이 작품에는 '범'이라는 의인화된 인물이 등장하는데, 이는 사대부의 관념성과 부도덕성을 비판해 온 작가 박지원의 의식을 대변하는 인물이다. 당시는 직접적인 현실비판이 받아들여지기 어려운 유교사회였기 때문에 작가는 범을 통해 우회적인 비판을 한 것이라 할 수 있다.

㉣ 북곽선생과 동리자는 겉으로는 고매한 인품의 유학자와 추앙받는 열녀이지만 현실은 과부와 밀회를 즐기는 인간이고 다섯 아들의 성이 다 다른 과부로 표리부동한 인간의 모습을 보여준다. 이러한 인물들을 통해 박지원은 당대 지배층의 위선과 부도덕성을 비판하는 것이다.

㉤ 우화소설이지만 일반적인 우화에서 부정적인 인물이 의인화되는 것과 달리 「호질」에서는 의인화된 인물인 범이 부정적 인물인 북곽선생과 인간 사회를 우회적으로 비판하고 있다.

㉥ 양반들의 위선적인 삶과 인간 사회의 부도덕성에 대한 비판을 주제로 한 작품이다.

(4) 주요 작품의 심층적 이해 2 : 「허생전」

① **내용**[5)]

허생은 남산 아래 묵적골의 오막살이집에 살고 있었다. 그는 독서를 좋아하였으나 몹시 가난하였는데, 아내가 삯바느질을 하여 살림을 꾸려나갔다. 굶주리다 못한 아내가 푸념을 하며 과거도 보지 않으면서 책은 무엇 때문에 읽으며, 장사 밑천이 없으면 도둑질이라도 못하느냐고 대든다. 허생은 책을 덮고 탄식하며 집을 나선다.

허생은 한양에서 제일 부자라는 변씨를 찾아가 돈 만 냥을 꾸어 가지고 안성에 내려가 과일 장사를 하여 폭리를 얻는다. 그리고 제주도에 들어가 말총 장사를 하여 많은 돈을 번다. 그 뒤에 어느 사공의 안내를 받아 무인도 하나를 얻었다.

허생은 변산에 있는 도둑들을 설득하여 각기 소 한 필, 여자 한 사람씩을 데려오게 하고 그들과 무인도에 들어가 농사를 짓는다. 3년 동안 거두어들인 농산물을 흉년이 든 나가사키[장기도(長崎島)]에 팔아 백만금을 얻게 된다. 그는 외부로 통행할 배를 불태우고 50만 금은 바다에 던져버린 뒤에 글을 아는 사람을 가려 함께 본토로 돌아와 가난한 자들을 구제하고 남은 돈 십만 금을 변씨에게 갚고 친구가 된다.

이후 변씨로부터 허생의 이야기를 들은 어영대장 이완이 허생을 찾아온다. 이완이 나라에서 인재를 구하는 뜻을 이야기하자 허생은 "내가 와룡선생을 천거할 테니 임금께 아뢰어 삼고초려를 하게 할 수 있겠느냐?", "종실의 딸들을 명나라 후손에게 시집보내고 훈척(勳戚 : 나라에 훈공이 있는 임금의 친척) 귀가의 세력을 빼앗겠느냐?", "우수한 자제들을 가려 머리를 깎고 호복을 입혀, 선비들은 유학하게 하고 소인들은 강남에 장사하게 하여 그들의 허실을 정탐하고 그곳의 호걸들과 결탁하여 천하를 뒤엎고 국치를 설욕할 계책을 꾸미겠느냐?"고 묻는다.

5) 한국학중앙연구원, 「허생전」, 한국민족문화대백과사전

이완은 이 세 가지 물음에 모두 어렵다고 한다. 허생은 "나라의 신신(信臣)이라는 게 고작 이 꼴이냐!"고 분을 참지 못하여 칼을 찾아 찌르려 하니 이완은 달아난다.

이튿날에 이완이 다시 그를 찾아갔으나 이미 허생은 자취를 감추고 집은 비어 있었다.

② 「허생전」에 반영된 시대상황 중요도 상

㉠ 신분제의 동요

사농공상의 신분계급 질서가 와해되어 사(士)의 신분을 지닌 허생이 가장 낮은 단계인 상(商)의 신분으로 변동되었다.

㉡ 상업의 발전

삼정의 문란으로 인해 농민들은 토지를 처분하고 소작농이 되거나 유이민이 되어 도회지로 몰려들었다. 이들은 권세가에 의탁하거나 수공업에 종사하였고, 농업기술의 발전으로 잉여농산물이 상품화되었다. 다시 말해 도시에서의 수공업과 상업이 빠른 속도로 발전해 가는 추세였고, 이런 상황이었기에 허생은 상업에 종사할 수 있었던 것이다.

㉢ 매점매석으로 인한 물가상승으로 커진 민생들의 고충

허생이 매점매석으로 돈을 벌고 자신이 한 행위에 대해 '민생을 해치는 길', '이 방법을 쓰면 나라를 병들게 할 것'이라고 비판한다.

㉣ 변산과 월출산의 골칫거리 도적떼들

허생은 도적들을 빈 섬으로 끌고 들어갔다. 양민이었던 이들이 도적이 된 것은, 관리들의 수탈로 인해 도적이 될 수밖에 없었던 당시 사회의 모습을 보여주는 것이다.

③ 「허생전」에 반영된 실학 사상 중요도 상

이용후생의 실학 사상은 박지원의 핵심 사상이다. 이용후생을 통해 정덕에 이르고자 한 박지원의 실학 사상이 가장 잘 함축되어 있는 작품으로 평가되는 것이 「허생전」인데, 다음과 같은 부분들에서 그러한 사상을 찾아볼 수 있다.

㉠ 중상론적 경제 사상

허생은 아내의 힐책을 받고 집을 나와 변부자에게 가서 돈을 빌린다. 그리고 그 돈으로 장사를 해서 막대한 이익을 남긴다. 이것은 선비 계층도 상업에 관심을 가져야 하며 경제활동을 통해 처참한 가난으로부터 벗어날 수 있도록 선비가 앞장서야 한다는 생각이 반영된 것임을 알 수 있다. 연암은 비록 성리학적 명분론을 신봉했던 '노론' 소속이지만 청나라와 서구 문물을 수용해야 한다는 입장을 가졌다. 청나라의 성곽축조, 제련기술 등을 수용해야 한다는 것이었다. 특히 상업을 천시할 것이 아니라 적극 장려하고 무역항 개설, 화폐의 적극적 이용 등을 실현해야 한다고 했다. 백성이 잘 먹고 잘 사는 '이용후생'을 위해서는 상업과 무역을 진행해야 한다는 것이었다. 다만 허생의 상업행위는 이윤추구 자체가 목적이었던 것은 아니다. '시험'에 의의를 둔 것이었다. 이러한 점은 저자 박지원이 갖고 있는 선비의식의 한계를 보여준 것이라고도 할 수 있다.

㉡ 폭리 비판 및 유통구조의 확립 강조

허생은 '작은 시험'을 시도한다. 그것은 매점매석이 가능한지 알아보는 것이었다. 이로써 허생은 돈을 벌기는 했으나 우리나라 유통구조에 문제가 많다는 것이 드러난다. 18세기 중엽에는 '도고'라는 형태의 상업행위가 이루어졌다. 이것은 특정 상품을 독점해 많은 이윤을 확보하는 상행위였다. 허생의 매점매석은 '도고' 정도의 규모는 아니었으나, 도고와 같은 독점이 이루어질 수 있는 이유를 분명하게 알고 있었다. 그 이유는 조선의 경제가 무역이 거의 없는 자족적 경제 시스

템이라는 데 있다. 즉 연암은 조선후기 경제가 허약하게 된 근본 원인이 유통질서의 인위적 왜곡과 물화의 정체 현상에 있다고 본 것인데 이러한 유통구조의 문제점은 중상주의를 추구하는 실학자들에게 있어서 반드시 해결해야 하는 문제였다.

ⓒ 국제무역의 중요성

허생은 도둑 무리를 이끌고 섬에 들어가 살면서 국제무역을 통해 은 백만 냥을 벌어들인다. 이것은 당시 조선조가 근대사회로 전환하기 위해서는 국제무역을 통한 자본형성이 중요하다는 것을 일깨우려는 의미로 볼 수 있다. 이러한 점은 상업자본을 형성함으로써 국가경제가 흥할 수 있다는 대내적인 경제난 해결과 함께 조선을 근대화시킬 수 있는 중상주의적 실학 정신을 제시한 것으로 볼 수 있다.

ⓓ 명분론에 치우친 지배층의 위선과 무능 비판

나라 안에서 들끓던 도적떼를 이끌고 무인도로 가서 살다가 돌아온 허생은 변씨에게 빌린 돈을 갚는다. 허생의 비범함을 알아 본 변씨는 어영대장 이완을 소개한다. 이완은 허생을 찾아와 북벌을 위한 자문을 구한다. 그러나 허생이 내놓은 세 가지 방책에 모두 어렵다고 답한다. 유교적 예법과 명분에 어긋난다는 것이 가장 큰 이유였다. 이에 허생은 이완에게 호통을 치며 칼을 빼들기까지 한다. 북벌을 추구한다고 하면서도 명분론에 치우쳐 실제적인 행동으로 나아가지 못하는 지배층에 대한 연암의 비판적 의식이 직접적으로 드러났다고 할 수 있다.

이처럼 「허생전」에는 연암 박지원의 실학 사상이 깃들어있다는 게 대다수의 평가이다. 하지만 오로지 이윤만을 추구하는 상업을 천박하게 보는 유가의 전통적 관점에서 탈피하지 못했다는 점, 허생이 섬을 떠날 때 돈 50만 냥을 바다 속으로 던져버린 점, 돈을 갚고자 10만 냥을 내밀자 이를 거절하며 이자로 천 냥만 더 받겠다고 한 변씨에게 "나를 장사치로 보는 거요?"라며 화를 낸 점 등에서 「허생전」이 화폐와 무역의 중요성을 강조한 작품으로 볼 수 없다는 견해도 있다.

또한 무인도에 세운 나라를 도가적 이상향이나 사회주의적 공동체로 해석하여 연암이 강조하는 이용후생이란 돈보다는 생명, 공동체, 의(義)와 같은 인간적 가치가 바로 정립된 상태를 의미한다고 보기도 한다.

④ **「허생전」의 성립**

「허생전」이 실린 「옥갑야화」의 '옥갑'은 장소의 이름이다. 박지원 일행이 열하를 떠나 북경으로 돌아가는 길에 옥갑에서 하룻밤을 묵게 되는데 그곳에서 비장(사신을 따라다니며 일을 돕던 무관)들과 밤새 이야기를 주고받게 된다. 그 이야기들 중에는 여러 역관들의 이야기가 있었는데 그중 갑부로 이름난 역관 변승업에 관한 일화로 허생의 이야기가 소개되고 있다.

박지원은 그가 젊은 시절 봉원사에서 글을 읽고 있던 1756년 겨울, 윤영이라는 이인(異人)으로부터 허생 이야기를 처음 들었다고 한다. 그 때 박지원은 윤영에게 허생을 위해 전을 짓겠다고 한다. 그 후 1773년 봄, 박지원이 평안도 여행 중에 우연히 윤영을 만나 허생 이야기의 몇 가지 모순점에 대해 물었다고 한다. 이것을 보면 박지원은 허생이라는 설화적 인물에 대해 계속 관심을 가졌다가 열하여행을 계기로 「허생전」을 완성하게 된 것이라 할 수 있다.

그런데 조선 후기 문헌설화집에는 허생과 유사한 이인(異人)의 이야기가 여러 편 수록되어 있다. 대표적으로 「식보기허생취동로」, 「영만금부처치부」, 「안빈궁십년독역」이 있다. 이 설화들은 구체적인 내용은 달라도 기본적으로 '독서와 가출 → 재물을 쌓음 → 구제'라는 서사구조를 공유한다.

그러나 설화들은 단순히 개인적 차원의 문제로서 제시되고 있을 뿐 그러한 문제들이 사회적・국가적 차원의 문제로 심각하게 발전되지는 않는다. 즉 문헌설화집에 수록된 것들은 「허생전」의 이본이라고 할 수는 있으나 문장력, 구성방식, 작가 의식의 측면에서 매우 다르다. 「허생전」의 주인공 '허생'은 이인 설화의 주인공들과는 차원이 다른, 박지원에 의해 새롭게 창조된 인물이라 할 수 있다.

더 알아두기

『열하일기』

- 조선 후기 실학자 박지원이 청나라에 다녀온 후에 작성한 견문록으로, 26권 10책이다.
- 1780년(정조 4) 청나라 황제 건륭제의 칠순을 축하하는 잔치가 열렸다. 박지원은 삼종형 박명원이 연행을 가게 되자 그의 수행원 자격으로 따라가 청나라의 열하 지역을 여행했다.
- 여행에서 돌아와 여행 중 만났던 문인과 명사들과의 교우와 직접 접한 문물제도를 기록으로 남겼다.
- 각 권의 내용은 다음 표와 같다.[6]

「도강록」	압록강으로부터 랴오양(遼陽)에 이르는 15일간의 기록으로 성제(城制)와 벽돌 사용 등의 이용후생에 대한 관심을 보여주고 있다.
「성경잡지」	십리하(十里河)에서 소흑산(小黑山)에 이르는, 5일간에 겪은 일을 필담 중심으로 엮고 있다.
「일신수필」	신광녕으로부터 산하이관에 이르는 병참지를 중심으로 서술되어 있다.
「관내정사」	산하이관에서 연경에 이르는 기록이다. 특히 백이・숙제에 대한 이야기와 「호질」이 실려 있다.
「막북행정록」	연경에서 열하에 이르는 5일간의 기록이다.
「태학유관록」	열하의 태학에서 머무르며 중국 학자들과 지전설에 관하여 토론한 내용이 들어 있다.
「구외이문」	고북구(古北口) 밖에서 들은 60여 종의 이야기를 적은 것이다.
「환연도중록」	열하에서 연경으로 다시 돌아오는 6일간의 기록으로 교통제도에 대하여 서술하고 있다.
「금료소초」	의술에 관한 이야기로 구성되어 있다.
「옥갑야화」	역관들의 신용문제를 이야기하면서 허생(許生)의 행적을 소개하고 있다. 뒷날에 이 이야기를 「허생전」이라 하여 독립적인 작품으로 거론하였다.
「황도기략」	황성의 문물・제도 약 38종을 기록한 것이다.
「알성퇴술」	순천부학에서 조선관에 이르는 동안의 견문을 기록하고 있다.
「앙엽기」	홍인사에서 이마두총에 이르는 주요 명소 20군데를 기술한 것이다.
「경개록」	열하의 태학에서 6일간 있으면서 중국 학자와 대화한 내용을 기록하였다.
「황교문답」	당시 세계정세를 논하면서 각 종족과 종교에 대하여 소견을 밝혀놓았다.
「행재잡록」	당시 청나라 고종의 행재소에서 견문한 바를 적은 것이다. 그 중 청나라가 조선에 대하여 취한 정책을 부분적으로 언급하고 있다.
「반선시말」	청나라 고종이 반선에게 취한 정책을 논한 글이다.
「희본명목」	다른 본에서는 「산장잡기」 끝부분에 있는 것으로 청나라 고종의 만수절에 행하는 연극놀이의 대본과 종류를 기록한 것이다.
「찰십륜포」	열하에서 본 반선에 대한 기록이다.
「망양록」	중국 학자와 음악에 대해 토론한 내용이다.

6) 한국학중앙연구원, 『열하일기』, 한국민족문화대백과사전

「심세편」	조선의 오망(五妄), 중국의 삼난(三難)에 대한 것을 기록한 것이다.
「곡정필담」	주로 천문에 대한 기록이다.
「동란섭필」	가악에 대한 잡록이다.
「산장잡기」	열하산장에서의 견문을 적은 것이다.
「환희기」	중국 요술을 보고 구체적인 모습을 적은 것이다.
「피서록」	열하산장에서 주로 시문비평을 가한 것이 주요 내용이다.

- 주로 북학을 주장하는 내용이 두드러지게 나타나 있다.
- 당시에 정조로부터 이 책의 문체가 순정하지 못하다는 평을 듣기도 하였으나 많은 지식층에게 회자된 듯하다.
- 종래의 연행록에서 새로운 경지를 개척하였으며, 여러 방면에 걸쳐 당시의 사회문제를 신랄하게 풍자한 조선 후기 문학과 사상을 대표하는 걸작으로 평가된다.

제 3 편 실전예상문제

제1장 김시습

01 다음 중 김시습의 생애에 대한 설명으로 옳지 않은 것은?

① 김시습은 어린 시절부터 신동으로 유명하여 세조에게서 칭찬을 받고 선물을 받기도 했다.

② 10대에는 절에서 불교공부를 했다.

③ 20대 초반에 사육신의 죽음을 경험하고 사육신의 시신을 수습하여 장사지냈다고 한다.

④ 그가 『금오신화』를 쓴 것은 30대의 일이었다.

01 김시습이 어린 시절부터 신동으로 유명했다는 점과 당시 왕에게 재주를 보이고 칭찬과 상을 받았다는 것은 사실과 부합한다. 그는 3살 때부터 글자를 배워 5세에는 능숙하게 글을 쓸 수 있었다고 한다. 그러나 어린 그의 재주를 알아보고 칭찬한 것은 세조가 아니라 세종이었다.

02 김시습이 지녔던 사상에 대한 설명으로 적절하지 않은 것은?

① 김시습은 유교, 불교, 도교를 두루 통달하였으나 가장 기본이 되는 것은 유교 사상이었다.

② 그는 유교 사상과 도교 사상을 접합하여 유교를 도가적 방식으로 해석하고 적용하려 했다.

③ 불교적 미신을 배척하려 했으나 불교의 자비심을 좋아하였다.

④ 당시 대부분의 사대부들과 달리 '이'가 아니라 '기'를 중시하는 경향을 띠었다.

02 김시습 사상의 근본은 유교였다. 그는 도교에서도 꽤 높은 위치에 자리매김될 정도로 중요한 인물이었으나, 도교적 교리조차 유가 사상으로 해석하려 하는 등 유교를 중심에 두는 데서 벗어나지 않았다.

정답 01 ① 02 ②

03 다음 설명에 해당하는 책은 무엇인가?

- 김시습 문학의 진면목을 볼 수 있는 책이다.
- 김시습이 죽은 후 발간되었다.
- 수록된 작품들 중 가장 많은 부분을 차지하는 것은 시이다.

① 『금오신화』
② 『수이전』
③ 『계명』
④ 『매월당집』

03 『매월당집』은 시집 15권, 문집 6권, 부록 2권으로 된 총 23권 6책의 시문집이다. 수록된 시의 양이 2,000여 편이 넘을 정도로 방대한 양이어서 김시습 문학의 특징을 알아보는 데 좋은 자료가 되는 책이다. 『금오신화』는 김시습이 쓴 책이기는 하지만 시가 아니라 소설이 실려 있다. 또한 『계명』은 일제강점기 시절에 최남선이 발간한 잡지이다. 물론 이 잡지에 『금오신화』에 실린 작품들이 실리기는 했으나 김시습의 작품을 소개하는 것만을 위한 잡지는 아니다. 또한 『수이전』은 고려 때 박인량이 지은 우리나라 최초의 설화집으로 김시습과는 관계가 없다.

04 다음 중 김시습의 『금오신화』에 실린 소설 작품이 <u>아닌</u> 것은?

① 「이생규장전」
② 「남염부주지」
③ 「용궁부연록」
④ 「창선감의록」

04 「창선감의록」은 조선 후기에 쓰였다고 추정되는 고전소설이다. 작가는 미상이거나 혹은 조성기로 추정된다. 『금오신화』에는 제시된 세 작품 이외에 「만복사저포기」, 「취유부벽정기」가 있다.

05 다음 설명에 해당하는 작품으로 옳은 것은?

- 김시습의 불교 사상을 엿볼 수 있는 작품이다.
- 인과응보 사상, 인연 사상, 윤회 사상이 바탕이 된 작품이다.
- 양생과 여귀의 사랑을 다룬다.

① 「이생규장전」
② 「만복사저포기」
③ 「취유부벽정기」
④ 「용궁부연록」

05 『금오신화』에 실린 다섯 편의 소설들 중 삼세의 인연, 업 등의 개념을 보여줌으로써 불교 사상이 두드러지는 것은 「이생규장전」과 「만복사저포기」이다. 이 중 「이생규장전」은 이생과 최랑의 사랑 이야기이고, 「만복사저포기」는 양생과 여귀의 이야기를 담고 있다.

정답 03 ④ 04 ④ 05 ②

06 다음 중 김시습이 지녔던 기본 사상이라 할 수 있는 것은?

① 불교
② 유교
③ 도교
④ 무속

07 다음 중 김시습의 한문 단편들이 수록된 책의 이름은?

① 『금오신화』
② 『열하일기』
③ 『기재기이』
④ 『용재총화』

08 다음 중 김시습과 관련 <u>없는</u> 이름은?

① 설잠
② 동리
③ 매월당
④ 열경

06 김시습의 기본 사상은 유교였다. 다만 유교 이외에 불교와 도교에도 두루 통달했다고 한다.

07 『금오신화』에는 김시습이 지은 한문 단편 5개가 실려 있는데 제목은 「만복사저포기」, 「이생규장전」, 「취유부벽정기」, 「용궁부연록」, 「남염부주지」이다. 『열하일기』는 연암 박지원이 청나라를 돌아보고 지은 책이고, 『기재기이』는 『금오신화』의 뒤를 이어 신광한이 쓴 전기 소설집으로 「안빙몽유록」 등의 작품이 실려 있다. 『용재총화』는 조선 중기에 성현이 지은 필기잡록류에 속하는 책으로 다양한 설화를 담고 있다는 점에서 가치가 크다.

08 '동리'는 판소리 연구가였던 신재효의 호이다. '설잠'은 김시습의 법명, '매월당'은 김시습의 호, '열경'은 김시습의 자이다.

정답 06 ② 07 ① 08 ②

제2장 허균

01 다음 중 허균의 생애에 대한 설명으로 옳지 않은 것은?

① 관직에 여러 번 나아갔으나 번번이 파직되었다.
② 허균의 누나 역시 허균 못지않은 글재주를 가졌다.
③ 허균은 어린 시절 및 젊은 시절에 가족들의 죽음을 여럿 경험한다.
④ 허균은 서얼로 태어나 서얼이 차별받는 사회에 대해 불만이 많았다.

01 허균은 서얼이 차별받는 사회제도에 대해 불만이 많았고 그것을 비판하는 내용의 작품을 썼으나 서얼 출신은 아니었다. 대대로 고관직을 지닌 명문가에서 태어났으며 이로 인해 관직에 나아가 파직을 당했다가도 다시 관직을 부여받는 경우가 많았다. 다만 스승이었던 이달의 신분이 서얼이었다. 그로 인해 젊은 시절부터 허균은 서얼들과 스스럼없이 어울리게 되었다. 능력이 뛰어남에도 불구하고 신분의 한계로 인해 높은 관직에 나아가지 못하는 서얼들을 보며 사회제도의 문제점에 눈 뜨게 된 것으로 보인다.

02 다음 중 허균이 지닌 사상으로 보기 어려운 것은?

① 인간 본연의 감정을 옹호하고 개인의 내면적 자유 추구
② 신분제도에 따른 차별 비판
③ 일부일처제
④ 혁명사상

02 허균의 소설 작품 「홍길동전」에 나오는 홍길동은 율도국을 세운 뒤에 일부다처제의 형태로 가족을 꾸린다. 이는 허균이 지닌 사상의 모순점 및 한계를 보여주는 것이라 할 수 있다.

03 다음 중 허균이 쓴 작품이 아닌 것은?

① 「사씨남정기」
② 「홍길동전」
③ 『성소부부고』
④ 『학산초담』

03 「사씨남정기」는 서포 김만중이 쓴 소설이다. 『성소부부고』는 허균의 시문집이고, 『학산초담』은 허균의 평론집이다. 그가 쓴 평론집에는 『성수시화』도 있는데, 이 두 평론집은 우리 국문학사상 매우 비중 있게 다루어지고 있다. 『성수시화』는 『성소부부고』 안에 들어있으나 『학산초담』은 『패림』이라는 제목의 별책에 실려 있다.

정답 01 ④ 02 ③ 03 ①

04 다음 중 허균이 지은 '전'을 모두 고른 것은?

㉠ 「남궁선생전」
㉡ 「예덕선생전」
㉢ 「허생전」
㉣ 「엄처사전」

① ㉠, ㉡
② ㉡, ㉢
③ ㉠, ㉣
④ ㉢, ㉣

04 허균이 지은 『성소부부고』에는 다섯 편의 전이 실려 있다. 그것은 「남궁선생전」, 「엄처사전」 이외에도 「장산인전」, 「장생전」, 「손곡산인전」이다. 「예덕선생전」과 「허생전」은 허균이 아니라 연암 박지원의 작품들이다.

05 다음은 어느 작품에 대한 설명인가?

- 전형적인 전의 형식을 지닌 작품이다.
- 주인공은 허생의 스승이었던 '이달'이다.
- 시적 재능이 뛰어남에도 불구하고 어머니의 신분이 낮아 높은 관직에 나아가지 못하는 이달에 대한 연민의 정이 담겨 있다.

① 「장산인전」
② 「손곡산인전」
③ 「장생전」
④ 「남궁선생전」

05 허생의 스승이었던 이달은 원주에 있는 손곡에서 살며 자신의 호를 '손곡'이라 지었다.

06 다음 중 허균이 쓴 글이 아닌 것은?

① 「호민론」
② 「한전론」
③ 「병론」
④ 「유재론」

06 허균의 사상이 담긴 논설에는 「호민론」, 「관론」, 「정론」, 「병론」, 「유재론」 등이 있다. 「한전론」은 조선 후기 실학자인 성호 이익이 주장한 토지개혁 정책의 이름이다.

정답 04 ③ 05 ② 06 ②

07 허균이 「호민론」에서 말한 백성의 세 부류에 해당하지 않는 것은?

① 항민
② 호민
③ 원민
④ 평민

07 「호민론」을 보면 허균은 백성에 세 부류가 있다고 보았다. 먼저 항민은 눈앞의 일들에 얽매여 부림을 당하며 사는 백성이다. 원민은 항민과 달리 못마땅하게 여겨지는 일들에 대해 윗사람을 원망한다. 허균은 이들은 두려운 존재가 아니라고 했다. 참으로 두려운 것은 호민인데, 호민은 틈을 엿보다가 자신의 부당한 대우와 사회의 부조리에 반기를 들고 도전하는 백성들이다.

08 다음 중 적서차별에 대한 허균의 생각이 잘 나타난 작품은?

① 「유재론」
② 「호민론」
③ 『국조시산』
④ 「문설」

08 허균은 「유재론」에서 신분에 따라 인재 등용에 차별을 두는 조선사회를 '하늘이 내준 인재를 스스로 버리는 꼴'이라고 비판한다. 『국조시산』은 허균이 조선 전기의 한시를 뽑아 엮은 시선집이고, 「호민론」은 허균의 민본 사상을 알 수 있는 글이며, 「문설」은 문장에 관한 허균의 생각이 담긴 글이다.

09 다음 중 허균이 쓴 전이 아닌 것은?

① 「손곡산인전」
② 「엄처사전」
③ 「예덕선생전」
④ 「장생전」

09 「예덕선생전」은 박지원의 작품이다.

10 다음 중 인물의 이름과 그의 호를 잘못 연결한 것은?

① 허균 – 손곡산인
② 김시습 – 매월당
③ 김만중 – 서포
④ 박지원 – 연암

10 '손곡산인'은 허균의 스승이었던 이달이 강원도 원주 손곡에 살면서 지명을 자신의 호로 삼은 것이다. 허균의 호는 '교산' 혹은 '성소'이다.

정답 07 ④ 08 ① 09 ③ 10 ①

제3장 김만중

01 다음 중 김만중의 생애에 대한 설명으로 옳지 않은 것은?

① 조선 전기에 태어났다.
② 유복자로 태어났으나 어머니가 지극한 정성으로 길렀다.
③ 관직생활을 하는 동안 환국으로 인해 여러 차례 유배 생활을 했다.
④ 남해로 유배가 있던 중 죽었다.

01 김만중의 아버지는 병자호란이 일어나자 가족과 함께 강화도로 피난을 갔다. 그러나 아버지는 김만중이 태어나기 전에 강화도에서 순절하게 되고 어머니는 출산이 임박한 상태에서 배를 타고 강화도에서 나오다가 김만중을 낳게 된다. 따라서 김만중이 조선 전기에 태어난 것은 아니다.

02 다음 중 김만중의 사상에 대한 설명으로 옳지 않은 것은?

① 불교적인 경향이 짙다.
② 명분보다는 실리를 추구했다.
③ 예의 형식보다는 진실한 인간의 모습을 중시했다.
④ 권력 상층부의 비리와 부정에 대해 비판적이었다.

02 김만중은 경전을 중시하는 전통적인 유학자의 입장을 지녔다.

03 다음 중 김만중의 문학관에 대한 설명으로 옳지 않은 것은?

① 작가의 개성과 독창성을 중시하였다.
② 문학을 통해 유가적인 도를 추구하였다.
③ 시의 형식과 규제보다는 독창성을 중시했다.
④ 통속소설도 가치가 있다는 관점을 고수했다.

03 김만중은 문학이란 도를 전하는 게 아니라 감동을 주는 것이 되어야 한다고 보았다. 따라서 문학을 통해 도를 추구했다는 것은 잘못된 설명이다. 그는 도를 개입시키지 않아야 작품의 감동을 온전히 전할 수 있다고 보았다.

정답 01 ① 02 ① 03 ②

04 다음 중 서포 김만중의 작품이 아닌 것은?

① 「구운몽」
② 「사씨남정기」
③ 『서포만필』
④ 「안빙몽유록」

04 「안빙몽유록」은 조선 중기에 신광한이 지은 가전체소설로 꽃을 의인화한 몽유소설 작품이다. 『기재기이』에 실려 있다.

05 다음 중 김만중에 대한 설명으로 적절한 것은 몇 개인가?

- 통속소설의 가치를 인정했다.
- 유배살이를 하다 죽었고 죽은 후에도 조선시대 끝까지 관작이 복구되지 못했다.
- 우리말과 우리글에 대한 인식이 강해 한글로 된 소설을 짓기도 했다.
- 교육에 대한 어머니의 열정이 남달랐다.
- 서얼 출신이었다.
- 그가 쓴 「구운몽」은 몽유록계 소설의 효시이다.

① 6개
② 5개
③ 4개
④ 3개

05 김만중은 유배살이를 하다 죽었으나 숙종 24년인 1698년에 관작이 복구되었다. 또한 김만중은 아버지가 돌아가신 후 유복자로 태어났으나 그의 아버지는 명문가 출신으로 증조할아버지가 예학 사상가로 유명한 김장생이었으며 어머니 역시 해평 윤씨로 사대부가의 여인이었다. 마지막으로 「구운몽」은 김만중이 쓴 작품이라는 점은 맞지만 몽유록계 소설이 아니라 몽자류계 소설이다.

06 다음 중 김만중에 대한 설명으로 옳지 않은 것은?

① 그의 어머니는 맹자의 어머니에 비견될 만큼 교육에 열정적이었다.
② 그는 남해에서 유배 중에 죽었다.
③ 그가 쓴 『서포만필』은 다양한 분야의 글을 담고 있다.
④ 그는 불교를 숭상했다.

06 김만중은 전통적인 유자의 입장을 고수한 사람이었다. 다만 유가를 숭상하면서도 유가 경전을 그대로 답습하는 방식이 아니라 개성을 중시하는 문학관을 가졌다.

정답 04 ④ 05 ④ 06 ④

07 **다음 중 「사씨남정기」에 대한 설명으로 옳지 않은 것은?**

① 새로운 여성상을 보여주기는 했으나 봉건적 도덕성에서 벗어나지 못하는 한계를 지닌다.
② 처와 첩의 갈등이 중심을 이루는 쟁총형 소설이다.
③ 김만중이 인현왕후 폐위에 반대하다가 유배당했을 당시 지은 소설이다.
④ 등장인물 사씨는 사악한 첩으로 등장해 가정 내의 문제를 일으키는 존재이다.

07 작품의 제목에 등장하는 '사씨'는 현모양처의 전형으로 그려지며, 첩이 아닌 정실부인이다. 사악한 첩으로 등장하는 인물은 '교씨'이다.

08 **다음 중 「사씨남정기」의 의의로 볼 수 없는 것은?**

① 소설의 효용성에 대한 인식을 높였다.
② 몽자류 소설의 계통을 이어받았다.
③ 국문소설의 활성화에 기여했다.
④ 가정소설의 대표적 작품이다.

08 「사씨남정기」에 여러 차례 꿈이 등장하기는 하지만 그것을 근거로 몽자류 소설이라 할 수는 없다. 「사씨남정기」는 가정소설의 전형을 보여주는 작품이라 할 수 있다.

09 **다음 중 「구운몽」의 문학사적 의의에 해당하지 않는 것은?**

① 몽유록 소설의 효시이다.
② 김만중이 어머니를 위해 쓴 소설로, 여성 독자 확대에 기여했다.
③ 한글로 쓰였으나 양반층에게도 널리 퍼졌다.
④ 「옥련몽」, 「임호은전」, 「장국진전」 등에 영향을 주었다.

09 「구운몽」은 몽유록이 아니라 몽자류 소설의 효시이다.

정답 07 ④ 08 ② 09 ①

제4장 박지원

01 다음 중 연암 박지원의 생애에 대한 설명으로 옳지 않은 것은?

① 아버지가 높은 벼슬을 하기는 했으나 가난했다.
② 10대에 이미 경세실용의 학문을 연구했다.
③ 그가 『방경각외전』에 실린 소설들을 지은 것은 10대 후반부터 30대 초반까지의 시기였다.
④ 벼슬은 50세 이후가 되어서야 했다.

01 박지원은 명문가에서 태어나기는 했으나 아버지가 벼슬을 하지 않고 선비로만 지냈기 때문에 가난했다.

02 다음 중 박지원의 사상에 대한 설명으로 옳지 않은 것은?

① 이용후생
② 시장의 자율적 조절작용에 대한 믿음
③ 양반 사회 비판
④ 농업 중시

02 연암은 농업이 아니라 상업을 중시하는 입장이었다. 상업이 제대로 이루어지지 않으면 농업과 공업도 모두 어려워진다고 보았다.

03 다음 중 문학에 대한 연암의 관점이라 할 수 없는 것은?

① 대상에 대해 진솔하고 꾸밈없이 써야 한다고 보았다.
② 확실한 증거가 있는 글을 훌륭한 글이라고 보았다.
③ 문학을 통해 현실을 비판함으로써 사회를 개선해 나갈 수 있다고 보았다.
④ 고문은 배제하고 주관적인 개성을 극단적으로 밀어부쳐야 새로운 글이 나올 수 있다고 보았다.

03 박지원은 '법고창신'이라 하여 고문을 맹목적으로 모방해서도 안 되지만 새 것이라고 해서 법도에 어긋나는 것 또한 안 된다고 했다. 따라서 고문을 무조건 배격한다거나 극단적인 개성의 추구를 주장한 것은 아니다.

정답 01 ① 02 ④ 03 ④

04 **다음 중 박지원의 한문소설에 나타난 특징이라 할 수 없는 것은?**

① 실사구시적인 인물 설정
② 팽팽하게 대립함으로써 갈등을 부각하는 한편 화해를 주도하기도 함
③ 직설적이고 날카로운 사회비판
④ 방외인적인 인물 창조

04 연암 문학의 주요한 특징으로 손꼽히는 것 중 하나는 풍자이다. 풍자는 직설적 말하기가 아닌 돌려 말하기이다. 따라서 직설화법은 박지원이 구사하는 문학의 특징이라 할 수 없다.

05 **박지원의 소설에 등장하는 다음 인물들 중 성격이 다른 인물은?**

① 「양반전」의 군수
② 「허생전」의 허생
③ 「호질」의 북곽선생
④ 「양반전」의 부자

05 박지원의 소설에는 대립과 갈등의 중심축에 서 있는 인물이 있는가 하면 화해를 주도하는 인물도 있다. 제시된 인물들 중 「양반전」의 군수는 부자와 양반 사이에서 화해를 주도하는 인물이고 나머지는 핵심적인 갈등의 축에 해당하는 인물이다.

06 **박지원의 법고창신과 관련된 설명으로 적절하지 않은 것은?**

① 옛것을 배격한다.
② 문학이 옛글의 모방에 그쳐서는 안 된다는 생각이다.
③ 상투적 표현을 지양한다.
④ '창신'은 주관적인 개성의 추구를 말한다.

06 법고창신은 옛것을 본받더라도 오늘날에 맞게 변화시킬 줄 알아야 하며, 새것을 만들더라도 법도에 어긋나지 않아야 한다는 것이다. 옛것에 대한 무조건적 배격은 법고창신의 정신이라 할 수 없다.

정답 04 ③ 05 ① 06 ①

07 다음 중 「허생전」이 실린 책은?

① 『서포만필』
② 『열하일기』
③ 『삼국유사』
④ 『청구영언』

07 박지원이 쓴 『열하일기』 중 「옥갑야화」 편에 수록되어 있다.

08 다음 중 「허생전」의 구체적인 내용과 다른 것은?

① 글공부만 하던 허생은 처의 질책으로 인해 7년 만에 공부를 중단하고 집을 나선다.
② 허생은 매점매석을 통해 큰 돈을 벌었지만 매점매석에 대해 비판적이다.
③ 허생은 변부자를 찾아가 자신의 계획을 자세히 말하며 자신에게 돈을 빌려주면 큰 돈으로 되돌려주겠다고 하여 돈을 빌린다.
④ 허생은 이완 대장에게 부국강병의 방안을 알려준다.

08 허생이 변부자에게 돈을 빌릴 때 많은 말이 필요하지 않았다. 변부자를 찾아간 허생은 뭔가 할 게 있는데 자신은 가난하니 만 냥을 빌려달라고 당당하게 말하고, 변부자 역시 허생이 보통 사람이 아니라는 것을 한눈에 알아보고 선뜻 돈을 내어준다.

09 다음 중 「허생전」에 반영된 시대상황으로 옳지 않은 것은?

① 신분제의 동요가 일어났다.
② 상업이 발달하고 있었다.
③ 매점매석으로 인한 농민들의 고충이 컸다.
④ 북학파가 우세하였다.

09 북학파가 실권을 장악하고 우세하였던 적은 없다. 「허생전」의 배경 역시 북벌론이 우세하던 시기이다. 박지원은 허생이 이완 대장에게 하는 말을 통해 당시의 북벌론이 얼마나 허무맹랑한 것인지를 비판하고 있다.

정답 07 ② 08 ③ 09 ④

10 「허생전」의 내용에 나타난 박지원의 실학 사상이라 보기 어려운 것은?

① 허생이 이완 대장과의 대화를 통해 북벌론을 비판한다.
② 허생은 자신은 매점매석으로 돈을 벌기는 했으나 이는 나라를 망하게 하는 것이라는 생각을 갖고 있었다.
③ 허생은 상업행위를 통해 돈을 벌고자 한 것이 아니라 시험을 하고자 했다.
④ 도둑 무리가 본성이 악해서 도둑이 된 게 아니라 먹고살기 힘들어서 도둑이 된 것이라는 점을 드러낸다.

10 상업행위의 목적이 이윤추구가 아니라 자신의 생각을 시험해 보고자 한 것이었다는 점은 실학자적인 면모라 할 수 없다. 이 점은 박지원이 가진 선비의식의 한계를 보여주는 부분이다.

11 「허생전」에 나타난 박지원의 실학 사상과 거리가 먼 것은?

① 상업을 장려해야 한다.
② 도고를 통해 폭리를 취해서는 안 된다.
③ 국내교역은 물론이고 국제무역이 중요하다.
④ 명분은 지켜야 한다.

11 허생은 이완과의 대화를 통해 명분론에 치우친 양반들의 허위의식을 비판한다. 명분을 중시하는 것은 실학 사상과 거리가 있다. 실학에서 중시하는 것은 명분이 아닌 실용성이다.

12 허생이 이완에게 제시한 부국강병의 방책이 아닌 것은?

① 조선에 들어와 있는 명나라 자손들에게 종실의 여자들을 출가시켜라
② 임금이 인재를 찾아가 삼고초려하게 해라
③ 청나라를 공격할 군인을 뽑아 훈련시켜라
④ 일반 백성 중 선발하여 강남으로 보내 청나라 실정을 염탐하고 그 지방 호걸들과 친하게 하라

12 당시에는 이미 청나라를 공격하기 위한 군대를 뽑아 훈련 중이었다. 이는 허생의 제안과는 상관없는 것이었다. 한편 허생의 제안은 제시된 것 이외에도 선비들이 청나라의 빈공과에서 치르는 시험을 보게 하라는 것도 있었다.

정답 10 ③ 11 ④ 12 ③

13 「허생전」의 내용 중 박지원이 지닌 실학 사상의 한계가 드러났다고 할 수 없는 것은?

① 허생이 섬을 떠날 때 돈 50만 냥을 바다에 던져 버린 것
② 변부자가 정당한 이자만 받겠다며 남는 돈을 내 주자 자신을 '장사치'로 보는 거냐며 화낸 것
③ 이윤추구를 목적으로 상업하는 것을 꺼린 것
④ 10년 작정했던 공부를 7년 만에 중단하게 된 것을 아쉬워한 것

13 공부를 중단한 것은 허생이 아쉬워한 부분인 것은 맞다. 하지만 그것이 실학 사상의 한계를 보여주는 것이라고 볼 수는 없다.

14 다음 중 「허생전」의 성립에 대한 설명으로 옳은 것은?

① 박지원이 열하에서 북경으로 돌아오던 중 머물던 여관에서 일행들에게 들려준 이야기이다.
② 박지원이 단독으로 쓴 고유의 창작소설이다.
③ 박지원이 어린 시절 스승으로부터 들은 이야기이다.
④ 박지원이 중국에 갔을 때 만난 사람이 들려 준 그의 자전적 이야기이다.

14 박지원이 청나라에 갔을 때 열하에서 북경으로 돌아오던 중 '옥갑'이란 지역의 여관에서 머물며 일행들과 이야기를 주고받았는데, 그 때 박지원이 전에 '윤영'이란 사람에게 들었던 이야기를 들려준 것이다.

15 가난한 선비였던 허생이 변부자에게 빌린 돈 만 냥을 크게 불릴 수 있었던 방법은?

① 해외무역
② 매점매석
③ 고리대금
④ 땅을 사서 농사지음

15 허생은 변부자에게 빌린 돈을 가지고 안성으로 가서 제사에 필요한 과일 등을 매점매석하여 돈을 번다. 또한 제주도로 가서 말총을 매점매석하기도 한다.

정답 13 ④ 14 ① 15 ②

16 「호질」에 등장하는 인물들에 대한 설명으로 옳지 않은 것은?

① 동리자는 예쁘고 정절을 지키는 과부로 북곽선생의 유혹에도 넘어가지 않는다.

② '범'은 작가 박지원의 분신이라 할 수 있다.

③ 동리자의 아들들은 자신의 어머니와 북곽선생의 밀회를 목격하고도 북곽선생에 대해서만 부정적으로 바라본다.

④ 농부들은 똥을 뒤집어 쓴 북곽선생의 모습을 보고도 그의 실체를 깨닫지 못한다.

16 동리자는 정절을 지키는 과부로 소문났지만 사실 다섯 아들의 성이 다르다. 게다가 북곽선생과 밀회를 즐기는 표리부동한 인간으로 그려진다.

정답 16 ①

SEAT
SD

제 4 편

고전소설 작품론

| 단원 개요 |

이 단원에서는 고전소설의 전모를 파악하는 데 필수적으로 살펴봐야 하는 작품들이 언급되어 있다. 각 작품이 지닌 특징적인 면모를 살펴봄으로써 조선시대에 창작된 작품들의 경향을 구체적으로 파악하는 것은 물론이고 작품 하나하나가 갖는 문학적 가치를 이해하며 당대를 살았던 사람들의 삶과 세계 인식을 살펴보도록 한다.

| 출제 경향 및 수험 대책 |

가장 좋은 공부방법은 각 작품을 직접 읽은 후 특징을 파악하는 것이겠으나, 전편을 다 읽는 것이 어려운 작품들도 있다. 그러나 짧은 분량의 작품일 경우 가급적 작품을 본 후 공부한다면 작품을 훨씬 수월하게 이해할 수 있을 것이다. 또한 작품 개개의 특징뿐만 아니라 문학사적으로 그 작품이 갖는 의미도 확인하여 고전소설 전체의 얼개를 머릿속에 그리며 공부하는 것이 필요하다. 『금오신화』 및 「홍길동전」이 갖는 문학사적 의의, 「구운몽」의 형식적 특징, 영웅소설들에 나타난 구조적 특징, 「허생전」의 세계관, 「춘향전」과 「흥부전」의 문학적 가치 등에 대해 묻는 문제들이 출제될 수 있으므로 하나하나 분명하게 인식하고 기억해 두는 것이 필요하다.

제 1 장 전기소설

1 전기소설의 주제와 서사구조

(1) 전기소설의 개념 및 역사적 전개

① **개념**

'전기(傳奇)'란 일반적으로 '기이한 것을 전한다'는 뜻을 지닌다. 초현실성・환상성・낭만성을 특징으로 하며, 삽입시를 비롯한 다양한 문체를 포괄하고, 남녀 간의 비극적인 사랑과 지식인의 불우한 처지를 주요 소재로 삼는다.

② **역사적 전개**

전기소설은 한국 고전소설사에서 가장 먼저 등장한 양식이며 가장 오랫동안 유지된 서사 장르이다. 우리나라에 '전기'라는 서사 형태가 등장한 것은 10세기였던 신라 말 고려 초(나말여초)로 볼 수 있다. 이 당시 전기에 해당하는 작품들에는 『삼국유사』에 실린 「남백월이성」, 「조신의 꿈」, 『태평통재』에 전해지는 「최치원」, 『삼국유사』와 『대동운부군옥』에 실린 「김현감호」, 『대동운부군옥』에 실린 「수삽석남」이 있다.

이후 15세기 김시습의 『금오신화』에 이르면 '소설'로서의 면모를 갖추어 발전해 나간다.

17세기에는 장편화되고, 비현실성보다 사실성이 강조되는데 그 작품으로는 「주생전」, 「운영전」, 「최척전」 등이 있다.

19세기에 이르러 전기소설의 장르 특성이 점차 해체되어 애정소설적 면모보다 세태소설적 면모가 두드러지는데, 「포의교집」, 「절화기담」 등이 이 시기의 전기소설이라 할 수 있다.

(2) 전기소설의 일반적 특징 중요도 중

① 전기소설은 이전의 지괴소설과 달리 창작의 소산이다.

② 현실적인 생활 문제나 인간 사회의 여러 문제를 다루고, 인물의 성격 및 행동 묘사가 치밀하여 당시 현실을 풍자하고 권선하려는 노력을 보여준다.

③ 작가층이 주로 남성 지식인이다. 따라서 문체는 화려한 문어체의 한문 문체이다. 작가는 고도로 세련된 문체로 자신의 문학적 역량을 발휘한다.

④ 단순한 사건 나열이 아니라 인물의 활동에 서술의 초점을 맞추어 이야기를 진행시킴으로써 주인공의 행위를 작가와 유기적으로 연결하고 이를 통해 작가 자신의 생각을 효과적으로 표현한다.

⑤ 주인공의 내면의식을 그린다. 전기소설에 등장하는 시・사(詞)・편지는 인물의 내면을 상대방에게 드러내는 역할을 담당한다.

⑥ 봉건 사회 속 사대부 혹은 귀족 계층의 인물을 주인공으로 하며 그를 둘러싼 사회 현실을 반영한다.

(3) 전기소설의 주제

전기소설은 상당수의 작품이 애정전기소설로 불릴 정도로 초현실적 애정 서사를 주요하게 다룬다. 따라서 전기소설은 기본적으로 **현실을 초월한 남녀의 사랑**을 주제로 삼는 경우가 대부분이다.

또한 고독하고 감성적이며 다소 유약한 모습을 지닌 남성 주인공이 주로 등장하는 것을 토대로 세계와 화합하지 못하는 인물과 폐쇄적인 세계상을 주제로 볼 수 있으며, 현실적 질곡을 낭만적으로 극복하려는 열망과 비현실적 갈등 귀결 등을 주제로 볼 수도 있다.

(4) 전기소설의 서사구조

① 주인공의 일생 중 한 시기에 집중

영웅소설이나 가문소설 등 대부분의 소설에서는 주인공의 일생 전체를 그리는 경향이 있다. 그러나 전기소설은 청년기에 만난 주인공 남녀의 결연에 서사가 집중된다.

② 기이한 애정 결연

전기소설의 남녀 등장인물은 시 혹은 대화를 통해 마음의 교감을 한 후 육체의 결합으로 이어진다. 산 사람과 죽은 사람, 혹은 신분의 차이 등의 시련을 극복하고 이루어진 이들 간의 결연은 독점적, 절대적이다. 하지만 일시적·비극적이다. 이는 작가의 고독과 그에 따른 심리와 감정을 보여주는 것이라 할 수 있다.

③ 외부 장애로 인한 비극적 결말

전기소설의 인물들은 대부분 비극적인 결말을 맞이한다. 또한 이러한 비극적 결말의 원인은 등장인물의 내적인 문제가 아니라 전쟁, 죽음과 같은 외부에서 주어지는 것이다. 이는 현실 세계를 부정하며 초월하고자 하는 작가의 심리가 반영된 것으로 볼 수 있다.

2 주요 작품 : 『금오신화』, 『기재기이』, 「심생전」

(1) 『금오신화』 중요도 상

① 저자

조선 초 생육신의 한 사람이었던 매월당 김시습

② 창작 연대

1465~1470년에 저자가 경주 남산의 한 자락인 금오산에 머무는 동안 지은 것으로 추정된다.

③ 출간

김시습은 『금오신화』를 지은 후 세상에 발표하지 않고 간직해 두기만 했다고 한다. 이후에 필사본으로 전승되었는데 임진왜란 때 일본군에 의해 일본으로 넘어가게 되었다. 그 후 일본에서 1658년과 1884년에 방각본으로 출간된다. 우리나라에서는 1927년에 최남선이 일본에서 1884년에 간행된 『금오신화』를 월간지 『계명』 19호에 옮겨 실어 처음으로 소개된다.

④ 영향 관계 및 의의 중요도 중

㉠ 중국 명나라 때 구우가 쓴 단편 전기 소설집인 **『전등신화(剪燈新話)』의 영향**을 받아 쓴 것으로 보인다. 그러나 『전등신화』와 비슷한 모티프를 작품에 썼다는 이유로 『금오신화』가 『전등신화』를 단순히 모방한 아류작이라 할 수는 없다. 김시습은 『전등신화』의 모티프를 차용하여 자신이 처한 당대 현실과 경험을 바탕으로 사회 문제와 현실적 불의를 더욱 부각한 새로운 창작소설을 써 내었다고 할 수 있다.

㉡ 우리나라 소설 발달사적인 면에서 볼 때, **설화로부터 가전체문학을 거치고 『금오신화』라는 최초의 한문 단편 소설집에 이르러 소설이라는 문학양식이 확립**된 것으로 평가받는다.

㉢ 당시 산문들이 유교 이념의 강력한 통제 아래 대부분 유교 이념의 설파나 백성의 교화를 목적으로 지어졌는데 반해, 김시습은 당시의 규범화된 산문에서 탈피해 자유로운 상상과 자신이 추구하는 이상을 담은 작품을 창작하였다.

⑤ **수록작품**

기이한 일들을 다룬 소설들을 모아 놓은 **전기 소설집으로**, 현재 다음과 같은 다섯 편의 작품이 전해진다.

㉠ 「만복사저포기」

ⓐ 내용[1]

전라도 남원에 사는 총각 양생은 일찍 부모를 여의고 만복사의 한쪽 구석방에서 외로이 지내며 배필이 없음을 슬퍼하던 중 부처와 저포놀이를 하여 이긴 결과 아름다운 여자를 얻게 된다. 둘은 인연을 맺고 며칠간 열렬한 사랑을 나누다가 다음 날 다시 만날 것을 약속하고 헤어진다. 이때 여자는 양생에게 은그릇을 주며 보련사로 가는 길목에서 기다리라 한다. 양생은 약속한 장소에서 기다리다가 딸의 대상을 치르러 가는 양반집 행차를 만나는데, 은그릇을 통해 자기와 사랑을 나눈 여자가 3년 전에 왜적들로부터 정절을 지키다가 죽은 그 집 딸의 환신임을 알게 된다.

양생과 여자가 다시 만나고, 그 둘이 절에서 부모가 베푼 음식을 먹고 난 후, 여자는 저승의 명을 거역할 수 없다며 사라지고 양생은 홀로 귀가한다. 어느 날 밤 양생에게 여자의 말소리가 들리기를, 자신은 타국에 가 남자로 태어났으니 당신도 불도를 닦아 윤회를 벗어나라고 한다. 양생은 여자를 그리워하며 다시 장가들지 않고 지리산으로 들어가 약초를 캐며 지냈는데, 그가 어떻게 죽었는지는 아무도 모른다.

ⓑ 해석

- 양생은 임진왜란 때 정절을 지키다가 죽은 여자의 비극적인 삶에 대한 인식과 공감을 통해 현실 세계의 부조리를 각성하는 인물로 그려진다.
- 주인공 양생이 죽은 여자에 대한 의리를 끝까지 지킨 것, 그리고 여자가 목숨을 잃으면서까지 정조를 지키려고 했던 것은 왕위를 찬탈한 세조에게 지조를 팔지 않고 단종에 대한 충성을 버리지 않았던 작가 김시습의 정치적 삶을 반영한 것으로 해석되기도 한다.
  따라서 양생과 여자의 생사를 초월한 사랑은 부당한 세계의 횡포에 맞서고 이를 고발하고자 하는 작가 의식이 반영된 것으로 볼 수 있다.
- 작가의 불교 사상, 애정지상주의, 운명론적 인생관이 드러난다.

불교 사상	• 공간적 배경을 남원의 만복사라는 절로 설정했다. • 부처가 양생의 소원을 들어줌으로써 양생과 여자의 만남이 이루어진다. • 여자는 환생한 것이며 전생은 명문 집안 규수였다는 등 윤회 사상이 엿보인다.
애정지상주의	양생과 여자의 사랑은 생사를 초월한다.
운명론적 인생관	양생과 여자는 생과 사의 법칙에 따라 결국 영원히 이별하게 된다.

1) 권영민, 「만복사저포기」, 네이버 지식백과, 고전문학사전

ⓒ 특징

- 명혼소설(사람과 귀신의 만남을 다룬 소설)이다.
- 시 · 사(詞) · 제문 등 다양한 문체들이 삽입되어 있다. 특히 서정시가 많이 들어 있다. 전기소설에서 삽입시는 등장인물의 정서를 표현하고, 앞으로 일어날 일을 암시하는 데 쓰이기도 한다. 그러나 「만복사저포기」의 삽입시는 서사와 긴밀하게 조응하기보다 수사적인 면만이 강하게 드러나는 경우가 많은 편이다.

ⓛ 「이생규장전」

ⓐ 내용[2)]

송도에 사는 총각 이생이 학당에 다니다가 양반집 딸인 최씨녀를 알게 되어 밤마다 만나 밀애를 계속한다. 아들의 행실을 눈치 챈 이생의 부모가 이생을 울산의 농장으로 보내버리자 둘은 서로 만나지 못해 애태우다가 최씨녀의 굳은 의지와 노력으로 양가 부모의 허락 아래 혼인을 한다. 이생이 과거에 급제함으로써 행복이 절정에 달하나 홍건적의 난으로 양가 가족이 모두 죽고 이생만 살아남아 슬픔에 잠겨있는데 최씨녀가 나타난다. 이생은 그가 이미 죽은 여자인 줄 알면서도 열렬히 사랑하는 나머지 의심하지 않고 반갑게 맞아 3년간 행복하게 산다. 어느 날 최씨녀는 이승의 인연이 끝났다며 사라지고 이생은 최씨녀의 유골을 찾아 묻어준 뒤 그녀를 매일같이 그리워하다가 병을 얻어 죽는다.

ⓑ 해석

- 이생과 최씨녀의 세 번에 걸친 만남과 이별이 구조적으로 변주되는데, 그중 두 번의 만남과 이별은 현실 세계에서 이루어지고, 마지막 만남과 이별은 초현실 세계에서 이루어진다. 이처럼 현실계와 초현실계를 넘나드는 만남과 이별의 구조는 이생과 최씨녀의 지극한 사랑과 절의라는 주제를 형상화한다.
- 이 작품을 내면소설(남녀 주인공의 정서와 심리 같은 내면을 표현하는 데 치중한 소설)로 보는 시각도 있다. 이에 따르면 「이생규장전」에 나오는 여성 주인공의 내면은 정절과 정념에 대한 갈등, 애정 욕망을 지향하는 의식으로 가득 차 있고, 남성 주인공의 내면은 의심과 즐거움, 두려움과 기쁨을 드러낸다.
- 이생과 최씨녀가 현실 세계와 초현실 세계를 넘나들며 사랑을 펼친다는 점에서는 환상적이고 낭만적인 속성을 지니고, 이 사랑이 결국 이루어지지 않는다는 점에서는 비극성을 띤다.
- 최씨녀와 이생의 관계를 당대에 김시습이 경험한 역사적 사실과 관련지어 세조의 왕위 찬탈 및 단종에 대한 절의를 우의적으로 나타낸 작품이라고 보기도 한다.
- 이 작품은 홍건적의 난을 기점으로 전반부와 후반부로 나누어진다. 후반부의 이야기는 비현실적이고 비극적이지만 사랑에 대한 강한 의지를 보여준다.

2) 권영민, 「이생규장전」, 네이버 지식백과, 고전문학사전

구성	중심내용	인물의 심리	갈등 구조
전반부 (현실적)	이생과 최씨녀의 만남과 사랑	행복	행복한 발단
	이생 부모의 반대로 인한 이별	불행	1차 시련
	부모의 반대를 극복하고 이룬 혼인	행복	시련 해소
	홍건적의 난으로 인한 최씨녀의 죽음	불행	2차 시련
후반부 (비현실적)	이생과 죽은 최씨녀의 재회	행복	시련 해소
	영원한 이별과 이생의 죽음	불행	3차 시련과 비극적 결말

- 이생과 최씨녀는 부모에 의해 남녀 간의 만남이 이루어지는 엄격한 유교 사회에서 자신들의 감정을 중시하여 사랑을 나눈다. 유교적 관습에서 벗어난 이생과 최씨녀의 사랑은 작가의 진보적 애정관이 반영된 것이라고 할 수 있다.
- 유・불・도 사상이 드러난다.

유교 사상	• 이생은 국학에 다니는 유생으로 설정되어 있다. • 이생은 부모 몰래 연애를 하는 것에 대해 불안함을 느낀다. • 최씨녀는 도적으로부터 겁탈당할 지경에 이르자 정절을 지키기 위해 죽음을 마다하지 않는다. • 최씨녀는 재물을 팔아 부모 유골을 합장하고 제사를 지낸다.
불교 사상	결국 이생과 최씨녀는 각자가 속해 있는 세계가 다르다는 것에 순응하여 이별을 받아들인다. 이것은 불교적 무상관을 보여준다.
도교 사상	최씨녀의 원혼이 사람의 모습으로 나타나 이생과 재결합하는 것은 죽음을 초월하고자 하는 도교적 숙명론에 따른 것이다.

ⓒ 특징

- 다섯 편의 작품 중 가장 서사성이 뛰어난 것으로 평가된다.
- 애정전기소설의 전형을 보여 주는 작품으로 평가된다. 애정전기소설의 남녀 주인공이 갖는 특징은 다음과 같은데, 「이생규장전」의 남녀 주인공은 이러한 특징을 모두 갖추었다.

남주인공	• 대부분 한미한 가문의 서생이지만 시문에 뛰어나다. • 고독감, 내면성, 소심한 면모와 나약한 인간상, 강한 문예 취향을 지닌다.
여주인공	• 대다수 상층 귀족이다. • 남주인공의 시문 능력을 인정한다.

- 삽입된 시는 다음과 같은 기능을 한다.

서사적 기능	• 이전 사건의 압축적 제시 • 앞으로 일어날 사건 암시 • 사건 전개의 단조로움에서 벗어남
정서적 기능	• 인물 정서의 효과적 전달 • 정서적 여운 형성 • 낭만적 분위기 형성

더 알아두기

「이생규장전」과 「만복사저포기」의 공통점

주제	삶과 죽음을 넘어선 애절한 사랑
인물	• 주인공이 재자가인(재주 있는 남자와 아름다운 여자)의 인물형임 • 귀신과 진실한 사랑을 나누는 남성 주인공이 등장함
결말	이승의 사람과 저승의 영혼이 사랑을 나누는 것은 하늘의 질서에 어긋나므로, 결국 영원한 이별이라는 비극적 결말에 이르게 됨

㉢ 「취유부벽정기」

ⓐ 내용[3)]

개성상인 홍생(洪生)이 달밤에 술에 취해 대동강 부벽루에 올라가 고국의 흥망을 탄식하는 시를 지어 읊다가 아름다운 처녀를 만난다. 홍생은 처녀와 시로써 화답하며 즐기다가 신분을 물으니, 자신은 위만에게 나라를 빼앗긴 기자의 딸로서 천상계에 올라가 선녀가 되었는데 달이 밝자 고국 생각이 나서 내려왔다고 한다. 이어 시를 주고받으며 즐기다가, 기씨녀는 천명을 어길 수 없다며 사라지고 홍생은 귀가하여 기씨녀를 그리워하다가 병이 든다. 어느 날 홍생은 꿈을 꾸었는데 기씨녀의 추천으로 상제로부터 선계의 벼슬을 받게 되었다는 내용이었다. 홍생은 일어나 목욕재계하고 조용히 숨을 거두었는데 그 얼굴이 마치 산 사람과 같았다.

ⓑ 해석

• 작품 속 기씨녀가 언급한 위만의 기자조선 찬탈을 계유정난의 우의적 표현이라 보기도 하는데 이러한 입장에 따르면 결말에 홍생이 스스로 죽은 것은 단종에 대한 절의 또는 세조에 대한 저항으로 본다.
• 고조선과 고구려에 대한 홍생의 의식에 초점을 맞추어 해석하는 경우 주체적인 역사의식과 민족의식을 표현한 작품으로 보기도 한다. 이러한 관점에 따르면 작가는 민족사의 정통성을 '단군왕검 → 기자조선 → 고구려 → 고려'로 이어지는 역사에서 찾고자 한 것으로 볼 수 있다. 즉 세조의 왕위 찬탈에 대한 불만이 조선왕조에 대한 불만으로까지 이어진 것이라 할 수 있다.
• 도가 사상에 입각해 작품이 현실 초월 의지를 지향하는 것으로 보는 입장도 있다. 이러한 관점에서는 결말의 죽음이 현실에 달관한 자의 초연한 죽음이라 본다.
• 홍생이 상인의 모습을 하고 있다는 데 주목해 홍생을 고려의 유민인 개성상인으로 파악하고, 고구려나 고조선에 대한 홍생의 회고를 왕조 교체에 따른 고려 유민의 한과 비애의 정서를 표현한 것으로 보기도 한다.

ⓒ 특징

• 명혼소설이지만 살아 있는 남성과 죽은 여성의 만남에서 육체적인 관계가 배제되어 있다는 점에서 다른 명혼소설과 다르다.
• 선녀와의 만남이 마치 한바탕 꿈을 꾼 듯 처리되었다는 점에서 몽유소설의 성격을 지닌다.

3) 권영민, 「취유부벽정기」, 네이버 지식백과, 고전문학사전

• 홍생과 기씨녀 사이에 정신적 사랑이 이루어졌다는 점에서 애정소설이기도 하다.
• 다른 작품에 비해 도교적 색채가 짙다.

㉣ 「남염부주지」

ⓐ 내용[4]

경주에 사는 박생은 유학으로 대성하겠다는 포부를 지니고 열심히 공부했으나 과거에 실패하여 불쾌함을 이기지 못했다. 그러나 뜻이 높고 강직하며 인품이 훌륭해 주위로부터 칭송을 받는다. 귀신・무당・불교 등의 이단에 빠지지 않기 위해 유교 경전을 읽기도 하고, 세상 이치는 하나뿐이라는 내용의 철학 논문인 「일리론(一理論)」을 쓰기도 하여 뜻을 더욱 확고하게 다진다.

어느 날 꿈에 저승사자에게 인도되어 염부주(炎浮洲)라는 별세계에 이르러 염왕(閻王)과 사상적인 담론을 벌인다. 유교・불교・미신・우주・정치 등 다방면에 걸친 문답을 통해 염왕과의 의견일치에 이름으로써 자신이 가진 지식의 내용이 타당한 것임을 재확인한 것이다. 염왕은 박생의 참된 지식을 칭찬하고 그 능력을 인정하여 왕위를 물려주겠다는 뜻의 글인 선위문을 내려주고는 세상에 잠시 다녀오라고 한다. 꿈을 깬 박생은 가사를 정리하고 지내다가 얼마 뒤 병이 들었는데, 의원과 무당을 물리치고 조용히 죽었다.

ⓑ 해석

• 왕은 덕망으로 나라를 다스려야 하며 백성을 나라의 주체로 여겨야 한다는 유가적 이상을 비교적 직설적으로 제시한다. 결국 계유정난이라는 당대 현실, 나아가 유교 질서가 제대로 지켜지지 않는 현실을 풍자한 것이라 할 수 있다. 폭력으로 백성을 위협하거나 덕망이 없이 권력으로 왕위에 오르는 것은 옳지 않다고 세조를 비판하는 것이다.
• 특정 정치현실이 아니라 이론과 실제, 현실 세계와 이계의 관계를 역설적으로 풀어내는 작품으로 보기도 한다.
• 당시의 신학문이라 할 수 있는 유학을 토대로 했을 때 논리나 이념만으로는 설명할 수 없었던 원혼과 이계, 즉 저승 세계 이야기를 합리적으로 해석하고자 한 시도로 보기도 한다.
• 작품 속에 나오는 남염부주는 인간 세계에서 부모나 임금을 죽인 대역죄인이나 간사하고 흉악한 사람이 고통을 당하는 곳이다. 이러한 공간을 설정한 것은 인과응보, 사필귀정의 작가 의식을 반영한 것이다. 또한 작가가 처한 현실을 조금이나마 위로받기 위한 것이라 볼 수도 있다. 이런 점에서 주인공 박생은 작가 김시습이 투영된 존재이다.

ⓒ 특징

• 꿈속에서 염부주라는 이계를 체험하고 꿈에서 깨는 몽유구조를 지니고 있다.
• 다른 작품들과 달리 남주인공만 등장하며 삽입시도 없다.
• 염왕과의 문답식 토론이 중심을 이룬다는 점에서 사상소설로 불리기도 한다.

㉤ 「용궁부연록」

ⓐ 내용[5]

글에 능하여 그 재주가 조정에까지 알려진 한생(韓生)이 어느 날 꿈속에서 용궁에 초대되어 갔다. 용왕의 청을 받고 새로 지은 누각의 상량문을 지어주었더니, 용왕은 그 재주를 크게

4) 권영민, 「남염부주지」, 네이버 지식백과, 고전문학사전
5) 한국학중앙연구원, 「용궁부연록」, 한국민족문화대백과사전

칭찬하고 잔치를 베풀어 대접하였다. 잔치가 끝난 뒤 용왕의 호의로 한생은 세상에서 볼 수 없는 진귀한 물건들을 골고루 구경하였다. 하직할 때 용왕은 구슬과 비단을 선물로 주었다. 꿈에서 깬 한생은 이 세상의 명리를 구하지 않고 명산으로 들어가 자취를 감추었다.

ⓑ 해석

• 김시습의 어린 시절 체험과 관련지어 볼 때 용왕은 세종대왕이고, 용녀는 문종과 단종을 비유한 것이라고 볼 수 있다. 또한 용왕이 한생에게 노자로 준 빙초는 세종대왕이 김시습에게 상으로 준 비단이라고 할 수 있다. 이는 김시습이 어린 시절을 회고하며 쓴 자서전적 작품이라 보는 입장이다. 이러한 입장에 따르면 작가가 주인공 한생을 통해 그의 시적 재능을 자랑함으로써 왕에게 인정받고 싶은 마음을 그린 것으로, 그의 무의식적 자부심이 드러난 것으로 본다.

• 한편 용왕을 세종이 아니라 세조로 보는 입장도 있다. 이러한 입장에 따르면 주인공이 세조의 원각사 낙성회에는 참여했으나 궁궐의 부름에는 가지 않았던 자신의 의식과 태도를 함축적으로 드러낸 작품이라 본다. 이러한 관점에서는 작품에서 주인공이 용궁에 다녀온 뒤 현실을 등진 것은 용궁에서 다시 부르는 것을 차단한 것이거나 용왕의 강력한 패도정치를 확인함으로써 이러한 세계(용궁)에서는 스스로가 어떠한 역할도 할 수 없는 무기력하고 나약한 존재라는 사실을 인식했기 때문이라고 본다.

조원루	더 이상 오를 수 없음	➡	한생에게 용궁은 할 수 있는 것보다 할 수 없는 것이 더 많은 공간임
북	쳐 볼 수 없음		
풀무 같은 물건	풀무질해 볼 수 없음		
먼지떨이같이 생긴 물건	물을 뿌려 볼 수 없음		

• 「용궁부연록」에는 한생이 용궁에 갈 때 탄 하늘을 나는 말인 총마, 용왕, 용궁 등의 비현실적인 요소가 다양하게 나타난다. 이러한 전기적 요소는 현실적으로 실현되기 어려운 인간의 욕구를 비현실적 시간과 공간에서 해결할 수밖에 없는, 전근대적 사회의 한계를 극복하는 하나의 방법이 된다.

• 한생은 글에 능하여 조정에 이름이 알려져 문사로 평판이 자자했다. 한생이 용왕의 부름을 받는 소실 속 실정을 통해, 글솜씨가 좋으면 권위를 지닌 내상에세서 부름을 받는 것, 곧 작가 김시습이 뛰어난 글재주로 임금의 부름을 받은 것을 당연한 일이라 생각하고 있음을 알 수 있다. 또한 한생이 용궁에 초대되어 자신의 재주를 뽐내고 그 재주 덕에 용왕과 같은 자리에서 술을 마시고 춤과 노래를 구경할 기회를 얻게 된 것은 사회적 신분이 아니라 글을 잘 쓰는 능력이 중요함을 강조한 것이라 할 수 있다.

ⓒ 특징

• 용궁 속 어족들이 의인화되어 있다는 점에서 가전체의 전통을 잇는 작품이라 할 수 있고, 용궁이라는 이계 체험이 마치 꿈을 꾼 듯 처리되었다는 점에서는 몽유소설의 성격을 띤다.

• 어릴 적 탁월한 글재주로 궁궐에 초대되어 세종대왕의 칭찬을 받았던 **작가의 경험과 밀접한 관련**이 있다.

⑥ **다섯 단편의 공통적 특징** 중요도 중

㉠ 등장인물들이 인간 세계와 초현실 세계를 서로 오가는 것으로 설정되어 있다는 점에서 『금오신화』의 다섯 단편들은 **초현실적인 내용**을 담고 있다. 『금오신화』 속 인물들은 직접 천상계 혹은 저승으로 가기도 하고 용궁의 신 혹은 죽은 여인의 환신과 만나기도 한다. 또한 이러한 만남은 액자소설처럼 내부 이야기와 외부 이야기로 구분되어 전개되는 게 아니라 자유롭게 섞이는 방식이다.

㉡ 낭만적 환상이나 꿈을 통해 현실적 요구와 사회적 이상을 성취하는 주인공들의 모습은 작가의 생애와 밀접하게 관련되며 작가의 의식과 소망이 투영된 인물들로 볼 수 있다.

㉢ 대부분의 고전소설이 행복한 결말로 끝나는 것과 달리 『금오신화』의 소설 속 주인공들은 세상을 등지는 것으로 끝을 맺는다. 이것은 패배라기보다는 그릇된 세계의 질서를 받아들이지 않으려는 작가의 결단의 반영이라 볼 수 있다.

㉣ 유가적 선비가 불교적 인연관이 투영된 만남을 통해 결국 죽거나 어디에서 일생을 마쳤는지 아무도 모르는 도가적 모습으로 귀결된다는 점에서 **유・불・도 3교에 두루 통했던 작가의 사상**이 반영된 것으로 볼 수 있다.

㉤ 「남염부주지」를 제외하고는 모두 **시가 삽입**되어 있다. 이를 통해 인물의 심리가 섬세하게 묘사되고 서정적인 분위기를 나타낸다. 이처럼 시가 대량으로 삽입된 것은 조선 전기 문학에서 산문보다는 시가 주도권을 잡고 있는 현실을 반영한다.

(2) 『기재기이』 중요도 하

① **저자 및 창작 연대**

신광한(1484~1555)이 자신의 경험을 토대로 1553년 창작한 한문 단편 소설집이다.

② **명칭**

『기재기』로 불리기도 한다.

③ **출간**

『금오신화』가 처음 간행된 것은 1653년 일본에서인데, 이보다 훨씬 더 이른 시기인 1553년에 소설집 단행본으로 간행되었다.

④ **수록작품**

작품	내용
「안빙몽유록」	저자는 말년에 독서당을 짓고 여러 가지 수목과 화초를 심고 즐겼는데 이때의 화원을 배경으로 삼아 **꽃을 의인화한 작품**이다.
「서재야회록」	저자가 여주에서 여러 해 동안 두문불출하며 책만 읽었던 경험을 토대로 서재에서 사용하는 문방사우를 의인화한 작품이다.
「최생우진기」	저자가 삼척부사로 머물 때 삼척의 두타동천을 자주 찾았는데, 이 작품은 두타동천의 무릉계곡을 배경으로 주인공 최생의 신선 체험을 다룬 이야기이다.
「하생기우록」	고려를 배경으로 하는 하생이란 사람의 기이한 체험 이야기이다.

⑤ **특징**

문제의식의 부족, 일회적인 비현실계와의 교섭, 약한 서사적 긴장감과 강한 교술성으로 인해 문학성은 『금오신화』에 비해 부족한 것으로 여겨진다.

(3) 「심생전」

① 저자

조선 정조의 문체반정 당시 심하게 문책당한 인물 중 한 명인 이옥(1760~1815)이다.

② 내용

사대부 집안 출신인 심생이 어느 날 길에서 계집종에게 업혀 가는 한 중인(中人) 신분의 여인을 본다. 여인을 뒤따르던 심생은 여인과 눈빛을 교환하고 사랑에 빠진다.

심생은 마음을 주체할 수 없어 해가 지기를 기다린 뒤 여인의 집 담을 넘어 여인의 방 뒷문 아래 숨는다. 이후 여인을 관찰하다 아침이 되면 집으로 돌아간다. 이를 20일 동안 계속하던 중 여인을 잠시 품을 수 있었으나 뜻을 이루지는 못한다. 다시 10일이 지나자 여인이 비로소 심생을 자신의 방으로 들이고, 자신의 부모에게도 심생을 낭군으로 섬기겠다고 말한다.

그 뒤 심생과 여인은 매일 밤 사랑을 나누는데, 이를 눈치 챈 심생의 부모는 심생을 북한산에 있는 절로 공부하라며 보내 버린다.

심생은 산에 온 지 한 달쯤 되었을 때, 여인이 보낸 유서를 받는다. 그녀는 심생을 그리워하다가 끝내 병이 들어 죽고 만 것이다. 심생은 글공부를 그만 두고 무과에 응시하여 금오랑(金烏郎)의 지위에 올랐으나, 일찍 죽고 만다.

③ 특징

㉠ 「최치원」, 『금오신화』, 「운영전」 등 애정전기소설의 전통을 계승하여 비극적 정조를 잘 구현한 작품이다.

㉡ 신분 갈등에서 비롯된 비극적 애정문제를 다루고 있으며, 여인의 비극적인 죽음을 통해 봉건적·신분적 관계의 비인간적인 폭력성을 비판하고 있다.

㉢ 「심생전」의 서술자는 사평(史評)에서 이 이야기를 12세 때에 시골 학당에서 선생으로부터 들었는데, 선생은 심생과 동창으로 심생이 절에서 여인의 편지를 받았을 때에 함께 있었다고 한다. 이런 말을 통해 저자 이옥은 연암 박지원이 그랬던 것처럼 이 작품의 내용으로 인해 자신에게 가해질 수 있는 비난을 회피하고 있는 것으로 볼 수 있다. 또한 실제 인물의 이야기라는 점에서 이 소설은 '전'에 속한다고 볼 수도 있다. 사건의 결말이 비극적인 것 역시 사실에 입각해서 기록해야 하는 전(傳)의 장르적 성격 때문이다.

㉣ 이옥은 심생의 적극성을 배우라는 교훈을 내세워 마무리를 한다. 이는 「심생전」의 전개로 인해 양반 지배층으로부터 받을 수 있는 비난을 피하기 위해서라고 여겨진다.

㉤ 여인이 마지막에 심생에게 보낸 편지에서 여인은 세 가지 한을 말한다. 그 한이란 부모를 모시지 못하는 것, 며느리로서의 삶을 살지 못하는 것, 남편에게 봉사하지 못하는 것이다. 이러한 한은 당시 여성들에게 강요된 유교적 규범이라 할 수 있다. 이를 봉건적 사고에서 벗어나지 못한 당시의 한계라고 해석하는 관점도 있고, 양반인 심생을 비판하려는 의도였다고 보기도 한다.

제 2 장 몽유록, 몽자류 소설

1 몽유록의 주제와 서사구조

(1) 몽유록의 개념과 역사적 전개

① **개념**

몽유록은 꿈에 가탁해 허구화하는 수사방식으로, 몽유구조를 근본적 제재로 삼아 작가가 전달하고자 하는 우의를 구현한 이야기이다.

② **역사적 전개**

꿈을 바탕으로 한 작품으로는 『삼국유사』에 실린 「조신」을 꼽을 수 있으나 본격적인 몽유록 소설은 임제의 「원생몽유록」이 지어진 16세기 중엽에서 17세기 말에 이르는 시기에 집중적으로 창작되었다. 이 시기는 지속적인 정변이 일어난 시기로 몽유록의 형식을 통해 문학적 대응을 해 나간 것이라 할 수 있다.

(2) 몽유록의 주제 중요도 하

① **주제의 위치**

몽유록 소설에서 현실 세계는 몽유 세계를 담기 위한 장치로 존재할 뿐이며 작가의 주제의식은 몽유 세계에 나타나 있다.

② **주제의 내용**

현실에서 용납되기 어려운 작가 자신의 이상이나 작가가 품고 있는 역사 및 현실의 부당성에 대한 비판이 주제를 이룬다. 예를 들어 다음과 같은 내용들을 언급할 수 있다.

작품	내용
「대관재몽유록」	현실에서 용납되기 어려운 자신의 이상 세계를 펼치고, 역대 문사들의 문장을 평가한다.
「원생몽유록」	당시 사회적으로 직접적인 비판이 어려웠던 부당한 역사적 사실인 세조의 왕위 찬탈을 몽유 세계에 가탁하여 비판한다.
「강도몽유록」	강도함락의 과정에서 보여준 관료들의 무능과 불의를 비판하고 부녀자들의 절의를 찬양하며, 전란 후 현실에 대한 비판의식을 몽유 세계에 가탁하여 나타낸다.

(3) 몽유록의 서사구조 중요도 상

① **순차적 서술구조(액자구조)**

몽유록은 '현실 → 꿈 → 현실'의 순차적 서술구조를 지니는데, 이는 환몽구조 혹은 액자구조라 할 수 있다.

액자 (꿈 이전, 발단)	입몽	액자 내부 (꿈, 전개)	각몽	액자 (꿈 이후, 종결)

② **의미구조(병렬적 대립구조)**

몽유록은 '현실-꿈', '세속-초월', '결여-충족' 등의 병렬적 의미구조를 지닌다.

③ **언표구조**

사건과 그 사건에 대한 서술자(작가)의 평가의 구조를 지닌다.

2 주요 작품 : 「원생몽유록」, 「강도몽유록」 등

(1) 「원생몽유록」 중요도 중

① 조선 중기에 임제(1549~1587)가 지은 한문 단편소설이다.

② 제작 연대는 확실하지 않으나 1568년으로 추정된다.

③ 주인공의 이름을 따 「원자허전」이라고도 한다.

④ 원자허라는 인물이 꿈에서 단종과 사육신을 만나 비분한 마음으로 흥망의 도를 토론하고 술을 마시며 시를 지어 부르다가 깨어나게 된다는 내용으로 세조의 왕위 찬탈과 인간사의 부조리함을 비판하였다.

⑤ 당시 금기된 내용을 담고 있었기에 문집에 실리지는 못하고 필사된 형태로 남게 되었다.

⑥ 국역본도 존재하는 것으로 보아 사대부뿐만 아니라 부녀자층까지 폭넓은 독자층을 확보하였다.

⑦ 김시습의 『금오신화』에 실린 몽유록을 계승한 것이지만 『금오신화』의 몽유록들이 단순한 환상과 낭만을 보여주는 것과 달리 역사적 · 사회적 비판의식을 담았다는 점에서 보다 본격적인 소설로 성격화되었다.

⑧ **이러한 과정을 거쳐 보다 높은 차원이라 할 수 있는 몽자류 소설**이 전개되기에 이르렀다.

(2) 「강도몽유록」

① 작가 · 연대 미상의 한문소설이다. 다만 병자호란을 배경으로 하므로 병자호란 이후에 나온 것으로 추정된다.

② 제목에 나온 '강도'는 '강화도'를 가리킨다.

③ 내용은 다음과 같다.[6]

병자호란의 비참한 소식이 전해지자 적멸사의 청허선사는 희생당한 사족들의 시체를 수장하려고 강화도로 들어간다. 청허선사는 초막에서 꿈을 꾸는데, 강화도 함락 때 목숨을 잃은 부인의 혼령들이 모여서 하는 대화를 엿듣게 된다. 그 부인들이 신하의 몸으로 나랏일을 그르친 부모 · 남편 · 자식 · 시부모들의 처사를 비난하고 고발하는 내용들이었다. 이를테면 첫 번째 이야기는 전란 당시 강도 방어를 총책임진 도제찰사 김류의 부인이 맡았다. 부인은 자기 남편이 공론을 살피지 않고 강도를 수비하는 중책을 아들인 김경징에게 맡겼기 때문에 일을 그르쳤다고 한탄했다. 열댓 명의 부인들이 나서서 이런 식의 이야기가 계속 이어진다. 이야기가 다 끝나자 부인들이 한꺼번에 통곡을 하는데 선사는 부인들에게 들킬까봐 몰래 빠져나오다가 잠을 깬다.

---

6) 두산백과, 「강도몽유록」, 네이버 지식백과, 두산백과 두피디아

④ 이 작품의 마지막은 여타의 몽유록과 달리 청허선사가 꿈에서 깨어 현실로 돌아온 후 느끼는 허무감이 표현되어 있지 않다.

⑤ 다른 몽유록 소설에 비해 현실비판적 성격이 강하게 표출된다.

더 알아두기

몽자류 소설과 몽유록 소설의 환몽구조 비교 중요도 중

몽자류 소설과 몽유록 소설은 환몽구조를 지닌다는 점에서 공통적이지만 다음과 같은 면에서 차이가 있다.

구분	몽자류 소설	몽유록 소설
입몽자의 인물 성격	입몽 전 현실 세계에서 개인적인 부귀영화에의 욕구로 갈등이나 불만의 상태에 있다.	입몽 전 현실 세계에 대한 개인적인 갈등이나 불만은 보이지 않는다.
몽유의 계기	입몽 전 현실 세계에서의 욕구가 몽유 세계에서 유감없이 실현됨으로써 현실 세계가 몽유의 계기가 된다.	입몽 전 몽유의 계기가 주어지지 않는다.
현실 세계와 꿈속 세계의 관련성	두 세계가 밀접한 관련을 맺는다.	두 세계가 단절되어 있다.
입몽 과정	현실과 꿈의 구분이 명확하지 않고 모호하게 입몽한다.	현실과 입몽의 세계가 분명하게 구별된다.
몽유 시한	한 인물의 일생이다.	하룻밤의 한 부분 정도의 길이로 대체로 몽유 시한이 짧다.
몽유 세계의 분량	사건 중심의 매우 복잡한 형태로 분량이 길다.	인물들의 대화나 토론 중심으로 짧은 분량이다.
몽유 세계의 허구성	완전한 허구	역사적 사실을 바탕으로 한 허구
꿈의 기능	주인공이 깨달음을 얻는 계기	현실비판의 공간
각몽 후	각몽 후 몽유자는 입몽 전의 현실과는 전혀 다른 의미를 지니는 현실을 만나 극심한 허무감을 느끼며 대오각성한다.	각몽 후 별로 놀라울 것이 없고 그것으로 소설이 끝난다.

제 3 장 영웅소설

1 영웅소설의 주제와 서사구조

(1) 영웅소설의 개념과 역사적 전개

① **개념**

영웅소설이란 일반적으로 국가의 환란을 무력으로 해결하는 영웅의 삶을 그리는 소설이다.

② **역사적 전개**

영웅소설 중 역사적 인물을 주인공으로 한 「최고운전」이 16세기에 이미 읽혔다는 기록이 있는 것으로 보아, 역사영웅소설은 16세기 무렵 이미 확립되어 있는 것으로 보인다. 16세기에 이어 17세기에는 「홍길동전」, 18세기에는 「임경업전」 같은 작품들이 창작되어 널리 읽혔다. 다만 역사영웅소설은 역사적 실존 인물을 다루기에 창작영웅소설에 비해 성격이 일정하지 않다. 주인공의 역사적 사실과 관련된 전설, 민담 등의 영향을 받게 되기 때문이다.

창작영웅소설은 18세기 중엽 양식이 확립된 것으로 보인다. 이 시기에는 「장풍운전」, 「소대성전」 등이 널리 읽힌 것으로 보인다. 그러다가 19세기에 들어 「유충렬전」, 「조웅전」 등이 방각본으로 출판되면서 영웅소설은 조선 후기에 가장 인기 있는 장르가 된다.

영웅소설은 특히 서민층이 주로 향유하였는데, 그러다 보니 전쟁의 고통과 당쟁을 일삼다 국가의 위기에 제대로 대처하지 못했던 권력층과 위정자의 무능, 이를 해결해 줄 영웅의 출현을 바라는 민중들의 소망, 민족의식 등을 주요 내용으로 담아 비극적 체험을 전달하고 현실적인 패배감을 소설을 통해 해소하고 승화시키고자 하는 의식이 담겨 있다.

(2) 영웅소설의 일반적인 특징 중요도 중

① 영웅은 비범한 능력을 지니되, 개인적 가치(애정, 효 등)보다 집단의 가치(국난 평정, 민족의 고난 해결 등)를 우선하여 실현하는 인물을 의미한다.

② 영웅소설은 내용상 권선징악적 주제, 행복한 결말, 인물의 일대기적 구성, 우연한 만남, 전형적 인물 등의 특징을 지닌다.

(3) 영웅소설의 주제

영웅소설의 주인공은 결국 지배 질서의 상층으로 편입되거나 혹은 복귀한다. 따라서 영웅소설에서 강조되는 것은 결국 지배 질서의 이념일 수밖에 없다. 특히 '충'의 개념이 강조되는데, 영웅소설에서 주인공은 '충'을 통해 특권층으로 편입되어 권력을 누리게 된다. 따라서 영웅소설에서 '충'은 도구적 성격을 지니기도 한다.

그런데 영웅소설에서 '충'은 추상적, 관념적으로만 강조되는 대신 현실비판의식이 부각되기도 한다. 예를 들어 「유충렬전」의 경우 전체 서사구조는 충신과 간신의 대립으로 볼 수 있으나 구체적인 장면에서는 유충렬 가족의 비극과 아픔을 강조함으로써 당대 충신들이 겪는 비극적인 현실을 부각시킨다. 이로써 당대 현실에 대한 비판인식이 드러나는 것이다.

이처럼 '충'이라는 유교적 지배 이념의 강조와 현실에 대한 비판은 영웅소설의 주제를 이루는 중요한 두 축이다.

(4) 영웅소설의 서사구조 중요도 상

① 영웅의 일대기 구조

영웅소설은 일반적으로 영웅의 일대기를 그린다. 우리나라의 서사문학에는 예전부터 영웅의 이야기가 있어왔다. 「주몽신화」와 같은 건국신화, 「제석본풀이」, 「바리공주」 같은 서사무가가 그러한 것들이다. 이러한 서사에 등장하는 영웅은 일정한 일생의 구조를 지닌다. 영웅소설의 주인공 역시 영웅의 일생 구조와 상당히 비슷한 일생의 구조를 지닌다. 이 둘의 구조는 다음과 같다.

우리나라 서사문학에 나타난 영웅의 일생
고귀한 혈통
↓
비정상적 출생
↓
탁월한 능력
↓
어려서 기아(棄兒)
↓
조력자의 도움
↓
자라서 위기 극복
↓
투쟁적 극복으로 승리

조선 후기 유행한 영웅소설의 일대기
상류 계층인 주인공의 가계에 관한 소개
↓
주인공의 비범한 탄생
↓
부모의 실세(失勢), 도적의 침입 등에 따른 가족 이산과 비운
↓
전직 승상, 도사 등에 의한 구원
↓
습득한 도술이나 신이한 존재의 도움으로 국가의 변란에서 공을 세움
↓
명예로운 귀환과 부귀영화

이로 보아 영웅소설은 고대 영웅신화에서부터 형성되어 온 서사적 토양 위에 형성된 것임을 알 수 있다.

② 결연담과 군담의 결합

영웅소설의 주인공은 대부분 처음에는 현실극복의지나 뚜렷하게 지향하는 가치가 없고, 오히려 세계와의 갈등을 피한다. 하지만 고난을 겪는 과정에서 조력자를 만나게 되고, 그 조력자에 의해 현실극복의지를 지니게 된다. 영웅소설의 조력자는 대부분 전직 승상과 노승이며 대개 한 작품 안에 이 두 조력자가 모두 나타난다. 전직 승상이 위기에 처한 주인공을 보살펴 주는 과정에서 승상의 딸과 주인공이 맺어지게 되고 다시 고난을 겪는 과정에서 주인공은 노승을 만나 무술 등을 전수받는다. 그 후 전쟁과 같은 국가적 변란이 일어나면 주인공은 적을 물리쳐 나라를 구하고 헤어진 가족과 재회한 뒤 부귀영화를 누린다.

대개 이와 같은 스토리를 지니고 있기에 영웅소설은 결연담과 군담이 결합된 형태이다.

③ **행복한 결말**

대부분의 영웅소설은 영웅이 나라를 구하고 능력을 인정받아 가족과 함께 부귀영화를 누린다는 행복한 결말로 끝을 맺는다.

2 영웅소설과 군담소설

영웅소설은 역사적 실존 인물을 주인공으로 하는 역사영웅소설과 허구적 인물이 주인공인 창작영웅소설로 나눌 수 있다. 영웅소설 중 보다 주류가 되는 것은 역사영웅소설보다는 창작영웅소설이다.

(1) 역사군담소설 중요도 중

① **뜻**

실제 역사적 인물이나 사건에서 소재를 취하여 영웅이나 유명한 장군의 생애와 전쟁담을 허구적으로 꾸며 놓았다.

② **작품 예**

㉠ 「최고운전」(작가 미상)

「최충전」, 「최치원전」이라고도 한다. 실존 인물인 최치원의 일생을 역사적 사실과는 상당히 거리가 먼 허구적 구성을 통하여 형상화했다. 당나라에 맞서는 최치원의 모습을 통해 우리 민족의 우월성을 드러내고, 북방민족에 의한 시달림을 정신적으로 극복하고 보상받으려 하는 의식이 바탕에 깔려 있다.

또한 「최고운전」은 강대한 것과 약소한 것의 형식적 관계와 내용적 관계가 반대로 되어 있는데, 이를 통해 명분・체면・나이・권위・신분・형식 등을 내세워 서사적 자아를 억압하는 세계의 부당한 횡포를 비판하고 고발함으로써 당대 중세적 질서의 위기를 문제 삼고 있다.

㉡ 「임진록」(작가 미상)

역사적 사실을 의도에 따라 허구화하여 이순신, 김덕령, 김응서, 사명당 등의 활약으로 왜적을 굴복시킨다는 내용이다. 「임진록」의 형성과 관련하여 다음과 같은 배경을 생각해 볼 수 있다.

시대적 배경	「임진록」의 내용
전쟁의 패배에 대한 정신적 보상	사실상 패배한 전쟁을 승리한 전쟁으로 허구화함
민중의식의 성장	• 왜적의 침략을 예언했던 사람들을 요망하다고 처벌한 집권층을 비판함 • 의병장, 승려, 기생 등이 왜적을 격퇴함
왜적에 대한 적개심과 정신적 승리	• 김응서와 강홍립이 왜적을 정벌함 • 사명당이 왜왕의 항복을 받아 냄
배명의식	• 명의 구원군이 갖가지 트집을 잡음 • 명나라 장수 이여송이 조선 산천의 혈맥을 끊다가 신령에게 혼이 남

또한 민족적 영웅에 대한 갈망이 엿보인다. 이로 인해 일제강점기에는 금서로 지정되었다.

㉢ 「임경업전」(작가 미상)

병자호란을 배경으로 원통하게 죽은 명장 임경업의 무용담이 담겨 있다. 청나라에 대한 강한 적개심과 나라가 위기에 처했는데도 개인의 사리사욕만을 일삼던 간신에 대한 분노를 바탕으로 한다. 이 작품은 역사적 사실과 다음과 같은 관계가 있다.

구분	역사적 사실	허구적 내용
비교	• 임경업이 실존 인물임 • 김자점이 임경업을 살해한 뒤에도 처형되지 않음	• 임경업이 각종 도술을 자유자재로 부리는 초현실적 영웅으로 형상화됨 • 김자점이 처형됨
의의	병자호란으로 인한 치욕을 허구적인 방식으로나마 위로받고자 한 민중의 심리가 반영되었다.	

또한 이 작품은 다음과 같은 서술상의 특징을 보여준다.

사건 전개	공간의 이동에 따라 사건이 급박하게 전개된다.
사실적 묘사	전쟁의 참상을 사실적으로 묘사하여 고통 받는 민중의 모습을 드러낸다.
편집자적 논평	서술자의 개입을 통하여 상황에 대한 판단을 제시한다.

이 작품에 그려진 민족적 영웅의 모습은 다른 영웅소설과 달리 보잘 것 없는 집안에서 태어나 영웅으로 성장하며 비극적인 죽음을 맞는 인물로 그려진다. 이처럼 억울하게 죽은 임경업을 민족적・민중적 영웅으로 묘사하여 당대 지배 계층에 대한 강한 비판의식을 드러내고 자신들을 구제해 줄 영웅의 등장을 소망하는 민중들의 의도가 반영되어 있다.

다만, 이 작품에서 임경업은 명나라를 대신해 전장에 나가기도 하며, 위기에 처하여서는 명나라로 도피하고, 또 호국의 강압으로 어쩔 수 없이 명나라를 치게 되었을 때에도 왜란 때 명나라가 조선을 도와준 은공을 잊지 않고 명나라와 내통하는 등 명나라에 대한 의리를 지키는 모습을 보인다. 반면에 호국에 대해서는 시종일관 적개심을 드러낸다. 이는 실리보다 명분을 추구했던 당시 지배 계층의 보수적인 가치관이 그대로 드러난 것으로, 이 작품의 한계라 할 수 있다.

(2) 창작군담소설 중요도 상

① 뜻

가공적 영웅이 가공적 시공에 등장하여 호쾌한 승리감, 고난극복의지를 독자들에게 보여준다.

② 작품 예

㉠ 「소대성전」(작가 미상)

소대성은 동해 용왕의 아들인데, 적강하여 명나라 때 태어났다. 소대성은 어려서 부모를 잃고 혼인 문제로 죽임을 당할 뻔 했으나 도망쳐 목숨을 건지고, 도술을 배운다. 호국이 침략했을 때 나라에 공을 세우고 높은 자리에 올라 채봉과의 인연을 성취하고 선정을 베푼다. 「소대성전」에 나타난 영웅의 일대기 구조는 다음과 같다.

영웅의 일생 구조	「소대성전」의 구조
고귀한 혈통	용왕의 아들
예사롭지 않은 출생	천상계에서 저지른 잘못 때문에 인간 세상에서 태어남
영웅의 비범한 능력 소유	도술을 부리는 등 비범한 능력을 지님
어려서 위기를 겪음	10세 무렵 부모를 잃고 유랑함
구출자를 만나 위기 극복	소대성의 비범함을 알아본 이승상의 보살핌을 받게 됨
두 번째 위기를 겪음	이승상이 죽자 왕부인 등에게 죽임을 당할 위기에 처함
위기를 극복하고 승리자가 됨	이승상 댁에서 나온 이후 무술을 연마하여 위험에 처한 황제를 구하고 대원수가 됨

이 작품은 이승상의 아내인 왕부인과 그 아들들이 보낸 자객을 도술로 물리치고 승상의 집을 나온다는 점에서 「홍길동전」과 유사한 내용이 있으나 「홍길동전」보다는 조선 후기 영웅소설들의 일반적인 공식을 따른다는 점에서 「홍길동전」 이후에 나온 작품이라고 짐작할 수 있다. 종래의 영웅・군담소설의 화소를 수용하고 변용한 것으로 보인다.

주인공 소대성은 자신을 아껴주던 이승상이 죽자 학업을 전폐하고 무기력하게 지내는 나약함을 보인다. 이러한 점은 신적인 능력으로 역경을 초월하는 다른 영웅들과는 사뭇 다른 모습으로 소대성이 지닌 인간적인 면모를 드러낸다.

이처럼 보잘 것 없어 보이는 인물이 가슴 속에 큰 뜻을 품고 있다가 영웅의 면모를 발휘한다는 설정은 지체나 처지에 따라 사람을 평가해서는 안 된다는 작가 의식이 반영된 것으로 보인다.

㉡ 「장풍운전」(작가 미상)

영웅 장풍운의 일생을 그린 작품으로 중국 송나라를 배경으로 한다. 도적에 의해 부모와 헤어지게 된 장풍운이 고난을 겪으나 결국 과거에 급제하여 외적의 침략을 받게 된 나라를 구하고 잃어버렸던 가족들을 다시 만나 잘 살게 되었다는 내용이다.

3 여성영웅소설

(1) 여성영웅소설의 개념

여성이 주인공으로 활약하여 국가적 위기나 사회적 갈등을 타개하는 이야기를 다룬 소설로, 가부장제 아래에서 삼종지도(여자가 따라야 할 세 가지 도리) 아래 억압되어 살아야만 했던 여성이 정신적으로 해방되고, 무기력한 남성을 대신해 위기를 극복하는 대리 만족적인 쾌감을 느낄 수 있도록 창작된 이야기이다.

(2) 여성영웅소설의 등장 배경 중요도 상

임진왜란과 병자호란을 겪고 난 후인 17세기에 이르면 근대의식의 성장에 따라 사회제도의 모순을 인식하고 여성의 사회진출 욕구가 싹트면서 여성들이 가정 내에서나 사회 속에서 자신의 존재가치를 새롭게 발견하기에 이른다. 이러한 상황에서 여성이 허구의 이야기 속에서나마 영웅으로 활약할 수 있는 계기가 형성됨으로써 국가와 가정의 문제를 적극적인 사고와 행동으로 해결해 나가는 여성 영웅이 주인공으로 등장하는 작품들이 지어지게 된다.

(3) 여성영웅소설의 유형

유형	특징	작품 예시
대리성취	여성이 남성을 도와 능력을 발휘함	「박씨전」, 「금방울전」
가정안착	영웅적 능력을 발휘하던 여주인공이 정체가 밝혀진 후에 가정으로 돌아감	「김희경전」
여성 영웅	영웅적 활약을 보인 남장 여주인공이 정체가 밝혀진 후에도 지위를 유지함	「홍계월전」

(4) 여성영웅소설의 대표 작품

① 「숙향전」(작가 미상)

㉠ 「요조숙향전」, 「이화정기」, 「이화정기우기」, 「이화정기적」이라고도 한다.

㉡ 내용[7]

천상의 월궁선녀와 태을성이 서로 희롱하는 죄를 짓고 각각 숙향과 이선으로 인간 세상에 내려온다. 인간 세상에서 숙향과 이선은 갖은 고난을 겪은 끝에 마침내 사랑을 성취하고 행복을 누리다가 다시 천상으로 되돌아간다.

㉢ 지상에서 이루어지는 숙향과 이선의 애정은 천상에서 이미 예정된 것이었고 숙향이 겪는 고난의 상황에서 도움을 주는 것이 사슴, 화덕진군, 마고할미 등 신이한 존재들이라는 점은 문제의 해결이 도교적이고, 관념적・초월적 힘에 의해 이루어진다는 것을 보여준다.

㉣ 기본구조는 '출생 → 성장 → 만남 → 이별 → 재회 → 완성'이라는 인물의 일대기로 전개되며 이 과정에서 영웅의 일대기 구조인 고난과 극복, 과제와 해결, 시혜와 보은의 형식이 중첩되어 전개된다.

출생	자식이 없던 김전이 어렵게 숙향을 얻음
성장과 구출	숙향의 버려짐과 구출, 모함과 신원, 투신과 용녀의 구출, 화재와 화덕진군의 구출, 방황과 마고할미에의 의탁 등
만남	이선과의 인연과 상봉
이별	이선 부모에 의한 혼사 장애
재회	이선의 과거 급제와 재회
완성	혼인 허락과 수용, 혼인 생활의 즐거움과 천상 세계로의 복귀

㉤ 「숙향전」은 동물 보은 설화, 혼사 장애 설화, 선약 탐색 설화가 반영되어 있다.

㉥ 「숙향전」과 일반적인 영웅소설을 비교하면 다음과 같다.

7) 한국학중앙연구원, 「숙향전」, 한국민족문화대백과사전

<table>
<tr><th>구분</th><th>영웅소설</th><th>여성영웅소설</th><th>「숙향전」</th></tr>
<tr><td>공통점</td><td colspan="3">영웅의 일대기 구조</td></tr>
<tr><td rowspan="3">차이점</td><td>남성 주인공</td><td colspan="2">여성 주인공</td></tr>
<tr><td colspan="2">집단적 가치를 실현하는 영웅임</td><td>집단적 가치를 실현하지 않음</td></tr>
<tr><td colspan="2">초월적 존재 및 영웅 스스로의 능력으로 문제를 해결함</td><td>초월적 존재의 도움으로 문제를 해결함</td></tr>
</table>

ⓢ 여성이 겪는 수난 상황의 해결책은 현실적인 방법이 아니라 도교적인 방법이라는 점에서 관념적·초월적 방법이다.

② **「박씨전」(작가 미상)**

㉠ 「명월부인전」, 「이시백전」, 「박씨부인전」 등 다양하게 불린다.

㉡ 내용[8)]

명나라 숭정연간 세종조(혹은 세조조)에 한양에 살고 있는 이득춘이라는 사람이 늦게 시백이라는 아들을 얻었는데, 사람됨이 총명하고 비범하였다.

어느 날, 박처사라는 사람이 찾아와 이득춘과 더불어 신기(神技)를 겨루며 놀다가 시백을 청하여 보고는 그 자리에서 자기 딸과의 혼인을 청한다. 이득춘은 박처사의 신기가 범상하지 않음을 알고 쾌히 응낙한다. 이득춘은 정해진 날짜에 시백을 데리고 금강산으로 가서 박처사의 딸 박씨와 혼인시킨다.

시백은 첫날밤에 박씨가 천하의 박색이요 추물임을 알고 실망하여 그날 이후로는 박씨를 돌보지 않는다. 가족들도 박씨의 얼굴을 보고는 모두 비웃고 욕을 한다. 이에 박씨는 시아버지에게 후원에다 피화당(避禍堂)을 지어 달라고 청하여 그곳에 홀로 거처한다.

박씨는 이득춘이 급히 입어야 할 조복을 하룻밤 사이에 짓는 재주와, 비루먹은 말을 싸게 사서 잘 길러 중국 사신에게 비싼 값에 팔아 재산을 늘리는 영특함을 보인다. 또, 박씨는 시백이 과거를 보러 갈 때 신기한 연적을 주어 그로 하여금 장원급제하도록 한다.

시집온 지 삼 년이 된 어느 날, 박씨는 시아버지에게 친정에 다녀올 것을 청하여 구름을 타고 사흘 만에 다녀온다. 이때 박처사는 딸의 액운이 다하였기에 이공의 집에 가서 도술로써 딸의 허물을 벗겨주니, 박씨는 일순간에 절세미인으로 변한다. 이에 시백을 비롯한 모든 가족들이 박씨를 사랑하게 된다.

한편 시백은 평안감사를 거쳐 병조판서에 이른 뒤, 임경업과 함께 남경에 사신으로 간다. 그곳에서 시백과 임경업은 가달의 난을 당한 명나라를 구한다. 그들은 귀국하여 시백은 우승상에, 임경업은 부원수에 봉해진다.

이 때, 호왕(胡王)이 조선을 침공하기 앞서 임경업과 시백을 죽이려고 기홍대라는 여자를 첩자로 보내 시백에게 접근하게 한다. 박씨는 이것을 알고 기홍대의 정체를 밝히고 혼을 내어 쫓아버린다. 두 장군의 암살에 실패한 호왕은 용골대 형제에게 10만 대군을 주어 조선을 치게 한다. 천기를 보고 이를 안 박씨는 시백을 통하여 왕에게 호병이 침공하였으니 방비를 하도록 청하나, 간신 김자점의 반대로 받아들여지지 않는다.

8) 한국학중앙연구원, 「박씨전」, 한국민족문화대백과사전

마침내 호병의 침공으로 사직이 위태로워지자 왕은 남한산성으로 피난하지만 결국 항복하겠다는 글을 보낸다. 많은 사람이 잡혀 죽었으나, 오직 박씨의 피화당에 모인 부녀자들만은 무사하였다. 이를 안 적장 용울대가 피화당에 침입하자 박씨는 그를 죽이고, 복수하러 온 그의 동생 용골대도 크게 혼을 내준다. 용골대는 인질들을 데리고 퇴군하다가 의주에서 임경업에게 또 한 번 대패한다. 왕은 박씨의 말을 듣지 않은 것을 후회하고 박씨를 충렬부인에 봉한다.

㉢ 특징

ⓐ 일반적으로는 여성의 인물이 추하게 설정되었을 경우 부정적인 인물로 그려지지만, 「박씨전」의 주인공인 '박씨 부인'은 소설의 전반부에서 천하의 박색으로 등장하지만 지혜롭고 능력 있는 인물로 그려진다.

ⓑ 실존 인물과 허구의 인물이 섞여 있다. 실존 인물은 이시백, 임경업, 적장인 용골대이고, 허구적 인물은 박씨 부인, 용울대, 기홍대이다.

ⓒ 전기적 요소가 두드러진다.

㉣ 창작 배경

ⓐ 민족적 적개심

1592년부터 시작된 임진왜란이 끝난 지 얼마 지나지 않아 정묘호란에 이어 1636년에는 병자호란이 발발하였다. 우리나라는 청나라에 대해 문화적 우월감을 갖고 있는 상황이었는데, 전쟁을 통해 혹독한 패배를 겪게 된 우리나라 민중들은 치욕스러운 패배를 만회해 줄 영웅이 나타나기를 기다리게 되었다. 따라서 임진왜란 이후 17세기에는 민족적 적개심에 불타올라 애국심을 고취시키기에 알맞은 주제의 소설들이 본격적으로 창작되기 시작했다. **전란의 패배감을 정신적으로나마 보상받고자 하는 심리적 욕구를 충족**시키고자 했기 때문이다.

ⓑ 비판의식의 성장

전쟁 동안 확인하게 된 무능한 권력층에 대한 비판의식이 날로 커져갔다.

ⓒ 중국 책의 유입

전쟁 중 불가피하게 중국이나 일본의 문화를 경험하게 되면서 『삼국지연의』와 같은 중국 책들이 유입되었다. 이에 따라 우리나라에도 영웅・군담소설이 싹트기 시작했다.

ⓓ 여성 의식의 대두

전쟁 중 혹은 전쟁 후 청나라로 끌려가서 혹독한 고난을 겪어야 했으나 조선에서 결국 받아들여지지 않았던 수많은 여성들이 억눌렸던 감정을 해소하고 능력을 발휘하고자 하는 경향이 두드러졌다.

(5) 여성영웅소설의 문학사적 의의 중요도 중

① 여성 영웅의 활약과 남편에 대한 도전의식, 남녀 주인공의 결연담을 통해 조선 중기 여성 독자의 기대와 흥미에 부합함으로써 여성독자의 관심을 충족시켰다.

② 일시적이고 불완전하게나마 여성의 사회적 진출과 신분 상승의 의지를 심어줌으로써 근대적 여성관 확립에 영향을 주었다.

③ 고전소설에서 보조적인 인물로만 그려지던 여성을 주인공으로 설정함으로써 소재적 영역을 확대했다.

4 주요 작품 : 「홍길동전」, 「조웅전」, 「유충렬전」

(1) 허균, 「홍길동전」

① 내용

홍길동은 서자라는 이유로 천대를 받는 것을 서러워하던 중 홍판서의 첩 초란이 자신을 해치려 하자 집을 떠난다. 출가한 홍길동은 도적의 무리를 만나 그들의 우두머리가 되고, 무리의 이름을 '활빈당'이라 짓는다. 홍길동이 전국을 돌아다니며 탐관오리를 벌하고 가난한 백성을 구제하자, 임금은 홍길동을 잡아들일 것을 명령한다. 홍길동을 잡는 데 실패한 임금이 홍길동의 요청에 따라 그를 병조판서로 임명하자 홍길동은 활빈당 무리를 이끌고 조선을 떠난다. 조선을 떠나 율도국의 왕이 된 홍길동은 태평성대를 이룬다.

② 주요 특징 중요도 중

㉠ 16세기 후반~17세기 초로 추정되며, 국문학사상 **최초의 한글소설**이자 영웅소설이다.

㉡ 현전하는 작품의 이본이 90여 종이다. 이러한 이본들이 모두 19세기 이후에 나온 것이어서 원래 허균이 지은 「홍길동전」과 어느 정도 같은 내용인지에 대해 논란이 있다.

㉢ 영웅적 인물 제시, 전기성을 바탕으로 한 사건 전개 등에서 고전소설의 전형적인 형태를 보여주는 한편, 적서차별에 대한 비판과 탐관오리 고발 등의 사실적 · 현실적인 주제를 제시함으로써 고전소설의 한계를 넘어섰다.

㉣ 대부분의 고전소설과 달리 인물, 배경 등을 우리나라에 한정시켰다.

㉤ 대부분의 영웅소설과 달리 홍길동은 조력자의 도움 없이 스스로 고난을 극복한다는 점에서 독립적이며 진취적인 인물이라 할 수 있다.

㉥ 고대 신화와 서사 무가로 전승된 유형구조와 후대에 인기를 끄는 흥미 본위의 상업적 · 통속적 영웅소설을 연결해 주는 작품으로, **영웅소설의 효시**라 할 수 있다.

㉦ 한글로 표기함으로써 한문을 읽지 못하는 서민까지 독자층으로 확보했다는 점에서 진정한 국문소설의 출발점으로 평가된다.

③ 작품의 의미 분석

「홍길동전」의 내용을 크게 4가지로 나누어 각각의 의미를 살펴보면 다음과 같다.

㉠ 길동의 가출

ⓐ 관련 작품 내용

길동은 홍판서가 낮에 태몽을 꾼 후 정부인을 찾았으나 거절당하고 시비 춘섬과 관계를 가져 태어난다. 그래서 길동은 서얼로 태어나게 된다. 길동은 총명하지만 아버지 및 이복형과 정상적인 관계를 형성할 수 없었고 입신양명을 하고자 해도 미천한 말단직에 만족해야 했다. 게다가 홍판서의 또 다른 애첩인 초란(곡산 어미)은 길동을 낳은 춘섬에게 홍판서의 사랑을 빼앗길까봐 길동을 죽여버리려 한다. 이에 길동은 초란이 보낸 자객을 해치우고 집을 떠나게 된다.

ⓑ 의미 분석

홍길동이 홍판서의 무절제한 욕망과 정부인의 형식주의적인 윤리관으로 인해 적자로 태어나지 못하고 서자로 태어나게 된 것은 당시에 사회적으로 문제를 일으키는 서얼 계층이 형성되는 일면을 보여준다. 또한 길동이 살아가면서 고난을 겪게 될 것임을 암시한다.

한편 길동은 초란의 흉계로 인해 탁월한 능력과 영웅적 성격을 드러낸다. 이로 인해 집을 떠나기 전에 호부호형을 허락받는다. 이것은 홍씨 가문에서 길동이 한 인간으로 존재가치를 인정받은 것이라 할 수 있다. 다만 이것은 길동이 집을 떠날 수밖에 없는 상황에서 이루어진 일이었고, 가정 안에서만 통용되는 형식적인 인정이었다. 그래서 길동이 가출하기 직전 허락된 호부호형은 가문 안에서 자아실현을 한 것으로서의 의미는 지니지만 완전한 의미를 가지지는 않는다. 이에 길동은 가정을 포함한 사회에서 자아실현을 이루기 위해 떠나야 했다.

ⓛ 활빈당 활동

ⓐ 관련 작품 내용

집을 떠난 홍길동은 도적들의 무리에 들어가 힘을 입증하고 도적들의 우두머리(괴수)가 된다. 이후 해인사를 습격하여 재물을 탈취하는 데 성공한다. 또한 함경 감영의 탈취에도 성공한다. 홍길동은 자신들의 무리 이름을 '활빈당'이라 고치고 빈민 구제 활동에 나선다.

ⓑ 의미 분석

홍길동은 무리에 들어가 사회체제에 도전할 기틀을 마련한다. 해인사 습격을 통해 도적들에게 자신의 실력을 입증해야 했고, 함경 감영 탈취를 통해 자신의 능력이 해인사와 같은 사조직뿐만 아니라 국가권력조직에도 대항할 수 있는 것임을 드러낸다. 이후 보여주는 구제활동은 홍길동의 통치자로서의 가능성을 보여주는 활동이다. 빈민 구제는 지배층이 해야 할 기본적인 행위이기 때문이다. 이러한 가능성을 입증함으로써 길동이 이상 세계를 구현할 가능성을 보이고 있다.

ⓒ 병조판서 제수

ⓐ 관련 작품 내용

활빈당 무리가 사회의 문제로 부각되자 국가에서는 홍길동을 잡으려 하지만 여의치 않자 길동의 이복형 홍인형을 경상감사로 내려보내 길동을 잡아들이게 한다. 인형은 길동에게 자수하기를 청하고, 결국 8명의 길동이 잡혀 서울로 압송된다. 임금 앞에서 취조를 당하며 길동은 신이한 재주를 직접 드러낸다. 그러나 홍판서가 '임금을 속이는 짓'이라고 하자 모든 길동이 한 묶음의 지푸라기로 변한다. 길동은 어릴 때부터의 꿈인 '무장으로 이름을 날리겠다'는 목적을 달성하기 위해 병조판서에 제수해 주기를 요구한다. 원래 집권층은 병조판서를 제수한다고 길동을 기만하여 잡아 죽이려는 계획이었다. 그러나 임금의 마음은 길동을 만난 후 바뀌어 진실로 병조판서에 제수하고 길동을 잡는 일도 그만두게 한다. 그러나 길동은 병조판서를 제수받은 후 조선을 떠난다.

ⓑ 의미 분석

- 길동은 가정에서 혈연적 윤리관념에 대한 갈등에서는 절제하고 갈등을 피했지만 사회적 갈등에서는 치열하게 대립하는 모습을 보여준다. 그러면서도 왕은 아버지와 같이, 사회집단의 대표가 아니라 대립의 해결자 또는 자신의 능력을 인정하는 자로 인식한다. 이와 같이 왕을 아버지와 동일시하던 유교의 윤리관을 수용한 길동은 개혁적인 영웅으로서의 한계를 보여준다.
- 길동이 병조판서를 요구한 것은 입신양명을 위해서가 아니라 천대받던 서얼에서 벗어나 인간존재의 가치를 실현하고자 하는 욕구의 표출이다. 그러나 길동의 요구는 길동이 서얼이고 사회를 어지럽힌 존재라 거절당하고 만다. 이는 처음에 홍판서가 길동의 호부호형 요구를

거절했던 것과 같은 차원이다. 길동은 자신의 요구가 거절당하자 조선사회에서 서얼로서 인간존재의 가치를 실현하는 데 한계를 느낀다. 사회적 통념을 벗어나지 못하는 무능한 관리들은 길동의 절실한 요구를 인식하지 못하고 인형에게 형제의 의리를 이용해 길동을 잡으라고 요구할 뿐이다.

- 길동이 조정의 압력을 받고 있는 인형을 찾아가 스스로 잡힌 까닭은 다음 세 가지 정도로 정리해 볼 수 있다.

> - 홍판서 가문이 호부호형을 허락한 것에 대한 의리
> - 자신은 잡혀도 탈출할 수 있는 뛰어난 인물임을 보여주려는 것
> - 어명을 받고 있는 인형에 대한 배려

- 왕은 길동을 만난 후 진심으로 병조판서에 제수한다. 하지만 아버지로부터 허락받은 호부호형이 사회적 관습에 의해 부정된 것처럼 왕의 제수는 고질화된 국가조직 체계에 의해 부정될 수밖에 없는 것이었다. 결국 길동은 인간존재의 가치를 신분이 아닌 능력에 따라 결정하는 이상적 사회는 조선에서 불가능함을 인식하게 된다.
- 길동이 보여준 일련의 행동은 아버지나 왕의 권위에 도전하는 것이 아니라, 자신의 능력으로 인간존재의 가치실현을 획득하려는 모습이다. 길동은 자신의 욕구를 충족받는 대가로 아버지와 왕에게 효와 충을 다한다. 그리고 호부호형을 인정받고 집을 떠났듯이 병조판서를 제수받고 조선을 떠난다.

㉣ 율도국 건설 중요도 상

ⓐ 관련 작품 내용

홍길동은 서자의 평생 설움이었던 호부호형을 허락받지만 이는 부자간의 인륜적 차원에서 해결된 것이지 신분적 제약의 근본 모순이 해결된 것은 아니다. 또한 평생소원인 병판제수도 상징적일 뿐이지 길동의 꿈과 이상이 실현된 것은 아니다. 그래서 근본문제의 완전한 해결을 위하여 이상향이 제기되며 **이상향의 추구는 결국 율도국 건설**로 나타난다.

ⓑ 의미 분석

- 홍길동은 홍판서의 꾸중에 순응하고, 자객은 죽였으나 초란은 아버지의 애첩이어서 살려 둔 것, 왕의 능에 불을 지르지 못하게 한 것 등 인륜과 도리, 현실적 한계 상황 때문에 결국 조선을 떠나야 했다.

  이는 길동의 윤리적 갈등이자 작가 허균이 사회적 현실 속에서 겪는 갈등이다. 율도국은 이러한 윤리적 갈등의 해결을 위한 공간으로 작용한다. 그래서 율도국 부분에서는 왕과의 대결이나 새로운 왕조 건설처럼 현실적으로 불가능한 사건들이 벌어진다.
- 홍길동이 건설한 율도국은 봉건 지배 체제를 탈피한 근대적 국가는 아니었다. 하지만 율도국은 사회적 모순에 대한 적극적 비판과 저항의 결과물이라는 점에서 의미가 있다.
- 율도국을 건설함으로써 「홍길동전」은 해외 진출과 고전소설에 처음으로 등장하는 이상국을 그린 최초의 작품으로 평가된다. 더구나 이 이상향은 사회적 모순에 대한 적극적 비판과 저항의 결과물이기에 더욱 의미가 있다.

  한편 「홍길동전」에 나타난 이상향과 이후 박지원의 「허생전」에 나타난 이상향은 다음과 같은 차이가 있다.

구분	「홍길동전」	「허생전」
나라 이름	율도국	없음(무인공도)
성격	추상적 공간	가족 중심의 농경 사회
공간의 개념	현실의 세계와 단절된 곳	해외 교역이 이루어지는 곳
지향점	최종 목적지	중간 기착지

④ 「홍길동전」에 나타난 영웅소설적 면모 중요도 상

「홍길동전」은 영웅소설의 효시에 해당하는 작품으로 영웅소설이 갖는 영웅의 일대기 구조를 갖추었다.

영웅의 일생 구조	「홍길동전」의 구조
고귀한 혈통	판서의 아들로 태어남
예사롭지 않은 출생	기이한 태몽 후 시비에게서 서자로 태어남
영웅의 비범한 능력 소유	총명하고 도술에 능함
어려서 위기를 겪음	초란의 음모로 생명의 위협을 받음
구출자를 만나 위기 극복	도술로 자객을 죽이고 위기를 극복함
두 번째 위기를 겪음	활빈당을 조직하여 활동하자 나라에서 길동을 잡아들이려 함
위기를 극복하고 승리자가 됨	국가 권력을 물리치고 율도국을 건설하여 왕이 됨

다만 「홍길동전」은 일반적인 영웅소설과 달리 홍길동이 천상 세계와 관련이 없고, 위험에 처했을 때 조력자의 도움 없이 스스로 고난을 극복한다는 점에서 구별된다.

(2) 「조웅전」 중요도 하

① 작가 미상

② 창작 시기 미상

③ 다른 명칭

다른 명칭으로는 「조원수전」이 있다.

④ 내용[9]

송나라 문제 때 충신 조정인의 유복자 조웅은 아버지의 원수인 이두병이 황제 자리를 빼앗은 것에 분개하여 그를 욕하는 글을 대궐 문에 써 붙인 일로 어머니와 함께 도피의 길에 나서게 된다. 그리하여 3년 동안 숨어 다니다가 월경대사를 만나 강선암에 의탁하면서 글과 술법을 배운 뒤, 다시 철관도사를 만나 병법과 신통 묘술을 배우고 용마도 얻는다.

두 스승 사이를 오가던 중 조웅은 장진사댁 딸 장소저와 인연을 맺기도 한다. 몇 년 뒤 20살 전후의 조웅은 서번의 침입으로 위험해진 위나라를 구하니, 위왕은 부친의 친구였다. 한편 장소저는 강호자사의 위협을 피해 강선암으로 피신하고 장소저 모친은 감옥에 갇힌다. 그러나 유배 중인 태자를 구하러 계량도로 가던 조웅이 장소저 모친을 구하게 되니, 강선암에서 모두가 만나게 된다.

9) 권영민, 「조웅전」, 네이버 지식백과, 고전문학사전

강선암을 나온 조웅은 서번왕의 방해를 물리치고 태자를 구해, 온가족이 모인 가운데 위왕의 차녀와도 결혼한다. 한편 조웅의 위세를 꺾기 위해 이두병이 기병하나, 조웅이 그의 여러 장수를 격파하고 일대 삼형제까지 참하니, 이두병은 내부의 반란으로 자멸한다. 하여 이두병을 죽인 조웅은 번국 왕이 되어 부귀영화를 누리며 살게 된다.

⑤ **특징**

㉠ 영웅소설의 대표적인 작품 중 하나로 「춘향전」과 더불어 가장 널리 읽혔다.

㉡ 영웅의 일대기를 따르지만 다른 점이 몇 가지 있다.

ⓐ 기도를 드려 아들을 얻는 이야기가 없다.

ⓑ 적강 모티프가 나타나지 않는다.

ⓒ 조웅이 장소저와 혼전에 동침을 한다는 파격적인 행동이 나타난다. 혼전 동침은 보수적인 윤리의식이 자리잡고 있던 당시로서는 매우 파격적이고 이색적인 행동이라 할 수 있다.

ⓓ 서술자의 개입이 있기는 하지만 빈번하지 않고 사건을 전개하는 과정에 운문을 삽입하여 인물의 심리나 상황을 압축적으로 전달한다.

ⓔ 군담이 구체적・사실적이기보다는 추상적・설명적이라는 점에서 독특한 면모를 지닌다.

(3) 「유충렬전」

① **작가 미상**

② **창작 시기**

구체적인 창작 시기는 미상이나, 정한담을 생포하는 과정과 유충렬이 강낭자와 결연하는 과정이 중국소설 「설인귀전」과 일치하고 있다는 점에서 18세기 후반 이후에 창작된 것으로 짐작된다.

③ **다른 명칭**

「유충렬전(柳忠烈傳)」, 「유충렬전(俞忠烈傳)」

④ **특이한 점**

영웅소설의 전형적 요소를 갖춘 대표적인 영웅소설이다.

⑤ **유형**

영웅소설, **전형적인 창작군담소설**, 적강소설

⑥ **작품에 반영된 시대적 배경**

㉠ 토번과 가달의 정벌을 위한 기병 문제로 정한담은 정벌에 찬성하고 유심은 반대한다. 이것은 병자호란 때 청나라와 싸우자고 주장한 척화파와 청나라와 화친을 맺자고 주장한 주화파의 갈등 양상을 반영한 것으로 보인다.

㉡ 태후・황후・황태자가 호국에 잡혀가는 이야기가 나오는데, 이것은 병자호란 때 대군과 비빈이 청나라에 잡혀간 것을 반영한 것으로 보인다.

㉢ 도성이 함락되자 천자가 금산성으로 피신하는 내용은 병자호란 때 인조가 남한산성으로 피신한 것의 반영이라 할 수 있다.

㉣ 유충렬이 호국을 정벌하고 복수하는 것은 **병자호란 때 민중들이 당한 수모를 대리만족을 통해 보상받고자** 하는 것으로 볼 수 있다.

⑦ 주제

표면적 주제	국가에 충성하고 부모에게 효도하는 유교적 윤리관
이면적 주제	실세(失勢)한 계층의 권력 회복

⑧ 내용[10)]

명나라 영종연간에 정언주부의 벼슬을 하고 있던 유심은 늦도록 자식이 없어서 한탄하다가 남악 형산에 치성을 드리고 신이한 태몽을 꾼 뒤, 귀하게 아들을 얻어 충렬이라 이름을 짓고 키운다.

이때 조정의 신하들 중에 역심을 품은 정한담・최일귀 등이 옥관도사의 도움을 받아 정적인 유심을 모함하여 귀양 보내고, 유심의 집에 불을 놓아 충렬 모자마저 살해하려 한다.

그러나 충렬은 천우신조로 정한담의 마수에서 벗어나 많은 고난을 겪은 후 퇴임한 재상 강희주를 만나 그의 사위가 된다. 강희주는 유심을 구하려고 상소를 올렸으나 정한담의 모함을 입어 귀양을 가게 되고, 강희주의 가족은 난을 피하여 모두 흩어진다. 충렬은 강낭자와 이별하고 백룡사의 노승을 만나 무예를 배우며 때를 기다린다.

이때 남적과 북적이 반기를 들고 명나라에 쳐들어오자 정한담은 자원 출전하여 남적에게 항복하고, 남적의 선봉장이 되어 천자를 공격한다. 정한담에게 여러 번 패한 천자가 항복하려 할 즈음, 충렬이 등장하여 남적의 선봉 정문걸을 죽이고 천자를 구출한다.

충렬은 홀로 반란군을 쳐부수고 정한담을 사로잡는다. 또한 호왕에게 잡혀간 황후・태후・태자를 구출하였으며, 유배지에서 고생하던 아버지 유심과 장인 강희주를 구하여 개선한다. 이후 이별하였던 어머니와 아내를 찾고, 정한담 일파를 물리친 뒤 높은 벼슬에 올라 부귀영화를 누린다.

⑨ 「유충렬전」의 구조

㉠ 영웅소설로서의 구조 중요도 상

「유충렬전」은 영웅소설의 기본적인 서사구조를 가장 잘 나타낸 작품으로 평가받는데, 다음에 제시되는 표를 통해 확인할 수 있다.

영웅의 일생 구조	「유충렬전」의 구조
고귀한 혈통	현직 고위 관리 정언주부 유심의 아들로 태어남
예사롭지 않은 출생	부모가 산천에 기도하여 뒤늦게 얻은 아들임
영웅의 비범한 능력 소유	천상인의 하강으로 비범한 능력을 지님
어려서 위기를 겪음	간신 정한담의 박해로 죽을 고비를 겪음
구출자를 만나 위기 극복	구출자인 강희주를 만나 그의 사위가 되고 다시 도승을 만나 도술을 배움
두 번째 위기를 겪음	정한담이 외적과 함께 반란을 일으켜 나라가 위기에 처함
위기를 극복하고 승리자가 됨	위기를 극복하고 고귀한 지위에 올라 부귀를 누림

위와 같이 「유충렬전」은 영웅소설의 기본적인 서사구조에 잘 대응하는 흐름을 보여주고 있다.

㉡ 인물 간의 갈등구조

「유충렬전」은 기본적으로 충신과 간신의 대결이 갈등구조를 이루고 있다. 즉 충신인 유심과 간신인 정한담의 대결이 기본이 되는 것이다. 갈등의 구체적인 양상은 다음과 같다.

10) 한국학중앙연구원, 「유충렬전」, 한국민족문화대백과사전

ⓐ 간신인 정한담이 천자를 도모하기 위해 충렬의 부친 유심을 제거하려다가 유배를 보낸다.
ⓑ 정한담은 충렬이 천상에서 내려 온 존재임을 알고 충렬과 장부인까지 죽이려다 실패한다.
ⓒ 충렬의 가족이 모두 이별하게 된다.
ⓓ 유충렬의 구출자였던 강희주마저 정한담에 의해 유배를 떠나게 된다.
ⓔ 정한담이 천자를 배신하자 유충렬이 돌아와 정한담과 대결한다.

㉢ 대응적 서사구조

ⓐ 전후구조의 대응

「유충렬전」의 전반부에서 유충렬은 차례차례 그의 가족과 분리되면서 고난이 점차 가중된다. 부친, 모친, 장인, 장모와 부인의 순서로 가족과 분리되었으나 산에서 백룡사의 노승을 만나게 되면서 전반부의 고난과 분리의 과정은 끝난다. 이후 백룡사에서 능력을 키운 유충렬은 후반부가 되면서 역량을 발휘하여 헤어졌던 가족과 거의 헤어진 순서 그대로 재회한다.

<table>
<tr><th colspan="2">전반부 : 분리</th><th rowspan="6">백룡사에서의
수업</th><th colspan="2">후반부 : 재회</th></tr>
<tr><td colspan="2">분리 순서</td><td colspan="2">재회 순서</td></tr>
<tr><td>1</td><td>부친 유심의 유배</td><td>1</td><td>호국을 무찌른 유충렬과
유심의 상봉</td></tr>
<tr><td>2</td><td>모친 장부인이 사공에게 잡혀 가고
유충렬은 물에 던져짐</td><td>2</td><td>호국에 잡혀간 강승상을 구함</td></tr>
<tr><td>3</td><td>장인 강희주의 유배</td><td>3</td><td>장부인과 상봉</td></tr>
<tr><td>4</td><td>부인 강낭자와의 헤어짐</td><td>4</td><td>수절하던 강낭자와 상봉</td></tr>
</table>

ⓑ 유충렬과 정한담의 대립 1

유충렬의 전신은 대장성이었고 정한담의 전신은 익성이었는데, 둘이 천상계에 있을 때 다투다가 상제의 노여움을 사 세상에 적강하였다. 그러니 이들은 지상에서도 천상에서와 마찬가지로 대립하게 된다.

<table>
<tr><td>천상계</td><td>자미원 대장성</td><td>↔</td><td>익성</td></tr>
<tr><td colspan="4">↓
(적강)</td></tr>
<tr><td>지상계</td><td>유충렬</td><td>↔</td><td>정한담</td></tr>
</table>

ⓒ 유충렬과 정한담의 대립 2

<table>
<tr><td>전반부</td><td>정한담에 의한 유충렬의 일방적 고난</td></tr>
<tr><td colspan="2">↓</td></tr>
<tr><td>후반부</td><td>정한담에 대한 유충렬의 복수</td></tr>
</table>

㉣ 선과 악의 대립구조

천상 세계에서 유충렬과 정한담이 대립한 원인은 익성의 무도함 때문이었다. 따라서 지상 세계에서 유충렬은 선(善)으로, 정한담은 악(惡)으로 그려지며 선과 악의 대립구조를 만든다.

⑩ **「유충렬전」 갈등구조의 의미**

㉠ 당시 사회 체제에 대한 긍정

유충렬과 정한담의 대결은 선과 악의 대결로 그려지는데 이때 선과 악을 구분하는 기준은 사회적 통념을 따르는가 아닌가 하는 점이다. 즉 작품에서 추구되는 선은 사회나 국가 전체의 공동선이기에 그것을 파괴하려는 의지와 행위는 반사회적·반국가적인 것으로 여겨진다. 따라서 천자가 되고자 하는 정한담은 체제부정적인 악의 축에 속하고 이를 무찌르는 유충렬은 체제긍정적인 선한 존재로 그려진다. 이것은 많은 영웅소설들이 가지는 특징이기도 하다.

㉡ 이원론적 세계관

이원론적 세계관이란 현세와 내세, 경험세계와 초경험세계를 이원론적인 갈등관계로 파악하는 사고방식이다. 「유충렬전」의 유충렬이 지상에서 경험하는 갈등들은 천상계에서 이미 있었던 것들이다. 즉 지상계에서의 일들은 우연히 일어나는 게 아니라 천상계에서 있었던 일로 인해 필연적으로 발생하게 되어 있다는 운명론적 세계관을 보여준다. 이는 신성소설 계열로서의 성격이라고 볼 수 있다.

㉢ 청나라에 대한 보복의식

「유충렬전」에서 유충렬은 작품 후반부에서 호국을 정벌하는 것으로 그려진다. 이는 병자호란 때 외적에게 패배한 울분을 소설을 통해 해소하고 호국에 보복하고자 하는 의식을 반영한 것이라 할 수 있다.

㉣ 권력 획득을 통한 개인의 영달

「유충렬전」의 유충렬과 정한담의 갈등은 정치세력 간의 갈등이다. 이는 종래의 '충' 개념과는 구별되는 것으로, 유충렬이 정한담을 몰아내고 왕으로부터 인정받는 것은 권력 획득을 통해 개인의 영달을 꾀하고 주인공의 욕망을 성취한다는 점에서 의미가 있다.

제 4 장 애정소설

1 애정소설의 주제와 서사구조

(1) 애정소설의 개념 및 역사적 전개

① **개념**

주로 조선 후기에 지어진 남녀 간의 애정을 주제로 한 소설을 가리킨다.

② **역사적 전개** 중요도 하

소설은 애정문제를 기본으로 하고 그에 더해 다른 내용이 덧붙는다고 보아도 무방할 정도로 남녀 간의 사랑 문제는 원래 소설에서 빠지기 힘든 주요한 소재로 작용한다. 우리나라 소설의 본격적인 출발로 여겨지는 김시습의 『금오신화』에 실린 작품 역시 애정소설의 초기 형태를 보여준다. 이후 영웅 서사가 무너지고 중세의 집단적 사고에서 벗어나 개인의 자각이 이루어지던 조선 후기에 이르러 여러 이유로 인해 정상적인 부부가 되기 어려운 남녀가 순전히 애정 때문에 결합되고 시련을 겪는다는 내용의 소설들(애정소설)이 활발히 창작되어 애정소설은 절정에 도달했다.

대하소설로 늘어난 가문소설은 지속적인 세책이 가능한 경제적 여유가 있는 상류층에서 주로 유통된 반면 애정소설들은 하층민 중심으로 퍼져나갔다. 남녀 주인공의 애정문제를 집중적으로 다루면서 기존의 관습을 뒤집어엎는 방향으로 나아가는 내용이 하층민들의 선호에 잘 맞았기 때문이다. 게다가 19세기 들어 방각본 소설이 활발하게 출판되었는데, 방각본 출판을 위해서는 단권으로 출판할 수 있을 정도로 짧고, 영웅소설이 아니어도 독자들도 좋아할만한 다양한 종류의 이야기가 요구되었다. 애정소설은 이런 요구에 잘 부합하는 것이었다.

(2) 애정소설의 유형

애정소설은 여주인공의 신분이 양반인지 아닌지에 따라 사족형과 기녀형으로 나눠 볼 수 있고, 다시 사족형을 인물의 성격에 따라 다음과 같이 세 종류로 나누어 애정소설은 결국 4가지 유형으로 분류해 볼 수 있다.

사족형 애정소설	적강연인형	남녀 주인공 둘 다 적강한 인물	• 「숙영낭자전」 • 「숙향전」 • 「백학선전」 등	양반집 여인이 주인공으로 등장하여 비현실적·전기적으로 사건을 전개함
	신진관료형	남주인공이 척신세력의 부당한 횡포에 맞서는 인물	• 「권용선전」 • 「윤지경전」 등	
	절행가인형	부모에 의한 일방적 혼인으로 연인과 결별하게 되자 여주인공이 자기희생적인 해결방안을 모색하는 인물	• 「홍백화전」 • 「쌍미기봉」 • 「채봉감별곡」 등	
기녀형 애정소설	정절기녀형	사족 출신 남성에게 절개를 지키는 신분 낮은 여인	• 「운영전」 • 「영영전」 • 「옥단춘전」 • 「춘향전」 등	기녀나 시녀가 여주인공으로 등장하여 신분을 초월한 사랑을 보여줌

(3) 애정소설의 주제

애정소설은 남녀 주인공이 자유의지에 따른 사랑을 가로막는 현실적·중세적 질서를 극복하고 사랑을 성취하는 내용을 통해 지고지순한 사랑에 대한 무한 긍정을 주제로 한다. 그러나 소설 유형에 따라 강조하는 바의 차이가 생긴다.

유형	주제
적강연인형	죽음까지 감수하는 극한의 고초를 감내하면서 연인과의 결연을 끝까지 희구하는 남녀 간의 지고지순한 사랑 및 그러한 사랑에 대한 무한 긍정
신진관료형	절대 왕권의 강압적인 핍박 속에서도 연인과의 애정생활을 끝까지 추구하는 신진관료의 지고지순한 사랑의 의지와 그러한 사랑에 대한 무한 긍정
절행가인형	효와 애정을 두고 일어나는 내적갈등 상황에서 능동적인 대응과정을 통해 드러나는 자기희생적인 지고지순한 사랑과 그러한 사랑에 대한 무한 긍정
정절기녀형	신분적 제약을 벗어나 인간다운 삶을 희구하는 여주인공이 신분적 통념에 의한 호색탐관의 억압을 극복하고 마침내 애정을 성취해내는 과정을 통해 드러나는 순수한 인간적 정의와 인간다운 삶의 성취로 구현되는 지고지순한 사랑과 그러한 사랑에 대한 무한 긍정

(4) 애정소설의 서사구조

애정소설에 속하는 작품들은 공통적으로 애정관계에 있는 남녀 주인공들의 결연문제를 다루고 있다. 순수하게 서로에게 이끌려 혼사를 약정한 청춘남녀가 주변인의 혼사장애로 결별위기에 처하나, 위기를 극복하고 연분을 이루어 애정생활을 성취하는 과정을 그리는 것이 애정소설이라 할 수 있다. 이를 정리하면 애정소설은 다음과 같은 서사구조를 가진다.

① 청춘남녀가 만나 애정관계를 맺는다.
② 음과 양이 합하여 혼사를 약정한다.
③ 혼사장애로 결별위기에 처한다.
④ 결별위기를 극복하고 성혼한다.
⑤ 애정생활을 영위하며 복록을 누린다.

이 중 핵심은 혼사장애로 인한 고난을 극복하는 과정이다. 그런데 남녀 주인공의 성격적 특징에 따라 이들이 겪는 혼사장애와 극복 방법이 달라지고 이에 따라 구조도 달라진다.

유형	혼사 장애	구조
적강연인형	• 친자갈등 : 부모의 허락을 받지 않고 자유의지에 따라 결혼을 해서 생긴 갈등 • 늑혼갈등 : 연인을 고려하지 않은 다른 혼처 지정에 따른 갈등	주인공들의 출생부터 사후 승천까지의 일대기적 구조
신진관료형	늑혼갈등 : 왕명을 앞세워 국혼을 강권하는 척신세력과 이를 거부하고 애정혼을 고수하는 주인공 사이의 갈등	간신세력과 주인공의 대립 구조
절행가인형	친자갈등 : 의혼권을 일방적으로 행사하려는 부모와 애정혼을 이루려는 주인공 사이의 갈등	효와 애정 사이의 갈등이 내적갈등으로 이어지고 희생적인 절행을 통해 연인의 정의에 보답하기 위한 대책을 찾는 구조
정절기녀형	신분갈등 : 기녀인 여주인공에게 수청을 강요하는 호색탐관과 정절을 지키려는 주인공 사이의 갈등	기녀와 호색탐관 사이의 대립 구조

2 주요 작품 : 「주생전」, 「운영전」, 「채봉감별곡」 등

(1) 권필, 「주생전」

① 1593년에 지었다.

② 작품의 끝부분에 창작 동기를 밝혔는데, 작가가 봄에 송도에 갔다가 역관에서 이 작품의 주인공인 주생을 만나 이야기를 듣고 돌아와 서술한 것이라고 한다.

③ 한 청년 선비의 비극적인 운명을 전기형식으로 썼다.

④ **내용**[11]

중국 명나라 때 '주회'라는 청년이 전당에서 살다가 아버지를 따라 촉주로 가서 태학을 다니면서 수차 과거를 보았으나 계속 실패하였다. 과거를 포기하고 장사차 길을 떠나 강호를 유랑하다가 우연히 고향 전당에 이르러 어릴 때의 벗이었던 처녀 배도를 만나 사랑을 나누었다. 배도가 노승상 부인의 총애를 받아 그 집에 드나드는 것을 엿본 주생은 몰래 배도를 따라갔다가 승상의 딸 선화의 미모에 혹하여 연정을 품게 된다.

승상부인은 배도로부터 주생의 탁월한 학식을 듣고 주생을 아들 국영의 스승으로 청하여 주생은 배도의 집에서 국영을 가르쳤다. 그러나 선화에 대한 연정을 참지 못하여 왕래의 불편을 핑계로 승상댁에 들어가 국영을 가르치면서 선화와의 밀연에 빠졌다. 이를 알아차린 배도가 원망하자 주생은 배도의 집으로 돌아왔으나 배도에 대한 사랑은 이미 식어 있었다. 배도는 사랑을 잃고 괴로워하다가 죽고, 국영도 우연히 병사하자 주생은 의지할 곳이 없어 전당을 떠났다.

수천 리 밖에서 선화를 그리워하던 중 이웃 노인의 중매로 혼인이 성립되어 9월에 혼례를 올리기로 하였으나, 임진왜란이 일어나 종군서기로 징발되어 선화에게 알리지도 못한 채 송도까지 와서는 그리움으로 병이 나서 머무르는 신세가 된다. 주생은 선화를 잊지 못해 마음 아파하다가 송도에서 이 작품의 작가인 조선 사람에게 그동안의 사정을 이야기함으로써 이 작품이 제작될 수 있게 한다.

⑤ 당시 소설에서 흔히 보이는 비현실적인 요소가 없고 **배경이나 사건의 전개, 인물들이 모두 현실감을 지니고 있다.**

⑥ 이 작품의 의미는 다양한 관점에서 해석된다. 먼저 삼각연애를 통해 나타나는 남성의 탐욕과 이기심, 여성의 애욕과 질투심을 그린 것이라고 보는 관점이 있다. 또한 작가 자신의 운명을 주인공의 낭만적이고 불우한 생애로 바꾸어 드러낸 것이라 보기도 한다. 마지막으로는 인간의 힘으로 도저히 어쩔 수 없는 운명의 경이로움과 비극적 삶의 모습을 그린 것이라고 보는 것이다.

⑦ 이 작품은 전체적으로 우수의 분위기가 가득하다. 모든 등장인물들이 불우한 상태로 전락하고, 거대한 자연과 운명 앞에서 왜소한 인간의 모습이 드러날 뿐 아니라 슬픈 분위기의 서정시가 여러 편 삽입됨으로써 그러한 분위기를 형성한다.

(2) 「운영전」(작가 미상)

① 원래 제목은 「수성궁몽유록」이다. 「유영전」이라고도 한다.

② **내용**[12]

조선 왕조 세종의 제3자 안평대군의 수성궁은 세월이 흘러 폐허가 되었다. 유영이라는 한 선비가

11) 한국사전연구사 편집부, 「주생전」, 네이버 지식백과, 국어국문학자료사전
12) 한국학중앙연구원, 「운영전」, 한국민족문화대백과사전

춘흥을 못 이겨 그곳을 찾아가 홀로 술잔을 기울이다가 문득 잠이 들어 밤을 맞는다.

한 곳에 이르니 어떤 청년이 아름다운 여인과 속삭이다가 유영이 오는 것을 보고 반갑게 맞이한다. 여인은 곧 시비를 불러 자하주(紫霞酒)와 성찬(盛饌)을 차려오게 한다. 그 뒤 세 사람이 대좌하여 술을 마시며 노래를 부른다. 분위기가 무르익자 유영이 그들의 성명을 물으니 청년은 김진사, 여인은 안평대군의 궁녀 운영이라 한다. 유영이 안평대군 생시의 일과 김진사의 슬퍼하는 곡절을 물으니 운영이 그들의 사연을 먼저 풀어 놓는다.

안평대군은 풍류왕자로서 궁중에 아름다운 전각을 짓고 풍류 재자(才子)들을 모아 시회를 여는 한편, 운영을 비롯하여 궁녀 10명을 뽑아 가무와 서예를 가르치며 별궁에 두고 즐기게 된다. 하루는 안평대군이 운영이 지은 시를 읽고는 누군가를 그리워하는 시상이냐고 다그치며 힐문한다.

어느 날, 안평대군과 궁녀들이 시를 짓고 있는데 김진사가 찾아와 함께 어울려 시회(詩會)를 열게 된다. 그때 운영은 김진사의 재모(才貌)에 마음이 끌려 그를 사랑하게 된다. 김진사 또한 운영에게 정을 보내게 된다. 그 뒤 운영은 김진사를 몰래 사모하다가 그에 대한 연정을 시 한 수에 옮겨, 마침 김진사가 안평대군을 만나러 온 틈을 타 문틈으로 전한다. 김진사도 수성궁에 출입하는 무녀를 통하여 사랑의 답신을 보낸다. 운영과 김진사의 관계를 눈치챈 안평대군은 궁녀를 나누어 서궁으로 이주시키고 운영을 힐문하지만, 운영은 죽을 각오로 사실을 부인하고 자백하지 않는다.

이런 일이 있은 뒤 중추절에 궁녀들이 개울로 빨래를 하러 나갈 기회를 얻자, 운영은 곧장 무녀의 집으로 달려가 연락하여 다시 김진사를 만난다. 그들은 더욱 뜨거운 사랑을 나누고 궁중에서 다시 만날 것을 약속한다. 그날 밤 김진사는 높디높은 궁장(宮墻)을 넘어가서 운영을 만나 운우지락(雲雨之樂)을 이룬다. 이후로 김진사는 밤마다 궁장을 넘나들며 운영과 즐거움을 나눈다.

그러나 그해 겨울이 되자, 눈을 밟고 궁중을 오간 김진사의 발자국이 빌미가 된다. 그리하여 두 사람은 궁인들의 구설수에 오르게 된다. 마침내 안평대군에게도 의심을 사게 되어 운영은 탈출을 계획하고 김진사의 사내 종 특(特)을 통하여 그의 가보와 집기들을 모두 궁 외로 옮기게 된다. 그 뒤 그 재보는 특의 간계에 의하여 모두 빼앗기게 된다.

뒤늦게 이 사실을 안 안평대군은 대로하여 궁녀들을 불러 문초하기에 이른다. 안평대군이 운영을 하옥하자 그녀는 자책감으로 그날 밤 비단수건으로 목을 매어 자결하고 만다. 여기까지 운영이 진술하자 이 사실을 기록하고 있던 김진사가 이번에는 운영의 뒤를 이어 술회한다.

운영이 죽자 김진사는 운영이 지녔던 보물을 팔아 절에 가서 운영의 명복을 빈 다음 식음을 전폐하고 울음으로 세월을 보내다가, 운영의 뒤를 따라 자결하고 만다. 이야기가 여기까지 이르자 김진사와 운영은 슬픔을 억제하지 못한다.

이번에는 유영이 그들을 위로하여 "인세에 다시 태어나지 못함을 한하느냐?"라고 묻자 그들은 천상의 즐거움이 인세보다 더 큼을 말하고, 다만 옛날의 정회를 잊지 못하여 이곳을 찾아왔다고 말한다. 유영은 바다가 마르고 돌이 녹아도 사라지지 않을 자신들의 사랑을 세인에게 전하여 달라는 당부를 받는다.

이야기가 끝난 뒤 세 사람은 다시 술을 마신다. 유영이 술에 취해 졸다가 문득 산새소리에 놀라 깨어보니 새벽이 밝았는데, 다만 김진사와 운영의 일을 기록한 책자만이 무료히 놓여 있었다. 유영은 그것을 가지고 돌아와 상자에 감추어 두고, 그 뒤로는 침식을 전폐하고 명산대천을 두루 돌아 마친 바를 알지 못하였다고 한다.

③ 김진사와 안평대군의 궁녀인 운영의 사랑 이야기를 담은 몽유록 형식의 이야기이다. 기존 몽유록계 소설과의 차이점은 다음과 같다.

기존 몽유록계 소설	「운영전」
• 꿈과 현실이 명확하게 구별되며 대체로 현실 세계의 주인공이 꿈속의 주인공과 동일 인물이다.	• 현실 세계의 주인공은 유영, 꿈속에서는 운영과 김진사가 주인공이다. 유영은 꿈이 아니라 현실에서 운영과 김진사를 만난다. 그러나 김진사나 운영은 이미 죽은 사람들이다. 따라서 유영은 환상 체험을 한 것이라 할 수 있다. 이러한 구성 방식은 작품을 보다 현실성 있게 해 주는 것으로, 몽유록의 발전된 형식이라 할 수 있다.
• '현실 → 꿈 → 현실'의 단순한 액자구성이다.	• 유영은 현실에서 운영과 김진사를 곧바로 만나지 않는다. 술에 취해 잠이 들었다가 깨어난 다음 운영과 김진사를 만나는 것이다. 또한 그들과 헤어져 현실로 돌아올 때에도 잠이 들었다가 깨어나는 과정을 거친다.

④ 대부분의 고전소설과 달리 비극적인 결말로 끝난다.

⑤ 봉건 사회의 궁중이라는 두꺼운 장벽을 뛰어넘어 자유연애를 하는 과감한 인물들과 그들의 희생을 통해 봉건 사회의 모순을 비판하는 의미를 지닌다.

⑥ 20여 편의 절구와 율시를 통해 줄거리 전개의 실마리를 제공한다.

(3) 「채봉감별곡」(작가 미상)

① 「추풍감별곡」이라고도 한다.

② **내용**[13)]

여주인공 채봉은 평양성 밖 김진사의 딸로, 봄날 꽃구경에 나섰다가 전 선천부사의 아들 강필성을 만나 서로 호감을 갖게 된다. 필성은 채봉이 수줍어 도망하다가 떨어뜨린 손수건을 주워 연정을 담은 시를 써서 시비 추향에게 전한다. 이를 받아 본 채봉이 화답시를 보낸다. 채봉의 어머니 이 부인이 채봉을 질책하자 채봉이 사실을 고한다. 필성이 어머니를 통하여 채봉의 집에 매파를 보내자, 채봉의 아버지 김진사가 서울에 가고 없는 동안에 부인이 혼자 결정하여 약혼한다.

김진사는 세도가 허판서의 문객 김양주를 통하여 벼슬할 생각을 한다. 김양주는 김진사에게 과년한 딸이 있다는 말을 듣고, 딸을 허판서의 애첩으로 들여보내고 그 대가로 벼슬을 하도록 권한다. 김진사가 주저하던 끝에 승낙하고 허판서에게도 약속을 하고 온다. 돌아온 김진사가 부인에게 딸을 데리고 상경하자고 하니 부인은 대경실색하고, 채봉은 눈물만 흘린다. 부인과 채봉의 반대에도 불구하고 김진사는 전답과 기타 가산을 정리하여 상경한다.

김진사 일행은 도중에 화적을 만나는데, 이때 채봉은 부모에게 알리지 않고 평양으로 되돌아온다. 김진사는 화적에게 재물을 빼앗기고 허판서에게 사정을 알리지만 허판서는 대노하여 김진사를 옥에 가둔다. 부인은 할 수 없이 채봉을 찾으러 다시 평양으로 온다. 채봉은 평양에서 시비 추향의 집에 묵고 있었는데, 기생어미가 그녀에게 기생이 되기를 권하나 거절한다.

---

13) 한국학중앙연구원, 「채봉감별곡」, 한국민족문화대백과사전

채봉의 어머니는 추향의 집에서 딸을 만나 아버지가 하옥되어 있는 사실을 이야기하고 상경하자고 조른다. 채봉은 아버지를 구하기 위하여 기생으로 몸을 팔기로 작정하고 기생어미로부터 돈을 받아 어머니에게 준다.

기명을 송이라고 한 채봉은 강필성에게 화답하여 보낸 한시를 내놓고 그것을 풀이하는 사람에게 몸을 허락하겠다고 하지만 아무도 풀지를 못한다. 필성은 기생 송이가 제시하였다는 한시를 듣고 하도 신기하여 찾아갔다가 채봉을 만나고, 그 뒤 밤마다 찾아가서 사랑을 속삭인다.

한편, 평양감사 이보국이 송이의 서화가 뛰어나다는 말을 듣고 몸값을 지불하고 데려와, 곁에 두고 서신과 문서를 처리하는 일을 맡긴다. 필성은 채봉을 잃고는 채봉을 그리워하며 지내다가 감영의 이방이 되기를 자원하여 채봉을 만나고자 한다.

채봉은 별당에 거처하면서 필성을 날마다 그리워하고 있다가 어느 달 밝은 밤에 「추풍감별곡」을 지어서 부른다. 이 노래를 들은 감사가 채봉을 불러 천한 이방을 사모한다고 질책한다. 이에 채봉은 현재 이방으로 와 있는 필성과의 관계를 고백한다. 감사는 두 사람의 사랑을 가상히 여겨 필성을 불러서 상면하게 하고 감사 자신이 혼례와 관련된 일들을 주관하여 두 사람의 지난날의 인연을 성취시켜준다.

③ 「추풍감별곡」은 작품 속에서 채봉이 사랑하는 사람과 이별한 사연을 하소연하는 192행의 가사작품의 제목으로, 그 작품에 사건을 붙여 쓴 소설이 「채봉감별곡」이다. 이것은 일반적인 고전소설에서 삽입시가 등장하는 것과는 다르다고 할 수 있다. 「추풍감별곡」은 당시 인기를 끌며 유행했던 노래이다. 작가는 이러한 노래를 끼워 넣음으로써 대중성을 확보하고자 한 것으로 추측된다. 또한 「추풍감별곡」을 통해 주인공의 정서가 극대화되고 낭만적 분위기 속에서 갈등이 해결되도록 하는 효과가 있다.

④ 이 작품은 근대로 전환되는 조선 말기를 배경으로 하여 당시 봉건 제도의 모순과 부패를 고발하고 개화의 물결 속에서 새로운 가치관이 퍼져 나가는 상황을 잘 반영하고 있다. 이 작품에 나타난 시대상을 정리해 보면 다음과 같다.

작품 내용	작품에 드러난 시대상
허판서가 김진사에게 돈을 받고 벼슬을 팔고 김진사의 딸을 첩으로 줄 것을 요구함	매관매직이 성행했으며 신분제도가 혼란스러워짐
김진사 내외가 채봉에게 허판서의 첩이 될 것을 강요함	가부장적 권위와 봉건적 가치관이 남아 있음
김진사는 장필성의 집안이 가난하다는 것을 이유로 장필성을 못마땅해 함	자본주의적 가치관이 드러남

⑤ 중국 소설집 『금고기관』 중의 「왕교란백년장한」과 유사한 점이 있어 번안이라는 논란이 있으나 전체 줄거리와 짜임새가 다르므로 창작소설로 보는 것이 타당하다.

⑥ 주인공들의 행동이 기존의 신분질서에 파격적이라는 점, 현실적 사건의 전개, 사실적인 표현법 등으로 보아 **근대소설로 옮겨가는 과도기의 작품**이라 할 수 있다.

제 5 장 가정소설

1 가정소설의 주제와 서사구조

(1) 가정소설의 개념과 역사적 전개

① **개념**

가정소설이란 한 가정 내에서 당대에 일어난 가정 구성원 간의 문제를 다룬 작품을 말한다. 일반적으로 첩이나 계모를 악인으로 형상화하고 이들이 음모를 꾸며 처나 전실 자식을 위험에 빠뜨리거나 해친다는 내용을 담고 있다.

② **역사적 전개**

가정 문제를 다룬 작품은 예전부터 있었을 것으로 짐작되나 대표작으로 꼽히는 가정소설은 17세기에 김만중이 처첩간의 갈등을 토대로 지은 「사씨남정기」와 계모와 전실 자식 사이의 문제였던 철산 사건을 배경으로 한 「장화홍련전」이다.

한편 가정의 문제는 한 가정 안의 일로만 끝나지 않고 가정 외부의 인물들, 또는 다른 가정과의 관계 속에서 확산된다. 또한 해결 과정에서 사회나 국가의 운명을 결정짓는 계기가 되는 사건들이 연달아 발생한다. 이처럼 조선 후기에 가정소설이 확장된 것을 '가문소설'이라고 따로 구분하기도 한다. 그러나 가문소설로 확장되지 않은 형태의 가정소설 역시 꾸준히 창작되어 신소설에 이르기까지도 그 문제상황을 공유하였다.

또한 가정소설과 가문소설의 관계에 대해 가문소설이 앞선다고 보는 견해도 있다.

(2) 가정소설의 종류 중요도 하

가정소설의 사건들은 예상치 못한 인물이 한 가정 내에 새로운 구성원으로 들어오게 되었을 때 발생한다. 이에 따라 가정소설은 크게 두 가지 유형으로 구분해 볼 수 있다.

유형	갈등 유형	갈등 내용	주요 작품
쟁총형	처와 첩의 갈등을 다룬다.	일반적으로 첩이 처를 위험에 빠뜨리거나 해치려 하는 내용이다.	• 「사씨남정기」 • 「월영낭자전」 • 「정을선전」 • 「장한림전」 등
계모형	계모와 전실 자식 사이의 갈등을 다룬다.	일반적으로 착한 전실 자식을 간악한 계모가 모해하는 내용이다.	• 「장화홍련전」 • 「황월선전」 • 「콩쥐팥쥐전」 등

(3) 가정소설의 주제

가정소설의 대부분은 **권선징악**을 주제로 한다. 그러나 이 외에도 쟁총형 가정소설의 문제가 발생하는 근본적인 원인이 축첩제라는 점을 고려하면 가정소설은 당대 사회가 지닌 봉건적 제도의 모순을 드러내기도 한다.

(4) 가정소설의 서사구조

① 쟁총형

갈등의 시작	한 가정에 첩이 들어온 후 첩은 처에게 누명을 씌워 곤경에 빠뜨린다.
처의 위기	모해당한 처는 가정에서 축출되거나 절체절명의 위기에 빠진다.
구원자의 등장	구원자가 등장해 가정 안의 진실을 규명하도록 돕는다. 구원자는 대체로 도사나 신선, 선관과 선녀의 모습 등으로 나타난다.
가장과 처의 재회	잘못을 깨달은 가장과 처가 재회한다.
첩에 대한 징계	첩에 의한 음모가 밝혀지고 첩에 대한 징계가 이루어진다.

② 계모형

긍정적인 모습의 전실 자식	전실 자식은 계모에 비해 가정에서의 위치가 안정적이며 대체로 집안에서의 평판도 좋다.
계모의 음모 및 모해	계모는 전실 자식을 축출하기 위해 전실 자식이 유교적 관념에 어긋나는 결함을 지녔다는 음모를 꾸며낸다. 전실 자식이 여성인 경우 부도덕한 행실을 했다는 음모를 꾸미고 남성인 경우 가장을 음해했다는 모함을 꾸민다. 전실 자식이 음모에서 벗어날 수 없을 정도로 계모의 누명은 구체적이고 현실적이다.
전실 자식의 위기	전실 자식은 심각한 위기를 겪는다. 전실 자식은 일반적으로 가정에서만 생활했기에 경험이 부족하여 미숙한 상태이다. 따라서 계모의 모해는 매우 심각한 위기가 된다.
문제 해결	전실 자식이 여성인 경우 죽임을 당하거나 자살을 시도하고, 남성인 경우 홀로 떠돈다. 이러한 해결 방법은 모해 과정에 비해 비현실적인 경향이 있다. 이것은 한 가정 안에서 계모의 모해를 피할 해결책을 찾기 어렵다는 것을 의미한다.

2 장편의 연작 가문소설

(1) 개념

가정소설은 조선 후기로 오면서 장편화 · 장형화되었는데, 그렇게 해서 생겨난 소설이 가문소설이다. 가문소설은 세대기 소설, 연작소설, 대하소설이라 부르기도 한다.

(2) 발달 시기

가장 먼저 등장한 가문소설은 17세기의 「소현성록」이다. 그러나 본격적인 발달은 18~19세기에 이르러 이루어졌다.

(3) 분량

가문소설에는 약 28종류의 작품이 있는데, 이들은 책 권수로는 700여 권이다. 대개는 수십 권 정도 분량이지만 몇몇 작품은 1백 권이 넘는 것도 있다.

(4) 특징

① 대하장편소설은 작가 미상이지만, 내용이나 문체 등으로 짐작해 볼 때 **주된 독자와 작가층은 조선 왕실과 사대부가의 여성, 또는 남성 사대부일 것으로 추정**된다.

② 대하소설은 여러 명의 주인공에 의해 여러 사건이 동시에 병렬적으로 진행된다. 이것은 「구운몽」, 「사씨남정기」처럼 한 명의 주인공이 여러 사람과 관계를 맺어 장편화된 소설들과의 차이점이다.

③ 대개 한글 필사본으로만 존재한다.

④ 시・공간적 배경 및 등장인물은 대부분 중국을 포함한 동아시아 대륙이다.

⑤ 각 작품의 여러 주인공들이 엮어나가는 서사 전개 방식은 거의 일치한다.

⑥ 남녀 주인공의 만남과 혼인, 부부의 문제가 주로 다루어진다.

⑦ 상당수의 작품이 연작으로 구성되어 있으며, **누대기(累代記) 방식으로 연작화**하였다. 누대기 방식이란 후편에서 전편의 주인공이 다시 나오는 게 아니라, 전편 주인공의 자손들이 등장하여 새로운 사건을 펼쳐나가는 방식을 말한다.

⑧ **작품 예시**

㉠ 「명주보월빙」(작가 미상)

ⓐ 중국 송나라 진종 때를 배경으로, 윤・하・정 세 가문의 자녀들이 혼사를 통해 새로운 혈족관계를 형성해 가는 과정에서 겪는 갈등과 해결을 다루고 있다.

ⓑ 100권 100책의 국문 필사본이다.

ⓒ **「윤하정삼문취록」(2부), 「엄씨효행청문록」(3부)과 함께 3부작을 이루는 대하소설**로, 그 분량이 세계에서 유례를 찾기 힘들 정도로 방대하다.

ⓓ 수많은 인물이 등장하며 주인공도 20여 명 이상 되는데 여성 주인공들의 삶은 '분리-고행-귀환'이라는 일정한 구조를 따르고 남성 주인공들의 삶 역시 영웅의 일대기 구조를 따른다.

ⓔ 성인의 가르침이나 기존 사회체제의 당위성은 천의(天意) 혹은 천리(天理)에서 나오는 것이기 때문에 이를 거역한다거나 개조해 보겠다는 욕구는 용납될 수 없는 것으로 그려진다는 점에서 매우 보수적인 상층소설이다.

ⓕ 명주보월은 선관이 주인공에게 준 선물을 뜻하는 것으로 나중에 혼인을 할 때 빙물로 쓰인다.

㉡ 「완월회맹연」(작가 미상)

ⓐ 180권 180책으로 **고전소설 중 가장 길다.**

ⓑ 중국 명나라 영종 때를 배경으로 정한, 정잠, 인성, 몽창 등 4대에 걸친 많은 자손들의 입신출세와 가정생활 및 궁중 안에서의 복잡다단한 사건을 다룬다.

ⓒ 붕우유신, 효제충신과 같은 유교 사상을 강조하고 있다.

㉢ 「화산선계록」(작가 미상)

ⓐ 80권 80책이다.

ⓑ 화주의 화산 밑에 사는 서정공 위복성의 3대에 걸친 자녀들의 혼인과정과 일부다처생활에서 벌어지는 여성들의 질투・갈등・음모 등이 다양하게 전개된다.

ⓒ 도선적, 유교적 사상을 바탕에 깔고 있다.

ⓓ 「유이양문록」과 유사한 사건 및 구성을 지닌다.

㉣ 「명행정의록」(작가 미상)

ⓐ 장서각본은 70권 70책이고, 국립중앙도서관 소장본은 94권 94책이다.

ⓑ 「보은기우록」의 후속편이지만 구성과 주제가 전혀 다르다.

ⓒ 가문소설의 공통적인 주제나 구성을 벗어나지는 못하지만 참신한 사건들을 다수 보여준다.

3 주요 작품 : 「사씨남정기」, 「창선감의록」, 「소현성록」 등

(1) 김만중, 「사씨남정기」 중요도 중

① **내용**[14]

명나라 가정(嘉靖) 연간 금릉 순천부에 사는 '유현'이라는 명신은 늦게야 아들 '연수'를 얻는다. 유공의 부인 최씨는 연수를 낳고 세상을 떠난다.

연수는 15세에 과거에 응시하여 장원급제하고 한림학사에 제수되었으나, 아직 나이가 어리므로 10년을 더 수학하고 나서 관직에 나아가겠다고 한다. 천자는 특별히 본직(本職)을 띠고 6년 동안의 여가를 준다.

유한림은 덕성과 재학(才學)을 겸비한 사씨와 혼인한다. 사씨는 유한림과의 금슬은 좋으나 9년이 되어도 아이를 낳지 못하였다. 이에 사씨는 남편에게 새로이 여자를 얻기를 권한다. 유한림은 거절하다가 사씨가 여러 번 권해오니 마지못해 교씨를 맞아들인다.

교씨는 천성이 간악하고 질투와 시기심이 강한 여자로, 겉으로는 사씨를 존경하는 척하나 속으로는 증오한다. 그러다가 잉태하여 아들을 출산하고는 자기가 정실이 되려고 마음먹고, 문객 동청과 모의하여 남편 유한림에게 온갖 모함을 한다.

유한림은 처음에는 믿지 않았으나, 교씨가 자신이 낳은 아들을 죽이고 그 죄를 사씨에게 뒤집어씌우니, 사씨를 폐출시키고 교씨를 정실로 맞이한다. 교씨의 간악은 이에 그치지 않고, 다시 문객 동청과 간통하면서 유한림의 전 재산을 탈취해 도망가서 살기로 약속하고, 유한림을 천자에게 참소하여 유배시키는 데 성공한다.

유한림을 고발한 공으로 지방관이 된 동청은 교씨와 함께 백성들의 재물을 빼앗는 등 갖은 악행을 저지른다. 이때, 조정에서는 유한림에 대한 혐의를 풀어 소환하고, 충신을 참소한 동청을 처형하기로 한다.

유배를 당한 유한림은 비로소 교씨와 동청의 간계에 속은 줄 알고 지난날의 죄를 뉘우친다. 유배가 풀려 고향으로 돌아온 유한림은 사방으로 탐문하여 사씨의 행방을 찾는다.

한편, 남편 유한림이 돌아왔다는 소문을 들은 사씨는 산사에서 나와 남편을 찾으러 나선다. 사씨와 유한림은 도중에서 해후한다. 유한림은 사씨에게 지난날의 죄를 사과하고, 고향으로 돌아와 간악한 교씨와 동청을 잡아 처형하였다. 그리고 사씨를 다시 정실로 맞이한다.

② **주요 특징**

㉠ 「남정기」, 「사씨전」이라고도 불린다. '남정기'란 남쪽으로 쫓겨 간다는 뜻으로 사씨와 유한림이 각각 가정과 조정에서 쫓겨나는 것을 의미하는데, 「사씨남정기」라고 할 때는 특히 사씨가 교씨

14) 한국학중앙연구원, 「사씨남정기」, 한국민족문화대백과사전

에 의해 쫓겨나서 남쪽으로 간 것을 강조하는 제목이다. 사씨가 간 남쪽은 중국의 장사(長蛇) 지역인데 원래 이곳은 충신과 열사들이 유배를 당한 곳으로 유명하다. 따라서 이 작품은 제목을 통해서도 당시 조선 사회의 모순과 실상을 비판하고자 한 의도가 담긴 것으로 볼 수 있다.

㉡ 김만중은 「사씨남정기」를 한글로 지었으나, 김춘택에 의해 한역본으로 만들어지기도 했다.

㉢ 이 작품이 지어지게 된 당시의 시대적 배경으로 **인현왕후의 폐출 사건**이 언급된다. 숙종이 희빈 장씨에 혹하여 인현왕후를 폐출시키자 그것이 얼마나 부당한 처사인지를 나타내 숙종이 깨닫게 함으로써 폐비 민씨를 복위시키려는 의도로 지어졌다는 것이다. 이러한 점을 염두에 둘 때 고매한 덕의 소유자로 묘사되는 사씨는 인현왕후, 사악한 교씨는 장희빈을 염두에 두고 창작되었다고 할 수 있다. 또한 이 작품은 숙종을 깨우치기 위해 쓴 목적소설이라 할 수 있다.

㉣ 작품 내에서 이야기를 실제로 이끌어가는 인물이 여성으로 설정된 것으로 보아 당시의 봉건적 여성상에서 벗어나 여성의 인간성에 대한 긍정이 엿보인다. 그러나 궁극적으로는 현실적, 적극적인 여성 교씨가 아니라 전통적 여인상으로 부각되는 사씨를 표면에 내세움으로써 전통적인 도덕률에 의해 현실을 유지하려 한 작가의식의 양면성이 드러난다.

㉤ **한글로 창작**되었기 때문에 계층과 성별의 차이를 떠나 널리 읽혔다.

㉥ 관음 사상을 실현하는 이상적 인생여정을 보이는 여성을 내세움으로써 불교의 관음 사상을 포교하기 위해 지어진 것이라 보기도 한다.

㉦ 장희빈에게 눈이 멀어서 어진 인현왕후를 내쫓은 숙종과 축첩을 허용하는 사회 제도에 대한 비판이 담겨 있다.

③ **문학사적 의의**

㉠ 악인이었던 교씨가 벌을 받는 결말을 통해 권선징악의 교훈을 전달하고, 현모양처의 전형이라 할 수 있는 사씨를 등장시킴으로써 여자들에게 덕과 도리를 가르치는 역할을 하기도 했다는 점에서 **소설에 대해 부정적이었던 사대부들로부터도 긍정적인 평가**를 받아 소설의 가치에 대한 인식을 높였다.

㉡ 김만중은 한국문학은 한글로 써야 한다고 주장하고 「구운몽」과 「사씨남정기」와 같은 작품을 한글로 씀으로써 이후 **한글소설의 황금기**를 열었다고 평가받을 수 있다.

㉢ 쟁총형(유한림을 사이에 둔 사씨와 교씨 간의 갈등이 주축을 이룸) 가정소설의 유형을 제시한 작품으로 후대 가정소설의 모범이 되었다.

(2) 「창선감의록」 중요도 중

① **작가 및 창작 시기**

「창선감의록」의 작가는 흔히 17세기의 문인 조성기(1638~1689)로 알려져 있다. 그러나 김도수, 정준동을 작가로 보는 견해도 여전히 논란이 되고 있어서 확실하게 정해졌다고 보기 어렵다.

② **제목의 뜻**

작품의 제목인 '창선'은 다른 사람의 착한 행실을 세상에 드러낸다는 의미이고, '감의'는 의리에 감복한다는 뜻이다. 즉 '창선감의록'이란 제목은 '착한 행실을 세상에 알리고 의로운 일에 감동받게 하는 이야기'라는 의미를 지닌다.

③ **이본**

필사본만 260여 종이 전해지고 있어서 조선시대 소설 중 필사본의 이본 종류가 가장 많은 것으로 알려져 있다. 이본에는 「창선감의록(彰善感義錄)」·「창선감의록(昌善感義錄)」·「창선감의록(創善感義錄)」·「감의록(感義錄)」·「원감록(寃感錄)」·「화진전(花珍傳)」·「화문충효록(花門忠孝錄)」·「화씨충효록(和氏忠孝錄)」·「화형옥전(花荊玉傳)」 등이 있다.

④ **내용**[15)]

병부상서 화욱에게는 심부인·요부인·정부인 등 부인이 셋이 있었다. 요부인은 딸 태강을 낳고 일찍 죽었고, 정부인이 낳은 아들 진(珍)은 매우 영특하였으나, 그가 장성하기 전에 정부인이 죽는다. 심부인이 낳은 아들 춘(瑃)은 이복형제 가운데서도 가장 맏이었으나 사람됨이 용렬하였으므로 화욱은 진을 편애하여 심부인과 춘의 불만을 사게 된다.

화욱은 조정에 간신이 득세하는 것을 보고 벼슬자리에서 물러나 고향으로 돌아온다. 맏아들 춘을 성혼시켰지만 딸 태강과 아들 진은 정혼만 한 채 성혼시키기 전에 죽는다. 화욱이 죽은 뒤 심부인과 화춘은 갖은 방법으로 화진과 그의 아내를 학대한다.

화진은 과거에 장원하여 벼슬을 하게 되었다. 그러나, 동생의 출세를 시기하던 화춘은 불량배와 결탁하여 윤리와 기강을 어지럽혔다는 죄로 화진을 모함하여 귀양을 가게 하였고, 그의 아내도 누명을 씌워 내쫓는다. 그러나 화진은 물론 그의 아내도 심부인과 화춘에 대하여 조금도 원망하지 않는다.

화진이 유배지에서 도사인 곽공을 만나 병서를 배우고 있을 즈음에 해적인 서산해가 변방을 소란스럽게 하고 노략질을 일삼았다. 화진이 백의종군하여 해적을 토벌하여 공을 세운다. 화진의 능력을 인정한 조정에서는 그를 정남대원수에 봉하여 남방의 어지러움을 모두 평정하게 한다. 화진이 남방을 평정하고 개선하자, 천자는 그에게 진국공의 봉작을 내린다.

한편, 심부인과 화춘도 개과천선하여 착한 사람이 되었으며, 내쫓겨 종적을 감추었던 화진의 아내도 돌아와 심부인을 지성으로 섬겨 가정의 화목을 이룬다.

⑤ **주제**

충효와 형제간의 우애 및 권선징악

⑥ **특징**

㉠ 화씨 집안의 이야기는 주제의식과 밀접하게 관련되는 내용이며, 화씨 집안과 혼인 관계를 맺은 윤씨 집안의 이야기는 소설의 재미를 더하는 역할을 한다. 소설적 흥밋거리가 풍부하다는 점, 치밀한 구성, 개성적인 인물 등으로 인하여 우수한 고전소설로 평가되는 작품 중의 하나이다.

㉡ 대부분의 고전소설에서 주인공에 적대적인 반동인물은 패망하는 것으로 그려지는 반면, 이 작품의 반동인물인 심씨와 그녀의 아들 화춘이 나중에 개과천선한다는 점에서 특이하다.

㉢ 작가를 조성기로 볼 경우, 창작 동기가 「구운몽」과 마찬가지로 어머니를 위해 쓴 것이라 할 수 있다.

㉣ 「사씨남정기」와 마찬가지로 가정 내에서 여인들이 시련을 겪는 이야기를 다룬다.

㉤ 소설의 독자층을 여성으로 확대하는 데 크게 기여하였을 뿐 아니라 소설의 길이가 길어지는 계기가 되었다.

15) 한국학중앙연구원, 「창선감의록」, 한국민족문화대백과사전

(3) 「소현성록」

① 작가 및 창작 시기

관련 기록을 통해 17세기 후반 작품이라는 것을 알 수 있을 뿐 작가는 미상이다.

② 제목의 뜻

주인공인 '소현성'의 일대기를 그린 작품이라는 뜻인데, 1대인 소현성의 이야기로부터 3대인 세광・세명에 이르는 3대에 걸친 내용을 담고 있다.

③ 이본

16종의 이본이 있다. 총 15권 중 1권부터 4권까지는 「소현성록」, 5권부터 15권까지는 「소시삼대록」, 「별전 소시삼대록」, 「별전 삼대록」 등으로 쓰여 있다. 따라서 본전과 별전을 합쳐 「소현성록」이라 부르기도 하고 「소현성록」 연작이라 부르기도 한다.

④ 내용[16)]

송나라 태종 때 8대 독자인 처사 소광은 부인 양씨에게 늦도록 자식이 없어서, 석씨와 이씨를 후실로 맞이한다. 그런데 뒤늦게 양부인이 잉태하여 월영과 교영 두 딸을 낳고, 셋째 아이를 잉태했는데 소처사가 병을 얻어 세상을 떠난다. 양부인은 유복자 현성을 낳아, 1남 2녀를 맹자 어머니와 같이 기른다.

월영과 교영은 출가를 한다. 교영의 시가가 간신의 참소로 역적으로 몰려 일가가 죽음을 당하는 화를 입고, 교영은 서주로 유배된다. 천성이 방자한 교영은 유배지에서 유장이란 사람을 사귀어 3년간 동거한다. 교영의 부정을 알게 된 양부인은 교영에게 사약을 주어 자살하게 함으로써 가문의 명예를 지킨다.

현성은 과거에 장원급제하고 평장사 화연의 딸과 혼인한다. 현성은 효성이 지극하여 모친을 극진히 모시나, 천성이 여색을 좋아하지 않아 화부인과의 금실은 좋지 않다. 화부인이 아들을 낳은 뒤에도 현성이 여전히 화부인을 냉대하므로, 석씨는 친질인 석상서의 딸을 다시 맞아들이게 한다. 이에 화부인이 혼절하는 등 투기를 하나, 현성이 화씨와 석씨 두 부인을 공평하게 대하고, 가사를 화부인에게 전임하니, 화부인의 투기심이 누그러진다. 이때 추밀사 여운이 예부상서로 있는 소현성을 사위로 삼고자 황제를 움직여 소상서에게 삼취하게 한다. 소상서는 세 부인을 고루 잘 다스리고, 화부인은 석부인의 현숙함을 보고, 크게 깨달아 화목하게 지낸다.

그러나 여부인은 석부인의 자색을 질투하여 석부인을 모해한다. 또 개용단(改容丹)을 먹고 석부인으로 변신하여 남편에게 교태를 부리며 욕정을 돋우니, 소상서는 크게 노하여 꾸짖고 태중인 석부인을 본가로 보낸다. 여부인은 석부인을 내쫓았는데도 남편이 자기를 멀리하므로, 다시 개용단을 먹고 화부인으로 변신하여 외당에 나가 남편을 원망하기도 하고 유혹하기도 하니, 소상서는 이후부터 화부인을 멀리한다.

하루는 소상서가 친지들로부터 개용단의 이야기를 듣고 모든 것이 여부인의 음모임을 알게 되자, 여부인을 본가로 내보내고 석부인을 다시 데려온다. 이때 자기 딸이 내쫓기는 것을 한하던 여추밀은 소상서를 황제에게 모함하여 강주안찰사로 보내게 한다. 현성이 소란한 민심을 수습하고 사방의 적의 무리들을 평정하니, 황제는 현성에게 예부상서 겸 참지정사에 홍문관 태학사를 제수하고 상경하게 한다. 태조가 죽고 태종이 등극한 뒤, 현성은 승서가 되어 화・석 양 부인과 함께 화락하게 살았다.

---

16) 한국학중앙연구원, 「소현성록」, 한국민족문화대백과사전

⑤ **주제**

바람직한 아내・시어머니・며느리상 등을 보여줌으로써 벌열 가문의 여성들에게 주는 교훈을 주제로 한다. 다만 여성 친화적인 면도 있어서 지나치게 여성 억압적인 태도를 보이는 것은 아니다.

⑥ **특징**

㉠ 우리나라 최초의 대하소설로 추정된다.

㉡ 다른 가정소설과 달리 처첩 간의 갈등과 비극에 초점을 맞추지 않고 부녀자의 바람직한 모습을 제시하는 데 초점을 맞추었다는 점에서 가정소설의 새로운 유형을 보여준다고 할 수 있다.

㉢ 조선 후기 상층 여성들이 가문에서 대대로 물려주면서 수신서 역할을 담당했다.

더 알아두기

낙선재본 소설

낙선재는 원래 헌종이 후궁이었던 경빈 김씨를 위해 지은 집이었다. 그러나 왕의 사랑채로 쓰이기도 했고 국상을 당한 왕비들이 머물기도 했으며 고종의 집무실로 쓰이기도 했다. 그 후 조선 왕조 마지막 영친왕 이은이 1963년부터 1970년까지 살았으며, 1966년부터 1989년까지는 이방자 여사가 기거하였다. 낙선재에 소장되어 있던 도서의 중심은 한글본 소설들로 이 소설들을 보통 낙선재본 소설이라 한다. 낙선재본 소설은 궁내에서 널리 애독된 중장편 내지 대장편의 작품들로 창작물이나 번역, 번안물을 포함한 거의 모든 소설들의 출현시기를 알 수 없는 것이 대부분이며 여러 시기의 것들이 혼재하고 있다. 따라서 낙선재가 신축된 것은 1847년이나 이곳에 소장하게 된 소설은 이미 오래 전부터 궁중에서 읽히고 있던 소설들이었던 것으로 추정된다.

낙선재본 소설들은 다음과 같은 몇 가지 특징을 갖고 있다.

- 소설의 분량이 대부분 중장편, 대장편이다.
  이것은 낙선재본 소설의 독자가 궁중이라는 일부 계층에 제한되어 있는데, 이 독자층은 시간적으로 또는 경제적으로 가장 여유가 있는 사람들이었기 때문인 것으로 보인다. 이들은 짧고 단순한 작품보다는 이야기가 길고 사건이 복잡할뿐 아니라 문장이 어렵고 비유적인 수법이 많이 쓰인 장편소설을 선호하였던 것이다.
- 가문소설이 대부분을 차지한다.
  이것은 17세기 이래 확대되는 가문의식의 소산이라 할 수 있다. 낙선재본 소설들의 문체는 한문역어체인데 이러한 문체는 일반대중과는 분리된 궁중이나 일부 사대부가에서만 읽히게 되는 경향이 있다. 이 소설들은 중국을 무대로 하고 상층의 이상적인 인물을 주인공으로 삼으며, 가문의 번영을 무엇보다 중요하게 여겼다.
- 역사의 실존인물과 가공의 허구적 인물이 섞여 있다.
- 대부분 연작형태로 되어 있다.
  대를 이어가며 연작형태로 이어지는 소설들이 대부분이다.
- 대부분 궁체로 쓰였다.
  세상에 퍼진 소설이 궁중에 들어오게 되면 이를 담당하는 서사상궁들에 의해 필사하는 과정을 거치게 된다. 궁중에 들어간 작품은 일단 그것이 궁체로 전사되어 읽히다가 다시 나오게 되는 것이다. 궁중에서 다시 나오게 되는 경우는 공주나 옹주가 시집을 가게 되어 하가하면서 소설을 가지고 나가는 경우나, 대비, 왕비 등이 그들의 친정여인들을 위해 하사하는 경우이다. 또한 영조 때 궁녀들의 휴가제도가 실시되었는데 휴가를 받아 서사상궁이 본가에 가는 경우가 있으면 소일거리로 소설을 베꼈다고 한다. 이렇게 낙선재본 소설은 궁 밖으로 옮겨지게 되고 마침내는 양반 계층에까지 확대된다.

제 6 장 세태소설과 우화소설

1 세태소설의 주제와 서사구조

(1) 세태소설의 개념과 역사적 전개

① 개념

세태소설이란 일반적으로 특정 시기의 풍속 또는 세태의 한 모습을 나타내는 것을 목적으로 하는 소설을 말한다. 그러나 고전소설에서 말하는 세태소설이란 조선 후기에 나타난, 당대의 모순된 현실을 희화화해 비판하는 소설이라는 의미가 강하다. 조선 후기의 세태소설은 주로 훼절담으로 대변된다. 따라서 조선 후기의 세태소설이란 정남을 자처하던 남자가 훼절 후 드러내는 추한 모습을 과장스럽게 표현하여 웃음을 유발하는 형식을 지닌 소설을 의미한다.

② 역사적 전개

19세기 조선 후기에 주로 등장했는데, 「배비장전」·「오유란전」·「장끼전」·「이춘풍전」 등이 해당한다. 이는 중세에서 근대로, 공동 사회에서 이익 사회로의 이행기에 중세적 사고방식에서 기인한 초경험적인 원리나 도덕적 규범에 대한 불신이 생기고 경험적 인식이 성장한 것이 원인으로 작용했기 때문이다.

(2) 세태소설의 주제 중요도 하

① 지배층 남성의 이중적 태도를 비판한다. 수청기 제도와 관련한 신분 제도의 부당함을 비판하고 청상과부를 대상으로 성적 욕망을 거침없이 드러내는 상층 남성의 이중적 태도를 비난한다.

② 훼절대상자의 성격에 따라 주제가 달라질 수 있다. 여색에 대해 왜곡되거나 경직된 사고를 가진 남성을 훼절하는 경우 교화를 주제로 하고, 사실은 여색에 대해 초연하지 못하면서 초연한 척 위선을 드러내는 남성의 경우 그들의 위선과 허위를 드러냄으로써 풍자한다.

③ 주인공들이 성에 대해 갖고 있는 부정적 인식을 비판하고 성적 본능을 긍정한다.

(3) 세태소설의 서사구조

세태소설은 대부분 남성 훼절 설화를 수용하고 있는데, 남성 훼절 설화란 금욕적 절개를 지키겠다고 표방하던 남자가 남의 책략에 속아 자신의 절개를 스스로 훼손하고 남의 웃음거리가 되는 이야기를 말한다. 남성 훼절 설화의 기본구조는 다음과 같다.

주인공의 성관	어떤 양반(A)이 금욕적 절조를 내세우며 여색을 멀리한다.
훼절을 꾀한 자의 문제시	가치관이 다른 양반(B)이 A의 훼절을 모의한다.
유혹	기녀가 A를 훼절시키는 책임을 맡고 계획적으로 유혹한다.
훼절	A가 기녀와 은밀히 정을 나눔으로써 금욕적 절조를 훼손한다.
폭로 및 망신	B와 기녀에 의해 A의 훼절 사실이 폭로된다.

이러한 서사구조가 이루어지기 위해서는 훼절대상자, 훼절음모자, 훼절수행자가 필요하다. 이 중 훼절대상자와 훼절음모자는 상층 내지 중인이고, 훼절수행자는 일반 민중(대부분 기녀)이다. 그리고 사건 진행의 중추는 훼절음모자라 할 수 있다. 훼절음모자는 작가의 의도에 따라 행동하는 인물로, 훼절음모자의 성격이 어떠한가에 따라 주제가 달라지게 된다.

(4) 우화소설과 세태소설

우화소설은 동물이나 식물 혹은 사물을 의인화하여 그들의 행동을 통해 교훈을 나타내거나 풍자를 하는 소설이다. 우화소설은 구전설화로부터 시작하는 오랜 전통을 가진 것으로 인간 세상에 대한 비판 및 풍자를 보다 안전한 방식으로 하는 데 긴요한 양식이었다.

설화로부터 출발한 우화 양식이 소설의 형태로 자리 잡게 된 것은 조선 후기이다. 기존 중세 사회의 가치관이나 윤리, 권위들이 무너져 내리는 조선 후기에 우화소설들은 현실적 모순, 지배층의 허위의식, 위선 등에 대해 비판적인 태도를 보임으로 당대 인간의 그릇된 의식을 풍자 및 비판하였다. 이런 점에서 우화소설은 세태소설과 일맥상통하는 주제의식을 갖고 있었다고 할 수 있다. 조선 후기의 대표적인 우화소설에는 다음과 같은 것들이 있다.

「두껍전」	두꺼비를 의인화하였다. 노루의 축하연에서 두꺼비와 여우가 서로 높은 자리를 차지하려고 말다툼을 하는데 여우는 결국 두꺼비에게 지고 창피만 당하게 된다는 내용이다.
「까치전」	까치부부의 낙성연에 초대받지 못한 비둘기가 남편 까치를 죽이고 송사에서도 교묘하게 빠져나가지만 이후 사건의 진실을 알게 된 원앙 암행어사에 의해 벌을 받게 된다는 내용이다.
「서동지전」	다람쥐가 서대주에게 은혜를 입고도 배신하려 하였으나 현명한 판관 덕에 다람쥐가 벌을 받게 된다는 내용으로, 배은망덕한 인간에 대한 비판 및 사필귀정·권선징악을 교훈으로 내세우고 있다.
「서대주전」	쥐와 다람쥐를 의인화하였다. 서대주를 비롯한 쥐들이 다람쥐의 먹이를 훔치고도 형리에게 뇌물을 바쳐 벌을 면하지만 도둑질을 일삼는 것 때문에 사람들에게 미움을 받게 되고 다람쥐는 사랑받게 된다는 내용이다.

2 주요 작품 : 「배비장전」, 「오유란전」, 「장끼전」 등

(1) 「배비장전」

① 작가 및 시기 미상

② 제목의 뜻

주인공 배비장의 이름

③ 이본

배비장이 정의현감이라는 관직에 오르는 것으로 끝나는 이본과 망신당하는 것으로 끝나는 이본이 있다.

④ 내용[17]

한양에 살던 김경(金卿)이 제주목사에 제수되자, 서강에 사는 배선달을 불러 예방의 소임을 맡긴다.

17) 전경욱, 「배비장전」, 네이버 지식백과, 한국전통연희사전

사또 일행은 제주도로 가는 배 위에서 술을 마시며 즐기다가 대풍을 만나 위험에 처하지만, 다행히 용왕에게 제사를 지내 무사히 목적지에 도착한다. 이때 마침 배에서 내린 배비장은 정비장과 기생 애랑이 이별하는 장면을 목격하게 된다. 애랑은 갖은 아양과 애교를 부리며 정비장이 가진 재물을 모두 빼앗고, 입고 있던 의복을 벗겨낸다. 정비장은 자신의 보검을 내어주고, 앞니까지 뽑아서 애랑에게 준다. 모든 광경을 지켜본 배비장은 정비장을 조롱하면서, 자신은 결코 여색을 가까이 하는 일이 없을 것이라 호언장담한다. 이에 방자는 배비장에게 내기를 제안한다. 사또를 비롯한 다른 무리들이 기생과 함께 즐길 때에, 배비장은 도덕군자를 자처하며 도도하게 군다. 그러자 배비장을 곯려 주리라 작정한 제주 목사 김경이 배비장을 훼절시킬 기생을 찾고, 애랑이 이 일에 자원한다. 아무것도 눈치 채지 못하고 목사 및 다른 비장들과 함께 한라산 놀이를 떠난 배비장은 기생 애랑이 목욕하는 모습을 보고 한눈에 반해버린다. 애랑의 자태를 잊지 못해 상사병이 날 지경에 이른 배비장은 방자를 시켜 자신의 마음을 담은 서신을 그녀에게 전달한다. 방자는 서신을 애랑에게 전달하고, 애랑의 허락을 받은 배비장은 한밤중에 개가죽 두루마기에 노벙거지를 쓰고 담 아래 구멍을 통해 애랑의 집으로 들어간다. 애랑의 유혹에 완전히 넘어간 배비장은 그녀와 함께 운우의 정을 나눈다. 이때 갑자기 바깥에서 고함치는 소리가 들리고, 애랑은 배비장에게 자신의 남편이 왔다고 이야기한다.

하지만 고함소리의 실제 주인공은 방자이다. 몸을 숨길 곳을 찾던 배비장은 애랑의 말에 따라 자루 속으로 들어가고, 자루 속에 든 물건이 무엇인지 묻는 방자의 물음에 애랑은 거문고라고 답한다. 방자가 자루 이곳저곳을 손가락으로 퉁기자 배비장은 거문고 소리까지 내며 벌벌 떤다. 잠시 방자가 자리를 비운 사이, 배비장은 자루 밖으로 나와 다시 애랑의 권유대로 피나무 궤 속에 숨는다. 그러자 애랑의 남편으로 가장한 방자가 들어와 자신의 꿈에 백발노인이 나와 궤를 불사르라 했다고 말한다. 애랑은 그럴 수 없다며 만류하는 체하고, 방자는 궤를 공평하게 나누자며 톱질을 시작한다. 그러자 배비장은 궤 속에서 업궤신 흉내를 내며 이 궤를 계집에게 주라고 소리친다. 이에 방자는 궤를 강물에 버리겠다고 큰 소리로 이야기한 뒤, 궤를 짊어다 동헌 마당에 내려둔다. 배비장은 이리저리 흔들리는 궤 안에서 바다에 당도했다고 생각하고, 지나가는 어부에게 살려달라고 구원을 요청한다. 드디어 배비장이 헤엄을 치면서 궤 밖으로 나와 보니 그곳은 다름 아닌 관청 마당이었고, 목사와 육방 관속, 기생들이 둘러서서 자신을 비웃고 있었다.

⑤ **주제**

㉠ 공허하고 위선적인 유가윤리 혹은 호색성 풍자

㉡ 관인 사회에 처음 참여하는 사람이 겪어야 하는 입사식(入社式)으로서의 신참례 의식

㉢ 관인 사회의 비리와 야합상 풍자

⑥ **근원 설화**

발치 설화	기생과 이별하며 이빨을 뽑아 준다는 내용
미궤 설화	기생을 멀리하던 사람이 기생의 계교에 빠져 알몸으로 뒤주에 갇혀 망신당하는 내용

⑦ **특징**

㉠ 원래 판소리 열두 마당에 속하는 「배비장타령」을 소설화한 판소리계 소설이지만 신재효의 여섯 마당에는 빠졌다.

㉡ 판소리로 불리던 것이어서 판소리 사설의 문체적 특징이 남아있다.

(2) 「오유란전」

① 작가 및 연대 미상

② 제목의 뜻

여주인공인 오유란의 이름

③ 내용[18]

한양에 동갑·동학(同學)인 김과 이 두 선비가 있었다. 먼저 장원하여 기백(평안도 관찰사)이 된 김생을 이생이 동행한다. 이생을 위하여 선화당에서 베푼 잔치자리에서 이생은 기생을 업신여긴 처사 때문에 여러 사람의 빈축을 산다.

김생은 기생 오유란이 이생을 훼절시키도록 설득한다. 이생은 오유란의 함정에 빠져 이승과 저승을 혼돈하고 온갖 추태를 자행한다. 결국, 이생은 선화당 잔치자리에서 벌거벗은 몸으로 오유란과 마주서서 춤을 추다가 사람들 앞에서 망신당하고 만다. 이생은 곧바로 상경하여 공부에 몰두하고 곧 암행어사가 된다. 이후 '어사출두' 봉고하고 형구를 갖추어 김생을 벌주려 하나, 김생이 옛일을 사과함으로써 그들은 우정을 되찾는다.

④ 주제

양반의 위선적인 삶에 대한 풍자

⑤ 특징

㉠ 판소리 「강릉매화타령」을 소설화한 것이라는 논의가 있었으나 확실하지 않다.

㉡ 전기소설적인 면, 환몽구조 차용, 판소리계 소설의 흥미 요소 등 복합적 양식의 특징을 띤다.

㉢ 정조를 지키려는 남성이 훼절하고 망신을 당한다는 내용을 지닌 훼절담에 해당한다.

㉣ 「배비장전」과 큰 내용의 흐름 및 비판의 대상이 같으나 「오유란전」은 마지막 부분에서 대립과 갈등을 극복한다는 점에서 「배비장전」과 다르다. 이는 융화 지향의 공동체 의식의 반영 혹은 사회적 모순을 은폐하는 것으로 볼 수 있다.

㉤ 오유란은 이생의 성적 욕망을 끌어내어 조롱할 뿐만 아니라, 이생이 자신의 잘못의 책임을 오유란에게 전가하려 하자 당당히 비판한다. 이는 조선 후기 달라진 여성의 모습을 반영한다.

(3) 「장끼전」

① 작가 및 연대 미상

② 갈래

우화소설로, 장끼·까투리 등을 의인화했다.

③ 이본

「장끼전」, 「웅치전」, 「화충전」, 「화충가」, 「화충선생전」, 「자치가」 등으로 불린다. 이본 중에는 까투리가 개가하는 내용이 덧붙여진 것과 장끼의 죽음으로 끝나는 것 등 결말이 완전히 다른 것들이 있다. 까투리가 개가하는 이유도 다양한데, 이는 당시 까투리의 개가에 대한 다양한 시선이 공존했음을 보여준다.

18) 한국학중앙연구원, 「오유란전」, 한국민족문화대백과사전

④ **내용**[19]

장끼가 아내 까투리와 함께 아홉 아들, 열두 딸을 거느리고 엄동설한에 먹을 것을 찾아 들판을 헤매다가 콩 한 알을 발견한다. 굶주린 장끼가 먹으려 하니 까투리는 지난밤의 불길한 꿈을 말하며 먹지 말라고 말린다. 그러나 장끼는 고집을 부리며 그 콩을 먹자 덫에 치어 죽는다. 죽으면서 아내에게 개가하지 말라고 유언한다.

까투리는 장끼의 깃털 하나를 주워서 장례를 치르는데, 문상 왔던 갈까마귀와 물오리 등이 청혼하지만 모두 거절한다. 그러다가 문상 온 홀아비 장끼의 청혼을 받아들여 재혼한다. 재혼한 이들 부부는 아들・딸을 모두 혼인시키고 명산대천을 구경하다가 큰물에 들어가 조개가 된다.

⑤ **주제**

㉠ 장끼의 죽음을 통해 가부장제의 모순과 허위의식을 풍자

㉡ 유랑민의 비참한 현실 폭로

㉢ 여성의 개가에 대한 다양한 시선 등

⑥ **특징**

㉠ 남존여비 사상에 대한 풍자, 개가 금지에 대한 비판 등 당시 소외된 여성들의 권익을 강조함으로써 **조선 후기 서민의식의 성장을 반영**한다.

㉡ 판소리계 소설이기도 하므로 판소리계 소설의 문체가 남아있다. 그런데 이 작품은 다른 판소리계 소설들과 달리 '민요-판소리-가사-소설'의 경로를 거쳐 전승된 것으로 보인다. 이처럼 **판소리가 가사로 유통되고 다양한 이본이 생겨난 것은 「장끼전」이 유일하다.**

㉢ 꿩의 암수 모습이 다르고 수컷이 암컷보다 더 화려한 모양을 가졌다는 것은 당시 남성과 여성의 삶의 모습과 닮은 점이 있었기 때문에 장끼와 까투리의 삶에서 무리 없이 당시 인간 부부의 모습을 포착해 낼 수 있었던 것으로 보인다.

19) 한국학중앙연구원, 「장끼전」, 한국민족문화대백과사전

제 7 장 | 판소리계 소설

1 판소리와 소설의 관계

(1) 판소리

① **개념**

판소리는 한 명의 창자가 고수의 북 장단과 추임새에 맞추어 서사적인 이야기를 소리와 아니리로 엮어 너름새(발림, 몸짓)를 곁들이며 구연하는 구비서사문학이다.

② **기원 및 형성**

판소리의 발생에 대한 여러 가지 견해가 있는데, 가장 유력한 것은 서사무가 기원설이다. 그 후 형태가 다듬어져 17세기 경 현재와 가까운 형식으로 형성되었을 것으로 추정된다.

③ **판소리 열두 마당**

현재까지 알려진 판소리는 모두 12개가 있다. 그런데 판소리의 무대가 마당이라는 점에서 '열두 마당'이라 한다. 열두 마당에는 「춘향가」, 「심청가」, 「흥보가」, 「수궁가」, 「적벽가」, 「가루지기타령」(「변강쇠가」), 「배비장타령」, 「강릉매화타령」(「매화가」), 「옹고집타령」, 「장끼타령」, 「왈자타령」(「무숙이타령」), 「가짜신선타령」(정노식은 「가짜신선타령」 대신에 「숙영낭자타령」을 언급함)이 있다. 이 판소리 사설들은 19세기 말 신재효가 사설을 다듬었거나, 소설본 형태로 내용이 전해진다. 다만 「가짜신선타령」은 선율과 사설 모두 전하지 않는다. 이 중 사설과 선율이 함께 남아있는 것은 「춘향가」, 「심청가」, 「흥보가」, 「수궁가」, 「적벽가」의 5개뿐이다.

선율이 남아있는 것은 '~가'라 하고 선율이 전하지 않는 것은 일반적으로 '~타령'이라 하는데, '~가'라고 하는 것들이 보다 다채롭고 복합적인 내용이며 현학적 표현이 많이 들어 있다.

(2) 판소리계 소설 중요도 상

① **개념**

일반적으로 판소리 사설이 독서물로 전환되면서 이루어진 소설들을 판소리계 소설이라 한다. 그러나 판소리로 불리지 않았어도 판소리 사설의 특징을 지니고 있는 「이춘풍전」 같은 작품을 포함시키기도 하고, 「숙영낭자전」이나 「심청전」의 특정 이본은 판소리로 불리기 전에 먼저 소설 형태로 정착되었지만 이러한 작품들도 판소리계 소설로 본다.

② **판소리계 소설의 특징**

㉠ 근원 설화가 판소리 사설로 불리다가 소설로 정착된 것이어서 작가를 알 수 없으며, 구전되다 보니 이본이 많고 이본 간 차이가 크다.

㉡ 4음보의 운문체와 산문체가 혼합된 문체의 모습을 보여준다.

㉢ 평민뿐만 아니라 양반 계층도 함께 향유하다 보니 세련된 한문투의 언어와 평민층의 발랄한 속어 및 재담이 혼재되어 있다.

㉣ 보통 '~전'이라는 이름을 붙여 부른다.

㉤ 평등을 향한 서민의 욕구가 잘 드러나고 있다는 점에서 고전소설의 근대화에 기여했다.

ⓑ 20세기 초에 신소설 작가에 의해 재창작되기도 했다. 그 예로 「옥중화」, 「강상련」, 「연의각」 등이 있다.
ⓢ '긴장과 이완의 서사적 구조'를 추구하되 묘사적이고 사실적인 표현으로 장면을 극대화하거나 특정 부분을 독자적으로 서술하기도 한다.
ⓞ 등장인물은 각 계층을 대표하는 전형적인 인물로 생동감 있게 그려냈다.
ⓙ 일반적으로 지배층의 횡포와 부패를 폭로하는 풍자와 해학을 바탕으로 작품을 전개한다.

(3) 판소리계 소설의 사회적·역사적 형성 배경

① **정치기강의 문란**

임진왜란과 병자호란을 계기로 지배층의 분열과 당파투쟁이 심해졌다. 왕권은 약해지고 세도 정치로 인한 정치 기강의 문란은 독점 권력의 부정부패로 이어졌다. 특히 뇌물을 바치고 관직을 얻은 지방관은 아전들과 결탁하여 부정행위를 저지르고 백성에 대한 가렴주구를 강화하였다. 이처럼 부당한 방법으로 권력을 휘둘러 힘없는 백성들을 괴롭히는 아전과 수령의 횡포가 심해지자 농민의 몰락과 유민화 현상이 나타나고 각지에서 민란이 발생하게 되었다.

② **신분제의 동요**

농업생산력의 발달과 상품·화폐 경제의 진전 및 수공업·광업의 발달로 인해 농촌에서는 경영형 부농이 등장하고 도시에서는 자본을 축적한 거상의 출현으로 빈익빈 부익부 현상이 나타났다. 이러한 경제 체제의 변화는 전통적 가치관의 동요를 유발하여 신분에 의한 통제력의 약화를 불러일으켰다. 속량미를 내고 면천을 시도하는 천민층이 생겨나고, 부를 축적한 상민과 천민들이 양반의 족보를 매입하여 신분 상승을 꾀하기도 했다. 즉 신분이란 가변적일 수 있다는 것을 희미하게나마 인식하고 무력하게 수탈당하는 상황에서 벗어나 적극적으로 신분 상승을 도모하고자 했다.

③ **민중의식의 성장**

몰락한 양반들은 비합리적인 봉건적 사회제도와 모순된 정치 및 사회 제도에 대해 불만을 갖고 실학을 통해 실천적 대안을 제시하며 불합리한 제도를 바로잡고자 했다. 뿐만 아니라 서민과 천민들 역시 민란을 통해 적극적인 의지를 표출하는 등 민중의식이 서서히 성장해가고 있었다.

④ **민중문화의 탄생**

사회적 생산 구조의 변화로 인해 문화에 대한 민중의 관심이 고조되면서 새로운 형태의 민중문화가 탄생하게 되었다. 판소리, 소설 등의 장르들이 활발하게 생산되었고 다양한 계층에 걸쳐 널리 향유되었다.

2 판소리계 소설의 주제와 서사구조

(1) 판소리계 소설의 주제

① 판소리계 소설의 주제는 양면성을 가진다. 즉 '표면적 주제'와 '이면적 주제'를 갖는 것이다. 이러한 분화가 일어난 까닭은 판소리가 하층에서부터 최상층까지 두루 향유되었기 때문이다.

표면적 주제	충, 효, 우애, 정절 등 유교 문화의 공식적인 이데올로기인 경우가 많다.
이면적 주제	당대 사회의 첨예한 모순과 문제성을 나타내는 경우가 많다.

② 판소리 소설은 당대의 여러 가지 문화현상을 풍성하게 담아낸다. 당대인의 생각, 행동 방식, 언어생활, 생활 문화 등 당대의 사유 체계와 배경이 된 사회 제도와 관습, 예술 취향 등이 풍성하게 담겨 있다.

(2) 판소리계 소설의 서사구조

① 내용 당착, 성격 혼재 등의 특징이 나타남

앞뒤 내용이 맞지 않거나 인물의 성격이 혼재되는 등의 특징을 갖는다. 춘향의 옥중 편지가 전달될 때 몽룡과 방자가 서로 알아보지 못하거나, 춘향이 기생의 면모와 기생이 아닌 면모를 둘 다 보이는 것이 그 예이다. 이러한 특징을 지니게 된 이유는 판소리가 적층문학이라는 데서 찾을 수 있다. 재능 있는 창자들이 '더늠'을 통해 내용을 바꾸고 덧붙이는 등 공동창작을 하는 과정에서 이러한 모순이 발생한 것이다.

② 긴장과 이완의 반복

판소리는 구연되는 과정에서 창과 아니리의 교체를 반복하는데, 창 부분에서는 장면을 제시하고 서사를 전개하며 인물의 고조된 정서를 표현한다. 한편 아니리 부분에서는 장면을 소개하고, 사건을 요약하며 재담을 행한다. 이에 따라 비장감을 느끼며 긴장했다가 골계미를 느끼며 이완되기도 한다. 이러한 판소리 사설의 특징이 판소리계 소설에도 그대로 나타난다.

③ 장면 극대화

인물의 일관성이나 플롯의 통일성을 손상하더라도 특정 장면의 요구와 기대되는 효과를 위해 동원할 수 있는 문학적 장치를 모두 구사한다. 예를 들어 슬픈 장면은 최대한 슬프게, 열등한 인물 묘사는 최대한 열등하게 제시한다.

3 주요 작품 : 「춘향전」, 「심청전」, 「흥부전」 등

(1) 「춘향전」

① 소재

춘향과 이몽룡의 신분을 초월한 사랑

② 이본

㉠ 춘향전은 한국문학 작품 중에서 가장 널리 알려지고 사랑받는 작품 중 하나로 이본도 300종이 넘을 정도로 다양하여 판소리계 소설 중 가장 많은 이본을 갖고 있다. 한문본, 필사본, 방각본, 세책본, 구활자본 등 다양한 종류에 걸쳐 있으며 갑오경장 이전에 해외에서 번역되어 출판되기도 했다. 또한 「별춘향전」, 「남원고사」, 「열녀춘향수절가」, 「옥중화」 등 제목도 다양하다. 「광한루기」, 「춘향신설」, 「익부전」이라는 제목의 한문 필사본도 있는 것으로 보아 양반들 사이에서도 유통된 것으로 보인다. 따라서 단일 작품이 아닌 '춘향전군'으로 보아야 한다는 견해도 있다.

「춘향전」의 이본은 춘향의 신분을 무엇으로 보는가에 따라 크게 두 종류로 나눌 수 있다. 춘향의 어머니인 월매의 신분은 '관기'임이 분명하지만, 춘향의 아버지가 누군가에 따라 춘향의 신분이 결정된다. 그에 따라 춘향의 생각과 행동이 달라지고 주변 사람들이 춘향을 대하는 태도도 달라지며 「춘향전」 전체의 주제에도 영향을 미치게 된다.

기생 계열	• 춘향의 부친이 장님, 점쟁이의 친구같이 미천한 신분이라고 본다. • 춘향의 주체적인 성향이 강화되어 나타난다.
비기생 계열	• 춘향의 부친이 성참판과 같은 양반 신분인 것으로 본다. • 춘향의 정숙한 면모가 강화되어 나타난다.

통시적으로는 주체적인 춘향에서 정숙한 춘향의 모습으로 변모해갔다고 보는 것이 일반적이다. 「춘향전」의 가장 대표적인 이본으로는 84장본 「열녀춘향수절가」가 있는데, 이 또한 춘향의 정숙한 면모가 강화되어 있다.

㉡ 이해조에 의해 1912년 「옥중화」라는 제목의 신소설로도 발표되었다.

③ **내용**[20]

남원부사의 아들 이몽룡과 기생의 딸 춘향이 광한루에서 만나 정을 나누다가, 남원부사가 임기를 끝내고 서울로 돌아가게 되자 이몽룡도 아버지를 따라 가야 하기에 두 사람은 다시 만날 것을 기약하고 이별한다. 그 다음에 새로 부임한 사또(변학도)가 춘향의 미모에 반하여 수청을 강요한다. 그러나 춘향은 일부종사를 앞세워 거절하다 옥에 갇혀 죽을 지경에 이른다. 한편, 이몽룡은 과거에 급제한 후 암행어사가 되어 돌아온다. 어사또 이몽룡은 탐관오리였던 변학도를 봉고파직하고 춘향을 구출한다. 이몽룡은 춘향을 정실부인으로 맞이하여 백년해로한다.

④ **주제**

㉠ 표면적 주제

열녀 칭송

㉡ 이면적 주제 **중요도 중**

ⓐ 인간 해방의 추구

조선시대에 민중의 삶은 지배 계층에 의해 종속화되고 객체화되어 있었다. 그러나 조선 후기로 올수록 민중은 사회의 구조적 모순에 눈뜨고 주체적 삶의 역량을 키워나갔다. 「춘향전」에 나타난 춘향의 삶 역시 신분상의 제약으로 인해 사회적 삶이 왜곡된 현실을 극복하고 자유의지로 살아가는 인간 해방을 추구하는 민중의 진보적 의식을 반영한다.

ⓑ 부패한 관리 타도

변학도와 같은 지배 계층은 행정권과 사법권을 모두 갖고 민중을 탄압 · 수탈 · 차별한다. 그러나 춘향은 끝까지 변학도에게 저항한다. 이것은 부패한 지방관에 대한 민중의 저항으로 볼 수 있다. 암행어사에 의해 변학도가 타도되는 것은 당시 민중이 양심적인 양반 세력과 연대하여 부패한 권력을 타도하고자 하는 염원이 표출된 것이라 할 수 있다. 즉 「춘향전」은 조선 후기 부조리한 지배 계층의 정치적 현실을 비판하고 저항하며 개혁하려는 민중의 현실인식을 표출한 것이라 할 수 있다.

20) 한국학중앙연구원, 「춘향전」, 한국민족문화대백과사전

ⓒ 신분을 초월한 남녀 간의 사랑

「춘향전」은 기생의 딸로 태어난 춘향이 신분이 나른 이몽룡을 만나 사랑을 나눈 뒤 목숨을 걸고 정절을 지켜 결국 이몽룡과의 사랑을 성취하는 이야기이다. 이처럼 「춘향전」이 남녀 간의 사랑이라는 보편적 가치를 지녔기 때문에 오랜 시간에 걸쳐 대중성을 확보할 수 있었던 것으로 보인다.

⑤ 근원 설화 중요도 중

열녀 설화	부인이 남편을 위해 정절을 지키는 내용
관탈민녀 설화	지배 계층 남성이 권력을 이용해 하층 여성의 정절을 빼앗으려고 하지만 하층 여성이 이에 저항해 정절을 지켜 내는 내용
암행어사 설화	정의로운 암행어사가 탐관오리를 징치하고 약자의 한을 풀어주는 내용
신원 설화	억울함을 당한 사람의 원한을 풀어 주는 내용
염정 설화	신분이 다른 남녀가 사랑을 성취해 가는 내용

⑥ 「춘향전」의 배경 사상 중요도 중

인간평등 사상	춘향이 신분적 제약을 뛰어넘어 사랑을 성취하려는 것
사회개혁 사상	이몽룡이 어사또가 되어 변학도의 횡포를 징벌하는 것
자유연애 사상	춘향과 이몽룡이 당시의 관행과 달리 부모를 통하지 않고 자유연애를 하는 것
열녀불경이부	춘향이 변학도의 수청 요구에도 불구하고 지조와 정절을 지키는 것

⑦ 의의 및 특징

㉠ 구어체 문장의 실현

당시 일반 고전소설에서는 관념적이면서 한자어투의 문어체가 주로 쓰인 반면 「춘향전」은 지방 사투리, 비속어, 일상어, 속담이나 격언, 익살과 재담 등이 일상적인 구어체를 사용했다. 이를 통해 판소리로 연행되었을 때 관객들의 호응과 현장감을 나타낼 수 있었고 당시 민중의 삶의 현실을 총체적으로 형상화하는데 기여했다. 또한 근대적 문체를 실현하는 데 영향을 미쳤다고도 할 수 있다.

㉡ 소재의 현실성

배경의 향토성 및 현실성	배경이 중국이 아닌 우리나라로 설정되어 있는데, 특히 '남원'이라는 구체적이고 현실적인 장소로 제시되었다.
민중적인 인물 설정	영웅적 인물을 내세우는 다른 고전소설과 달리 「춘향전」은 기생의 딸이라는 민중적인 인물을 주인공으로 설정하여 민중의 삶을 실감나게 형상화했다. 또한 주인공을 제외한 다른 작중 인물들 역시 각각의 역할에 알맞은 대사와 행동을 통해 전형적인 인물의 성격을 표현해냈다.
민중의 삶과 경향성 반영	사회적 약자인 민중이 처한 현실의 문제점을 본격적으로 형상화했다. 즉 민중이 지배 계층으로부터 힘의 논리에 의해 억압당하고 침탈당하는 현실이 형상화되었다.

㉢ 표현의 사실성

장면 묘사, 인물 묘사가 비교적 상세하게 서술되어 현실적, 사실적으로 표현되었다.

㉣ 인물의 전형성
기존의 고전소설에 등장하는 인물들은 선인과 악인이라는 고정적인 면모를 지닌 인물로 표현된 반면 「춘향전」의 인물들은 생동감이 넘치고 입체적인, 조선 후기 사회 계층의 전형적인 모습들을 잘 보여준다.

(2) 「심청전」

① **소재**
심청의 효심

② **이본**
㉠ 「심청왕후전」이라고도 불린다.
㉡ 이해조에 의해 1912년 「강상련」이라는 제목의 신소설로도 발표되었다.

③ **내용**[21]
명나라 성화연간에 남군땅의 명유(名儒) 심현이 부인 정씨와 살았다. 혈육이 없어 걱정하였는데 신기한 꿈을 꾸고 딸 심청을 낳는다. 청이 3세가 되는 해에 정씨가 병이 들어 세상을 떠나고, 심현도 질병에 걸려 안질을 앓아 맹인이 된다.
맹인 심현의 사랑을 받고 자란 심청은 7, 8세부터 효성으로 아버지를 봉양한다. 13세가 된 심청이 장자집의 방아를 찧어주고 늦어지자 심공이 혼자 나가다가 구렁에 빠진다. 이때 명월산 운심동 개법당의 화주승이 그를 구해주고 공양미 300석을 시주하면 장래에 부귀영화를 보리라 한다.
이 말을 들은 심공은 전후사를 생각하지 않고 신심을 발하여 시주를 서약한다. 남몰래 고민하는 아버지의 사정을 들은 심청은 천지신명께 지성으로 빈다.
그날 밤 꿈에 나타난 노승으로부터 이야기를 들은 청은 날이 밝기를 기다린다. 과연 남경상고가 유리국 인단소에 산 사람으로 제사하려고 티없는 처녀를 사러 다닌다. 심청은 수중고혼(水中孤魂 : 물에 빠져 죽은 사람의 외로운 넋)이 되기로 결심하고 기꺼이 몸을 팔아 백미 300석을 부처님께 바친다.
행선날에 아버지에게 사실을 알리고 떠나려 하자 심공은 통곡하며 만류한다. 이 광경을 본 상고들은 수일을 연기하여 주고 백미 50석을 더 주고 떠난다.
인단소에 빠진 심청은 동해용왕의 시녀들에게 구조되어 용궁으로 인도된다. 심청은 회생약을 먹고 깨어나 자신이 전생에 초간왕의 귀녀 규성(동해용녀)이었고, 아버지는 노군성이었음을 알게 된다. 또 그동안 모든 괴로움이 석가세존의 시험이었음도 알게 된다.
뿐만 아니라 자비로운 세존의 덕으로 부녀가 유리국에 나아가 지체가 높고 귀하게 되리라는 것도 듣게 된다. 큰 꽃송이 속에 들어 인단소에 떠 있던 심청은 남경상고들에 의하여 유리국 왕궁으로 가게 된다. 꽃 속에서 나온 심청은 마침내 왕후가 되어 자비와 선정을 베풀도록 왕을 돕고 아버지를 찾기 위하여 맹인잔치를 열게 한다.
맹인잔치 마지막 날 말석에 앉았던 심공은 죽었던 딸을 만나고 그 딸이 왕후가 되었다는 말에 눈을 뜬다. 심공은 좌승상 임한의 딸을 맞아 재혼하니, 신부의 현숙함과 심공의 희열이 비할 데 없었다.

21) 한국학중앙연구원, 「심청전」, 한국민족문화대백과사전

④ 주제 중요도 하

표면적 주제	효
이면적 주제	화폐가 위력을 발휘하기 시작한 시대에 화폐로 인한 괴로움을 극복해 보려는 민중의 진솔한 자기표현 → 가난하고 미천한 사람도 자기희생이나 효행에 대한 보상으로 고귀한 신분에 오를 수 있다는 민중들의 신분 상승 욕구

⑤ 근원 설화 중요도 하

효녀 지은 설화	홀어머니를 모시기 위해 출가도 하지 않고 남의 집 종이 되기를 마다하지 않은 효녀의 이야기
거타지 설화	신라 진성여왕 때의 명궁(名弓) 거타지에 관한 이야기
인신공희 설화	신에게 사람을 제물로 바치는 내용의 이야기들
관음사 연기 설화	맹인 원량과 그의 딸 효녀 홍장의 이야기

⑥ 의의 및 특징

㉠ 유교, 불교, 도교, 민간신앙적 요소를 두루 갖추고 있다.

㉡ 인물 간의 갈등이 두드러지지 않고, 그 대신 절대적 궁핍이라는 현실의 가혹함을 보여줌으로써 독자들의 흥미를 유발한다.

㉢ 심청이 자기희생의 보상으로 신분 상승과 경제적 풍요를 얻는 것은 민중의 꿈을 대변한다.

(3) 「흥부전」

① 소재

흥부와 놀부의 우애

② 이본

㉠ 「흥보전」, 「박흥보전」, 「놀부전」, 「흥보가」, 「박타령」 등으로도 불린다.

㉡ 이해조에 의해 1912년 「연의각」이라는 제목의 신소설로도 발표되었다.

③ 내용[22)]

충청・전라・경상 삼도의 어름에 악하고 사나운 형 놀부와 순하고 착한 아우 흥부가 살았는데, 놀부는 부모의 유산을 독차지하고 흥부를 내쫓았다. 아내와 많은 자식들과 함께 쫓겨난 흥부는 할 수 없이 언덕에 움집을 짓고 살지만 먹을 것이 없었다.

하루는 놀부의 집으로 쌀을 구하러 갔으나 매만 맞고 돌아왔다. 여러 가지 품팔이를 다해 보아도 먹고 살 길이 없어, 대신 매를 맞아 주는 매품팔이를 하나 그것마저도 안 되었다.

어느 해 봄, 흥부네 초가집에 제비가 찾아와 집을 짓고 사는데 새끼 한 마리가 땅에 떨어져 다리가 부러졌다. 흥부가 불쌍히 여겨 다리를 매어 주니 고맙다고 날아갔다. 그리고 그 이듬해 봄에 돌아올 때 박씨 하나를 물어다 주었다. 흥부는 그 박씨를 심어 가을에 큰 박을 많이 땄는데 그 속에서 금은보화가 나와 큰 부자가 되었다.

놀부가 이 소식을 듣고 제비 새끼의 다리를 일부러 부러뜨려 날려보냈다. 이듬해 봄에 제비가 가져다 준 박씨를 심어 많은 박을 땄는데 그 속에서 온갖 몹쓸 것이 나와 집안이 망하게 되었다.

22) 한국학중앙연구원, 「흥부전」, 한국민족문화대백과사전

흥부는 이 소식을 듣고 놀부에게 재물을 주어 살게 한다. 그 뒤 놀부도 잘못을 뉘우치고 착한 사람이 되었으며 형제가 화목하게 살게 되었다.

④ **주제** 중요도 중

표면적 주제	형제간의 우애 강조와 인과응보, 권선징악
이면적 주제	당시의 급변하는 현실사회에서 몰락한 양반과 아직도 위세를 부리려는 기존 관념이 허망한 것이라는 현실주의적 서민의식, 몰락 양반의 기존 관념 비판, 빈부 격차에 따른 갈등 등

⑤ **근원 설화** 중요도 하

방이 설화	가난하지만 착한 형 방이와 부자지만 악한 아우의 권선징악적 이야기
박 타는 처녀 설화	제비 다리를 고쳐 준 착한 처녀는 제비가 물어다 준 박씨를 심어 복을 받고 그것을 흉내 내어 제비 다리를 부러뜨렸던 이웃집의 나쁜 처녀는 박에서 나온 독사에 물려 죽는다는 내용

⑥ **특징**

두 주인공인 흥부와 놀부는 당시 서민 사회의 전형적 인물이라 할 수 있다. 흥부는 양반 혹은 영세농민의 전형이고 놀부는 천민 혹은 부농층의 전형으로 볼 수 있다.

⑦ **의의**

㉠ 근대성 중요도 하

「흥부전」은 몇몇 전근대적 요소에도 불구하고 당대의 사회상을 가장 잘 반영함으로써 판소리계 소설들 중 다른 어떤 것보다 **근대적 요소를 많이 지니고 있는 작품**이다. 이런 점에서는 연암 박지원의 소설과 견줄 만한 근대성을 지녔다고 할 수 있다. 「흥부전」에 나타나는 근대적 성격은 다음과 같다.

인간성 옹호	흥부 처와 놀부 처가 질투의 본성을 거리낌 없이 드러내고, 놀부는 본능적 욕구만을 추구한 인물이며, 흥부도 보물을 보고 마음껏 기뻐한다. 이처럼 사람의 본성에 대한 사실주의적 태도를 지녔다는 점에서 인간성을 옹호한다.
선악을 공유하는 인간상 창조	흥부의 경우 선한 면만 지닌 주인공이지만 이러한 흥부의 무능력과 형식주의, 자식이 많은 상황에 대해 서술자의 개입을 통해 비판한다. 또한 흥부의 자식들이 어리석은 인물들로 그려지는 것은 인간에 대한 작가의 의식이 인간을 선악 양면을 공유한 존재로 보는 근대적 인간관임을 보여준다.
사회비판의식의 표출	「흥부전」의 작가는 흥부의 가난을 흥부 개인의 잘못으로 보기보다는 사회의 구조적 모순에서 기인하는 것으로 인식한다. 그래서 흥부가 아무리 열심히 품을 팔아도 가난을 면할 수 없다고 보는 것이다.
갈등양상의 전이	「흥부전」 이전의 고전소설들에 나타나는 갈등양상은 애정문제나 신분문제였다. 이에 비해 「흥부전」은 **경제문제를 갈등의 대상으로 정했다는 점**에서 신분 중심 사회에서 물질 중심 사회로 시대가 이행된 것을 보여준다.

㉡ 해학성

흥부가 양식을 구하러 놀부를 찾아갔다가 놀부와 형수에게 매를 맞는 비극적인 상황이 재미있게 묘사되고 있다. 또한 흥부가 매품을 팔지 못하고 돌아오는 대목이나 흥부 자식들이 음식 타령을 늘어놓는 대목에서도 해학성이 나타나는데 이처럼 슬픔을 웃음으로 이겨내려고 하는 해학성은 판소리의 특징적인 면이라 할 수 있다. 이때의 해학은 단순히 웃음만 주는 게 아니라 상황의 본질적인 면모인 비장미도 느끼게 함으로써 그 웃음이 결코 현실을 무시한 것이 아님을 드러낸다.

제 4 편 실전예상문제

제1장 전기소설

01 다음 중 『금오신화』의 작가는 누구인가?

① 허균
② 최치원
③ 김만중
④ 김시습

01 『금오신화』는 김시습이 지은 한문 단편 소설집으로 김시습이 1465~1470년에 금오산에 머무는 동안 지은 것으로 추정된다.

02 『금오신화』가 필사 이외의 방식으로 제일 먼저 출간된 것은 언제 어디인가?

① 1658년 조선
② 1658년 일본
③ 1884년 일본
④ 1927년 조선

02 『금오신화』는 조선이 아니라 일본에서 먼저 출간되었다. 1658년, 1884년에 일본에서 방각본으로 출간되었고, 우리나라에서는 1884년에 일본에서 출간된 것을 1927년에 최남선이 『계명』이라는 이름의 잡지에 옮겨 실어 발표함으로써 처음으로 소개되었다.

03 다음 중 『금오신화』에 대한 설명으로 옳지 <u>않은</u> 것은?

① 우리나라 소설 발달사에서 소설이라는 문학양식을 확립한 것으로 평가받는다.
② 유교이념의 설파를 목적으로 지어졌다.
③ 기이한 일을 다룬 소설들을 모아 놓은 전기 소설집이다.
④ 중국의 전기 소설집인 『전등신화』의 영향을 받았다.

03 유교이념의 설파를 목적으로 산문을 쓰던 것은 김시습이 아닌 당시의 분위기였고, 김시습은 이러한 분위기에서 벗어나 자유로운 상상과 자신이 추구하는 이상을 담은 작품을 창작했다.

정답 01 ④ 02 ② 03 ②

04 「수성궁몽유록」은 「운영전」이라고도 불리는 작품으로 작가 및 연대 미상의 작품이다. 『금오신화』에 실린 5편의 작품 중 나머지는 「용궁부연록」, 「남염부주지」이다.

05 박생이 꿈속의 일을 경험하고 돌아와 얼마 후 죽어서 남염부주라는 지옥의 염라대왕이 되는 내용으로 「남염부주지」에 대한 설명이다.

06 주인공 홍생이 기자왕의 공주 기씨녀를 만나 놀다가 공주의 추천으로 선계의 벼슬을 얻게 된다는 내용으로, 죽었는데도 불구하고 얼굴이 마치 산 사람 같았다는 것은 도교에서 말하는 양생과 관련되는 내용이다.

정답 04 ③ 05 ④ 06 ①

04 다음 중 『금오신화』에 실린 작품이 아닌 것은?

① 「만복사저포기」
② 「이생규장전」
③ 「수성궁몽유록」
④ 「취유부벽정기」

05 다음 설명에 해당하는 작품의 제목은?

- 경주에 사는 박생이 주인공이다.
- 박생이 꿈속에서 염왕과 만나 담론을 펼친 일이 주된 줄거리이다.
- 삽입시가 등장하지 않는다.
- 여주인공이 없다.

① 「이생규장전」
② 「만복사저포기」
③ 「취유부벽정기」
④ 「남염부주지」

06 『금오신화』에 실린 다음 작품들 중 도교적 색채가 가장 짙은 것은?

① 「취유부벽정기」
② 「만복사저포기」
③ 「이생규장전」
④ 「남염부주지」

07 다음은 어느 작품에 대한 설명인가?

> • 『금오신화』에 실린 작품들 중 서사성이 가장 뛰어난 것으로 평가받는다.
> • 이전 전기소설의 전형을 보여준다.
> • 남주인공은 한미한 가문 출신이지만 재능이 있고, 여주인공은 상층 귀족으로 등장한다.
> • 세조의 왕위 찬탈 및 단종에 대한 절의를 나타낸 작품이라고 보기도 한다.

① 「이생규장전」
② 「만복사저포기」
③ 「취유부벽정기」
④ 「남염부주지」

07 이생과 최씨녀의 사랑을 다룬 「이생규장전」에 대한 설명이다.

08 다음 중 「이생규장전」과 「만복사저포기」의 공통점에 대한 설명으로 옳지 않은 것은?

① 두 작품 모두 비극적인 결말을 맺는다.
② 두 작품 모두 단종에 대한 김시습의 절의를 나타낸 것으로 보기도 한다.
③ 두 작품 모두 명혼소설이다.
④ 두 작품 모두 삽입시가 수사적인 면만 강조되었다.

08 「만복사저포기」의 경우 삽입시가 서사와 긴밀하게 조응하기보다 수사적인 면만 강조되었다. 하지만 「이생규장전」의 경우 삽입시가 인물의 심리를 효과적으로 전달한다는 점에서 서사와 긴밀한 관련을 맺는다고 할 수 있다.

정답 07 ① 08 ④

09 다음 중 「이생규장전」과 「만복사저포기」의 내용상 차이점에 대한 설명으로 옳지 <u>않은</u> 것은?

① 「만복사저포기」의 여주인공은 임진왜란으로 인해 죽고, 「이생규장전」의 여주인공은 홍건적의 난으로 인해 죽는다.
② 남주인공이 여주인공이 귀신인 줄 모르고 함께 지낸 시간이 「만복사저포기」의 경우 3일이었으나 「이생규장전」의 경우에는 3년이었다.
③ 「만복사저포기」의 남주인공은 여주인공의 장례를 치르지 않지만, 「이생규장전」의 남주인공은 여주인공의 장례를 치러준다.
④ 「만복사저포기」의 남주인공이 어떻게 죽었는지는 알려지지 않았으나, 「이생규장전」의 남주인공은 병들어 죽는다.

09 「이생규장전」의 이생은 최씨녀와 사랑에 빠져 혼인 후 홍건적 때문에 헤어졌다가 최씨녀를 다시 만난다. 그리고 3년 동안 행복하게 지낸다. 그러나 이 기간 동안 이생은 최씨녀가 이미 죽은 사람인 줄 알면서도 함께 했다. 한편 「만복사저포기」의 양생은 부처님과의 내기에서 이겨 아름다운 여인을 만나 3일을 같이 보내는데 여인과 헤어진 후 여인의 부모님을 만나고 나서야 그 여인이 죽은 여인의 환신이라는 것을 확실히 알게 된다.

10 다음 중 김시습이 어릴 적 세종대왕으로부터 칭찬받은 일을 토대로 쓴 작품이라 여겨지는 것은?

① 「용궁부연록」
② 「취유부벽정기」
③ 「남염부주지」
④ 「만복사저포기」

10 어릴 적 김시습은 글 잘 쓰는 신동으로 알려져 궁궐에 초대되었고 당시 왕이었던 세종대왕에게서 칭찬을 받았던 경험이 있었다. 이러한 경험이 「용궁부연록」을 쓸 때 반영되어, 「용궁부연록」의 한생은 젊어서부터 문장으로 이름이 알려져 용왕의 초대를 받아 용궁 구경을 하게 되는 것으로 설정되었다.

11 다음 중 「용궁부연록」에 대한 설명으로 옳지 <u>않은</u> 것은?

① 우리나라 최초의 한문 소설집에 실려 있다.
② 현실과 꿈을 넘나드는 구조이다.
③ 현실과 이상 세계의 대립과 갈등을 보여준다.
④ 전기적 요소를 활용하여 환상적인 느낌을 준다.

11 이 작품에는 한생이 사는 현실적 세계와 용궁이라는 이상적 세계가 함께 제시된다. 하지만 두 세계의 대립이나 갈등이 드러나지 않는다. 오히려 현실 세계의 사람인 한생이 용궁의 일을 돕는 내용이 나온다.

정답 09 ② 10 ① 11 ③

12 **『금오신화』에 실린 작품들에서 삽입시의 기능이 아닌 것은?**

① 사건에 대한 서술자의 평가가 드러난다.
② 사건이 앞으로 어떻게 전개될 것인지를 암시한다.
③ 인물의 정서를 효과적으로 전달한다.
④ 서정적 감흥을 일으킨다.

12 『금오신화』에 실린 작품들에는 서정시가 삽입되어 있는 경우가 많다. 일반적으로 전기소설에서 삽입시는 등장인물의 정서를 표현하고 앞으로 일어날 일을 암시하며 수사적인 역할도 담당한다. 그러나 서술자의 평가는 이루어지지 않는다.

13 **다음 중 『기재기이』에 대한 설명으로 옳지 않은 것은?**

① 신광한의 전기 소설집으로 『금오신화』보다 이른 시기인 1553년에 간행되었다.
② 『기재기』라고도 한다.
③ 작가인 신광한 자신의 신변을 소재로 한 작품들이 실려 있다.
④ 한글 단편 소설집이다.

13 『기재기이』는 4편의 단편이 실린 한문 단편 소설집이다.

14 **다음 중 『기재기이』에 실린 작품이 아닌 것은?**

① 「안빙몽유록」
② 「서재야회록」
③ 「대관재몽유록」
④ 「최생우진기」

14 「대관재몽유록」은 1529년 중종 시대에 심의가 지은 한문 단편소설이다. 『기재기이』에 실린 또 다른 작품은 「하생기우록」이다.

정답 12 ① 13 ④ 14 ③

15 다음 설명에 해당하는 작품의 제목은?

- 명혼소설이다.
- 반존화적, 도가적 성향이 투영되었다.
- 개성상인 홍생과 기자왕의 딸이 만나 사랑을 나누는 이야기이다.
- 수양대군이 단종의 왕위를 빼앗은 사건을 우의적으로 나타낸 것이라 보기도 하고, 선계로 승화되는 현실도피적인 성향을 보여주는 것이라 보기도 하는 등 해석이 분분하다.

① 「이생규장전」
② 「만복사저포기」
③ 「취유부벽정기」
④ 「남염부주지」

15 '부벽정'은 평양 대동강에 있는 누각으로 홍생이 달밤에 술에 취해 올라간 곳이다. 그곳에서 홍생은 시를 지어 읊다가 아름다운 여자를 만났는데 그녀는 기자의 딸이라고 한다.

16 김시습의 『금오신화』에 대한 설명으로 옳지 않은 것은?

① 우리나라가 아닌 일본에서 먼저 출판되었다.
② 금오산과 관련된 여러 편의 신화(神話)가 담겨 있다.
③ 유교, 불교, 도교를 아우르는 세계관을 보여준다.
④ 명나라 시대 구우가 쓴 『전등신화』의 영향을 받은 것으로 추정된다.

16 『금오신화』의 '신'은 새로울 신(新)으로, 일반적으로 말하는 '신화'의 귀신 신(神)과 한자가 다르다. 또한 『금오신화』는 한문 소설집이다. 작가 김시습이 경주에 있는 금오산의 용장사라는 절에서 7년간 은거하며 지은 한문소설 다섯 편이 담겨 있다.

17 다음 중 김시습의 유교 중심 사상이 가장 강하게 나타난 작품은?

① 「용궁부연록」
② 「남염부주지」
③ 「취유부벽정기」
④ 「이생규장전」

17 「남염부주지」는 주인공이 꿈속에서 염부주라는 별세계에 이르러 염왕과 사상적 담론을 벌이는 것이 주된 내용이다. 그들은 다방면에 걸쳐 대화를 나누는데 유교가 불교보다 우위에 있다는 것, 세계에는 현실계만 존재한다는 것, 폭력과 억압으로 나라를 다스리면 망한다는 것에 의견일치를 본다.

정답 15 ③ 16 ② 17 ②

18 **다음 중 김시습의 자전적 체험이 담긴 것으로 여겨지는 작품은?**

① 「남염부주지」
② 「용궁부연록」
③ 「이생규장전」
④ 「만복사저포기」

18 작가 김시습은 3살 때부터 글자를 배우고 5살 때는 한시를 지어 신동이라는 소문이 자자했다고 한다. 이러한 소문이 당시의 왕이었던 세종의 귀에까지 들어가자 세종은 시험을 해 보고는 열심히 공부하라는 당부와 함께 선물을 주었다고 한다. 작가의 이러한 체험은 「용궁부연록」에 반영된다. 「용궁부연록」의 주인공 한생은 글재주가 뛰어나 조정에까지 알려졌는데 어느 날 꿈속에서 용왕의 청으로 용궁에 가서 새로 지은 누각의 상량문을 지어주고 온다.

19 **다음 중 「심생전」에 대한 설명으로 옳은 것은 몇 개인가?**

- 저자는 이옥이다.
- 심생과 죽은 처녀와의 사랑을 그린 명혼소설이다.
- 신분차이로 인해 이루어지지 못한 사랑을 그렸다.
- '전'에 속하는 작품으로 볼 수 있다.

① 1개
② 2개
③ 3개
④ 4개

19 심생과 만나던 처녀가 죽은 것은 사실이지만 처녀가 죽은 후 심생도 머지않아 죽게 되므로 명혼소설이라 할 수 없다.

정답 18 ② 19 ③

제2장 몽유록, 몽자류 소설

01 몽유록이 유행한 것은 조선 중엽이다.

01 다음 중 몽유록에 대한 설명으로 적절하지 않은 것은?

① 몽유록은 주인공이 꿈을 꾸는 동안 일어난 사건을 기록한 소설이다.
② 조선 초에 크게 유행했다.
③ 대부분 한문소설이다.
④ 꿈의 형식을 빌려 현실을 비판하는 내용이 많다.

02 「대관재몽유록」은 1529년 심의가 지은 작품으로 몽유록계 소설의 효시라 할 수 있다.

02 다음 중 몽유록계 소설의 효시에 해당하는 작품은?

① 「원생몽유록」
② 「사수몽유록」
③ 「금화사몽유록」
④ 「대관재몽유록」

03 조선 중기에 임제가 지은 「원생몽유록」에 대한 설명이다.

03 다음 설명에 해당하는 작품의 제목은?

- 김시습의 『금오신화』에 실린 몽유록을 계승하되, 비판의식을 담아 보다 소설화되었다.
- 주인공의 이름을 따 「원자허전」이라고도 한다.
- 세조의 왕위 찬탈 사건을 소재로 하여 당대에는 문집에 실리지 못했다.
- 사대부뿐만 아니라 부녀자층까지 폭넓은 독자층으로 퍼져 나갔다.

① 「원생몽유록」
② 「사수몽유록」
③ 「수성궁몽유록」
④ 「대관재몽유록」

정답 01 ② 02 ④ 03 ①

04 다음 설명에 해당하는 작품은 무엇인가?

- 강화도와 관련된 소설이다.
- 병자호란을 배경으로 한다.
- 주인공 청허선사가 꿈에서 여인들의 이야기를 듣는다는 내용이다.

① 「강도몽유록」
② 「대관재몽유록」
③ 「수성궁몽유록」
④ 「원생몽유록」

04 '강도'는 강화도를 가리키는 말로, 「강도몽유록」에 대한 설명이다.

05 다음 중 몽자류 소설에 대한 설명으로 옳지 않은 것은?

① 몽자류 소설에서는 주로 한 인물의 일생을 다룬다.
② 현실에 만족하며 살아가던 인물이 꿈을 통해 현실세계의 불합리에 눈뜨고 불만족을 느끼게 된다.
③ 주인공은 꿈을 통해 깨달음을 얻는다.
④ 대체로 작품의 길이가 길다.

05 몽자류 소설의 주인공은 대개 현실 생활에 대한 불만을 갖고 있으며 그 불만의 근원은 세속적인 부귀영화에 대한 갈망 때문이다. 몽자류 소설의 대표작이라 할 수 있는 「구운몽」에서도 성진이 팔선녀를 만난 후 세속적 삶에 대한 갈망으로 갈등을 겪다가 꿈 속 세계로 들어가게 된다.

정답 04 ① 05 ②

제3장 영웅소설

01 다음 중 「홍길동전」의 내용에 대한 설명으로 적절하지 않은 것은?

① 홍길동은 홍판서의 첩 초란이 자신을 죽이려 자객을 보내자 자객을 처치하고 집을 떠난다.
② 홍길동이 세운 국가의 이름은 율도국이었다.
③ 홍길동의 어머니는 홍판서의 두 번째 부인이었다.
④ 홍길동은 자신이 원하던 대로 병조판서로 임명받았다.

01 홍길동의 어머니는 홍판서의 부인이 아니라 시비였다.

02 다음 중 「홍길동전」에 대한 설명으로 옳지 않은 것은?

① 조선 중기에 살았던 허균이 지었다.
② 최초의 한글소설로 인정받는다.
③ 영웅소설의 효시로 여겨진다.
④ 당시 고전소설의 특징과 마찬가지로 시대적・공간적 배경이 중국이다.

02 「홍길동전」은 대부분의 고전소설과 달리 인물・배경 등이 우리나라에 한정되었다.

03 홍길동이 활빈당을 이끌며 여러 문제를 일으키자 조정에서는 길동의 형 인형을 통해 홍길동을 잡아들이려 한다. 이때 길동이 인형을 찾아가 스스로 붙잡힌 이유로 옳지 않은 것은?

① 홍판서 가문에 대한 의리
② 잡혔다가 다시 탈출함으로써 자신의 뛰어난 도술을 보여주려고
③ 같은 아버지를 둔 이복형에 대한 배려
④ 인형에게 혼나는 것이 두려워서

03 인형과 홍길동은 아버지가 같을 뿐 친밀한 관계가 아니었다. 게다가 홍길동은 평범한 사대부가의 인물인 인형과 달리 마음만 먹으면 도술을 써서 인형을 골탕 먹일 수도 있고 탈출할 수도 있는 능력을 갖추었다. 따라서 홍길동이 인형을 두려워했다고 보는 것은 적절하지 않다.

정답 01 ③ 02 ④ 03 ④

04 다음은 홍길동과 영웅소설에 나타나는 영웅의 일생의 구조를 짝지은 것이다. 적절하지 않은 것은?

	영웅의 일생	홍길동
①	고귀한 혈통	판서의 아들로 태어남
②	예사롭지 않은 출생	도술에 능함
③	어려서 위기를 겪음	초란의 음모로 생명의 위협을 받음
④	위기를 극복하고 승리자가 됨	국가 권력을 물리치고 율도국을 건설하여 왕이 됨

04 「홍길동전」에 나타난 예사롭지 않은 출생의 내용은 홍길동이 홍판서의 기이한 태몽 후 시비에게서 태어난 서자라는 점이다. 홍길동이 도술에 능하다는 것은 출생과 관련된 내용이 아니라 영웅이 지닌 비범한 능력으로 보는 것이 적절하다.

05 「홍길동전」이 일반적인 영웅소설과 가장 다른 점은?

① 조력자의 도움 없이 스스로 고난을 극복한다는 점
② 여러 가지 도술을 부릴 줄 안다는 점
③ 아버지가 높은 벼슬을 하는 사람이라는 점
④ 죽을 뻔한 고비를 넘겼다는 점

05 제시된 다른 특징들은 여타의 영웅소설에서도 찾아볼 수 있는 특징들이다. 그러나 주인공이 조력자의 도움을 받아 고난을 극복하는 영웅소설들과는 달리 홍길동은 스스로의 힘으로 고난을 극복한다.

06 홍길동이 율도국을 건설했다는 점이 의미하는 바로 옳지 않은 것은?

① 율도국은 홍길동이 당면한 윤리적 갈등을 해결할 수 있는 공간이다.
② 율도국 건설은 해외 진출과 이상국 건설에 대한 작가의 신념을 반영한다.
③ 봉건 지배에서 벗어난 근대적 국가에 대한 선구자적인 작가의 의식이 반영되었다.
④ 율도국은 사회적 모순에 대한 적극적 비판과 저항의 결과물이라 할 수 있다.

06 율도국은 왕이 있고 일부다처제 형태의 봉건 국가였다. 따라서 근대국가의 모습이 나타난 것은 아니다.

정답 04 ② 05 ① 06 ③

07 다음 중 「홍길동전」에 대한 설명으로 옳지 않은 것은?

① 한글로 표기하여 독자층을 확대했다.
② 영웅의 일대기라는 서사구조로 이루어져 있다.
③ 불합리한 사회 제도에 대한 저항 정신이 반영되어 있다.
④ 중국을 배경으로 이야기가 전개된다.

07 대부분의 고전소설이 소재와 인물, 배경 등을 중국에서 가져오는 데 반해 「홍길동전」은 우리나라를 무대로 삼아 이야기를 전개하고 있다. 한편 「홍길동전」은 최초의 한글소설로 인정되는 작품으로 한문을 읽지 못하는 서민들도 읽을 수 있어 독자층이 넓었다. 또한 '고귀한 혈통 → 비정상적 출생 → 비범한 능력 → 위기 → 위기 극복 → 성장 후 고난 → 고난 극복'이라는 영웅의 일대기 구조를 따르며 적서 차별과 신분 제도의 타파, 탐관오리의 응징과 빈민 구제 등 불합리한 사회 제도에 대한 저항 정신이 반영된 현실비판적 성격을 지녔다.

08 다음 중 「박씨전」에 대한 설명으로 옳지 않은 것은?

① 여성 영웅이 등장하는 역사군담소설이다.
② 임진왜란과 병자호란 직후 창작된 것으로 추정된다.
③ 병자호란의 굴욕을 정신적으로 극복해내고자 하는 의지가 엿보인다.
④ 여성 영웅이 겪는 고난은 남녀차별적인 사회제도로 인한 것이다.

08 「박씨전」의 박씨가 겪는 고난은 그녀의 얼굴이 추하기 때문이다.

09 다음 중 「박씨전」의 또 다른 이름이 아닌 것은?

① 「명월부인전」
② 「숙영낭자전」
③ 「이시백전」
④ 「박씨부인전」

09 「숙영낭자전」은 판소리계 소설로 전혀 다른 작품이다.

정답 07 ④ 08 ④ 09 ②

10 다음 중 「박씨전」의 창작 배경이라 할 수 없는 것은?

① 전쟁으로 인한 민족적 적개심
② 무능한 권력층에 대한 비판의식
③ 『삼국지연의』와 같은 중국 역사소설의 유입
④ 유교적 대의명분의 추구를 통한 윤리성 회복 염원

10 유교적 명분론에 치중된 양반 사회의 무능함이 전쟁을 통해 여실히 드러난 후라 평민들 사이에 유교적 대의명분을 추구하려는 의지가 강해질 수는 없는 시대였다.

11 다음 중 「박씨전」에 대한 설명으로 옳지 않은 것은?

① 천상 세계와 지상 세계를 오가며 이야기가 전개된다.
② 변신 화소가 이야기 전개의 전환점이 된다.
③ 역사적 인물과 허구적 인물이 함께 등장한다.
④ 남성중심주의에 대한 작가의 비판적 시각이 드러난다.

11 박씨전은 병자호란이 일어난 조선 시대를 배경으로 하고 있으며 천상 세계와 지상 세계를 오가는 내용은 나타나지 않는다.
한편 박씨의 변신을 기점으로 가정 내의 갈등이 마무리되고 병자호란이라는 사회적 갈등을 다룬 내용으로 바뀐다. 또한 역사적 인물인 임경업, 이시백, 용골대와 허구적 인물인 박씨, 계화 등이 함께 등장한다. 「박씨전」은 여성 영웅을 내세움으로써 현실에서 청나라에 항복한 남성중심사회에 대한 비판을 담은 작품이라 할 수 있다.

12 다음 중 「유충렬전」의 유형이라 볼 수 없는 것은?

① 영웅소설
② 창작군담소설
③ 염정소설
④ 적강소설

12 염정소설이란 남녀 주인공이 난관을 극복하고 사랑을 성취하는 유형의 소설을 말한다. 「유충렬전」에서는 여주인공이라 할만한 인물이 나오지 않을 뿐만 아니라 유충렬과 부인의 사랑 이야기가 자세하게 그려지지도 않는다.

정답 10 ④ 11 ① 12 ③

13 다음 중 「유충렬전」에 반영된 당시 시대적 상황이라 할 수 없는 것은?

① 척화파와 주화파의 갈등
② 병자호란 때 대군과 비빈이 청나라에 잡혀감
③ 이순신 등의 뛰어난 수군들이 적군을 물리침
④ 청나라에 대한 민중들의 보상심리

13 「유충렬전」은 병자호란을 배경으로 만들어진 것으로 보인다. 따라서 임진왜란 때 활약했던 이순신의 이야기는 반영되지 않았다. 또한 수군의 활약 내용도 「유충렬전」의 내용과는 거리가 멀다.

14 다음 중 「유충렬전」의 이면적 주제에 해당하는 것은?

① 국가에 대한 충성심
② 실세한 계층의 권력회복 의지
③ 부모에 대한 지극한 효성
④ 권선징악

14 국가에 대한 충성심이나 부모에 대한 효성은 「유충렬전」의 표면적 주제에 해당한다.

15 「유충렬전」과 영웅소설의 구조를 비교한 것으로 옳지 않은 것은?

	일반적인 영웅소설	「유충렬전」
①	고귀한 혈통	현직 고위 간부의 아들로 태어남
②	예사롭지 않은 출생	부모가 산천에 기도하여 얻은 아들임
③	비범한 능력 소유	오직 부단한 노력으로 무술을 연마하여 비범한 능력을 지니게 됨
④	어려서 위기를 겪음	간신 정한담의 박해로 죽을 고비를 겪음

15 유충렬은 원래 천상계 사람이었는데 적강하여 태어났기 때문에 태어날 때부터 이미 비범한 능력을 지닌 존재로 그려진다. 자신의 노력으로 비범한 능력을 갖게 된 영웅은 홍길동 같은 인물이다.

정답 13 ③ 14 ② 15 ③

16 「유충렬전」의 전반부가 고난을 겪으며 가족과 헤어지는 내용이라면 후반부는 유충렬이 자신의 능력을 발휘하며 고난을 극복하는 이야기이다. 이처럼 전반부와 후반부의 서로 다른 내용 사이에 유충렬이 한 일은 무엇인가?

① 강씨 집안과의 결혼
② 백룡사에서의 은거 및 수업
③ 호국을 무찌름
④ 천상계 방문

16 유충렬은 고난을 겪던 전반부의 끝에서 정한담 일파로부터의 시련을 피해 백룡사에 머물며 노인으로부터 도술을 배우고 귀한 물건들을 얻는다. 이후 나라에 난이 일어났다는 소식을 듣고 능력을 발휘하러 떠난다.

17 「유충렬전」에 나타난 갈등 및 해결을 통해 알 수 있는 작가의식이 <u>아닌</u> 것은?

① 운명론적 세계관
② 청나라에 대한 보복의식
③ 권력 획득을 통한 개인적 영달의 추구
④ 체제비판

17 「유충렬전」은 사회적 통념을 따르는지 아닌지에 따라 선과 악으로 구분하는 당대 사회의 통념을 그대로 반영하고 있다. 따라서 체제를 비판하는 측면은 없다.

18 다음 중 「유충렬전」에 대한 설명으로 옳지 <u>않은</u> 것은?

① 인물의 영웅적인 활약상이 나타난다.
② 사건 전개에 비현실적인 요소가 나타난다.
③ 전쟁을 제재로 한 군담소설적 성격이 강하다.
④ 입체적 인물을 등장시켜 주제 의식을 드러낸다.

18 「유충렬전」은 유충렬과 정한담의 대립을 통해 유충렬의 영웅적 면모가 드러나는 것은 맞다. 하지만 두 인물 모두 인물의 성격이 변하지 않는 평면적 인물들이다. 고전소설의 인물들은 대개 평면적이다.
한편 유충렬이라는 영웅적 인물의 활약상이 드러나고 있으며 유충렬의 출생이나 정한담 일파와 싸우는 장면에서 나타나는 비현실성은 「유충렬전」이 고전소설의 일반적인 특징을 그대로 따르고 있음을 보여준다. 또한 「유충렬전」은 명나라와 호국 사이의 전쟁을 소재로 하고 있다.

정답 16 ② 17 ④ 18 ④

19 다음 중 영웅소설에 대한 설명으로 적절하지 않은 것은?

① 영웅은 비범한 능력을 집단의 가치를 위해 사용하는 인물이다.
② 영웅소설은 주인공의 영웅적 행동에 초점이 맞추어져 이야기가 서술된다.
③ 우리나라에서는 임진왜란과 병자호란 이후에 많이 창작되었다.
④ 영웅의 일생은 일정한 구조를 지닌다.

19 영웅소설은 영웅의 일대기를 근간으로 한다. 따라서 특정 행동에 초점이 맞추어져 서술된다고 보기 어렵다.

20 영웅소설의 두 가지 계열에 대한 설명으로 옳지 않은 것은?

① 역사군담소설과 창작군담소설의 두 가지가 있다.
② 「임경업전」, 「최고운전」, 「임진록」은 역사군담소설에 해당한다.
③ 「소대성전」, 「조웅전」, 「유충렬전」은 창작군담소설에 해당한다.
④ 영웅소설은 군담소설만 있다.

20 군담소설이란 주인공이 전쟁을 통해 영웅적 활약을 전개하는 소설인데 우리나라의 영웅소설은 임진왜란과 병자호란 이후 군담소설 형태로 창작되었다. 그러나 「홍길동전」처럼 영웅소설이면서도 군담소설이 아닌 작품들도 존재한다.

21 다음 중 영웅소설의 일반적인 특징이라 할 수 없는 것은?

① 권선징악적 주제
② 행복한 결말
③ 인물의 일대기적 구성
④ 개성적 인물

21 영웅소설은 일반적으로 전형적인 인물을 보여준다.

정답 19 ② 20 ④ 21 ④

제4장 애정소설

01 다음 내용에 해당하는 작품의 제목은?

> 유영이라는 인물이 꿈속에서 운영과 김진사를 만나 안평대군의 사궁을 배경으로 펼쳐진 궁녀와 선비의 사랑 이야기를 들었다.

① 「수성궁몽유록」
② 「강도몽유록」
③ 「금화사몽유록」
④ 「문성궁몽유록」

01 「운영전」 또는 「유영전」이라 불리기도 하는 작품으로 「수성궁몽유록」에 대한 설명이다.

02 다음 중 애정소설에 대한 설명으로 적절하지 않은 것은?

① 애정소설은 개인의 심정을 반영한 소설이다.
② 애정소설은 대부분 기존의 관념을 수용하는 과정에서 생겨나는 갈등을 다룬다.
③ 조선 후기 애정소설 중에는 중국을 배경으로 한 작품도 있다.
④ 애정소설은 원본이 한문본인 경우도 있다.

02 애정소설은 대하소설과 달리 기존의 관습을 뒤집어엎는 방향으로 나아갔다. 이런 이유로 일반 민중 사이에서 인기를 끌 수 있었다. 한편 애정소설은 대부분 국내를 무대로 이야기가 펼쳐졌으나 「동선기」처럼 배경이 중국인 작품도 있다.

03 다음 애정소설 작품들 중 「운영전」과 구성이 비슷한 작품의 제목은?

① 「최랑전」
② 「숙향전」
③ 「유록전」
④ 「영영전」

03 「영영전」은 성균관 진사 김생과 성종의 아들 회산군의 궁녀 영영 사이의 이야기이다. 이것은 김진사와 안평대군의 궁녀 운영의 사랑 이야기를 담은 「운영전」과 기본 구성이 비슷하다.

정답 01 ① 02 ② 03 ④

04 「운영전」은 김진사와 안평대군의 궁녀 운영의 사랑 이야기를 담은 작품으로 신분으로 인해 인간의 자연스런 감정을 억누르고 살아야 하는 비극적인 내용을 담고 있다는 점에서 유교 사회의 모순에 대한 비판이 담겨 있다. 그러나 주인공들이 충과 효 사이에서 갈등하는 내용은 없다. 주인공들은 전통과 관습만 중시하는 유교사회에 대해 비판적일 뿐이다.

05 「채봉감별곡」 속에는 주인공 채봉이 사랑하는 사람과 이별한 사연을 하소연하는 가사 작품이 있는데 그 가사 작품의 제목이 바로 '추풍감별곡'이다.

06 「오유란전」, 「종옥전」, 「이춘풍전」은 세태풍자 소설에 속하는 반면 「옥단춘전」은 애정소설에 속한다고 할 수 있다. 세태풍자 소설에는 이 밖에도 「정향전」, 「지봉전」, 「삼선기」 등이 있다.

정답 04 ③ 05 ② 06 ④

04 다음 중 「운영전」에 대한 설명으로 적절하지 않은 것은?

① 조선 후기 애정소설의 모습을 보여주는 대표적인 작품이다.
② 원래 제목은 「수성궁몽유록」이다.
③ 충과 효 사이에서 갈등하는 주인공의 모습을 담은 작품이다.
④ 두 남녀 주인공의 사랑은 결국 제대로 이루어지지 못하고 운영이 자결함으로써 끝난다.

05 다음 중 조선 후기 애정소설 작품에 대한 설명으로 옳은 것은?

① 「옥단춘전」 : 옥단춘이 자신을 미끼로 출세하려는 아버지의 명령을 거부하고 장필성과의 사랑을 이루어내는 이야기이다.
② 「채봉감별곡」 : 이 작품에는 비슷한 제목의 가사 작품이 들어있다.
③ 「숙향전」 : 서로 도우며 살 것을 맹세한 두 선비의 우정이 변한 모습에 대한 이야기이다.
④ 「최랑전」 : 최랑이 사대부 이여덕과 사랑에 빠져 온갖 어려움을 극복하고 함께 잘 살게 되는 이야기이다.

06 다음 조선 후기 소설들 중 갈래가 다른 하나는?

① 「오유란전」
② 「종옥전」
③ 「이춘풍전」
④ 「옥단춘전」

07 다음 중 「주생전」에 대한 설명으로 옳지 않은 것은?

① 저자가 주생에게서 직접 이야기를 듣고 썼다 한다.
② 서정시가 삽입되어 분위기 형성에 영향을 끼친다.
③ 비현실적인 요소가 많은 전기소설이다.
④ 16세기 말의 작품이다.

07 「주생전」은 당시 지어진 다른 소설들과 달리 현실성이 강하다는 점을 특징으로 꼽을 수 있다.

정답 07 ③

제5장 가정소설

01 다음 중 '보월빙 3부작'에 해당하지 않는 것은?

① 「명주보월빙」
② 「윤하정삼문취록」
③ 「엄씨효행청문록」
④ 「완월회맹연」

01 「완월회맹연」 역시 보월빙 3부작과 마찬가지로 낙선재문고에 있는 대하소설이다. 하지만 보월빙 3부작에는 들어가지 않는다. 「보월빙」 3부작은 「명주보월빙」, 「윤하정삼문취록」, 「엄씨효행청문록」이다.

02 다음 중 「명주보월빙」에 나오는 세 가문의 성씨가 아닌 것은?

① 맹씨
② 윤씨
③ 하씨
④ 정씨

02 「명주보월빙」은 윤・하・정 세 가문의 혼사 이야기가 주된 축을 이룬다. 이 세 가문의 이야기는 「윤하정삼문취록」으로도 그대로 이어진다.

03 「명주보월빙」과 「윤하정삼문취록」의 관계를 적절하게 설명한 것은?

① 독립적
② 순차적
③ 상호의존적
④ 상호대립적

03 「명주보월빙」에서 해결되지 못한 서사가 「윤하정삼문취록」에서 해결된다는 점에서 상호의존적이라 할 수 있다.

정답 01 ④ 02 ① 03 ③

04 **다음 중 18~19세기에 지어진 대하장편소설이 아닌 것은?**

① 「소현성록」
② 「명주보월빙」
③ 「완월회맹연」
④ 「엄씨효행청문록」

04 「소현성록」은 17세기에 지어진 것으로 추측되고 나머지는 18세기 이후 지어진 것으로 추정된다.

05 **다음 중 조선 후기 대하장편소설에 대한 설명으로 옳지 않은 것은?**

① 여러 명의 주인공에 의해 여러 사건이 동시에 진행된다.
② 대개 한글 필사본으로만 존재한다.
③ 작가 미상이지만 평민층이나 몰락한 양반이 썼을 것으로 추측할 수 있다.
④ 시공간은 대개 중국이다.

05 대하장편소설은 그 내용이나 바탕이 되는 가치관으로 보아 사대부가의 지식인 여성 및 남성 사대부에 의해 쓰였을 것으로 추정된다.

06 **다음은 어느 작품에 대한 설명인가?**

> • 3대에 걸친 이야기를 담은 가문소설이다.
> • 부녀자의 바람직한 모습을 담아 교훈적인 면이 강하다.
> • 17세기에 지어진 것으로 추측된다.

① 「창선감의록」
② 「윤하정삼문취록」
③ 「완월회맹연」
④ 「소현성록」

06 「소현성록」에 대한 설명으로, 「소현성록」은 조선 후기 상층 가문에서 수신서 역할을 했을 정도로 교훈적인 면이 강하다.

정답 04 ① 05 ③ 06 ④

07 다음은 어느 작품에 대한 설명인가?

- 고전소설 중 가장 길다.
- 유교 사상을 바탕으로 서술하였다.
- 4대에 걸친 가문의 이야기를 담고 있다.

① 「완월회맹연」
② 「윤하정삼문취록」
③ 「화산선계록」
④ 「명행정의록」

07 「완월회맹연」은 총 180권 180책으로, 압도적인 길이의 장편소설이다. 중국 명나라 영종 때의 승상 정한과 후손 정잠・인성・몽창 등 4대에 걸친 많은 자손들의 입신출세와 일부다처 생활에서 일어나는 가정적 비극 및 궁중 안에서 벌어지는 음모와 모략, 그리고 영웅적인 인물이 등장하여 활약하는 등 복잡한 줄거리로 엮여 있다.

정답 07 ①

제6장 세태소설과 우화소설

01 다음 중 세태소설에 대한 설명으로 적절하지 않은 것은?

① 우리나라에서 세태소설이라는 장르는 주로 1930년대에 이르러 발전하기 시작했다.
② 세태소설은 특정 시기의 풍속을 보여준다.
③ 조선 후기 세태소설은 대부분 훼절담을 담고 있다.
④ 세태소설은 비판정신의 발현이라 할 수 있다.

01 1930년대에도 박태원 등에 의해 세태소설이 발전한 것은 사실이나, 조선후기였던 19세기에 이미 발전하고 있었다.

02 다음 중 세태소설에서 주로 비판의 대상으로 삼는 게 아닌 것은?

① 지배층 남성의 이중적 태도
② 성에 대한 부정적 인식
③ 사대부의 훼절 음모에 가담하는 여성의 모습
④ 사대부들의 위선과 허위의식

02 세태소설의 비판의 대상은 지배층 중에서도 남자에 해당한다. 여성들이 남자 주인공의 훼절에 가담하기는 하지만 비판의 대상이 되는 것은 아니다.

03 다음 중 우화소설의 작품명과 의인화 대상이 잘못 연결된 것은?

① 「서동지전」 – 고양이
② 「까치전」 – 까치
③ 「두껍전」 – 두꺼비
④ 「서대주전」 – 쥐와 다람쥐

03 「서동지전」은 다람쥐를 의인화한 작품이다.

정답 01 ① 02 ③ 03 ①

04 보통 「배비장전」의 이본은 결말에 따라 배비장이 관직에 오르는 것과 망신당하는 것, 총 두 가지 종류로 나뉜다. 따라서 내용상 큰 차이가 있다고 할 수 있다.

04 다음 중 「배비장전」에 대한 설명으로 옳지 않은 것은?

① 배비장은 자신이 여색을 가까이 할 리 없다고 호언장담했으나 실제로는 그러하지 못했다.
② 원래 판소리로도 불렸다.
③ 근원 설화로는 발치 설화와 미궤 설화가 있다.
④ 「배비장전」의 이본들은 내용상 큰 차이가 없다.

05 오유란은 기생이며, 김생의 작전에 따라 이생을 유혹하는 여성이다.

05 다음 중 「오유란전」에 대한 설명으로 옳지 않은 것은?

① 오유란은 당당한 여성의 모습을 보임으로써 조선 후기 여성 의식의 신장을 보여주는 인물이다.
② 「배비장전」과 비판의 대상이 같다.
③ 오유란은 사대부가의 여성으로 남자 주인공인 이생과 처음 만난 날 사랑에 빠진다.
④ 「오유란전」은 「강릉매화타령」과 관계가 있는 것으로 언급된다.

06 장끼가 죽은 후 까투리가 개가를 하기는 하지만 남성편력이 심했기 때문은 아니다. 갈까마귀, 물오리 등의 청혼을 모두 거절하고 홀아비 장끼와 결혼했을 뿐이다.

06 다음 중 「장끼전」에 대한 설명으로 옳지 않은 것은?

① 우화소설이며 판소리계 소설에 해당한다.
② 까투리는 장끼의 장례식에 찾아온 동물들 여럿과 사랑에 빠지는 등 화려한 남성편력을 보여줌으로써 조선 후기 여성들의 자유연애 사상을 엿볼 수 있다.
③ 조선 후기 소외된 여성들의 권익을 강조함으로써 당시 서민 의식이 성장했음을 보여준다.
④ 남존여비, 개가 금지라는 당시의 도덕관을 풍자한다.

정답 04 ④ 05 ③ 06 ②

제7장 판소리계 소설

01 다음 중 「춘향전」의 춘향에 대한 설명으로 옳지 않은 것은?

① 주체적인 인물이다.
② 기존 사회의 유교적 질서에 순종하는 전형적인 여인상이다.
③ 민중들의 신분 상승 의지를 반영하는 인물이다.
④ 자신의 신분에 대해 이중적인 태도를 취한다.

01 춘향이 이몽룡에 대한 정절을 지키고자 하는 것은 유교적 정절주의 때문이라기보다 이몽룡에 대한 사랑 때문이라고 보는 게 적절하다. 춘향은 유교적 질서에 순종하기보다 목숨을 걸고 자신의 사랑, 즉 인간성을 지켜내려는 인물로 진취적이며 진보적인 인물이지 전형적인 유교적 여인상은 아니다. 또한 춘향은 이몽룡과 변학도를 대할 때 상반된 태도를 보임으로써 기생과 양반의 두 가지 신분적 성격을 모두 드러낸다고 할 수 있다.

02 「춘향전」의 이몽룡에 대한 설명으로 옳지 않은 것은?

① 개인적 삶을 살던 인물에서 과거 급제 후에는 사회적 삶을 사는 데 초점이 맞춰진다.
② 민중과 친화적이었던 지배 계층의 전형이다.
③ 애민적 사고를 보여준다.
④ 보수적 사고방식을 지녔다.

02 이몽룡은 양반 신분이지만 기생의 딸이었던 춘향과 결혼을 마다하지 않는 것으로 보아 보수적인 사고방식을 가진 인물이라고 보기는 어렵다.

03 다음 중 「춘향전」의 주제로 보기 어려운 것은?

① 신분을 초월한 남녀 간의 사랑
② 부패한 관리 타도
③ 신분상의 제약으로부터 인간 해방의 추구
④ 입신양명

03 이몽룡은 과거에 급제하여 암행어사가 되었고 춘향은 기생의 딸이었으나 나중에 정렬부인으로 인정받는 등 두 인물 모두 출세했다고 할 수는 있으나 그것을 주제로 보기는 어렵다.

정답 01 ② 02 ④ 03 ④

04 다음 중 판소리계 소설이 형성될 수 있었던 사회적 · 역사적 배경으로 보기 어려운 것은?

① 부당한 권력에 의해 고통 받는 농민의 증가
② 신분이 가변적일 수 있다는 인식 확대
③ 평민과 천민의 적극적인 사회적 발언 증가
④ 예술적 가치가 뛰어난 고급문화의 유통

04 17세기 이후 일어난 사회적 변화는 정치기강의 문란, 신분제의 동요, 민중의식의 성장, 민중문화의 탄생 등이다. 민중문화 역시 예술적 가치가 뛰어나다고 할 수 있으나, '고급문화'가 아닌 대중적이고 서민적인 문화라 할 수 있다.

05 다음 중 「춘향전」의 배경 사상이라 할 수 없는 것은?

① 인간평등
② 사회개혁
③ 자유연애
④ 붕우유신

05 붕우유신은 '벗 사이에 지켜야 할 도리는 믿음에 있다'는 뜻으로 유교에서 강조하는 오륜의 하나이다. 「춘향전」에는 벗 사이의 도리에 대한 내용은 나오지 않는다.

06 다음 중 「춘향전」의 근원 설화가 아닌 것은?

① 방이 설화
② 열녀 설화
③ 관탈민녀 설화
④ 신원 설화

06 방이 설화는 착한 방이는 보물 방망이를 얻어 잘되고, 악한 동생은 형을 본뜨다 망했다는 내용의 설화로, 「흥부전」의 배경 설화이다.

정답 04 ④ 05 ④ 06 ①

07 **다음 중 「춘향전」의 문학사적 의의로 보기 어려운 것은?**

① 구어체 문장의 실현
② 민중의 모습을 반영한 현실적 소재 선정
③ 사실적인 표현
④ 문학성 높은 개성적 인물의 창조

07 「춘향전」의 인물들은 조선 후기 사회 계층의 전형적인 모습을 보여준다.

08 **다음 중 「춘향전」에 대한 설명으로 옳지 않은 것은?**

① 운문체와 산문체가 섞여 있다.
② 암행어사 설화와 같은 근원 설화가 바탕에 깔려 있다.
③ 사건이나 인물 서술에 서술자의 개입이 제한되어 있다.
④ 서민들의 애환과 당대 사회에 대한 비판의식이 드러나 있다.

08 서술자의 개입은 판소리계 소설의 주요한 특징 중 하나이며 「춘향전」에서도 중간중간 서술자의 개입이 드러난다.
한편 「춘향전」은 판소리계 소설이므로 운문체와 산문체가 섞여 있으며, 암행어사 설화, 열녀 설화, 신원 설화 등 여러 근원 설화를 가지고 있다. 또한 이몽룡이 어사또가 되어 변학도의 생일잔치 때 지은 한시를 통해 서민들의 삶의 애환과 당대 사회에 대한 비판의식이 잘 드러난다.

09 **「흥부전」에 나타난 근대적 요소를 잘못 파악한 것은?**

① 사람의 본성을 있는 그대로 드러내는 점
② 흥부가 아무리 열심히 일해도 먹고살기조차 힘든 사회 현실에 대한 비판의식
③ 경제문제가 본격적인 갈등의 원인으로 등장한 점
④ 형제간에 우애 있게 지내는 점

09 흥부가 부자가 된 뒤 놀부를 도와줌으로써 형제간의 우애가 회복되기는 했으나 흥부네가 놀부네에서 쫓겨난 후 우애 있게 지냈다고는 할 수 없다. 또한 형제간의 우애는 근대에 들어 특별히 나타나기 시작하는 요소라 할 수 없다.

정답 07 ④ 08 ③ 09 ④

10 다음 중 「흥부전」의 이면적 주제로 옳은 것은?

① 새로운 경제질서로의 변화
② 인간의 끝없는 욕심
③ 양반 계층의 비윤리성
④ 서민 계층의 현실적 자각

10 조동일은 「흥부전」의 표면적 주제는 권선징악으로 보고, 이면적 주제는 신흥세력의 대두로 기존의 양반들이 몰락하는 것으로 보았다. 이는 신분이 낮은데도 부를 획득한 세력이 등장함으로써 사회 경제의 주체세력이 변화해 가는 모습을 보여주는 것이라고 할 수 있다.

11 다음 중 「흥부전」의 주제로 보기 어려운 것은?

① 우애
② 농촌공동체를 파괴하는 악의 모습
③ 수탈 계층과 피수탈 계층의 갈등
④ 어떤 상황에서도 굴하지 않는 양반의 윤리성 추구

11 「흥부전」의 흥부와 놀부의 신분이 무엇인지에 대해서는 여러 이본마다 차이가 있다. 따라서 흥부 혹은 놀부의 신분이 양반이라고 확정지을 수 없다. 또한 「흥부전」은 양반들의 덕목을 찬양하려는 목적과는 거리가 멀다.

12 다음 중 「흥부전」의 성격을 나타내는 말로 옳지 않은 것은?

① 민중적인 건강함과 발랄함
② 세련됨
③ 솔직함
④ 권선징악적

12 「흥부전」은 민중의 관심사와 생활상이 잘 드러나 있는 평민문학적인 성격을 가진다. 따라서 감정 표현에 솔직하고, 민중들의 건강함과 발랄한 언어구사가 돋보인다. 한편 세련되게 다듬어진 문학은 대개 양반들이 향유하며 형식미를 추구하는 작품에 해당한다.

정답 10 ① 11 ④ 12 ②

13 **「흥부전」에서 사건의 원인 및 갈등 해소의 실마리를 제공하는 소재는?**

① 제비
② 박
③ 매품팔이
④ 흥부의 자식들

13 「흥부전」에서 제비는 박씨를 물어다 주어 흥부가 부자가 되는 사건의 원인을 제공하고, 놀부의 잘못을 일깨움으로써 갈등해소의 실마리를 제공한다.

14 **「흥부전」에서 기존의 가치관을 보여주는 인물은 누구인가?**

① 놀부
② 흥부
③ 놀부의 처
④ 흥부의 아이들

14 흥부는 형제간의 우애 중시 등 기존의 가치관을 고수하는 인물로 그려지는 반면, 놀부는 경제적 이익 여부를 무엇보다 중시하는 새로운 가치관을 지닌 인물로 그려진다.

15 **다음 중 「흥부전」에 대한 설명으로 옳지 않은 것은?**

① 근대적 사고가 부족하다.
② 판소리가 문자로 정착된 판소리계 소설이다.
③ 운율이 느껴지는 어투를 빈번하게 사용한다.
④ 평민 계층의 언어와 양반 계층의 언어가 혼재되어 있다.

15 「흥부전」에는 인간성을 옹호하는 것, 돈 문제로 인한 갈등 양상, 흥부가 아무리 열심히 품을 팔아도 가난을 면할 수 없는 사회 구조의 모순 비판 등 근대적 의식이 담겨 있다.
한편 「흥부전」은 판소리계 소설이며, ③, ④에서 설명하고 있는 것들은 판소리계 소설의 일반적인 특징에 해당한다.

정답 13 ① 14 ② 15 ①

16 판소리 및 판소리계 소설에 대한 설명으로 옳지 않은 것은?

① 판소리 관련 기록 중 가장 오래 된 것은 「만화본 춘향가」이다.
② 판소리에는 표면적 주제와 이면적 주제가 있다.
③ 판소리계 소설은 판소리로 불리던 것이 문자로 정착된 것만을 의미한다.
④ 판소리에는 '~가'라는 말이 붙는 반면 판소리계 소설에는 '~전'이라는 이름이 붙는다.

16 판소리계 소설은 일반적으로는 판소리 사설이 문자로 정착된 것을 의미하지만 판소리로 불리지 않았더라도 판소리 사설의 특징을 지닌 작품도 있고, 소설로 먼저 창작된 뒤 나중에 판소리로 공연된 것도 있다.

17 다음 중 판소리계 소설에 대한 설명으로 옳지 않은 것은?

① 운문과 산문이 혼합된 문체이다.
② 다른 고전소설에 비해 이본의 차이가 크다.
③ 대략 13여 종의 판소리계 소설이 있다.
④ 향유층의 특성으로 인해 평민층의 속어와 재담이 지배적으로 사용된다.

17 판소리는 평민뿐만 아니라 양반들도 주된 향유자였다. 따라서 양반들을 의식한 사설을 쓸 수밖에 없었으며, 그러한 점이 판소리계 소설에도 반영되어 세련된 한문투의 언어와 평민층의 발랄한 언어가 함께 혼재되었다.

18 다음 중 신소설 작가에 의해 재창작된 판소리계 소설의 제목이 아닌 것은?

① 「옥중화」
② 「광한루기」
③ 「강상련」
④ 「연의각」

18 「광한루기」는 「춘향전」의 한문 필사본 중 하나의 제목이고 나머지는 모두 신소설로 재창작된 판소리계 소설의 제목이다.

정답 16 ③ 17 ④ 18 ②

19 **다음 중 판소리계 소설에 대한 설명으로 잘못된 것은?**

① 「춘향전」은 내용의 남녀상열지사로 인해 평민층에서만 향유되었다.

② 「심청전」은 1912년 이해조에 의해 「강상련」이라는 제목의 신소설로도 발표되었다.

③ 「흥부전」은 여러 화소가 결합된 작품이다.

④ 판소리 「적벽가」에 대응하는 판소리계 소설의 제목은 「화용도」이다.

20 **다음 중 「심청전」의 배경 설화가 아닌 것은?**

① 효녀 지은 설화

② 거타지 설화

③ 동물 보은 설화

④ 관음사 연기 설화

19 「춘향전」에는 한문 필사본이 존재한다. 「광한루기」, 「춘향신설」, 「익부전」이 그것이다. 한문 필사본이 존재한다는 것은 양반들 사이에서도 어떤 식으로든 「춘향전」이 유통되고 있었다는 것을 증명하는 것이라고 할 수 있다.

20 「새 보은 설화」, 「사슴 보은 설화」와 같은 동물 보은 설화를 배경 설화로 하는 작품은 「흥부전」이다.

정답 19 ① 20 ③

SDEDU

합격의
공 식
SD에듀

SD에듀와 함께, 합격을 향해 떠나는 여행

부록

최종모의고사

훌륭한 가정만한 학교가 없고, 덕이 있는 부모만한 스승은 없다.

– 마하트마 간디 –

제1회 최종모의고사 | 고전소설론

제한시간 : 50분 | 시작 ____시 ____분 – 종료 ____시 ____분

정답 및 해설 211p

01 **다음 중 근원 설화와 고전소설이 잘못 연결된 것은?**

① 도미 설화 – 「춘향전」
② 방이 설화 – 「흥부전」
③ 거타지 설화 – 「심청전」
④ 구토지설 – 「장끼전」

02 **나말여초에 나타난 전기소설에 대한 설명으로 적절하지 않은 것은?**

① 현전하는 작품으로는 「최치원」, 「조신의 꿈」, 「김현감호」 등이 있다.
② 기존의 설화와는 사뭇 다른 형태의 작품들이 등장하여 소설 발생의 시점과 관련된 논쟁을 불러일으킨다.
③ 이 시기에 지어져 전해오는 『수이전』에 실린 많은 작품들을 통해 이 시기의 전기소설의 모습을 살펴볼 수 있다.
④ 이 시기의 소설들은 비현실적인 일을 다룬다는 점에서 전기(傳奇)소설이라 한다.

03 **다음 중 우리나라 최초의 국문소설로 인정되는 작품은?**

① 「홍길동전」
② 『금오신화』
③ 『기재기이』
④ 「구운몽」

04 **다음 중 조선시대 가전체소설의 제목과 의인화 대상이 잘못 연결된 것은?**

① 「주장군전」 – 남자의 성기
② 「오원전」 – 돈
③ 「화사」 – 꽃
④ 「관자허전」 – 대나무

05 **다음 중 몽유록에 대한 설명으로 적절하지 않은 것은?**

① 몽유록은 모두 액자구조를 지닌다.
② 대부분 한문소설이며 저자도 식자층이다.
③ 몽자류에 비해 몽유록계 소설의 교술성이 약하다.
④ 몽유록계 소설의 효시에 해당하는 것은 「대관재몽유록」이다.

06 **다음 중 몽자류 소설의 효시가 되는 작품은?**

① 김만중, 「구운몽」
② 심의, 「대관재몽유록」
③ 작가 미상, 「운영전」
④ 김시습, 「용궁부연록」

07 **다음 중 고전소설의 작가 및 독자에 대한 설명으로 옳지 않은 것은?**

① 19세기에 방각본 소설의 등장은 소설의 대중화에 기여했다.
② 한글 창제로 인해 국문소설이 창작되었다는 점은 독자층의 확대에 결정적인 역할을 담당했다.
③ 작가의 신분은 갈수록 높아졌다.
④ 사대부가의 부녀자들은 주로 국문 장편소설을 탐독했다.

08 조선시대 영웅소설과 관련된 설명으로 적절하지 않은 것은?

① 우리 문학사에서는 임진왜란·병자호란 이후 많이 창작되었다.
② 영웅소설은 역사군담소설과 창작군담소설로 나뉜다.
③ 「유충렬전」은 최초의 영웅소설이라 할 수 있다.
④ 「유충렬전」의 유충렬은 영웅소설에 나타나는 영웅 일대기의 전형적 구조에 딱 부합하는 삶의 과정을 보여준다.

09 다음 중 김시습의 문학관에 대한 설명으로 옳은 것은?

① 문학은 유교경전의 뜻을 근본으로 해야 한다.
② 다양하고 화려한 수식으로 아름다운 문장을 써야 한다.
③ 허구가 가치 있는 것은 인간에게 교훈을 주는 수단이 될 수 있기 때문이다.
④ 속세를 떠난 초월적 가치를 추구했다.

10 다음 중 창작군담소설에 해당하지 않는 것은?

① 「소대성전」
② 「조웅전」
③ 「유충렬전」
④ 「최고운전」

11 다음은 어느 작품에 대한 설명인가?

- 숙종의 인현왕후 폐출사건과 관련된다.
- 한글본과 한문본이 모두 있다.
- 쟁총형 가정소설의 전형이 되었다.
- 사대부가의 여성들뿐만 아니라 사대부들에게도 좋은 평가를 받았다.

① 「사씨남정기」
② 「구운몽」
③ 「완월회맹연」
④ 「숙향전」

12 다음 중 가장 방대한 분량을 지닌 대하장편소설의 제목은?

① 「명주보월빙」
② 「완월회맹연」
③ 「화산선계록」
④ 「보은기우록」

13 「대관재몽유록」, 「구운몽」, 「운영전」의 구조적 공통점에 해당하는 것은?

① 삼대기(三代記) 구조
② 갈등양상의 대응 구조
③ '현실-꿈-현실'의 순환구조
④ '한 인물의 일생-포폄'의 구조

14 다음 고전소설들 중 여자 주인공이 없는 작품은?

① 「유충렬전」
② 「숙향전」
③ 「채봉감별곡」
④ 「옥단춘전」

15 다음 중 조선 후기 가정소설에 대한 설명으로 옳지 않은 것은?

① 「사씨남정기」와 「장화홍련전」은 대표적인 가정소설에 해당한다.
② 가정소설의 일반적인 주제는 권선징악이다.
③ 가정소설은 크게 쟁총형과 계모형으로 나눌 수 있다.
④ 조선 후기에 대하장편의 가문소설이 창작되면서 가정소설은 쇠퇴하였다.

16 다음 중 고전소설의 독자층에 대한 설명으로 옳지 않은 것은?

① 18세기에 소설의 독자층이 보다 두터워지면서 열독현상이 나타나게 된 것은 세책가들의 활약이 있었기 때문이다.

② 전기수의 등장은 양반들도 소설에 적극적인 관심을 보였다는 것을 의미한다.

③ 중인들은 중국어 학습차원에서 『전등신화』, 『오륜전비』와 같은 작품들을 읽기도 했다.

④ 사대부들은 전(傳)보다 록(錄)을 선호하는 경향이 있었던 반면 일반 평민이나 여성들에게는 전(傳)이 더 인기 있었다.

17 다음 중 조선시대에 나타난 소설 배격론의 근거로 볼 수 없는 것은?

① 소설은 사실에 근거하지 않은 허망한 이야기다.

② 소설에는 비속어와 천박한 문체가 사용되었다.

③ 소설은 심성을 닦는 데 방해가 된다.

④ 소설은 사회를 비판함으로써 피지배층의 불만을 해소시킨다.

18 김시습이 살던 시대에 있었던 일로 그의 문학에도 영향을 미쳤던 정치적 사건은?

① 세조의 왕위 찬탈

② 병자호란

③ 북벌론의 대두

④ 세종의 한글 창제

19 허균의 '전'이 갖는 특징에 대한 설명으로 옳지 않은 것은?

① 전의 일반적인 양식을 따르면서도 허구의식을 가미해 소설로 볼 수도 있다.

② 당대 사회의 소외된 가난한 선비, 중인 계층, 천민 등을 주인공으로 한다.

③ 「엄처사전」은 신분이 낮은 사람도 훌륭한 인품과 재능을 겸비할 수 있다는 것을 보여주기 위해 썼다.

④ 「손곡산인전」은 허균의 스승이기도 했던 '이달'을 입전한 것이다.

20 **다음 중 문학에 대한 김만중의 생각으로 보기 어려운 것은?**

① 문학에 있어 작가의 개성과 독창성을 중시했다.
② 유교적 윤리관을 강화시키는 것 이외의 소설에 대해서는 배격론을 주장했다.
③ 시의 형식과 규제는 시의 독창성을 해친다고 보았다.
④ 한글문학의 우수성을 주장했다.

21 **박지원에 대한 설명으로 옳지 않은 것은?**

① 황해도 금천군 연암협에 살았기 때문에 호를 '연암'이라 하였다.
② 북학파의 선두주자였다.
③ 새로운 것을 중시하고 고문에 대해서는 철저하게 배격하려 하였다.
④ 양반 사회에 대해 신랄하게 풍자하는 작품들을 썼다.

22 **다음 중 박지원의 한문 단편집 『방경각외전』에 실린 작품이 아닌 것은?**

① 「양반전」
② 「허생전」
③ 「마장전」
④ 「예덕선생전」

23 **다음 중 세태소설에 대한 설명으로 옳지 않은 것은?**

① 세태소설의 주된 주제는 권선징악이다.
② 주로 19세기 이후 등장했다.
③ 「배비장전」, 「오유란전」, 「이춘풍전」 등이 해당한다.
④ 주로 남성훼절담을 담고 있다.

24 다음 중 『금오신화』에 대한 설명으로 옳지 않은 것은?

① 우리나라 최초의 한문소설집이다.
② 신들의 이야기를 담은 소설집이다.
③ 다섯 편의 한문 단편소설이 실려 있다.
④ 중국의 『전등신화』로부터 영향을 받아 지은 것으로 추정된다.

25 다음 중 「홍길동전」에 대한 설명으로 옳지 않은 것은?

① 허균이 지은 최초의 한글소설이자 영웅소설이다.
② '길동의 가출–활빈당 활동–병조판서 제수–율도국 건설'의 내용이다.
③ 이본과 원본뿐만 아니라 여러 이본들 사이의 내용에 별 차이가 없다.
④ 저자가 누구인지, 원작이 한글소설인지 한문소설인지에 대한 논란이 있다.

26 다음 중 「구운몽」에 대한 설명으로 적절하지 않은 것은?

① 김만중이 한글로 지었으리라 짐작된다.
② 현실은 천상계, 꿈은 지상계라는 점에서 일반적인 환몽소설의 구성과 다르다.
③ 양소유가 누리는 부귀공명의 삶이 긍정적으로 그려진다.
④ 「옥루몽」이 창작되는 데 영향을 주었다.

27 다음 중 「박씨전」과 「유충렬전」의 차이점을 잘못 말한 것은?

① 「박씨전」은 여성 영웅이 등장하는데, 「유충렬전」은 남성 영웅이 등장한다.
② 「박씨전」은 임진왜란을 배경으로 하는데, 「유충렬전」은 병자호란을 배경으로 한다.
③ 「박씨전」은 역사군담소설인데, 「유충렬전」은 창작군담소설이다.
④ 「박씨전」은 조선이 배경이지만, 「유충렬전」은 중국이 배경이다.

28 **다음 중 「유충렬전」에 나타난 갈등구조에 대한 설명으로 옳은 것은?**

① 정한담과 유충렬은 천상에서는 사이가 좋았으나 지상에서는 대결한다.
② 정한담은 자신의 개인적 영달을 위해 유심을 제거하려 한다.
③ 정한담과 강희주는 반역을 도모하여 유충렬과 대립한다.
④ 정한담은 외부세력의 도움 없이 혼자 힘만으로 천자와 대립하는 영웅이다.

29 **다음 중 「춘향전」에 대한 설명으로 옳지 않은 것은?**

① 춘향은 민중들의 신분 상승 의지가 반영된 인물이다.
② 「춘향전」은 설화가 판소리 사설로 수용되었다가 소설로 정착되었다.
③ 「춘향전」의 근원 설화에는 관탈민녀 설화, 열녀 설화, 암행어사 설화 등이 있다.
④ 「춘향전」의 여러 이본 중, 춘향의 신분을 양반으로 보는 경우 춘향의 주체적인 성향이 강조되는 경향이 있다.

30 **「흥부전」에 나타나는 근대적 면모에 대해 잘못 설명한 것은?**

① 「흥부전」은 인간의 본성을 그대로 드러내는 점에서 인간성을 옹호한다.
② 「흥부전」은 흥부가 가난한 이유를 개인이 아니라 사회구조적 모순에서 찾으려 한다.
③ 「흥부전」은 악한 놀부는 벌을 받고 착한 흥부는 복을 받는다는 정의의 문제를 다룬다.
④ 「흥부전」의 인물들은 신분이나 애정문제 때문이 아니라 경제문제로 갈등한다.

31 **다음 중 애정소설 작품에 대한 설명으로 옳지 않은 것은?**

① 「주생전」은 「운영전」이나 「채봉감별곡」과 달리 작가가 알려져 있다.
② 「운영전」에는 시가 삽입되지 않았다.
③ 「채봉감별곡」은 「주생전」이나 「운영전」과 달리 행복한 결말로 끝난다.
④ 「주생전」, 「운영전」, 「채봉감별곡」 중 가장 나중에 창작된 것으로 보이는 작품은 「채봉감별곡」이다.

32 **『금오신화』에 실린 다섯 편의 단편들이 지닌 공통점이 아닌 것은?**

① 다섯 작품 모두 시가 삽입됨
② 유가적 선비, 불교적 인연관, 도가적 귀결
③ 주인공들이 세상에 등지는 것으로 끝남
④ 현실 세계와 초현실 세계의 상호 출입

33 **다음 중 『금오신화』에 영향을 주었다고 여겨지는 중국소설의 제목은?**

① 『오륜전비』
② 『삼국지연의』
③ 『전등신화』
④ 『태평광기』

34 **다음 중 박지원이 문학과 관련하여 강조하는 바가 아닌 것은?**

① 법고창신
② 중국의 고전
③ 당대 현실 파악 및 표현
④ 실용정신

35 **다음 중 조선 후기 애정소설에 대한 설명으로 옳지 않은 것은?**

① 대하소설은 상류층을 중심으로 유통된 반면 단권으로 제작된 애정소설은 하층민 중심으로 퍼져나갔다.
② 주인공이 적강한 애정소설에는 「숙영낭자전」, 「백학선전」, 「숙향전」이 있다.
③ 애정소설의 혼사장애에는 친자갈등, 늑혼갈등, 신분갈등이 있다.
④ 애정소설의 여주인공은 모두 사대부가의 여인이었다.

36 다음 중 나말여초의 전기소설 작품이 아닌 것은?

① 「수성지」
② 「김현감호」
③ 「조신몽」
④ 「설씨녀」

37 다음 가전체소설 중 창작 시기가 다른 것은?

① 「천군연의」
② 「화사」
③ 「공방전」
④ 「남령전」

38 다음 중 설화와 소설의 차이라 할 수 없는 것은?

① 설화는 뚜렷한 목적을 갖고 지어지지만 소설은 표현하고자 하는 욕구에 따라 자연스럽게 지어진다.
② 설화는 인물의 행위를 중심으로 서술하지만 소설은 내면세계에 관심을 둔다.
③ 설화의 시공간은 추상적이지만 소설은 구체적이다.
④ 설화와 달리 소설에는 사회현실이 보다 풍부하게 반영되어 인물의 성격적 특질과 긴밀하게 관련된다.

39 다음 중 「설공찬전」에 대한 설명으로 옳지 않은 것은?

① 채수가 조선 초에 지은 작품이다.
② 불교적인 세계관을 바탕으로 한 작품이다.
③ 최초의 국문소설이다.
④ 당대 한글의 위상을 짐작하는 데 도움이 되는 작품이다.

40 다음 중 가전체소설에 대한 설명으로 옳지 않은 것은?

① 사물을 실제적・합리적으로 이해하려는 노력을 반영하였다.
② 소설양식이 자리 잡기 전인 고려시대에만 지어진 과도기적 장르이다.
③ 의인전기체라고도 부른다.
④ 풍자적인 성격을 가지고 있다.

제2회 최종모의고사 | 고전소설론

제한시간 : 50분 | 시작 ___시 ___분 - 종료 ___시 ___분

정답 및 해설 216p

01 다음 중 고전소설의 개념에 대한 설명으로 옳은 것은?

① 고전소설은 고소설, 고대소설, 구소설 등 여러 명칭으로 불리기도 한다.
② 고전소설은 한글로 쓴 소설을 말한다.
③ 고전소설의 출발은 허균의 「홍길동전」이다.
④ 고전소설은 교술문학의 한 갈래이다.

02 다음 중 나말여초의 소설사적 상황에 대한 설명으로 옳지 않은 것은?

① 설화와는 차이가 있는 전기소설들이 지어졌다.
② 당시의 설화집인 『수이전』은 현전하지 않지만 그중 10편의 글이 다른 문헌에 실려 전해진다.
③ 「최치원」은 최초의 소설 작품으로 봐야 한다는 논란이 되는 작품이다.
④ 이 시기의 전기소설에는 한 인물의 일생과 더불어 작가의 평이 곁들여진다.

03 다음 중 한글 창제의 소설사적 의의를 잘못 설명한 것은?

① 한국인의 정서에 맞는 표기수단을 갖게 됨으로써 본격적인 국문문학의 시대를 열었다.
② 구비 전승되던 것들이 문자로 정착되기에 이르렀다.
③ 평민들도 쉽게 글을 읽게 됨에 따라 독자층이 확대되었다.
④ 시조와 가사의 운율성이 강화되었다.

04 다음 중 소설 배격론에 관한 설명으로 잘못된 것은?

① 군자의 글은 경(經)과 사(史)라고 여기고 이외의 글은 잡스럽다고 여겼다.
② 소설 배격론의 결과로 반체제적, 사회비판적 성격의 소설이 대거 등장했다.
③ 허구의 효용성에 대해 부정적이었다.
④ 소설은 변변찮은 잡담에서 유래했다고 보았다.

05 다음 중 『기재기이』에 대한 설명으로 옳지 않은 것은?

① 김시습의 『금오신화』보다 앞서 창작된 것으로, 좀 더 연구된다면 고전소설의 시점에 대한 논쟁을 불러일으킬 수 있는 책이다.
② 신광한이 쓴 창작 한문 단편 소설집이다.
③ 「안빙몽유록」, 「서재야회록」, 「최생우진기」, 「하생기우록」이 담겨 있다.
④ 교술성이 강해 문학성이 『금오신화』에 못 미친다.

06 다음 중 방각본에 대한 설명으로 옳지 않은 것은?

① 민간인이 마을에서 판매할 목적으로 목판에 소설을 새겨 대량으로 인쇄해 만든 것이다.
② 생산지에 따라 경판본(서울), 완판본(전주), 안성판본(안성) 등으로 불린다.
③ 주된 독자층에 따라 대중적인 기호에 맞는 작품들이었다.
④ 현존하는 방각본 작품 중에서는 한글본이 한문본보다 앞선다.

07 다음 중 「설공찬전」에 대한 설명으로 옳지 않은 것은?

① 채수가 1511년 무렵에 지었다.
② 「설공찬이」라고도 불리는데 이는 고전소설의 일반적인 이름짓기 경향으로 보아 특이한 것이다.
③ 「설공찬전」은 「홍길동전」보다 먼저 지어진 것이므로 한글소설의 시초에 대한 논란을 일으킨다.
④ 당시에 금서로 지정되어 불태워졌다.

08 다음 중 김만중의 문학관에 대한 설명으로 옳지 않은 것은?

① 문학은 도를 전하는 도구라고 보았다.
② 문학의 본질적 기능은 독자를 감동시키는 것이라고 했다.
③ 당시풍을 따를 게 아니라 작가마다의 개성을 살려야 한다고 했다.
④ 우리글로 된 문학의 가치를 찬양하였다.

09 다음 중 허균이 지은 '전'이 갖는 의미를 잘못 말한 것은?

① '전'이라는 전통적인 한문 문장 양식을 새롭게 변형하였다.
② 허균의 하층지향적 의식이 드러난다.
③ 일반적인 전의 형식을 충실히 따랐다.
④ 사회비판적인 면모를 보여줄 수 있는 인물들을 입전하였다.

10 다음 중 허균의 전에 나오는 인물이 아닌 것은?

① 섭생의 수련에 성공하여 장수하게 된 '남궁두'
② 매점매석으로 큰 돈을 번 '허생'
③ 귀신 부리는 법, 각종 병 고치는 법, 마법 등을 아는 '장산인'
④ 서출이라는 이유로 재능을 펼치지 못하는 '이달'

11 다음 중 박지원 소설에 대한 전반적인 설명으로 옳지 않은 것은?

① 「우상전」은 소설이라기보다 전에 더 가깝다.
② 대부분 신분이 낮은 사람들이 주인공이다.
③ 「역학대도전」과 「봉산학자전」은 제목만 전하고 내용은 전하지 않는다.
④ 「열녀함양박씨전」은 열녀 행위에 대한 칭송이 담겨 있다.

12 다음 중 「옥루몽」에 대한 설명으로 옳지 않은 것은?

① 「구운몽」의 영향을 받아 지어졌으나 「구운몽」보다 3배나 더 길다.
② 「옥련몽」은 「옥루몽」의 영향을 받아 지어졌다.
③ 「구운몽」과 주제와 줄거리가 비슷하다.
④ 구성이 치밀하고 표현력이 뛰어나며 등장인물의 성격묘사가 개성적이다.

13 다음 중 『금오신화』에 수록된 작품이 아닌 것은?

① 「이생규장전」
② 「만복사저포기」
③ 「남염부주지」
④ 「원생몽유록」

14 『금오신화』, 『열하일기』, 『기재기이』, 『방경각외전』 중 가장 먼저 출간된 책은?

① 『금오신화』
② 『열하일기』
③ 『기재기이』
④ 『방경각외전』

15 『금오신화』에 실린 작품들 중 김시습의 자전적 경험을 토대로 한 작품은?

① 「용궁부연록」
② 「남염부주지」
③ 「이생규장전」
④ 「만복사저포기」

16 다음 중 허균이 중시했던 것이라 할 수 <u>없는</u> 것은?

① 왕의 책임
② 각자의 개성
③ 사상적 순수성
④ 백성

17 다음 중 박지원의 작품이 <u>아닌</u> 것은?

①「광문자전」
②「호질」
③「양반전」
④「엄처사전」

18 다음 중 필사본소설에 대한 설명으로 옳지 <u>않은</u> 것은?

① 필사본은 국문본에 비해 한문본이 압도적으로 많다.
② 필사본은 주로 농촌지역에서 만들어졌다.
③ 주로 영웅소설, 판소리계 소설, 장편소설 등이 필사본으로 만들어졌다.
④ 필사본은 방각본이나 활자본이 나온 이후에도 생산되었다.

19 다음 중 전기소설에 대한 설명으로 옳지 <u>않은</u> 것은?

① 애정서사가 주를 이루는 경우가 대부분이다.
② 주로 귀족 계층의 인물이 주인공으로 등장한다.
③ 주된 작가층 및 독자층은 사대부가의 여성들이었다.
④ 주인공의 일대기가 아니라 특정 시기의 일에 집중하여 서술한다.

20 **다음 중 『금오신화』에 대한 설명으로 옳지 않은 것은?**

① 중국의 구우가 쓴 『전등신화』의 영향을 받았다.
② 이승과 저승을 뛰어넘는 남녀 간의 애틋한 사랑을 소재로 한 애정소설들만 실려 있다.
③ 최초의 한문 단편 소설집이다.
④ 현재 다섯 편의 작품이 전한다.

21 **다음 중 「홍길동전」의 특징에 대한 설명으로 옳지 않은 것은?**

① 국문학사상 현전하는 최초의 한글소설이다.
② 인물, 배경이 우리나라라는 점에서 다른 고전소설들과 다르다.
③ 영웅소설의 효시라 할 수 있다.
④ 홍길동이 만든 율도국은 민주주의 정치형태를 가진 곳이었다.

22 **영웅소설에 나오는 영웅의 일반적인 일생과 홍길동의 생에서 다른 점은?**

① 고귀한 혈통
② 비범한 능력 소유
③ 조력자를 만나 위기 극복
④ 두 번의 위기 극복

23 **다음 중 「구운몽」과 구조가 비슷한 작품은?**

① 「최치원」
② 「김현감호」
③ 「화왕계」
④ 「조신몽」

24 다음 중 「박씨전」에 대한 설명으로 적절하지 않은 것은?

① 박씨의 외모 변신을 기점으로 내용이 달라진다.
② 박씨의 외모가 아름답지 않을 때에 박씨는 어리석은 일을 되풀이하여 남편으로부터 구박당한다.
③ 여성 영웅상을 창조한 작품이다.
④ 병자호란의 굴욕을 정신적으로 극복하려는 의지를 내보였다.

25 다음 중 「유충렬전」에 대한 설명으로 적절하지 않은 것은?

① 전반부와 후반부의 서사가 서로 대응한다.
② 유충렬은 영웅의 일반적인 일생 구조를 충실히 따른다.
③ 「유충렬전」의 표면적 주제는 충과 효를 다하는 유교적 윤리관이다.
④ 중국소설의 영향을 조금도 받지 않았다는 점에서 뛰어난 창의력을 보여주는 작품이다.

26 「춘향전」에 나타난 갈등과 그에 따른 주제의식이 잘못 연결된 것은?

① 이몽룡 – 변학도 : 부도덕하고 부패한 지배층의 독단적 권력 제압
② 춘향 – 변학도 : 탐관오리에 대한 민중의 저항
③ 춘향 – 사회 : 빈부격차 심화에 대한 저항
④ 춘향 – 변학도 : 정절을 지키는 것에 대한 찬양

27 「흥부전」에 대한 설명으로 적절하지 않은 것은?

① 판소리계 소설들 중 근대적 요소를 특히 많이 가지고 있는 작품이다.
② 권선징악이라는 고전소설의 주제를 가장 분명히 보여주는 작품 중의 하나이다.
③ 흥부와 놀부가 금전적인 문제로 갈등을 빚는다는 점에서 신분 중심이 아니라 물질 중심으로 사회가 변화되었음을 반영한다.
④ 사회비판적인 내용은 포함되지 않는다.

28 **다음 중 「허생전」에 대한 설명으로 옳지 않은 것은?**

① 농업을 중시해야 한다는 작가의 생각이 반영된 작품이다.
② 이용후생에 대한 작가의 생각이 반영된 작품이다.
③ 국제무역의 중요성에 대한 작가의 생각이 반영된 작품이다.
④ 당시 도적이 들끓던 사회 현실을 반영한 작품이다.

29 **다음 중 「구운몽」에 대한 설명으로 옳은 것은?**

① 한글본은 존재하지 않는다.
② 선천 유배 때 지은 것으로 새로 밝혀졌다.
③ 저작 동기에 대해 김만중이 직접 기록해 놓았다.
④ 양소유가 성진으로 환생하여 팔선녀와 만나는 이야기이다.

30 **다음 중 몽유록과 몽자류에 대한 설명으로 옳지 않은 것은?**

① 몽유록에 비해 몽자류는 교술적이 면이 강하다.
② 둘 다 환몽구조를 지닌다는 점에서 같다.
③ 몽자류 소설에서 꿈은 주인공이 깨달음을 얻는 계기로 작용하는 반면 몽유록에서는 현실비판의 공간으로 작용한다.
④ 허구성이 보다 강한 것은 몽자류 소설이다.

31 **다음 중 천군소설에 대한 설명으로 옳지 않은 것은?**

① 사람의 마음을 의인화한 소설이다.
② 천군을 왕으로, 사단칠정을 신하들로 의인화한다.
③ 평민들이 창작에 참여하여 다양한 인간의 감정을 형상화했다.
④ 천군을 중심에 두고 충신형 인물과 간신형 인물의 대립갈등으로 사건이 전개된다.

32 **다음 중 영웅소설에 대한 설명으로 옳지 <u>않은</u> 것은?**

① 영웅소설의 확립은 18세기에 이르러서야 이루어졌다.
② 영웅소설은 서민층에서 특히 인기를 끌었다.
③ 우리나라 서사문학에서는 서사무가나 건국신화 등에서 이미 영웅의 일대기 구조가 확립되어 있었다.
④ 영웅소설의 결말은 대체로 해피엔딩이다.

33 **다음은 어느 작품에 대한 설명인가?**

- 창작군담소설이다.
- 충신과 간신의 대결이 주된 갈등축이다.
- 병자호란의 울분을 해소하고자 하는 의식이 반영되어 있다.
- 일반적인 영웅의 일대기 구조를 따른다.

① 「소대성전」
② 「유충렬전」
③ 「박씨전」
④ 「숙향전」

34 **다음 중 조선시대 소설의 장르와 작품이 <u>잘못</u> 연결된 것은?**

① 애정소설 – 「운영전」
② 판소리계 소설 – 「심청전」
③ 가정소설 – 「사씨남정기」
④ 영웅소설 – 「허생전」

35 다음 중 병자호란을 소재로 삼은 작품은?

① 「안빙몽유록」
② 「수성궁몽유록」
③ 「강도몽유록」
④ 「원생몽유록」

36 조선 후기 애정소설에 대한 설명으로 적절하지 않은 것은?

① 여주인공의 신분에 따라 사족형과 기녀형으로 나눌 수 있다.
② 사족형 애정소설의 경우 전기적인 사건 전개가 두드러진다.
③ 애정소설은 관습에 억눌린 사대부가의 여자들에게 대리만족의 경험을 주었기 때문에 사대부가를 중심으로 활발하게 퍼져 나갔다.
④ 애정소설이 활발하게 창작되게 된 것은 집단적 사고에서 벗어나 개인의 자각이 이루어지게 된 상황과 맞물린다.

37 다음 설명에 해당하는 작품의 제목은?

• 주인공에게 적강 모티프가 없다.
• 주인공은 초인의 도움으로 운명을 개척한다.
• 군담이 구체적이기보다 추상적, 설명적이다.
• 군담소설 중 가장 널리 읽힌 것으로 추정된다.

① 「소대성전」
② 「조웅전」
③ 「박씨전」
④ 「유충렬전」

38 **다음 중 18세기에 이르러 창작된 대하소설이 아닌 것은?**

① 「명주보월빙」
② 「완월회맹연」
③ 「화산선계록」
④ 「소현성록」

39 **다음 중 판소리계 소설의 특징으로 옳지 않은 것은?**

① 다른 고전소설에 비해 이본 간 차이가 크다.
② 보통 '~전'이라는 이름을 붙여 부른다.
③ 모든 작품이 '설화–판소리 사설–판소리계 소설'의 단계를 거친다.
④ 양반층과 평민층의 언어가 혼재되어 있다.

40 **다음 중 「심청전」에 대한 설명으로 적절하지 않은 것은?**

① 「효녀 지은 설화」, 「거타지 설화」, 「인신공희 설화」, 「관음사 연기 설화」 등의 근원 설화를 갖는다.
② 「심청왕후전」이라고도 불린다.
③ 비극적인 심청의 행동과 희극적인 심봉사의 행위가 나타나는데 이는 당대 서민의 모습을 보여준다.
④ 이해조에 의해 「수궁가」라는 제목의 신소설로도 발표되었다.

제1회 정답 및 해설 | 고전소설론

01	02	03	04	05	06	07	08	09	10	11	12	13	14	15
④	③	①	②	③	①	③	③	①	④	①	②	③	①	④
16	17	18	19	20	21	22	23	24	25	26	27	28	29	30
②	④	①	③	②	③	②	①	②	③	③	②	②	④	③
31	32	33	34	35	36	37	38	39	40					
②	①	③	②	④	①	③	①	③	②					

01 정답 ④

「구토지설」은 토끼와 거북이를 등장시켜 인간의 한 단면을 보여주는 우화로서, 토끼로 대표되는 평범한 인물의 지혜로운 행동과 거북・용왕으로 대표되는 지배자의 강압과 무능함을 대비시켜 토끼의 생기발랄한 성격을 보여주고 있다. 이후 판소리 「수궁가」 및 고전소설 「별주부전」의 근원 설화가 된다. 한편 「장끼전」은 근원 설화라고 할 수 있는 것이 발견되지 않았다.

02 정답 ③

『수이전』은 현재 유실되어 전하지 않는다. 다만 이 책에 실려 있던 작품들 중 10여 편이 다른 책을 통해 전해질 뿐이다.

03 정답 ①

「홍길동전」은 조선 중기 광해군 때의 허균이 지은 작품이고, 『금오신화』는 조선 전기 세조 때 김시습의 한문 단편집이다. 『기재기이』는 명종 때 신광한이 지은 한문 단편 소설집이며, 「구운몽」은 조선 후기 숙종 때 김만중이 지었다. 따라서 창작이 이루어진 시간 순서대로 나열해 본다면 '『금오신화』–『기재기이』–「홍길동전」–「구운몽」'이다. 그러나 『금오신화』, 『기재기이』에는 한문 단편이 실려 있기 때문에 최초의 한글소설은 「홍길동전」이다.

04 정답 ②

「오원전」은 조선 후기에 유본학이 지은 가전체 소설로, '오원'은 고양이를 의인화한 것이다. 고양이의 몸 빛깔이 검고 몸을 둥글게 잘 구부리는 데서 착안한 것으로 보인다. 이 작품은 고양이를 가탁하여 약삭빠른 인물의 처세를 보여주었다.

05 정답 ③

몽자류와 몽유록은 주인공의 꿈이 중요한 의미를 가진다는 공통점을 갖지만, 몇몇 차이점이 있다. 몽자류는 현실과 꿈이 별개라서 꿈 안의 주인공이 새로운 인물로 탄생되어 인생을 체험하지만, 몽유록은 현실과 꿈이 이어진 것이어서 주인공이 동일한 의식을 유지하며 각몽 후 꿈에서 일어난 일을 말한다. 따라서 몽자류의 현실 인식은 일장춘몽, 남가일몽의 성격이 강하고 몽유록은 현실비판의식이 강하여 교술성이 강하게 드러난다.

06 정답 ①
몽자류 소설의 효시는 조선 숙종 때 지어진 김만중의 「구운몽」이다. 한편 몽유록의 효시는 심의의 「대관재몽유록」이라 할 수 있는데 「대관재몽유록」의 경우 가전체소설의 성향이 많은 편이어서 좀 더 소설적 성향이 분명해진 임제의 「원생몽유록」을 효시로 보기도 한다. 김시습의 『금오신화』에 실린 작품들 중 「취유부벽정기」, 「남염부주지」, 「용궁부연록」 등도 환몽구조가 나오지만 몽유록의 범주에 포함시킬 수 있는 작품들이다.

07 정답 ③
초기 고전소설의 작가는 사대부 남성이었을 거라 예상되나, 점차 작가층은 성별과 신분을 가리지 않고 확대되었다. 따라서 작가의 신분이 갈수록 높아졌다고 할 수 없다.

08 정답 ③
최초의 영웅소설로 인정받는 것은 「유충렬전」이 아니라 「홍길동전」이다.

09 정답 ①
김시습은 잡다한 수식을 최대한 줄이고 실어를 써야 감동을 시킬 수 있다는 입장이었다. 또한 허구가 가치 있는 이유는 교훈이 아니라 감동을 주기 때문이라 보았으며, 초월적 가치가 아니라 현실 정치를 비판하고 인륜을 두텁게 하여 세상을 교화시키는 것에 관심을 두었다.

10 정답 ④
「최고운전」은 최치원의 일생을 허구적 구성을 통하여 형상화한 전기적 소설이다. 이 작품은 설화화된 역사적 인물 최치원이 작가의 탁월한 상상력에 의하여 소설의 주인공으로 형상화됨으로써 역사적 사실과 상당한 거리가 있지만, 실존 인물을 바탕으로 한다는 점에서 창작군담소설이라 할 수는 없다.

11 정답 ①
김만중이 지은 「사씨남정기」에 대한 설명이다.

12 정답 ②
「완월회맹연」은 180권 180책으로, 오늘날의 소설 분량으로 환산한다면 족히 20권은 되는 분량이다. 한편 「명주보월빙」은 100권 100책, 「화산선계록」은 80권 80책, 「보은기우록」은 18권 18책으로 되어 있다.

13 정답 ③
제시된 세 작품은 모두 환몽구조를 가진 몽유록 혹은 몽자류 소설들이다. 입몽을 통해 꿈에서 서사가 진행되고 다시 각몽의 과정을 거쳐 현실로 돌아온다.

14 정답 ①
「유충렬전」에도 여성 등장인물들이 나오기는 하지만 활약이 두드러지지 않는다. 「숙향전」은 비천한 존재인 숙향과 양반 사대부가의 귀공자인 이선 사이의 사랑과 그로 인한 갈등을 형상화한 작품이다. 「채봉감별곡」은 채봉이 온갖 시련을 이겨내고 자신이 사랑하는 장필성과의 사랑을 성취하는 내용이다. 「옥단춘전」은 남주인공 이혈룡이 평양 기생 옥단춘의 도움으로 출세하여 자기를 홀대한 친구 김진희의 죄를 다스리고 옥단춘과 재회한다는 내용이다.

15 정답 ④

가문소설과는 별도로 가정소설의 창작도 꾸준히 이루어졌다.

16 정답 ②

조선 후기에는 소설을 읽어 주고 일정한 보수를 받던 직업적인 낭독가가 등장하였다. 낭독가 중에는 부유한 가정을 찾아다니며 소설을 읽어주고 보수를 받는 사람들이 있는가 하면 도시에서 사람의 왕래가 많은 곳을 택하여 자리를 잡고 앉아 소설을 읽어주고 일정한 보수를 받던 부류가 있었다. 이러한 낭독가들을 전기수라고도 불렀는데, 전기수의 등장으로 평민들도 소설을 향유하는 데 적극적으로 참여하게 되어 소설이 크게 발달하기에 이르렀다.

17 정답 ④

피지배층의 불만을 해소시킨다는 것은 소설 배격론의 근거가 아니라 소설의 효용적 가치를 인정하는 쪽의 근거이다. 소설 배격론을 주장하는 쪽에서는 소설이 지배층에 대한 비판을 담고 있다는 이유로 배격해야 한다는 입장을 펼쳤다.

18 정답 ①

김시습은 조선 전기의 인물로 1435년에 태어났다. 그가 살던 시대에 세종이 한글을 만들어 반포하기는 했으나 한글을 사용해 글을 지은 것으로 보이지는 않으며, 그가 남긴 소설들은 모두 한문으로 쓴 것이다. 김시습은 세조가 단종의 왕위를 찬탈했을 때 절개를 지킨 생육신 중 한 명이었고, 이후 전국 각지를 떠돌며 글을 지었다.

19 정답 ③

「엄처사전」의 주인공 엄처사는 강릉에 살던 선비였는데 신분이 낮아서가 아니라 본인의 의지로 벼슬에 나아가지 않은 채 살다가 세상을 마친 사람이다. 허균은 엄처사의 훌륭한 재능과 삶이 세상에 알려지지 않는 것이 안타까워 이 사람을 입전했다고 한다.

20 정답 ②

김만중은 소설을 경외시하던 당시 분위기와 달리 소설의 대중화를 주장하고 통속소설의 가치를 간파하였으며 작품에도 그러한 생각을 담아 대중적으로 인기를 끄는 작품을 제작했다.

21 정답 ③

연암이 옛 문장을 맹목적으로 모방하는 것을 비판한 것은 옳으나 고문을 무조건적으로 배격하려 한 것은 아니다. 그는 '법고창신'이라 하여, 옛것을 본받되, 오늘에 맞게 변화시킬 줄 알아야 한다는 입장이었다.

22 정답 ②

「허생전」은 『열하일기』에 실려 있는 작품이다. 『방경각외전』은 연암 박지원이 쓴 아홉 작품의 전이 실려 있는 작품집이다. 「마장전」, 「예덕선생전」, 「민옹전」, 「광문자전」, 「양반전」, 「김신선전」, 「우상전」, 「역학대도전」, 「봉산학자전」 중 끝의 두 작품은 유실되고 현재 일곱 작품이 전해오고 있다. 지배층의 허례허식을 비판하는 한편 하층민들의 진솔한 삶과 세태를 매우 잘 표현한 작품들을 수록한 작품집이다.

23 정답 ①

세태소설의 주제는 대부분 지배층 남성의 이중적인 면, 위선적인 면, 성에 대한 지나치게 부정적인 인식에 대한 비판이다.

24 정답 ②
『금오신화』의 '신화'는 신들의 이야기라는 뜻의 신화(神話)가 아니라 새로운 이야기라는 뜻의 신화(新話)이다.

25 정답 ③
아직까지는 「홍길동전」의 원본이 발견되지 않았다. 또한 작품의 이본이 90여 종 있는데 이것들 모두 19세기 이후에 나온 것이어서 원작과 차이가 클 것으로 짐작되기도 한다. 이본에는 판각본, 필사본, 활자본이 다 있는데, 세부적인 내용과 표현에서 차이가 있다. 한문 필사본으로는 「위도왕전」이 유일한데 국문본을 한문으로 번역한 것으로 여겨진다.

26 정답 ③
「구운몽」은 지상계에서 부귀공명을 누리는 삶이 헛되다는 주제의식을 보여준다.

27 정답 ②
「박씨전」도 「유충렬전」과 마찬가지로 병자호란을 배경으로 한 작품이다.

28 정답 ②
정한담과 유충렬은 천상계에서 자미원 대장성과 익성으로 이미 대립하는 사이였는데 적강하여 똑같이 대립한다. 또한 강희주는 유충렬의 장인으로 유충렬을 도우려다가 정한담에 의해 유배를 가게 되는 인물이다. 한편 정한담은 남적, 북적과 힘을 합쳐 천자에 맞선다. 정한담이 이처럼 여러 인물과 갈등을 일으키는 까닭은 천자가 되고자 했기 때문이다.

29 정답 ④
춘향의 아버지의 신분이 장님, 점쟁이의 친구 같은 미천한 신분으로 설정된 경우 춘향의 주체적인 성향이 강화되어 나타나는 반면, 성참판처럼 양반을 아버지로 설정하는 경우 춘향의 정숙한 면모가 강화되어 나타나는 경향이 있다.

30 정답 ③
인과응보적인 생각은 근대적 사고의 반영이 아니라 전통적 사고방식이다.

31 정답 ②
「운영전」에는 여러 삽입시가 있어 줄거리의 실마리를 제공하는 역할을 담당하고 있다.

32 정답 ①
「남염부주지」에는 시가 없다.

33 정답 ③
『전등신화』는 중국 명나라 때 구우가 쓴 전기소설로, 당시 동양에서 크게 유행하였다. 일찍이 한국에도 들어와 유행했는데 김시습은 이 책의 영향을 크게 받아 『금오신화』를 지은 것으로 알려져 있다.

34 정답 ②
당시 문단의 지배적인 추세는 중국의 고전을 모델로 하는 것이었다. 그러나 박지원은 이러한 추세에 반기를 들고 자신이 살아가는 현 시대를 충실히 담아내는 데 치중했다.

35 정답 ④

애정소설의 여주인공은 크게 두 부류로 나뉜다. 양반가의 여자이거나 혹은 기녀・시녀인 경우다.

36 정답 ①

「수성지」는 조선 선조 때 임제가 지은 천군소설 작품이다.

37 정답 ③

「천군연의」, 「화사」, 「남령전」은 조선 후기에 지어진 것이다. 또한 이 시기에는 「천군본기」, 「오원전」, 「관자허전」, 「시새전」 등의 작품이 지어졌다. 한편 「공방전」은 고려시대에 지어진 것으로 「공방전」 외에도 「국순전」, 「국선생전」, 「죽부인전」, 「정씨가전」, 「노극청전」, 「절부조씨전」 등이 고려시대의 작품이다.

38 정답 ①

설화는 목적의식 없이 자연발생적으로 생겨난다. 그러나 소설은 목적의식을 갖고 주제, 플롯, 인물의 성격, 문체 등이 결정된다.

39 정답 ③

한국문학사상 최초의 국문소설은 「홍길동전」으로 인정된다. 채수의 「설공찬전」이 발견되었을 당시 추정 저작 시기가 「홍길동전」보다 100여 년 앞서 논란이 되기도 했으나, 원래 한문본으로 지어졌다는 것이 증명되어 최초의 국문소설을 무엇으로 볼 것인가에 대한 논란은 사라졌다.

40 정답 ②

가전체소설은 고려 말에 등장하여 조선시대에도 내내 지어졌다.

제2회 정답 및 해설 | 고전소설론

01	02	03	04	05	06	07	08	09	10	11	12	13	14	15
①	④	④	②	①	④	③	①	③	②	④	②	④	③	①
16	17	18	19	20	21	22	23	24	25	26	27	28	29	30
③	④	①	③	②	④	③	④	②	④	③	④	①	②	①
31	32	33	34	35	36	37	38	39	40					
③	①	②	④	③	③	②	④	③	④					

01 **정답** ①

이밖에도 고전소설을 부르는 명칭에는 패설, 고담, 언패, 언서고담, 고대소설, 이조소설 등 여러 가지가 있다.

02 **정답** ④

한 인물의 일생과 작가의 평을 쓰는 것은 전기소설이 아니라 '전'에 대한 설명이다. 전기소설은 기이하고 비현실적인 세계를 다룬다는 점에서 붙여진 이름이다.

03 **정답** ④

시조와 가사는 한글보다 한자로 지었을 때 압축되어 운율적인 형식미가 강조될 수 있다. 한글이 창제되면서 시조와 가사는 분량이 길어지고 서사화되는 경향이 생겼다. 이에 따라 소설문학 역시 본격적으로 발달할 수 있게 되었다.

04 **정답** ②

사회비판적인 소설이 등장하게 된 것은 사회변화에 따른 의식변화로 인한 것이지 소설을 배격하여 그에 대한 반대급부로 등장하게 된 것은 아니다. 소설 배격론이 우세했던 조선 전기보다 조선 후기로 올수록 사회비판적인 소설이 증가한 것이 이러한 점을 잘 뒷받침한다.

05 **정답** ①

『기재기이』는 『금오신화』보다 출간이 빨랐다. 『기재기이』가 1553년에 처음 간행된 데 비해 『금오신화』는 1653년에 간행되었기 때문이다. 하지만 『기재기이』의 작가 신광한은 1484년부터 1555년까지 살았던 사람인데 반해, 『금오신화』의 작가 김시습은 1435년부터 1493년까지 살았던 사람이므로 『금오신화』가 먼저 지어졌음은 논란의 여지가 없다.

06 **정답** ④

현존하는 방각본 중 가장 오래된 한문본은 1725년에 제작된 「구운몽」이고, 가장 오래된 한글본은 1780년에 제작된 「임경업전」이다.

07 **정답** ③

1997년에 이복규 교수가 『묵재일기』에서 「설공찬전」의 국문본 일부를 발견했을 당시에는 학계에서 충격으로 받아들였다. 작품 제작 시기를 추정해 봤을 때 「홍길동전」보다 훨씬 앞서기 때문이다. 하지만 머지않아 「설공찬전」의 원문은 한문본이었다는 사실이 밝혀짐으로써 논란은 종결되었다. 다만 「설공찬전」은 한글소설이 나오기 전에 한글 번역소설이 있었다는 점을 증명함으로써 한국문학사 발전의 추이를 분명히 밝히는 데 기여하였다.

08 정답 ①
김만중에게 문학은 도를 전하는 것이 아니라 감동을 주는 것이었다. 이러한 생각은 당시의 분위기에서는 진보적인 생각이었다.

09 정답 ③
일반적인 전의 형식적 특징은 사실적이라는 것, 인물의 신원, 행적, 논찬을 순서대로 쓴다는 것 등이다. 그러나 허균은 전의 형식을 갖추되 허구의식을 가미해 씀으로써 소설적 형상을 드러냈다.

10 정답 ②
허생은 박지원의 소설 「허생전」에 등장하는 인물이다.

11 정답 ④
「열녀함양박씨전」은 박지원이 이웃마을 박씨 부인이 순절했다는 이야기를 듣고 쓴 글로, 열녀 행위가 만연한 사회 풍조와 지나친 열녀 행위를 완곡하게 비판하는 내용을 담고 있다.

12 정답 ②
「옥련몽」은 「옥루몽」보다 먼저 지어졌다.

13 정답 ④
『금오신화』에 수록된 작품에는 이외에도 「취유부벽정기」, 「용궁부연록」이 있다. 「원생몽유록」은 임제가 지은 작품이다.

14 정답 ③
각 책이 처음 출간된 해는 다음과 같다.
- 『기재기이』 : 1553년
- 『금오신화』 : 1653년(일본)
- 『열하일기』, 『방경각외전』 : 1901년

15 정답 ①
「용궁부연록」은 글솜씨가 뛰어나기로 유명한 주인공이 꿈에서 용궁으로 초대되어 가서 용왕의 청에 따라 누각의 상량문을 지어주고 큰 대접을 받고 돌아왔다는 내용으로, 작가의 어린 시절 경험이 반영된 것으로 보는 게 일반적이다. 김시습이 어릴 때 글재주가 뛰어나 세종으로부터 칭찬받은 일이 있었는데 그때의 경험이 담겼다고 보는 것이다.

16 정답 ③
허균은 사대부가에서 태어나 유학을 공부했으나 유학에 얽매이지 않고 여러 사람들과 교류하며 불교, 도교, 천주교까지 망라하는 다양한 사상을 접했다. 따라서 사상의 순수성은 허균의 관심사가 아니었다.

17 정답 ④
「엄처사전」은 허균이 지은 시문집인 『성소부부고』에 실린 작품이다.

18 정답 ①
필사본은 한문본보다 국문본이 20배 이상 많다.

19 정답 ③
전기소설의 주된 작가는 사대부였다. 이에 따라 화려한 한문투의 문체로 지어졌다.

20 정답 ②

『금오신화』에 실린 작품들 중 「만복사저포기」, 「이생규장전」, 「취유부벽정기」는 남녀 간의 애정을 소재로 하지만 「남염부주지」, 「용궁부연록」에는 남녀 간의 애정문제가 언급되지 않는다. 따라서 『금오신화』에 실린 작품들을 모두 애정소설로 묶을 수는 없다. 다만 비현실적인 기이한 일을 담고 있다는 점에서 전기소설로 묶을 수 있다.

21 정답 ④

율도국은 사회적 모순에 대한 비판 및 저항의 결과물이기는 했으나 봉건 지배에서 벗어난 정치체제를 갖춘 곳은 아니었다.

22 정답 ③

홍길동은 일반적인 다른 영웅들과 달리 조력자의 도움을 받지 않는다.

23 정답 ④

환몽구조를 갖고 있다는 점에서 「조신몽」과 「구운몽」의 구조는 비슷하다. 또한 두 작품 모두 몽자류 형태라는 점 역시 비슷하다.

24 정답 ②

박씨는 외모가 아름답지 않을 때에도 신통력을 발휘하여 시댁의 경제상황을 풍족하게 하고, 시아버지의 조복을 하룻밤 사이에 아름답게 지어내어 임금으로부터 상을 받기도 하며, 남편이 과거시험에서 장원급제하게 만든다. 이 시기에 남편이 박씨 부인을 구박한 이유는 오로지 외모 때문이었다.

25 정답 ④

「유충렬전」은 정한담을 생포하는 과정, 유충렬이 강낭자와 결연하는 과정이 중국소설 「설인귀전」과 일치한다는 점에서 전혀 영향을 받지 않았다고 할 수 없다.

26 정답 ③

춘향과 대립하는 사회란, 신분적 제약이 있는 사회이다. 그런 사회에서 춘향은 자유의지대로 사랑을 실현하고자 한다. 이는 여성 및 민중의 인간적 해방에 대한 소망을 말하는 것이다.

27 정답 ④

흥부는 놀부 집에서 나온 뒤 온갖 일을 다하는데, 심지어 불법이라 할 수 있는 매품팔이까지 하려 한다. 그럼에도 불구하고 흥부의 형편은 나아지지 않는다. 이는 가난의 원인이 개인적 무능력이나 게으름 때문이 아니라 사회구조적인 문제로 인한 것임을 보여준다. 이런 점에서 「흥부전」에는 사회비판적인 내용이 포함되었다.

28 정답 ①

「허생전」의 작가 박지원은 중상론적 경제 사상을 가졌다. 즉, 백성이 잘 먹고 잘 사는 게 중요하다고 했으나 그 방법으로 농업보다는 상업을 지지하는 쪽이었다.

29 정답 ②

「구운몽」은 한문본과 한글본이 모두 전하는데, 한글 작품이 한문 작품보다 앞선 것으로 보는 게 대부분의 견해이다. 저작 동기는 이재가 『삼관기』에서 "효성이 지극했던 김만중이 모친을 위로하기 위하여 「구운몽」을 지었다"고 밝혔을 뿐 김만중이 직접 기록한 것은 없다. 또한 「구운몽」은 양소유가 성진으로 환생한 것이 아니라 성진이 양소유로 환생하여 마찬가지로 환생한 팔선녀를 만나는 이야기이다.

30 정답 ①

몽유록과 몽자류 중 교술성이 좀 더 강한 것은 몽유록이다.

31 정답 ③

천군소설은 평민이 아니라 당시 소설을 배격하던 유학자들이 창작했다. 이들은 소설 속에 심성론을 적용시킴으로써 유학과 소설과의 거리를 좁히는 데 기여했다.

32 정답 ①

우리나라에서 역사영웅소설은 16세기에 이미 확립된 것으로 보인다. 「최고운전」이 16세기에 이미 읽혔기 때문이다. 다만 창작영웅소설은 18세기 중엽 확립되었고, 19세기에는 영웅소설이 큰 인기를 끌게 된다. 따라서 영웅소설 전체를 묶어 18세기에 확립되었다고 보는 것은 적절하지 않다.

33 정답 ②

「유충렬전」에 대한 이야기이다.

34 정답 ④

「허생전」은 뛰어난 능력을 발휘하여 많은 재물을 얻고 당대 사회에 예리한 비판을 가하는 인물이기는 하지만 영웅소설의 주인공이라 할 수는 없다.

35 정답 ③

「강도몽유록」은 작가 및 연대 미상의 작품으로, 병자호란 당시 자결한 여인들이 등장하여 억울한 심정을 호소하는 내용이다.

36 정답 ③

사대부가의 여성들이 애정소설의 확대된 형태인 가문소설을 주로 탐독한 것과 달리 애정소설은 평민층에 널리 퍼져나갔다.

37 정답 ②

「조웅전」 또는 「조원수전」이라 불리는 작품으로, 중국 송나라 문제 때 승상의 아들로 태어난 조웅이 주인공이다.

38 정답 ④

「소현성록」은 우리나라 최초의 대하소설로 짐작되는 작품이다. 늦어도 17세기 중엽에는 창작이 이루어진 것으로 추정되고 있다. 다시 말해 「구운몽」, 「사씨남정기」, 「창선감의록」과 비슷한 시기에 창작이 되었다는 것이다. 나머지 작품들은 18세기 이후 창작된 것으로 보인다.

39 정답 ③

일반적으로는 '설화–판소리 사설–판소리계 소설'의 단계를 거친다. 하지만 판소리로 불리지 않았는데도 판소리 사설의 특징을 가진 작품도 있다. 또한 '설화–소설–판소리 사설'의 발달 순서를 지닌 경우도 있다.

40 정답 ④

「수궁가」는 판소리 다섯 마당의 하나로, 「토끼전」 혹은 「별주부전」으로 알려져 있다. 이해조는 「심청전」을 「강상련」이라는 제목의 신소설로 개작하여 발표하였다.

컴퓨터용 사인펜만 사용

독학학위제 2단계 전공기초과정인정시험 답안지(객관식)

★ 수험생은 수험번호와 응시과목 코드번호를 표기(마킹)한 후 일치여부를 반드시 확인할 것.

전공분야	
성　명	

수험번호														
(1)	2	–			–			–						
(2)	① ● ③ ④	–	①②③④⑤⑥⑦⑧⑨⓪	①②③④⑤⑥⑦⑧⑨⓪	–	①②③④⑤⑥⑦⑧⑨⓪	①②③④⑤⑥⑦⑧⑨⓪	–	①②③④⑤⑥⑦⑧⑨⓪	①②③④⑤⑥⑦⑧⑨⓪	①②③④⑤⑥⑦⑧⑨⓪	①②③④⑤⑥⑦⑧⑨⓪	①②③④⑤⑥⑦⑧⑨⓪	

과목코드				
①②③④⑤⑥⑦⑧⑨⓪	①②③④⑤⑥⑦⑧⑨⓪	①②③④⑤⑥⑦⑧⑨⓪	①②③④⑤⑥⑦⑧⑨⓪	①②③④⑤⑥⑦⑧⑨⓪

교시코드
① ② ③ ④

응시과목			
1	① ② ③ ④	21	① ② ③ ④
2	① ② ③ ④	22	① ② ③ ④
3	① ② ③ ④	23	① ② ③ ④
4	① ② ③ ④	24	① ② ③ ④
5	① ② ③ ④	25	① ② ③ ④
6	① ② ③ ④	26	① ② ③ ④
7	① ② ③ ④	27	① ② ③ ④
8	① ② ③ ④	28	① ② ③ ④
9	① ② ③ ④	29	① ② ③ ④
10	① ② ③ ④	30	① ② ③ ④
11	① ② ③ ④	31	① ② ③ ④
12	① ② ③ ④	32	① ② ③ ④
13	① ② ③ ④	33	① ② ③ ④
14	① ② ③ ④	34	① ② ③ ④
15	① ② ③ ④	35	① ② ③ ④
16	① ② ③ ④	36	① ② ③ ④
17	① ② ③ ④	37	① ② ③ ④
18	① ② ③ ④	38	① ② ③ ④
19	① ② ③ ④	39	① ② ③ ④
20	① ② ③ ④	40	① ② ③ ④

과목코드				
①②③④⑤⑥⑦⑧⑨⓪	①②③④⑤⑥⑦⑧⑨⓪	①②③④⑤⑥⑦⑧⑨⓪	①②③④⑤⑥⑦⑧⑨⓪	①②③④⑤⑥⑦⑧⑨⓪

교시코드
① ② ③ ④

응시과목			
1	① ② ③ ④	21	① ② ③ ④
2	① ② ③ ④	22	① ② ③ ④
3	① ② ③ ④	23	① ② ③ ④
4	① ② ③ ④	24	① ② ③ ④
5	① ② ③ ④	25	① ② ③ ④
6	① ② ③ ④	26	① ② ③ ④
7	① ② ③ ④	27	① ② ③ ④
8	① ② ③ ④	28	① ② ③ ④
9	① ② ③ ④	29	① ② ③ ④
10	① ② ③ ④	30	① ② ③ ④
11	① ② ③ ④	31	① ② ③ ④
12	① ② ③ ④	32	① ② ③ ④
13	① ② ③ ④	33	① ② ③ ④
14	① ② ③ ④	34	① ② ③ ④
15	① ② ③ ④	35	① ② ③ ④
16	① ② ③ ④	36	① ② ③ ④
17	① ② ③ ④	37	① ② ③ ④
18	① ② ③ ④	38	① ② ③ ④
19	① ② ③ ④	39	① ② ③ ④
20	① ② ③ ④	40	① ② ③ ④

※ 감독관 확인란
㊞

관 리 번 호
(연번) / (응시자수)

답안지 작성시 유의사항

1. 답안지는 반드시 **컴퓨터용 사인펜을 사용**하여 다음 (보기)와 같이 표기할 것.
   (보기) 잘 된 표기: ●　　잘못된 표기: ⓥ ⓧ ◑ ⊙ ◕ ○ ◙
2. 수험번호 (1)에는 아라비아 숫자로 쓰고, (2)에는 "●"와 같이 표기할 것.
3. 과목코드는 뒷면 "과목코드번호"를 보고 해당과목의 코드번호를 찾아 표기하고, 응시과목란에는 응시과목명을 한글로 기재할 것.
4. 교시코드는 문제지 전면의 교시를 해당란에 "●"와 같이 표기할 것.
5. 한번 표기한 답은 긁거나 수정액 및 스티커 등 어떠한 방법으로도 고쳐서는 아니되고, 고친 문항은 "0"점 처리함.

[이 답안지는 마킹연습용 모의답안지입니다.]

절취선

컴퓨터용 사인펜만 사용

독학학위제 2단계 전공기초과정인정시험 답안지(객관식)

★ 수험생은 수험번호와 응시과목 코드번호를 표기(마킹)한 후 일치여부를 반드시 확인할 것.

전공분야	
성 명	

수험번호														
(1)	2	–			–			–						
(2)	① ● ③ ④	–	①~⓪	①~⓪	–	①~⓪	①~⓪	–	①~⓪	①~⓪	①~⓪	①~⓪	①~⓪	

과목코드				
①~⓪	①~⓪	①~⓪	①~⓪	①~⓪

교시코드			
①	②	③	④

응시과목			
1	① ② ③ ④	21	① ② ③ ④
2	① ② ③ ④	22	① ② ③ ④
3	① ② ③ ④	23	① ② ③ ④
4	① ② ③ ④	24	① ② ③ ④
5	① ② ③ ④	25	① ② ③ ④
6	① ② ③ ④	26	① ② ③ ④
7	① ② ③ ④	27	① ② ③ ④
8	① ② ③ ④	28	① ② ③ ④
9	① ② ③ ④	29	① ② ③ ④
10	① ② ③ ④	30	① ② ③ ④
11	① ② ③ ④	31	① ② ③ ④
12	① ② ③ ④	32	① ② ③ ④
13	① ② ③ ④	33	① ② ③ ④
14	① ② ③ ④	34	① ② ③ ④
15	① ② ③ ④	35	① ② ③ ④
16	① ② ③ ④	36	① ② ③ ④
17	① ② ③ ④	37	① ② ③ ④
18	① ② ③ ④	38	① ② ③ ④
19	① ② ③ ④	39	① ② ③ ④
20	① ② ③ ④	40	① ② ③ ④

과목코드				
①~⓪	①~⓪	①~⓪	①~⓪	①~⓪

교시코드			
①	②	③	④

응시과목			
1	① ② ③ ④	21	① ② ③ ④
2	① ② ③ ④	22	① ② ③ ④
3	① ② ③ ④	23	① ② ③ ④
4	① ② ③ ④	24	① ② ③ ④
5	① ② ③ ④	25	① ② ③ ④
6	① ② ③ ④	26	① ② ③ ④
7	① ② ③ ④	27	① ② ③ ④
8	① ② ③ ④	28	① ② ③ ④
9	① ② ③ ④	29	① ② ③ ④
10	① ② ③ ④	30	① ② ③ ④
11	① ② ③ ④	31	① ② ③ ④
12	① ② ③ ④	32	① ② ③ ④
13	① ② ③ ④	33	① ② ③ ④
14	① ② ③ ④	34	① ② ③ ④
15	① ② ③ ④	35	① ② ③ ④
16	① ② ③ ④	36	① ② ③ ④
17	① ② ③ ④	37	① ② ③ ④
18	① ② ③ ④	38	① ② ③ ④
19	① ② ③ ④	39	① ② ③ ④
20	① ② ③ ④	40	① ② ③ ④

※ 감독관 확인란
㊞

관 리 번 호
(연번) / (응시자수)

답안지 작성시 유의사항

1. 답안지는 반드시 **컴퓨터용 사인펜을 사용**하여 다음 [보기]와 같이 표기할 것.
   [보기] 잘 된 표기: ● 　잘못된 표기: ⓥ ⓧ ◑ ⊙ ◕ ○ ▩
2. 수험번호 (1)에는 아라비아 숫자로 쓰고, (2)에는 "●"와 같이 표기할 것.
3. 과목코드는 뒷면 "과목코드번호"를 보고 해당과목의 코드번호를 찾아 표기하고, 응시과목란에는 응시과목명을 한글로 기재할 것.
4. 교시코드는 문제지 전면의 교시를 해당란에 "●"와 같이 표기할 것.
5. 한번 표기한 답은 긁거나 수정액 및 스티커 등 어떠한 방법으로도 고쳐서는 아니되고, 고친 문항은 "0"점 처리함.

[이 답안지는 마킹연습용 모의답안지입니다.]

절취선

컴퓨터용 사인펜만 사용

독학학위제 2단계 전공기초과정인정시험 답안지(객관식)

★ 수험생은 수험번호와 응시과목 코드번호를 표기(마킹)한 후 일치여부를 반드시 확인할 것.

전공분야	

성 명	

수 험 번 호													
(1)	2	–			–			–					
(2)	① ● ③ ④	–	①②③④⑤⑥⑦⑧⑨⓪	①②③④⑤⑥⑦⑧⑨⓪	–	①②③④⑤⑥⑦⑧⑨⓪	①②③④⑤⑥⑦⑧⑨⓪	–	①②③④⑤⑥⑦⑧⑨⓪	①②③④⑤⑥⑦⑧⑨⓪	①②③④⑤⑥⑦⑧⑨⓪	①②③④⑤⑥⑦⑧⑨⓪	①②③④⑤⑥⑦⑧⑨⓪

과목코드				
①②③④⑤⑥⑦⑧⑨⓪	①②③④⑤⑥⑦⑧⑨⓪	①②③④⑤⑥⑦⑧⑨⓪	①②③④⑤⑥⑦⑧⑨⓪	①②③④⑤⑥⑦⑧⑨⓪

교시코드
① ② ③ ④

응시과목			
1	① ② ③ ④	21	① ② ③ ④
2	① ② ③ ④	22	① ② ③ ④
3	① ② ③ ④	23	① ② ③ ④
4	① ② ③ ④	24	① ② ③ ④
5	① ② ③ ④	25	① ② ③ ④
6	① ② ③ ④	26	① ② ③ ④
7	① ② ③ ④	27	① ② ③ ④
8	① ② ③ ④	28	① ② ③ ④
9	① ② ③ ④	29	① ② ③ ④
10	① ② ③ ④	30	① ② ③ ④
11	① ② ③ ④	31	① ② ③ ④
12	① ② ③ ④	32	① ② ③ ④
13	① ② ③ ④	33	① ② ③ ④
14	① ② ③ ④	34	① ② ③ ④
15	① ② ③ ④	35	① ② ③ ④
16	① ② ③ ④	36	① ② ③ ④
17	① ② ③ ④	37	① ② ③ ④
18	① ② ③ ④	38	① ② ③ ④
19	① ② ③ ④	39	① ② ③ ④
20	① ② ③ ④	40	① ② ③ ④

과목코드				
①②③④⑤⑥⑦⑧⑨⓪	①②③④⑤⑥⑦⑧⑨⓪	①②③④⑤⑥⑦⑧⑨⓪	①②③④⑤⑥⑦⑧⑨⓪	①②③④⑤⑥⑦⑧⑨⓪

교시코드
① ② ③ ④

응시과목			
1	① ② ③ ④	21	① ② ③ ④
2	① ② ③ ④	22	① ② ③ ④
3	① ② ③ ④	23	① ② ③ ④
4	① ② ③ ④	24	① ② ③ ④
5	① ② ③ ④	25	① ② ③ ④
6	① ② ③ ④	26	① ② ③ ④
7	① ② ③ ④	27	① ② ③ ④
8	① ② ③ ④	28	① ② ③ ④
9	① ② ③ ④	29	① ② ③ ④
10	① ② ③ ④	30	① ② ③ ④
11	① ② ③ ④	31	① ② ③ ④
12	① ② ③ ④	32	① ② ③ ④
13	① ② ③ ④	33	① ② ③ ④
14	① ② ③ ④	34	① ② ③ ④
15	① ② ③ ④	35	① ② ③ ④
16	① ② ③ ④	36	① ② ③ ④
17	① ② ③ ④	37	① ② ③ ④
18	① ② ③ ④	38	① ② ③ ④
19	① ② ③ ④	39	① ② ③ ④
20	① ② ③ ④	40	① ② ③ ④

※ 감독관 확인란
⑪

관 리 번 호
(연번) (응시자수)

답안지 작성시 유의사항

1. 답안지는 반드시 **컴퓨터용 사인펜을 사용**하여 다음 [보기]와 같이 표기할 것.
   [보기] 잘 된 표기: ● 잘못된 표기: ⓥ ⊗ ◑ ⊙ ◕ ○ ▩
2. 수험번호 (1)에는 아라비아 숫자로 쓰고, (2)에는 "●"와 같이 표기할 것.
3. 과목코드는 뒷면 "과목코드번호"를 보고 해당과목의 코드번호를 찾아 표기하고, 응시과목란에는 응시과목명을 한글로 기재할 것.
4. 교시코드는 문제지 전면의 교시를 해당란에 "●"와 같이 표기할 것.
5. 한번 표기한 답은 긁거나 수정액 및 스티커 등 어떠한 방법으로도 고쳐서는 아니되고, 고친 문항은 "0"점 처리함.

[이 답안지는 마킹연습용 모의답안지입니다.]

절취선

컴퓨터용 사인펜만 사용

독학학위제 2단계 전공기초과정인정시험 답안지(객관식)

★ 수험생은 수험번호와 응시과목 코드번호를 표기(마킹)한 후 일치여부를 반드시 확인할 것.

전공분야	
성 명	

수험번호														
(1)	2	–			–			–						
(2)	① ● ③ ④	–	①②③④⑤⑥⑦⑧⑨⓪	①②③④⑤⑥⑦⑧⑨⓪	–	①②③④⑤⑥⑦⑧⑨⓪	①②③④⑤⑥⑦⑧⑨⓪	–	①②③④⑤⑥⑦⑧⑨⓪	①②③④⑤⑥⑦⑧⑨⓪	①②③④⑤⑥⑦⑧⑨⓪	①②③④⑤⑥⑦⑧⑨⓪	①②③④⑤⑥⑦⑧⑨⓪	

과목코드				
①②③④⑤⑥⑦⑧⑨⓪	①②③④⑤⑥⑦⑧⑨⓪	①②③④⑤⑥⑦⑧⑨⓪	①②③④⑤⑥⑦⑧⑨⓪	①②③④⑤⑥⑦⑧⑨⓪

교시코드			
①	②	③	④

응시과목									
1	①	②	③	④	21	①	②	③	④
2	①	②	③	④	22	①	②	③	④
3	①	②	③	④	23	①	②	③	④
4	①	②	③	④	24	①	②	③	④
5	①	②	③	④	25	①	②	③	④
6	①	②	③	④	26	①	②	③	④
7	①	②	③	④	27	①	②	③	④
8	①	②	③	④	28	①	②	③	④
9	①	②	③	④	29	①	②	③	④
10	①	②	③	④	30	①	②	③	④
11	①	②	③	④	31	①	②	③	④
12	①	②	③	④	32	①	②	③	④
13	①	②	③	④	33	①	②	③	④
14	①	②	③	④	34	①	②	③	④
15	①	②	③	④	35	①	②	③	④
16	①	②	③	④	36	①	②	③	④
17	①	②	③	④	37	①	②	③	④
18	①	②	③	④	38	①	②	③	④
19	①	②	③	④	39	①	②	③	④
20	①	②	③	④	40	①	②	③	④

과목코드				
①②③④⑤⑥⑦⑧⑨⓪	①②③④⑤⑥⑦⑧⑨⓪	①②③④⑤⑥⑦⑧⑨⓪	①②③④⑤⑥⑦⑧⑨⓪	①②③④⑤⑥⑦⑧⑨⓪

교시코드			
①	②	③	④

응시과목									
1	①	②	③	④	21	①	②	③	④
2	①	②	③	④	22	①	②	③	④
3	①	②	③	④	23	①	②	③	④
4	①	②	③	④	24	①	②	③	④
5	①	②	③	④	25	①	②	③	④
6	①	②	③	④	26	①	②	③	④
7	①	②	③	④	27	①	②	③	④
8	①	②	③	④	28	①	②	③	④
9	①	②	③	④	29	①	②	③	④
10	①	②	③	④	30	①	②	③	④
11	①	②	③	④	31	①	②	③	④
12	①	②	③	④	32	①	②	③	④
13	①	②	③	④	33	①	②	③	④
14	①	②	③	④	34	①	②	③	④
15	①	②	③	④	35	①	②	③	④
16	①	②	③	④	36	①	②	③	④
17	①	②	③	④	37	①	②	③	④
18	①	②	③	④	38	①	②	③	④
19	①	②	③	④	39	①	②	③	④
20	①	②	③	④	40	①	②	③	④

※ 감독관 확인란
인

관리번호
(연번) (응시자수)

답안지 작성시 유의사항

1. 답안지는 반드시 **컴퓨터용 사인펜을 사용**하여 다음 보기와 같이 표기할 것.
   보기 잘 된 표기: ● 잘못된 표기: ⓥ ⊗ ◑ ⊙ ◕ ○ ▣
2. 수험번호 (1)에는 아라비아 숫자로 쓰고, (2)에는 "●"와 같이 표기할 것.
3. 과목코드는 뒷면 "과목코드번호"를 보고 해당과목의 코드번호를 찾아 표기하고, 응시과목란에는 응시과목명을 한글로 기재할 것.
4. 교시코드는 문제지 전면의 교시를 해당란에 "●"와 같이 표기할 것.
5. 한번 표기한 답은 긁거나 수정액 및 스티커 등 어떠한 방법으로도 고쳐서는 아니되고, 고친 문항은 "0"점 처리함.

[이 답안지는 마킹연습용 모의답안지입니다.]

절취선

컴퓨터용 사인펜만 사용

독학학위제 2단계 전공기초과정인정시험 답안지(객관식)

★ 수험생은 수험번호와 응시과목 코드번호를 표기(마킹)한 후 일치여부를 반드시 확인할 것.

전공분야	
성 명	

수 험 번 호													
(1)	2	–			–			–					
(2)	①●③④	–	①②③④⑤⑥⑦⑧⑨⓪	①②③④⑤⑥⑦⑧⑨⓪	–	①②③④⑤⑥⑦⑧⑨⓪	①②③④⑤⑥⑦⑧⑨⓪	–	①②③④⑤⑥⑦⑧⑨⓪	①②③④⑤⑥⑦⑧⑨⓪	①②③④⑤⑥⑦⑧⑨⓪	①②③④⑤⑥⑦⑧⑨⓪	①②③④⑤⑥⑦⑧⑨⓪

※ 감독관 확인란

㊞

관 리 번 호

(연번) (응시자수)

과목코드				
①②③④⑤⑥⑦⑧⑨⓪	①②③④⑤⑥⑦⑧⑨⓪	①②③④⑤⑥⑦⑧⑨⓪	①②③④⑤⑥⑦⑧⑨⓪	①②③④⑤⑥⑦⑧⑨⓪

교시코드

① ② ③ ④

응시과목			
1	① ② ③ ④	21	① ② ③ ④
2	① ② ③ ④	22	① ② ③ ④
3	① ② ③ ④	23	① ② ③ ④
4	① ② ③ ④	24	① ② ③ ④
5	① ② ③ ④	25	① ② ③ ④
6	① ② ③ ④	26	① ② ③ ④
7	① ② ③ ④	27	① ② ③ ④
8	① ② ③ ④	28	① ② ③ ④
9	① ② ③ ④	29	① ② ③ ④
10	① ② ③ ④	30	① ② ③ ④
11	① ② ③ ④	31	① ② ③ ④
12	① ② ③ ④	32	① ② ③ ④
13	① ② ③ ④	33	① ② ③ ④
14	① ② ③ ④	34	① ② ③ ④
15	① ② ③ ④	35	① ② ③ ④
16	① ② ③ ④	36	① ② ③ ④
17	① ② ③ ④	37	① ② ③ ④
18	① ② ③ ④	38	① ② ③ ④
19	① ② ③ ④	39	① ② ③ ④
20	① ② ③ ④	40	① ② ③ ④

과목코드				
①②③④⑤⑥⑦⑧⑨⓪	①②③④⑤⑥⑦⑧⑨⓪	①②③④⑤⑥⑦⑧⑨⓪	①②③④⑤⑥⑦⑧⑨⓪	①②③④⑤⑥⑦⑧⑨⓪

교시코드

① ② ③ ④

응시과목			
1	① ② ③ ④	21	① ② ③ ④
2	① ② ③ ④	22	① ② ③ ④
3	① ② ③ ④	23	① ② ③ ④
4	① ② ③ ④	24	① ② ③ ④
5	① ② ③ ④	25	① ② ③ ④
6	① ② ③ ④	26	① ② ③ ④
7	① ② ③ ④	27	① ② ③ ④
8	① ② ③ ④	28	① ② ③ ④
9	① ② ③ ④	29	① ② ③ ④
10	① ② ③ ④	30	① ② ③ ④
11	① ② ③ ④	31	① ② ③ ④
12	① ② ③ ④	32	① ② ③ ④
13	① ② ③ ④	33	① ② ③ ④
14	① ② ③ ④	34	① ② ③ ④
15	① ② ③ ④	35	① ② ③ ④
16	① ② ③ ④	36	① ② ③ ④
17	① ② ③ ④	37	① ② ③ ④
18	① ② ③ ④	38	① ② ③ ④
19	① ② ③ ④	39	① ② ③ ④
20	① ② ③ ④	40	① ② ③ ④

답안지 작성시 유의사항

1. 답안지는 반드시 **컴퓨터용 사인펜을 사용**하여 다음 보기와 같이 표기할 것.
   보기 잘 된 표기: ● 잘못된 표기: ⓥ ⓧ ◐ ⊙ ◕ ○ ▩
2. 수험번호 (1)에는 아라비아 숫자로 쓰고, (2)에는 "●"와 같이 표기할 것.
3. 과목코드는 뒷면 "과목코드번호"를 보고 해당과목의 코드번호를 찾아 표기하고, 응시과목란에는 응시과목명을 한글로 기재할 것.
4. 교시코드는 문제지 전면의 교시를 해당란에 "●"와 같이 표기할 것.
5. 한번 표기한 답은 긁거나 수정액 및 스티커 등 어떠한 방법으로도 고쳐서는 아니되고, 고친 문항은 "0"점 처리함.

[이 답안지는 마킹연습용 모의답안지입니다.]

절취선

컴퓨터용 사인펜만 사용

독학학위제 2단계 전공기초과정인정시험 답안지(객관식)

★ 수험생은 수험번호와 응시과목 코드번호를 표기(마킹)한 후 일치여부를 반드시 확인할 것.

전공분야	
성 명	

수험번호													
(1)	2	–			–			–					
(2)	① ● ③ ④	–	①②③④⑤⑥⑦⑧⑨⓪	①②③④⑤⑥⑦⑧⑨⓪	–	①②③④⑤⑥⑦⑧⑨⓪	①②③④⑤⑥⑦⑧⑨⓪	–	①②③④⑤⑥⑦⑧⑨⓪	①②③④⑤⑥⑦⑧⑨⓪	①②③④⑤⑥⑦⑧⑨⓪	①②③④⑤⑥⑦⑧⑨⓪	①②③④⑤⑥⑦⑧⑨⓪

과목코드				
①②③④⑤⑥⑦⑧⑨⓪	①②③④⑤⑥⑦⑧⑨⓪	①②③④⑤⑥⑦⑧⑨⓪	①②③④⑤⑥⑦⑧⑨⓪	①②③④⑤⑥⑦⑧⑨⓪

교시코드			
①	②	③	④

응시과목			
1	① ② ③ ④	21	① ② ③ ④
2	① ② ③ ④	22	① ② ③ ④
3	① ② ③ ④	23	① ② ③ ④
4	① ② ③ ④	24	① ② ③ ④
5	① ② ③ ④	25	① ② ③ ④
6	① ② ③ ④	26	① ② ③ ④
7	① ② ③ ④	27	① ② ③ ④
8	① ② ③ ④	28	① ② ③ ④
9	① ② ③ ④	29	① ② ③ ④
10	① ② ③ ④	30	① ② ③ ④
11	① ② ③ ④	31	① ② ③ ④
12	① ② ③ ④	32	① ② ③ ④
13	① ② ③ ④	33	① ② ③ ④
14	① ② ③ ④	34	① ② ③ ④
15	① ② ③ ④	35	① ② ③ ④
16	① ② ③ ④	36	① ② ③ ④
17	① ② ③ ④	37	① ② ③ ④
18	① ② ③ ④	38	① ② ③ ④
19	① ② ③ ④	39	① ② ③ ④
20	① ② ③ ④	40	① ② ③ ④

과목코드				
①②③④⑤⑥⑦⑧⑨⓪	①②③④⑤⑥⑦⑧⑨⓪	①②③④⑤⑥⑦⑧⑨⓪	①②③④⑤⑥⑦⑧⑨⓪	①②③④⑤⑥⑦⑧⑨⓪

교시코드			
①	②	③	④

응시과목			
1	① ② ③ ④	21	① ② ③ ④
2	① ② ③ ④	22	① ② ③ ④
3	① ② ③ ④	23	① ② ③ ④
4	① ② ③ ④	24	① ② ③ ④
5	① ② ③ ④	25	① ② ③ ④
6	① ② ③ ④	26	① ② ③ ④
7	① ② ③ ④	27	① ② ③ ④
8	① ② ③ ④	28	① ② ③ ④
9	① ② ③ ④	29	① ② ③ ④
10	① ② ③ ④	30	① ② ③ ④
11	① ② ③ ④	31	① ② ③ ④
12	① ② ③ ④	32	① ② ③ ④
13	① ② ③ ④	33	① ② ③ ④
14	① ② ③ ④	34	① ② ③ ④
15	① ② ③ ④	35	① ② ③ ④
16	① ② ③ ④	36	① ② ③ ④
17	① ② ③ ④	37	① ② ③ ④
18	① ② ③ ④	38	① ② ③ ④
19	① ② ③ ④	39	① ② ③ ④
20	① ② ③ ④	40	① ② ③ ④

※ 감독관 확인란
㊞

관 리 번 호
(연번) / (응시자수)

답안지 작성시 유의사항

1. 답안지는 반드시 **컴퓨터용 사인펜을 사용**하여 다음 보기와 같이 표기할 것.
   보기 잘 된 표기: ● 잘못된 표기: ⓥ ⓧ ◑ ⊙ ◕ ○ ▣
2. 수험번호 (1)에는 아라비아 숫자로 쓰고, (2)에는 "●"와 같이 표기할 것.
3. 과목코드는 뒷면 "과목코드번호"를 보고 해당과목의 코드번호를 찾아 표기하고, 응시과목란에는 응시과목명을 한글로 기재할 것.
4. 교시코드는 문제지 전면의 교시를 해당란에 "●"와 같이 표기할 것.
5. 한번 표기한 답은 긁거나 수정액 및 스티커 등 어떠한 방법으로도 고쳐서는 아니되고, 고친 문항은 "0"점 처리함.

[이 답안지는 마킹연습용 모의답안지입니다.]

절취선

참고문헌

- 이상택, 『한국고전소설의 탐구』, 중앙출판, 1981.
- 대한민국 예술원, 『한국문학사』, 1984.
- 정상진, 『한국고전소설연구』, 삼지원, 2000.
- 김광순, 『한국고전문학사의 쟁점』, 새문사, 2004.
- 한국고전소설학회, 『한국 고소설 강의』, 돌베개, 2019.
- 고창균 외, 『해법문학 고전산문』, 천재교육, 2021.
- 김은정・류대곤, 『청소년을 위한 한국고전문학사』, 두리미디어, 2009.
- 조동일, 『한국문학통사』 2・3・4, 지식산업사, 2003.
- 최길용, 「명주보월빙연작소설연구」, 전북대학교 대학원, 1983.
- 전용오, 「흥부전연구 : 문학 및 사회사적 측면에서의 고찰」, 연세대학교 대학원, 1990.
- 김병권, 「17세기 후반 창작소설의 작가 사회학적 연구 : 김만중과 조성기를 중심으로」, 부산대학교 대학원, 1990.
- 정진, 「서포 김만중의 문학이론 연구 : 서포만필을 중심으로」, 충북대학교 교육대학원, 1990.
- 박철암, 「오유란전과 배비장전의 대비 연구: 훼절양상을 중심으로」, 영남대학교 교육대학원, 1995.
- 차선영, 「오유란전의 세태소설적 특성 연구」, 조선대학교 대학원, 2007.
- 오춘택, 「한국 고소설 비평사 연구」, 고려대학교 대학원, 1991.
- 조대성, 「허균연구 : 홍길동전을 중심으로」, 원광대학교 교육대학원, 1994.
- 표영주, 「허균의 문학에 나타난 사상 연구」, 성균관대학교 교육대학원, 1998.
- 윤경, 「낙선재본 소설의 서풍연구」, 원광대학교 대학원, 2001.
- 조일형, 「연암 박지원 소설연구」, 조선대학교 교육대학원, 2002.
- 장유경, 「허생전의 현실인식과 문학교육적 가치 연구」, 숙명여자대학교 교육대학원, 2002.
- 현창국, 「춘향전 지도 방안 연구」, 순천대학교 교육대학원, 2003.
- 당소연, 「고전소설 교육 방안 연구 : 춘향전을 중심으로」, 국민대학교 교육대학원, 2004.
- 이길원, 「금오신화에 나타난 김시습의 사상 연구」, 공주대학교 대학원, 2004.
- 박문원, 「구운몽 연구」, 군산대학교 대학원, 2005.
- 전현주, 「홍길동전의 작가의식 연구」, 공주대학교 교육대학원, 2005.
- 신동환, 「옥갑야화와 허생전의 관련 양상」, 공주대학교 교육대학원, 2005.
- 장인숙, 「환타지성을 통해 본 박씨전의 주제의식」, 위덕대학교 교육대학원, 2005.
- 강인혜, 「최고운전과 유충렬전 비교연구」, 홍익대학교 교육대학원, 2005.
- 박정희, 「서포 김만중의 문학론과 창작의 실제」, 경북대학교 대학원, 2006.

- 김행지, 「박씨전 연구」, 조선대학교 교육대학원, 2006.
- 채선옥, 「영상매체를 활용한 박씨전 지도 방안 연구」, 이화여자대학교 교육대학원, 2007.
- 김진구, 「매월당 김시습 사상연구」, 전주대학교 교육대학원, 2007.
- 정재호, 「허균의 전 연구」, 경원대학교 교육대학원, 2008.
- 류함함, 「한글소설의 발생 과정에 관한 연구」, 조선대학교 대학원, 2008.
- 정선아, 「몽자류 소설과 몽유록 소설에 나타난 환몽구조 연구」, 서강대학교 교육대학원, 1998.
- 임갑낭, 「조선후기 애정소설 연구」, 계명대학교 대학원, 1993.
- 정홍파, 「허균의 전에 나타난 인물의 성격연구」, 울산대학교 교육대학원, 2008.
- 차영숭, 「유충렬전의 학습지도방안 연구」, 청주대학교 교육대학원, 2012.
- 신정민, 「연암 박지원의 삶과 사상의 교육적 함의」, 이화여자대학교, 2016.
- 윤현이, 「장르지식을 활용한 장편가문소설의 읽기 전략 연구 : 창선감의록, 소현성록, 명주보월빙 읽기를 중심으로」, 강원대학교 대학원, 2018.
- 유인선, 「명주보월빙 연작 연구 : 운명관과 초월계의 성격을 중심으로」, 서울대학교 대학원, 2021.
- 채연식, 「조선조 전기소설 연구 : 애정류 소설을 중심으로」, 성신여자대학교 대학원, 1999.
- 정진, 「서포 김만중의 문학이론 연구 : 서포만필을 중심으로」 충북대학교 교육대학원, 1990.
- 송기섭, 「매월당 김시습의 시문학 연구」, 선문대학교 교육대학원, 2006.
- 김련욱, 「강도몽유록 연구」, 성균관대학교 교육대학원, 1998.
- 이주영, 「구활자본 고전소설의 간행과 유통에 관한 연구」, 서울대학교 대학원, 1997.
- 박희병, 「한국고전소설의 발생 및 발전단계를 둘러싼 몇몇 문제에 대하여」, 『관악어문연구』, 1992. 12.
- 양언석, 「임・병 양난기 소설연구 : 강도몽유록을 중심으로」, 『관동어문학』, 9・10, 1999.
- 장준기, 「임・병 양란 관련 몽유록계소설 연구」, 『국어국문학』 18호, 1999.
- 권순긍, 「근대시기 딱지본 소설의 간행과 유통」, 『생활문물연구』 제27호, 2011.
- 박기석, 「허생전의 형성과 저술에 관련된 몇 가지 문제」, 『국어교육』, 1996. 9.
- 이정진, 「『삼국사기』 「열전」의 구성과 서술적 특징」, 한국언어문학회, 1992. 6.
- 김종운, 「연암소설에 나타난 실학사상 고찰」, 『청람어문학회』 20, 1998. 2.
- 강현모, 「홍길동전의 구조적 의미」, 『한민족문화연구』 제3집, 1998. 8.
- 정상균, 「일연 선사의 서사문학적 의미 연구」, 『전농어문연구』 12, 2000. 2.
- 주종연, 「한국 서사문학의 연원에 대한 고찰 : 삼국사기를 중심으로」, 『어문학논총』, 1985. 2.
- 이상구, 「사씨남정기의 갈등구조와 서포의 현실인식」, 『배달말』 통권 제27호, 2000.
- 조병훈・이상구, 「유충렬전의 작품구조와 역사적 성격」, 『어학 연구』 제12집, 2001. 6.
- 이문규, 「이덕무의 소설배격론 연구」, 『국어교육』, 2001. 6.
- 박기석, 「연암 박지원의 문학론」, 『국어교육』 제110호, 2003.

- 김창현, 「흥부전의 주제와 현대적 의미」, 『비교문학』 제41집, 2007.
- 안재순, 「허생전의 실학적 성격」, 『어문학보』 제31집, 2010.
- 권순긍, 「근대시기 딱지본 소설의 간행과 유통」, 『생활문물연구』, 2011. 11.
- 고영민, 「허생전에서 엿보는 연암 박지원의 실학사상」, 『예산춘추』, 2018. 가을.
- 김재웅, 「필사본 고소설의 지역별 유통과 문화지도 작성」, 『대동문화연구』, 제88집, 2014.
- 우쾌재, 「사씨남정기연구의 종합적 고찰」, 『론문집』, 제19집, 인천대학교, 1994.
- 서인석, 「국문 고전소설의 국어문화적 위상」, 『국어교육』, 한국어교육학회, 2016.
- 한국민족문화대백과사전
  (https://encykorea.aks.ac.kr/)
- 네이버 지식백과, 고전문학사전
  (https://terms.naver.com/list.naver?cid=41708&categoryId=44531)
- 네이버 지식백과, 낯선 문학 가깝게 보기
  (https://terms.naver.com/list.naver?cid=60609&categoryId=60609)
- 네이버 지식백과, 외국인을 위한 한국고전문학사
  (https://terms.naver.com/list.naver?cid=60544&categoryId=60544)
- 네이버 지식백과, 국어국문학자료사전
  (https://terms.naver.com/list.naver?cid=60533&categoryId=60533)
- 네이버 지식백과, 두산백과 두피디아
  (https://terms.naver.com/list.naver?cid=40942&categoryId=40942)
- 네이버 지식백과, 한국전통연희사전
  (https://terms.naver.com/list.naver?cid=56785&categoryId=56785)

SD에듀와 함께, 합격을 향해 떠나는 여행

시대에듀 독학사 국어국문학과 2단계 고전소설론

개정1판1쇄 발행	2025년 01월 08일 (인쇄 2024년 10월 25일)
초 판 발 행	2023년 05월 04일 (인쇄 2023년 03월 29일)
발 행 인	박영일
책 임 편 집	이해욱
편 저	한수정
편 집 진 행	송영진 · 김다련
표지디자인	박종우
편집디자인	차성미 · 고현준
발 행 처	(주)시대고시기획
출 판 등 록	제10-1521호
주 소	서울시 마포구 큰우물로 75 [도화동 538 성지 B/D] 9F
전 화	1600-3600
팩 스	02-701-8823
홈 페 이 지	www.sdedu.co.kr

I S B N	979-11-383-7959-5 (13810)
정 가	23,000원

시대에듀 독학사

국어국문학과

why

왜? 독학사 국어국문학과인가?

4년제 국어국문학과 학위를 최소 시간과 비용으로 **단 1년 만에 초고속 취득 가능!**

1 1990년 독학학위제의 시작부터 함께한 가장 오래된 전공 중 하나

2 국어 및 국문학의 체계적 학습 가능

3 교육대학원 진학 및 출판계, 언론계, 미디어 등 다양한 분야로 취업 가능

국어국문학과 과정별 시험과목(2~4과정)

1~2과정 교양 및 전공기초과정은 객관식 40문제 구성

3~4과정 전공심화 및 학위취득과정은 객관식 24문제+**주관식 4문제** 구성

2과정(전공기초)	3과정(전공심화)	4과정(학위취득)
국어사	문학비평론	국어학개론(2과정 겸용)
국어학개론	국어의미론	국문학개론(2과정 겸용)
한국현대시론	국어정서법	문학비평론(3과정 겸용)
국문학개론	국어음운론	한국문학사(3과정 겸용)
고전소설론	고전시가론	
한국현대소설론	한국문학사(근간)	

시대에듀 국어국문학과 학습 커리큘럼

기본이론부터 실전문제풀이 훈련까지!

시대에듀가 제시하는 각 과정별 최적화된 커리큘럼에 따라 학습해 보세요.

STEP 01 **기본이론** — **핵심이론 분석**으로 확실한 개념 이해

STEP 02 **문제풀이** — **실전예상문제**를 통해 문제 유형 파악

STEP 03 **모의고사** — **최종모의고사**로 실전 감각 키우기

독학사 국어국문학과 2~4과정 교재 시리즈

독학학위제 공식 평가영역을 100% 반영한 이론과 문제로 구성된 완벽한 최신 기본서 라인업!

2과정

▸ 전공 기본서 [전 6종]
- 국어사
- 국어학개론
- 한국현대시론
- 국문학개론
- 고전소설론
- 한국현대소설론

3과정

▸ 전공 기본서 [전 6종]
- 문학비평론
- 국어의미론
- 국어정서법
- 국어음운론
- 고전시가론
- 한국문학사(근간)

4과정

▸ 전공 기본서
- 국어학개론(2과정 겸용)
- 국문학개론(2과정 겸용)
- 문학비평론(3과정 겸용)
- 한국문학사(3과정 겸용)

※ 표지 이미지 및 구성은 변경될 수 있습니다.